밀차 장편소설

그녀가 공작저로 가야 했던 사정

그녀가 공작저로 가야 했던 사정 2

1판 1쇄 발행 2016년 12월 28일
1판 15쇄 발행 2023년 4월 26일

지은이 밀차
발행인 신현호
편집장 예숙영
책임편집 이혜영
편집디자인 한방울
영업 김민원
물류 이순우 박찬수

펴낸곳 ㈜디앤씨미디어
출판등록 2002년 5월 1일 제117-90-51792호
주소 서울시 구로구 디지털로 26길 111 JnK디지털타워 503호
대표전화 (02)333-2513 팩스 (02)333-2514
전자우편 dncbooks@dncmedia.co.kr
디앤씨북스 블로그 http://blog.naver.com/dncbooks

ISBN 979-11-7033-776-8 04810
ISBN 979-11-7033-774-4 (SET)

밀차 장편소설

그녀가 공작저로 가야 했던 사정

2

차례

10장

회기 종료

회기 종료

장미 정원에 숨겨진 통로를 거쳐 문을 지나면 왕의 침실에 갈 수 있는 복도로 이어진다. 이 구역부터는 허가받은 이들만 드나들 수 있기에 왕을 만나러 갈 때마다 노아가 자주 이용하는 길이었다. 복도는 역대 왕들의 초상화가 걸린 원형의 홀을 둘러싸고 있었는데, 그 홀을 시아트리히는 팬옵티콘이라 불렀다. 역대 왕들이 근엄한 얼굴로 현 왕을 감시하는 감옥 같다는 의미에서 붙인 이름이었다.

시아트리히는 '일하기 싫어서 침실로 가는데, 지금 잘 생각이 드냐고 말하는 아버지처럼 무섭게 쳐다보고 있으니까 감옥 같지.'라고 평했다.

노아는 팬옵티콘을 지나던 중에 중앙의 인영을 보고 걸음을 멈췄다. 그곳에는 나오미 오브라이언이 액자 유리에 얼굴을 비추며 빳빳하게 선 넥 칼라를 다듬고 있었다. 그녀의 완벽주의자적 특성과 미신적 징크스가 결합된 하루의 시작이었다.

"아, 윈나이트 공작님. 오셨습니까."

나오미가 반듯하게 허리를 굽혀 인사했다.

"오브라이언 백작, 휴가를 다녀왔다고 들었는데."

"예. 절경이 참 아름답더군요. 꼭 한 번 가 보시길 바랍니다."

간단한 담소를 건네던 나오미가 문득 노아의 입장을 지연시켰다.

"아, 저, 공작님. 들어가시기 전에 침실 문 앞에서 잠시 기다려 주시겠습니까?"

"……?"

노아가 의문이 담긴 시선으로 그녀를 바라보았다. 나오미가 어깨를 으쓱 들어 올리니 노아가 곧 고개를 끄덕이며 말했다.

"그러지."

시아트리히에게는 고칠 수 없는 고질병이 하나 있는데 나오미는 그걸 말하는 것이 분명했다.

왕의 침실 앞에 선 기사가 나오미에게 목례를 건네자 그녀가 마주 인사를 받아 주었다. 그 앞에는 문 앞을 배회하는 키이스가 서 있었다. 키이스로서는 차마 문을 열 수 없는 것 같았다. 그는 난처한 얼굴로 제 앞에 선 노아와 나오미에게 인사를 건넸다.

기사가 눈짓으로 무언가를 알리려고 했으나 나오미가 손을 들어 막았다. 이미 알고 있다는 뜻이었다. 그녀는 한숨을 크게 내쉬고 세 번 노크를 했다.

똑똑똑.

"전하, 나오미 오브라이언입니다."

그러고는 대답을 기다리지 않고 문을 열었다. 기사도 늘 그랬듯 굳이 말리려 하지 않았다. 키이스는 여기서 기다리겠다며 곤란한 표정을 지었다.

그녀는 구겨진 시트가 흘러내린 침상으로 뚜벅뚜벅 걸어갔다. 시아트리히는 세상 모르게 잠들어 있었고 바닥에는 옷가지들이 널려 있었다. 찢겨진 여성용 스타킹에 무심코 시선을 둔 그녀는 역겨운 듯 입술을 들썩였다. 늘 그랬듯 저런 페티시 따위 알고 싶지 않았다.

오늘도 그만두고 싶다고 5번쯤 읊조린 나오미는 침대 근처까지 다가가 입을 열었다.

“전하.”

그녀가 고깝게 시선을 내리다 문득 멈칫했다. 썸머잖아. 나오미는 시아트리히의 가슴을 꼭 껴안고 잠든 여자를 바라보았다.

프리마 발레리나로 떠오르는 신예. 나오미는 예매해 두었던 공연을 생각하며 한숨을 내쉬었다.

뭘 보고 저렇게 시아트리히의 침대로 뛰어드는지 그녀로서는 이해할 수가 없다. 시아트리히는 젊고 꽤 잘생긴 데다 왕이었지만 절름발이에 매일 여자를 갈아 치우는 바람둥이였다. 나오미에게는 그것이 모든 장점을 상쇄하고도 남는 흠이었으나 모든 이들이 그리 여기는 것은 아닌 듯싶었다.

둘은 침입자를 눈치채지 못한 채로 계속 잠든 상태였다. 나오미는 이불을 들췄다.

“으음.”

갑작스러운 봉변에 처음에는 상황 파악을 못 하던 썸머가 나오미를 보고 눈을 크게 떴다.

“꺄악!”

썸머가 이불을 끌어모아 제 몸을 가렸다. 비명을 들은 시아트리히가 뒤늦게 눈을 가늘게 떴다.

"전하."

나오미가 무뚝뚝하게 그를 부르자 시아트리히가 눈을 비볐다.

"나오미……. 그대는 너무 무례해."

"일어나십시오."

시아트리히가 숨을 한번 크게 내뱉고는 얼굴을 문질렀다.

"아무리 그래도, 노크는 해야 하는 거 아닌가?"

"했습니다."

"못 들었어."

"지금까지 들으신 적이 없잖습니까."

"그런가?"

"노인성 난청 검사 일정을 잡을까요?"

시아트리히의 눈동자가 급격하게 흔들렸다. 이제 샷 30줄에 들어섰는데 노인성 난청이라니.

"……노크 소리를 들은 것 같기도 해. 아니, 확실히 들었어."

"알겠습니다."

"정말 노인성 난청 같나? 검사를 받아 봐야 할 것 같아?"

"글쎄요."

그 사이에서 썸머가 큰 눈을 데굴데굴 굴리며 둘을 바라보았다. 눈이 마주친 나오미가 그녀에게 부드럽게 말했다.

"썸머 양, 이만 돌아가시는 게 좋겠습니다."

나오미는 다정한 미소를 보이며 말했다. 그러자 썸머가 이불을 슬그머니 끌어내려 침대 밖으로 벗어났다.

"그 문 말고, 저쪽 문으로 나가십시오."

방향을 바꾸고 타다닥, 달리는 썸머의 발소리를 듣던 나오미는 썸머가 그 찢어진 스타킹을 어떻게 할지 궁금했지만 이내 신경 쓰지 않기로 했다.

시아트리히가 씨익 웃으며 말했다.

“오랜만인데 그대도 침대에 들어올 텐가.”

“전하께서 권하시는 곳이 천국이라도 가지 않을 겁니다. 그리고 일어나실 때 제발 그곳은 가려 주시길 바랍니다.”

“뭐야, 포기할 건가? 천국인데?”

시아트리히가 침대 가장자리에 앉아 지팡이를 찾았다.

“예. 천국이 지옥이 된다면야 갈 이유가 없잖습니까.”

나오미가 침대 밑에 아무렇게나 굴러다니는 지팡이를 들어 그에게 건넸다. 그가 지팡이를 받아 몸을 지탱하며 일어났다.

“제발 하반신은 가려 주십시오, 전하.”

“무례하지만 봐주겠어. 오늘은 기분이 좋은 날이니까.”

그가 보란 듯이 허리에 손을 얹고 그녀를 향해 몸을 돌렸다. 나오미가 끔찍한 거라도 본 표정으로 정색하며 옷가지를 건넸다. 시아트리히가 침실에 들이는 이들은 정부나 측근들이었으므로, 옷시중은 저절로 나오미가 맡게 되었다. 그가 셔츠를 꿰어 입으며 말했다.

“아, 그렇지. 썸머 양에게서 재미있는 소문을 들었어. 내가 생사를 오가는 동안에 내 귀여운 동생에게 사랑해 마지않는 약혼자가 생겼다지? 이름이 뭐라더라……. 라리?”

“생사를 오가는 정도는 아니셨잖습니까. 진통제에 취해 헤롱헤롱하셨죠.”

시아트리히의 부상 정도가 꽤 컸기 때문에 신력을 쓸 수 있는 모든 신관을 데려왔음에도 치료는 더뎠다. 결국 그의 고통을 덜기 위해 마약성 진통제를 투약해야 했고, 덕분에 그는 한동안 허수아비나 다름없는 상태였었다.

나오미는 그의 셔츠 깃을 매만지며 덧붙였다.

"그리고 라리가 아니라 맥밀런 가문의 레리아나 맥밀런 영애십니다."

"흐응."

시아트리히가 묘한 미소를 지으며 단추를 잠갔다.

"잠자리에서 그런 소문도 들으십니까?"

"이게 바로 동생 사랑이란 거지."

시아트리히가 능글맞게 웃으며 말했다. 그러나 나오미는 자연스럽게 무시하며 키이스를 불렀다.

"키이스 님!"

나오미의 외침을 들은 키이스가 문을 열더니 빼꼼 얼굴을 드러냈다. 그는 방 중앙에 널브러져 있는 찢겨진 스타킹과 최대한 멀어진 채로 뱅 돌아 침상으로 다가왔다.

"전하, 쾌차하셔서 다행입니다."

"오, 키이스. 오랜만이군. 자네 간만에 보니 왠지……."

시아트리히가 말을 줄이자 나오미가 끼어들었다.

"할 말 없으시군요."

"응, 오랜만에 봐도 평소랑 똑같군."

"……황송합니다, 전하."

키이스는 자신이 왜 황송하다고 말하는지 알지 못한 채 차분하게 말을 받았다. 시아트리히는 커프스 버튼을 잠그며 물었다.

"그래서, 노아는?"

"여기 있습니다."

한발 늦게 다가온 노아가 말했다.

"오, 노아. 오랜만에 보니-"

"아까 키이스에게 하신 말씀 들었습니다. 별로 재미있진 않았으니 넘어가죠."

심드렁하게 말한 노아가 시아트리히를 지나쳐 소파로 다가가 앉았다.

"쌀쌀맞기는. 그런데 하나가 모자란데? 그 붉은 눈."

"아담이라면 일이 있어서 아직 돌아오지 않았습니다."

흐음, 별일이군. 시아트리히가 관찰하듯 바라보았으나 노아는 별다른 반응 없이 그를 마주 보았다.

"그럼 일단 이르지만 다들 모인 김에 내일을 위한 축배를 들도록 할까."

내일이면 드디어 회기가 종료된다. 속칭 '졸부 방지법'을 막기 위해 숨겨 놓았던 옥새를 꺼내 놓을 때가 드디어 돌아온 것이다.

의복을 다 갖춰 입은 시아트리히가 와인랙에서 묵혀 두었던 와인을 꺼냈다.

"다들 들지."

반려된 법안은 개정한다 해도 몇 년간 재발의가 불가능하다. 시아트리히는 그 짧은 유예 기간 동안 신귀족 세력이 구귀족 세력과 비등한 힘을 가지도록 키울 생각이었다.

그는 지금쯤 부들부들하고 있을 구귀족들의 얼굴을 떠올리며 와인을 음미했다. 이제 작은 고비를 겨우 넘겼을 뿐이지만, 자신의 승리였다.

시아트리히와 함께 와인 잔을 든 노아는 왕의 다리를 흘긋 바라보다가 넌지시 말했다.

"말에서 흥분제가 검출되었습니다."

"역시 그랬나."

타이밍 좋게 시아트리히를 무력화시킨 낙마 사고가 우연이라고 하기에는 말의 상태가 의심스러울 정도로 좋지 않았다.

"신약이라 기존 검사법으로는 검출하기 힘들었을 거라고 하더군요."

"왕을 암살하려면 그 정도 준비는 해야 했겠지."

시아트리히가 어깨를 으쓱였다. 노아가 말을 이었다.

"그 흥분제를 구입한 자의 명단을 얻었습니다."

"누구지?"

"길버트 사이드. 베넷의 사생아입니다."

"역시 베넷이군요."

나오미가 말했다.

"그렇겠지. 내가 죽으면 세상에서 제일 기뻐할 자들 중 하나니까."

시아트리히가 빙긋 웃으며 말을 받자 나오미가 고개를 끄덕였다.

"예. 베넷 백작님께서는 전하의 시신을 광장에 매단 다음 발밑에 불을 붙이고는 옆에서 춤을 추실 생각이실 겁니다."

시아트리히가 나오미를 바라보자 그녀가 눈을 마주친 채 말을 이었다.

"노래도 부르시겠죠."

"그런 끔찍한 소리를 왜 그렇게 즐겁게 얘기하나? 즐거워?"

"착각이십니다, 전하."

못마땅한 표정을 짓던 시아트리히가 다시 노아에게로 몸을 돌렸다.

"그래서 그 사생아는?"

"베넷이 의뢰했다는 자백을 받기 위해 지하로 옮겼습니다."

시아트리히가 고개를 끄덕였다. 지하로 갔으니 별 이변이 없는 한 곧 자백을 받을 수 있을 테고, 낙마 사고의 원흉을 잡아들일 수 있으리라. 시체를 광장에 매달고 춤추는 건, 베넷이 아니라 시아트리히가 하게 될 것이고.

만족스러운 미소를 띤 시아트리히는 노아를 가만히 응시하다 불쑥 물었다.

"약혼녀가 생겼다면서. 이름이…… 라리아나?"

"아까도 말씀드렸지만, 레리아나 맥밀런 영애십니다."

나오미가 한숨을 쉬며 그의 말을 정정했다. 시아트리히가 '그래, 레리아나.'라고 답하며 말을 이었다.

"내가 진통제에 취해 해롱거리는 동안 갑자기 무슨 심경의 변화가 있었기에 약혼을 한 거야?"

흥미 가득한 눈빛을 한 시아트리히가 와인을 머금었다. 키이스는 어딘지 불안해하는 기색으로 눈동자를 이리저리 굴렸다. 이를 눈치챈 나오미가 왜 그러냐며 옆구리를 찔렀지만, 그는 입을 더 꾹 다물 뿐이었다.

노아는 드물게 머뭇거리며 운을 뗐다.

"……일이 좀, 있었습니다."

노아는 그간 레리아나와 있었던 계약에 대해 간략하게 설명했다. 시아트리히는 곧 김샌 표정으로 말했다.

"그럼 이제 파혼하겠군."

"예?"

노아가 미간을 찌푸리며 반문했다.

"폐회했으니 이제 옥새로 책잡힐 일도 없겠다, 그 못된 약혼자 문제도 해결됐겠다. 파혼만 남은 거 아닌가? 노아, 너도 계약 약혼을 지지부진 끌고 싶진 않을 것 아닌가."

"……아."

작게 신음성을 낸 노아가 턱을 쥐고 시선을 돌렸다. 시아트리히는 심상치 않은 그의 반응에 와인 잔을 내려놓았다.

'뭐지, 저 반응은…….'

자신이 진통제에 아직 취해 있는 건지, 아니면 노아가 지금 똥 마려운 개처럼 구는 게 맞는 건지, 알 수가 없었다. 시아트리히가 나오미를 바라보자 그녀도 고개를 저었다. 노아가 이상한 게 맞다는 뜻이었다.

잠깐 침묵하던 노아는 찬찬히 입을 뗐다.

"……아뇨. 레리아나는, 약혼녀로서 아직 해 줘야 할 일이 있습니다."

한참 뒤에야 나온 말이었다.

순간 시아트리히는 지팡이를 놓칠 뻔했다. 그는 눈치가 빠르고 다른 사람들이 숨긴 감정을 잘 읽어 냈다. 물론 노아도 예외는 아니었고. 시아트리히는 노아의 침묵 속에서 그가 무엇을 감추고 있는지 아주 명확하게 읽어 냈다.

시아트리히가 피식피식 웃으며 말했다.

"너도 그런 쪽으로는 참, 둔하구나."

"갑자기 무슨 말씀이십니까."

노아가 헛소리하지 말라는 표정으로 눈썹을 구겼다.

그러나 다시 눈동자를 흥미로 반짝인 시아트리히는 아니라며 손을 내저었다. 그러고는 두 손으로 지팡이를 잡고는 음흉하게 미소 지었다.

* * *

레리아나는 문고리를 잡다가 문득 손을 내려다보았다. 반지가 약지 마디에 걸려 있었다.

'살이 빠지긴 했나.'

약혼식을 치르기 전, 사이즈를 맞춰 놓았던 반지였다.

식사량이 줄진 않았던 것 같은데. 레리아나는 지난 일들을 떠올리며 눈을 가늘게 떴다. 스트레스 때문인가. 그녀는 헐렁한 반지를 굴려 다시 손가락 끝까지 끼워 넣었다.

째깍거리는 고풍스러운 시계를 바라보니 시간은 벌써 저녁때였다. 헤일리가 금박이 둘러진 편지 한 통과 신문을 들고 그녀에게로 다가왔다.

"영애, 서신이 왔어요."

"서신?"

"예, 신성국에서 온 편지네요."

레리아나의 얼굴이 일그러졌다.

"영애?"

"으응?"

"표정이……."

"표정?"

레리아나는 도대체 무슨 이야기를 하는지 모르겠다며 고개를 기울이며 살짝 미소 지었다. 그러곤 우아하게 편지를 받아 들었다. 고풍스러운 필체의 첫 줄은 이렇게 쓰여 있었다.

「레리아나, 할아버지다. 네가 떠난 이후로 밤잠을 설치며…….」

히이카가 레리아나를 위해 신전에 자리를 구비해 두었다는 이야기나, 신성국으로 오면 50미터짜리 제 동상을 보여 주겠다는 등의 글을 훑은 레리아나는 다시 서신을 고이 접었다. 그리고 벽난로에 편지 끄트머리를 집어넣어 조심스레 태우기 시작했다.

"영애?!"

헤일리가 당황해 레리아나를 불렀다.

"행운의 편지였어. 보면 불행해져."

"……신성국에서요?"

"응."

헤일리는 믿을 수 없는 것 같았지만, 레리아나는 서신을 말끔하게 태운 후에 후련한 얼굴로 일어섰다.

"테일러 경은 아직도 돌아오시지 않았어?"

"예."

"……그래."

창문 앞으로 다가간 레리아나는 고개를 주억거리며 생각에 빠졌다. 비 냄새가 진하게 풍겨 왔다.

"가을비가 이제 그쳤네요. 비가 그치면 본격적으로 겨울이 되겠어요.”

“……가을비.”

가을비. 레리아나는 가을비를 다시 한 번 읊조렸다. 무언가가 생각이 날 듯 말 듯, 머릿속에 대롱대롱 걸려 있는 것처럼 느껴진다.

그때 헤일리가 그녀에게 신문을 건넸다. ‘드디어, 내일 회기 종료. 옥새의 행방은?’라고 쓰여 있는 신문의 헤드라인이 눈에 들어왔다.

‘맙소사.’

어떻게 까맣게 잊고 있었을까.

“영애?”

레리아나가 뛰어나가자 뒤에서 헤일리의 외침이 멀어졌다.

* * *

레리아나는 바로 마구간에서 말을 꺼내 저택 뒤편의 사냥터로 향했다. 그곳을 지나 구불거리는 길을 따라가면 윈나이트 가문의 묘지가 나온다.

‘원작대로라면.’

레리아나는 고삐를 강하게 쥐었다. 원작대로라면 ‘그녀’가 올 것이다.

다른 무엇보다도 베아트리스를 만날 수 있지 않을까, 하는 생각이 머리에 차 있었다. 목적지에 다다르자 레리아나가 말에서 내렸다.

‘저 앞에.’

걸음이 빨라졌다.

'사람의 인영이.'

나무 너머로 노란빛을 띤 머리칼이 보였다. 가슴이 아플 정도로 뛰어 댔다.

'베아트리스-'

레리아나가 그녀의 이름을 되새기며 발을 옮겼다.

인기척을 느낀 이가 뒤를 돌아보았다.

* * *

원래라면 노아 대신 윈나이트 공작이 되어야 했던 로버트 윈나이트는 가족들과 함께 배를 타고 체이미스로 돌아오던 중 선박 사고로 사망했다. 1100명가량의 사상자를 냈던 끔찍한 사고였다. 윈나이트 가문에는 건강상의 이유로 저택에 남아 있던 안주인만이 살아남았다.

하루아침에 가족을 모두 잃은 그녀는 외조카이자 제2왕자인 노아에게 작위를 넘기고 영지로 도망치듯 떠나 버렸고, 로버트 윈나이트만이 반젤리오가 31번지에 남게 되었다.

노아는 그 로버트 윈나이트의 무덤에 옥새를 묻었다. 그러니 이곳에는 분명 공작가의 묘지가 있어야 했다.

하지만…….

레리아나는 허허벌판을 바라보며 입술을 깨물었다.

그녀의 옆에서 담배 연기가 피어올랐다. 남자는 입에 문 담배를 바닥에 던지고 발로 밟아 불을 껐다.

"제게 무슨 볼일이라도 있으십니까?"

"아, 그게."

단번에 긴장이 풀린 레리아나는 그대로 쪼그려 앉아 숨을 골랐다.

"괜찮으십니까?"

떨리는 연녹색 눈동자가 그를 바라보았다. 그녀는 눈을 한 번 깜빡이고, 다시 한 번 비어 있는 땅에 눈길을 주었다가 그에게로 시선을 돌렸다.

베아트리스가 아니다. 제 앞에 서 있는 이는 연한 백금색 머리카락의 남자였다. 그의 깊은 눈매가 레리아나에게로 향해 있었다.

"네. 괜찮습니다."

레리아나는 무심결에 잡은 남자의 팔을 황급히 떼어 냈다.

"제가 사람을…… 착각했네요."

머리가 복잡했다. 책에서는 분명 회기 종료 전날, 베아트리스가 이 무덤을 찾았건만…….

남자는 레리아나를 가만히 지켜보더니 코트를 벗곤 바닥에 깔아 그녀를 부축해 일으켰다.

"여기 앉아요. 여자는 찬 바닥에 앉는 거 아닙니다."

"예에?"

아니. 굳이 앉을 생각은 없는데.

남자는 살갑게 웃으며 제 코트 위에 레리아나를 앉혔다. 그리고 입고 왔던 재킷을 벗어 레리아나의 어깨에 둘러 주었다.

레리아나가 감사를 표하자, 어깨를 으쓱한 그는 맞은편에 앉아 들고 온 양주를 따기 시작했다.

'갑자기 술판인가?!'

"오랜만에 돌아오니 친구의 묘는 사라져 있고, 같이 마시려고 들고 온 술만 덩그마니 남았으니."

그는 어디서 가져왔는지 작은 컵 두 개를 꺼내 앞에 두었다.

"이것도 인연인데, 술 동무나 한번 해 주세요."

그는 아주 넉살 좋게 술을 따라 건넸다. 레리아나는 공손하게 술을 받아 들었다.

"친구분이시라면……."

"로버트 윈나이트라고, 아십니까?"

"아아, 네."

"참 좋은 친구였는데, 일찍 가 버렸죠. 빌린 돈도 안 갚고……."

"윈나이트 가문 사람이 돈을 빌렸다고요?"

추우면 지폐를 땔감으로 쓸 것 같은 윈나이트 가문이?

"안 믿겨요?"

"네, 전혀."

"생각해 보니 제가 빌렸을 수도 있겠네요."

레리아나가 실소를 터트렸다. 남자는 싱글싱글 웃다가 말했다.

"방금 묘지기를 만났는데, 도굴 사건이 있어 묘를 전부 윈나이트 영지 내로 옮겼다고 하더군요."

"……도굴 사건."

레리아나가 그의 말에 따라 읊조렸다. 그런 건 원작에서는 나와 있지 않다. 아마 자신 때문일 것이다. 도굴 사건이란 핑계로 묘지를 옮기면서 일부러 옥새의 위치를 바꾼 것이겠지.

그녀가 눈을 내리깔고 고개를 천천히 주억거리자 남자가 밝은 목소리로 물었다.

"술맛, 괜찮죠?"

"아, 네."

꽃 향이 나는 부드러운 술이었다. 목 넘김도 좋고 술 특유의 알콜 맛이 거의 느껴지지도 않아 먹기 편했다.

"로버트 녀석이 즐기던 술이에요. 입맛이 고급인 데다 도수도 세지 않아서 숙녀분이 마시기에도 좋을 겁니다."

그는 살갑고 친화력이 넘치는 사람이었다. 통성명 한번 하지 않았는데, 정말 오랫동안 알고 지냈던 지인처럼 친근하게 이야기를 건넸다. 그는 근 1년 반 동안 체이머스를 떠나 있었다고 했다. 남자는 세계 각지를 여행하면서 보고 듣고 행했던 재미있는 일화들을 생생하게 묘사했다.

"그래서 이제 벨리아 공국은 못 들어갑니다. 다시 체포당하면 목이 잘릴걸요. 기름에 튀겨지거나."

"튀겨져요?"

"그쪽 사람들이 좀 야만적이거든요."

그는 눈을 동그랗게 뜬 레리아나를 보며 미소 지었다.

"그런데 애인이에요?"

"애인이라뇨?"

"저랑 착각한 사람이요. 애인 아니에요?"

"아, 아니에요. 그런 사람은 아니고."

실소한 레리아나가 부정했다. 그러다 제 꼴을 보고 그가 왜 자신을 애인으로 착각했는지 알 것 같다는 깨달음을 얻었다. 흐트러진 옷, 말 타고 달려오느라 산발이 된 머리, 급하게 나오느라 구두는 짝짝이. 게다가 간절한 눈빛으로 팔을 잡아챘으니.

'나 버리고 가는 남자 바짓가랑이라도 붙드는 상황인 줄 알았나.'

레리아나는 손으로 머리를 단정하게 빗었다. 왜 남자가 제게 술을 따라 주는지 알 것 같아 부끄러웠다. 남자는 그럼 누구기에 그렇게 애타게 찾는지 궁금한 표정으로 레리아나를 바라보았다.

으음, 신음성을 낸 레리아나는 술을 홀짝이며 입을 뗐다.

"여기 와야 할 사람이 있었는데, 안 왔네요. 저 때문에요. 그래서 꼭 만나야 되는 두 사람이 저로 인해 만나질 못하게 됐어요."

"흐음."

레리아나는 최대한 어색하지 않도록 에둘러 말했고, 남자는 고개를 끄덕이기도 하고 추임새를 넣기도 하며 얘기를 들어 주었다.

"그러니까, 연인이 있는 남자와 정략 약혼을 하게 된 건가요?"

"음, 비슷해요."

그의 머릿속에서 레리아나는 연인 사이에 낀 정략혼자, 정도로 생각되는 것 같았다. 엄청나게 다른 상황은 아닌 듯해서 레리아나는 그가 그렇게 오해하도록 내버려 두었다.

"그 상대 여자가 오늘 여기에 오기로 했던 거고?"

"음, 네."

"당신은 그 여자를 데려가서 남자와 만나게 해 주려고 했던 거고요."

"네에. 그러려고 했어요. 이젠 못하겠지만."

남자는 이상하다는 듯 갸웃거리다가 말을 내뱉었다.

"왜 그래요?"

"네?"

"왜 그런 짓을 해요. 당신이."

"아."

잠시 고민하던 레리아나가 고개를 기울였다.

"그냥 저 때문인 것 같아서요. 저 때문인 것도 맞고."

"뭐, 둘이 만나지 못한다면 그저 거기까지였던 거겠죠."

"……?"

"무슨 일인지는 모르겠지만, 한 번 사는 자기 인생, 자기가 챙기는 거지. 안 그렇습니까?"

"네에?"

레리아나가 눈동자를 올려 바라보자 그가 머리를 쓰다듬었다.

"자자, 일단 마셔요."

남자는 능글맞게 웃으며 레리아나가 쥔 컵에 술을 가득 따랐다. 그녀가 웃음을 터트렸다.

"그게 무슨 소리예요."

"무슨 일인지는 잘 모르겠지만, 그쪽은 그쪽대로 알아서 하라고 하세요. 제 사랑과 제 운명은 자신이 쟁취하는 것 아니겠습니까."

"음, 그건 그렇죠."

레리아나가 고개를 주억거렸다. 그녀 자신도 제 살길은 제가 찾아내서 지금까지 멀쩡히 살아 돌아다니고 있는 것 아닌가.

"설득력 있네요."

"그렇죠?"

그가 어깨를 으쓱이며 능청스럽게 말했다. 레리아나가 쾌활하게 웃으며 술을 들이켰다.

남자는 사랑이 얼마나 덧없는지, 바람 불면 날아가는 민들레씨보다 더 가벼운 게 사람 마음이라며, 영원한 사랑을 맹세하면서 아내를 10번이나 갈아 치운 왕에 대한 이야기를 즐겁게 떠들었다. 얼마나 영원이란 단어를 남발했던지, 그 왕국의 사람들은 영원의 사전적 의미를 변경해야 한다는 얘기까지 한단다.

휘이잉.

바람이 불자 그가 춥지 않느냐고 물어 왔다. 레리아나는 고개를 저었다. 술 때문인지 배 속부터 몸이 따스했다. 웃고 떠들며 그와 얘기하다 보니 어느새 소란스럽던 마음이 한결 진정되는 것처럼 잔잔해져 있었다.

'신기한 사람이네.'

레리아나는 저 너머 산등성이를 바라보는 남자를 바라보았다.

'왜 기시감이 들지.'

아무리 뒤져 봐도 저 남자를 본 기억이 없는데 어쩐지 익숙한 느낌이 들었다. 노란 달빛처럼 빛나는 백금색 머리카락에 보석처럼 빛나는 보라색 눈동자, 모난 곳 없는 얼굴선이나 그윽한 느낌이 드는 이목구비까지.

이 세계에 온 이후, 노아 외에 저만큼 잘생긴 외모를 가진 남자는 처음이었다. 저런 수려한 외모라면 스쳐 지나갔어도 잊어버릴 것 같진 않은데, 이상한 일이었다.

늦은 오후의 햇살은 짙게 타올랐다. 바람이 한 번 더 세게 불었고 나무에서 마지막 잎사귀들이 후두둑 떨어졌다. 남자는 컵에 조금 남아 있던 술을 한 번에 들이켰다.

"제가 숙녀분을 너무 늦게까지 붙잡고 있었네요. 댁이 어디십니까? 제가……."

데려다주겠다는 이야기를 꺼내기도 전에 레리아나가 말을 막았다.

"아뇨, 괜찮아요. 말도 가져왔고. 또……."

"아, 외간 남자랑 댁 앞까지 함께하시기는 좀 곤란하시겠군요.

아쉽네요."

정말 아쉽네요, 라고 웃으며 답한 레리아나가 엉덩이를 툭툭 털며 일어섰다.

"오늘, 고마워요."

"별말씀을."

레리아나는 웃으며 말을 묶어 두었던 곳으로 걸어갔다.

* * *

저스틴 샤말은 기지개를 펴며 일어섰다. 코트를 집어 올리는데 문득 그녀의 짝짝이 구두가 떠올라 피식 웃음이 나왔다. 제 팔을 잡은 연녹색 눈동자가 파르르 떨리는 것을 보니 자신도 모르게 말을 걸고, 술을 권하고 말았다.

강렬한 첫인상 때문인지는 몰라도 묘한 매력이 있는 여자였다. 작고 부드럽게 웃는 것을 미덕으로 여기는 귀한 가문의 여식답지 않게, 정말 즐거운 듯 커다랗게 웃는 모습은 절로 시선을 사로잡는 힘이 있었다.

그는 마른 풀이 묻은 코트를 바람에 팡팡 털었다.

상당한 미인이던데. 저런 약혼녀를 두고 다른 애인을 두다니, 그녀의 약혼자도 참 배가 부른 건지, 사랑꾼인 건지.

"그러고 보니 이름도 안 물어봤네."

어차피 다시 만날 사람도 아닌가. 저스틴은 어깨를 으쓱하고는 코트를 입고 발을 옮겼다.

* * *

"괜찮으세요? 방으로 들어가지 않으셔도 되시겠어요?"

"응. 여기가 따듯해."

헤일리의 물음에 응접실 소파에 앉아 있던 레리아나가 빙긋 웃으며 답했다.

방금까지 온갖 호들갑을 겪었더니 아픈지도 잘 모르겠다. 원체 조용하던 온 저택에 수런거림이 파도처럼 밀려들어서 아직도 조금 당황한 상태였다. 모든 것은 공작저로 돌아온 레리아나가 재채기를 한 번 하고 나서 시작됐다.

"엣취!"

가장 먼저 헤일리가 '주치의!'라며 소리쳤다. 이 소리를 들은 집사 기디언과 로이드가 응접실로 뛰어 들어왔다. 기디언은 다시 주치의를 부르러 뛰어갔고, 로이드는 발을 동동 구르다 주방에서 특제 레시피 음료를 가져왔다. 로이드와 같이 온 하인들은 줄줄이 담요를 가져오고, 헤일리는 손을 데워 준다며 옆에서 줄곧 손을 잡고 있고…….

거기다 5분마다 고용인들이 한 번씩 들어와서는 몸은 좀 괜찮으시냐며 물어 왔다. 그들은 저마다 담요나 감기에 좋은 음식들을 가지고 와서 레리아나 옆에 두고 떠났다. 병문안 선물을 잔뜩 받은 레리아나는 담요와 음식에 파묻힌 채 자신이 공작저에서 꽤 애지중지 과보호당하고 있다는 사실을 새삼 깨달았다.

조금 부끄럽다.

주치의가 감기 기운이 있다며 약을 처방하고 자리를 뜬 이후, 헤일리는 계속 옆에 앉아 있었다. 그때 기디언이 그녀를 불러냈다.

"헤일리, 잠시 이리로."

헤일리가 레리아나에게 인사를 하고 나갔다.

응접실 문이 닫히자 레리아나는 소파에서 꾸물꾸물 내려와 벽난로 앞에 쪼그려 앉았다. 방에는 불의의 사고를 예방하기 위해 벽난로를 설치하지 않는다니 아쉽다.

레리아나는 멍하니 너울거리는 불꽃을 바라보았다.

'…….'

불꽃은 오늘 그 허허벌판 위에서 타오르던 놀처럼 보였다. 왜 예상치 못했을까. 장소를 바꾸는 것은 누구나 생각할 만한 당연한 수순일 텐데.

'이제 미래는 완전히 달라지는 건가.'

옥새는 베아트리스를 위한 것이다. 베아트리스와 노아의 연결점. 그러나 옥새도 없어졌고 베아트리스도 나타나지 않았다.

"아아아—"

레리아나가 무릎에 얼굴을 파묻었다. 사실 그녀는 베아트리스가 묘지에 오지 않은 이유를 알고 있었다. 그 이유는 아주 명확하고도 당연했다.

'레리아나 맥밀런'이 죽지 않았기 때문에.

하지만 레리아나는 애써 이 사실을 외면하고 있었다. 반젤리오가 31번지는 노아와 베아트리스가 처음 만나는 장소니까, 틀림없이 여자 주인공인 베아트리스는 이곳에 오게 될 것이라고……. 그렇게 믿고 싶었다.

그리고 결국 베아트리스는 오지 않았다.

'내가 어떻게 할 수는 없는 거겠지.'

답답한데 한편으로는 마음이 가볍기도 하다. 그 친화력 넘치는 술친구가 해 준 말 때문인지, 아니면 다른 이유인지…….

"엣취!"

재채기를 한 레리아나가 코를 훌쩍였다. 보통 축복을 받으면 한 달은 벌거벗고 눈밭을 굴러도 감기 걱정은 없다고들 했다. 그녀는 특별히 대신관의 축복을 받았고 그러니 1년은 병마 걱정 없이 거뜬하겠다는 이야기를 들었으나, 다 거짓부렁이었다.

몸이 으슬으슬했다. 한기가 들자 레리아나는 몸을 덮은 담요를 꾹 쥐고 몸을 더 웅크렸다. 급하게 나가느라 옷을 제대로 챙겨 입지 않았더니 금세 감기 기운이 올라와서 몸이 떨렸다. 그녀는 집사 로이드가 주고 간 특제 레시피 음료를 한꺼번에 들이켰다. 술이 들어서인지 몸 안부터 따듯해지는 느낌이 들었다.

"졸리다."

레리아나는 눈을 비볐다.

여기서 자면 안 되는데.

"후."

잠을 좀 깨 보려고 입으로 숨을 내뱉는데, 응접실 문이 열렸다.

"레리아나."

"……?"

레리아나가 담요를 가득 둘러싼 바람에 겨울잠 준비를 하는 곰처럼 비대해진 몸을 돌렸다.

문을 연 것은 노아였다. 그가 성큼성큼 다가오며 말했다.

"겨울이 온지도 모르고 나가 놀다가 감기 걸렸다면서."

뭐?! 레리아나가 코를 훌쩍이며 눈을 가늘게 떴다.

"……누가 그래요."

"전부 다."

"놀러 나간 게 아니라. 오늘은 전부 당……."

당신 때문에 나간 거라고 말하려다 입을 다물었다. 왜 나 때문이냐, 물어도 대답하기 곤란했기 때문이다.

당신이 만나야만 하는 여자를 소개시켜 주려고. 약혼자지만 뚜쟁이 노릇을 하려고. 이게 무슨 아이러니하고 기괴한 이야기란 말인가. 그 상황을 정상인답게 설명할 자신이 없다.

그리고 또 한 가지 이유는…… 그냥 말하고 싶지 않았다.

'왜지.'

눈썹을 찌그러트린 레리아나는 입술을 살짝 깨물었다.

"왜, 끝까지 말하지."

노아가 레리아나 앞에 바짝 붙어 앉았다. 그는 손등으로 레리아나의 볼에 손을 대며 열을 쟀다.

"약은?"

"먹었어요."

불현듯 노아가 얼굴을 들이대더니, 슬쩍 인상을 찌푸리며 말했다.

"술 냄새 나."

"아, 술도."

"술도?"

"감기에 좋대서……."

집사 로이드가 자신이 살던 지방에서 자주 마시는 감기에 직빵인 레시피가 있다면서, 술에 배와 대추 등등을 갈아 넣은 음료를 만들어 건넸다. 뭔가 걸쭉하고 물감 섞은 색을 지녀 불쾌해 보이는 비주얼과는 달리 맛은 괜찮았다. 새콤하고 이국적인 맛에 홀려 홀짝홀짝 먹어 대니 로이드는 잘 마신다며 몇 잔을 더 갖다 주었고, 정신을 차리고 보니 꽤 많은 양을 마신 후였다.

거기다 오늘 낮에는 정체불명의 남자와 주거니 받거니 술판을 벌이기도 했고.

"그래서 못 일어나고 있는 거야?"

"으음……. 비슷해요."

"비슷한 게 아니라 맞는 거겠지."

노아가 다가와 레리아나의 팔을 제 목에 감고 두 팔로 안아 들었다.

"아."

몸이 들리자 레리아나가 반사적으로 그의 목에 꽉 힘을 주었다.

"잠깐, 만요."

"안 잡아먹어."

레리아나가 작게 하품을 하며 말했다.

"누아 그러케 생각한댔나……."

"혀 꼬이는데. 취했어? 또 토하려고?"

또? 내가 언제, 라고 말하려던 레리아나가 문득 멈칫했다. 그러고 보니 노아가 맥밀런가로 찾아왔을 때 조금 비슷한 상황이 있었지.

"아니, 또 언제적 일을……. 그리고 그때 토 안 했어요."

할 뻔했던 거지. 레리아나가 팔을 확 풀고 투덜거리니, 노아가 알았다며 레리아나의 팔을 다시 제 목에 감았다. 졸지에 다시 노아를 끌어안고 목에 코를 박은 레리아나는 눈을 빠르게 깜빡였다. 심장 박동이 빨라진다.

'뭐야. 술기운 때문인가.'

그녀가 마른 입술을 혀로 적셨다.

노아는 레리아나를 안은 채 복도를 걸었다. 취기가 점점 돌기 시작하는지, 노아가 걸을 때마다 눈앞이 어지러웠다.

복도에 난 창에서 달빛이 쏟아져 들어왔다. 달빛을 받은 노아의 옆모습을 바라보다 레리아나가 머리를 기울였다.

자박자박.

규칙적인 발걸음 소리가 듣기 좋았다. 눈이 감긴다. 그녀는 느릿하게 눈을 한 번 깜빡이다가 조용히 말했다.

"이상해요."

"뭐가?"

"당신이 나한테 잘해 주는 거."

"그렇게 생각해 줄 줄은 몰랐는데."

노아가 레리아나의 방문을 열다가 웃으며 말했다.

"……가끔요."

레리아나가 인상을 찌푸렸다. 술을 과하게 마셨는지 알딸딸하고 들떠서 아무 말이나 툭툭 흘러나오는 것 같다.

노아는 그녀를 침대 위에 눕혔다.

"이제 자. 당신 열 있어."

폭신하고 따스한 침대에 누우니 졸음이 밀려 들어왔다. 레리아나는 필사적으로 눈에 힘을 주며 노아를 잡았다.

"아직…… 말 안 끝났어요."

노아가 작게 한숨을 쉰 후에 침대 끄트머리에 앉았다. 그는 어디까지 주정을 부리나 봐주겠다는 얼굴로 물었다.

"뭔데."

"……또."

"응."

고개도 제대로 못 가누고 인상을 찌푸린 레리아나가 우물거리며 말했다.

"……요즘, 이상하게 당신이 신경 쓰여."

노아가 입을 다물었다.

"……."

침묵은 손에 잡힐 듯 짙었다. 이를 깬 것은 레리아나였다.

"엣취! 엣취!"

레리아나가 연신 기침을 하며 코를 훌쩍였다. 몸은 으슬으슬하고, 눈은 자꾸 감겨 왔다. 아무래도 더 이상은 눈 뜨고 버틸 수가 없을 것 같다.

그냥 자 버리려고 눈을 감으려는데 노아가 두 손가락으로 레리아나의 턱을 만지작거렸다.

"감기, 낫게 해 줄까."

"어떻, 게요……."

레리아나가 졸음이 쏟아지는 눈을 깜빡거리며 맹하게 대답했다. 어설프게 경계가 풀린 모습에 슬쩍 웃은 노아가 눈을 내리깔았다.

"감기는 옮기면 나아."

내내 졸음을 참던 레리아나의 눈꺼풀이 결국엔 감겼다.

그러니까 이건, 감기 때문이야. 중얼거린 노아가 레리아나에게 입을 맞췄다.

11장

시집살이

시집살이

노아가 시아트리히를 만나고 난 다음 날이었다. 시아트리히는 바둑을 두자는 핑계로 키이스를 불러냈다.

"봐야겠어."

키이스는 시아트리히가 문득 내던진 말에 돌을 두려던 손을 멈칫했다. 시아트리히는 여전히 판을 뚫어지게 바라보며 돌을 자그락거리고 있었다.

"……누구를, 말씀이십니까."

안다. 시아트리히가 굳이 말하지 않아도 누구를 봐야겠다고 하는 건지 안다. 그래도 현실을 부정하고 싶었다.

"누구긴 누군가. 당연히 레리아나 양이지."

"그, 그건."

시아트리히가 레리아나란 이름을 입에 담자 키이스가 앞에 둔 바둑판으로 시선을 돌렸다. 지난번, 레리아나에 대해 말을 꺼냈다가

순결의 위협을 받게 된 키이스의 트라우마가 다시 솟아올랐다. 사랑하는 사람을 위해 남겨 놓았던 소중한 첫 경험이건만, 배신감과 배덕감을 느끼며 상실할 뻔했다.

"……힘드실 겁니다."

그것은 시아트리히도 잘 알고 있었다. 어제, 시아트리히는 노아에게 직설적으로 요청했다. 레리아나를 데리고 오라고.

그러나 노아는 레리아나의 전담 호위를 맡은 아담이 자리를 비웠고, 레리아나의 몸이 좋지 않으며, 지금 그녀는 이런저런 사정으로 제일 주목받고 있는 이들 중 하나가 됐으니 함부로 운신하는 것은 좋지 않다, 등등의 핑계를 대며 방어했다.

결혼이라도 해서 꼭 얼굴을 비쳐야 할 일이 생기지 않으면 절대 내보이지 않을 모양이었다.

"그래서 자네를 부른 게 아닌가."

이럴 줄 알았다. 키이스는 난처한 표정으로 손을 꾹 쥐었다. 왜 하필 나인가부터, 왜 노아는 왕의 말을 듣지 않는가에 대한 불만까지 많은 생각들이 파노라마처럼 오갔다.

"노아가 이상한 여자에게 꼬인 거면 어쩌려고."

"그렇지는……. 맥밀런 영애에 대한 조사는 이미 끝났고—"

"내가 확인해 봐야겠네. 자네, 당연히 도와줄 테지?"

시아트리히는 키이스의 말을 듣지 않고 말했다. 그는 돈을 갚지 않으면 네 딸이라도 데려가겠다는 고리대업자처럼 비열한 미소를 지은 채 눈을 맞추었다.

확인은 무슨. 분명 핑계다. 그냥 재미있어서 그러는 것이 빤히 보였다.

"그것이……."

키이스는 딸을 팔아야 하는 기로에 선 소작농의 심정으로 미간을 두드렸다.

"응?"

시아트리히가 되물었다. 키이스에게는 왕의 부탁을 거절할 명분도, 담력도, 배짱도 없었다.

키이스는 영혼 없는 표정으로 그저 알겠다며 고개를 조아렸다. 그러고는 팔을 터덜터덜 흔들며 조용히 집무실을 빠져나갔다.

시아트리히는 키이스가 떠나는 모습을 보며 낮게 웃었다.

"후후, 키이스는 요령이 없어."

"누구와는 다르게 선량한 데다 전하께 충심을 다하는 것 같습니다."

"누구가 누군데. 나한테 그런 건가?"

"아닙니다."

"그대는 점점 나를 비난하는 수완이 좋아지는 것 같아. 이제 좀 키이스를 보고 저 선량함과 충심을 배워 보는 게 어때."

"무리입니다, 전하."

나오미는 단호하게 말한 후에 처리할 일이 있다며 서둘러 집무실을 떠났다. 시아트리히는 가만히 앉아 있다 미간을 찌푸렸다.

* * *

몸이 개운했다. 감기 기운은 밤새 사라졌다. 며칠 고생하리라 예상했었는데 다행인 일이었다. 레리아나는 번쩍 일어나 가뿐한 몸을 이리저리 푼 후, 헤일리의 안내에 따라 식당으로 향했다.

식탁에 먼저 앉아 있던 노아는 레리아나에게 가벼운 인사를 건넸다. 평소와 별다를 것은 없어 보였으나, 레리아나는 노아의 반응에서 무언가 위화감을 느끼고 있었다.

'평소랑 똑같은 것 같긴 한데.'

그사이에 기디언이 다가와 레리아나에게 인사했다. 주방장이 내놓는 아침의 간단한 스프와 빵을 먹으며 어제 일을 몇 가지 떠올려 보던 레리아나가 인상을 찌푸렸다. 어젯밤에 응접실에 쪼그려 앉아 있는 걸 노아가 안아서 방에 데려다준 건 안다. 그리고…….

"……어제."

레리아나가 심각한 어투로 입을 떼자 스프를 뜨던 노아가 눈을 마주쳤다.

"응."

그가 스푼을 내리고 짧게 대답했다. 레리아나가 수저를 꾹 잡았다. 미간이 좁아졌다. 어제 분명히 무언가 있었다. 그녀가 조용히 물었다.

"나, 주정 부렸죠."

"……."

잠시 침묵이 흘렀다.

뭐지, 이 반응은? 레리아나가 의아해하는 중에 노아가 갑자기 재채기를 했다.

"어, 감기예요?"

"아니."

목을 가다듬던 노아가 즉답했다. 레리아나가 웃었다.

"전 다 나았는데."

그렇겠지, 노아가 작게 한숨을 내쉬었다.

* * *

노아는 레리아나에게 몸이 좋지 않으니 오늘은 방에서 쉬라 말했고, 기디언에게는 왕성에서 나온 사람들이 오면 레리아나가 없다고 말하라 명한 후에 등청했다.

그러나 시아트리히는 노아의 수를 파악하고 있었다. 시아트리히가 파견한 것은 근위대가 아니라 키이스였다.

온실을 걷던 레리아나는 기디언의 부름에 멈춰서 뒤를 돌아보았다. 기디언은 레리아나를 응접실로 인도하며 키이스가 자신을 기다린다고 전했다.

"백작님?"

키이스가 자신을 불러 만나자고 할 이유가 없는데. 레리아나는 의문을 가득 담아 키이스를 불렀다. 그는 꽤 난처한 얼굴로 인사했다.

"감기 기운이 있다 들었습니다만, 몸은 어떠십니까?"

"축복 때문인지 자고 일어났더니 싹 사라졌더라고요. 걱정해 주셔서 감사해요. 차는 어떤 걸로 드릴까요?"

"아뇨, 차는 됐습니다. 금방 다시 가 봐야 하니까요."

레리아나가 고개를 주억거리며 물었다.

"그럼 백작님, 무슨 용건으로 절 찾으신 건가요?"

"저어, 그러니까, 공작님께서 영애를 찾으시더군요. 그래서 제가 영애를 모시고 오겠다고 했습니다."

키이스는 허공을 바라보며 말했다.

"……공작님이요?"

레리아나가 심히 미심쩍다는 뉘앙스를 담아 물었다.

'왜 시선을 못 마주치고…….'

수상하다. 레리아나는 눈을 가늘게 뜨고 키이스와 얼굴을 마주치려 했으나, 그는 아주 재빠르게 고개를 휙휙 돌리며 피했다.

'뭐지?!'

오기가 생긴 레리아나는 눈을 마주치려 하고, 키이스는 피하려고 하고. 둘은 키이스가 벽에 부딪힐 때까지 응접실을 뱅글뱅글 돌았다.

"억-"

"어머, 괜찮으세요?"

"네, 아무렇지도 않습니다."

키이스는 웃고 있었지만 눈동자는 여전히 허공이었다.

'뭐지?'

레리아나는 고개를 갸웃거렸다.

키이스였다. 무슨 해를 끼칠 거라는 생각은 안 하지만 왠지 불안한 기분이 엄습했다.

"그럼, 가시겠습니까?"

"……예에."

미심쩍다는 표정을 한 레리아나는 키이스의 뒤를 따라 마차에 올랐다. 성으로 가는 내내 레리아나는 키이스를 께름칙한 눈빛으로 노려보았고, 키이스는 죄수처럼 고개를 들지 못했다.

"……백작님."

"예, 예?"

키이스가 화들짝 놀라 대답했다. 맞은편에 앉은 레리아나가 의심스럽다는 듯 눈을 가늘게 좁히며 그를 응시하고 있었다. 키이스가 펄떡펄떡 뛰는 심장을 애써 진정시키고 차분히 물었다.

"왜 그러십니까, 영애?"

레리아나가 몸을 숙여 가까이 다가왔다.

"그……."

"예, 예?"

"머리카락, 만져 봐도 될까요? 파란색 머리는 처음 봐서."

레리아나는 계속 그의 머리칼을 호시탐탐 노리고 있었다.

"아, 예. 얼마든지요."

키이스가 안심하며 얌전히 제 머리를 내주었다.

'부드러워.'

레리아나는 파란색 머리카락이 신기하다며 개 만지듯 쓸었고, 키이스는 속죄하는 마음으로 그녀에게 쓰다듬을 당하며 왕성으로 향했다.

키이스는 그녀를 왕성 아주 깊은 구역까지 인도해 들어갔다. 레리아나로서는 왕실 연회에 두어 번 참여해 봤을 뿐이어서 주변을 두리번거리는 데 여념이 없었다.

곧 둘을 맞이한 것은 나오미 오브라이언이었다. 그녀는 레리아나에게 정중하게 인사하고는 키이스에게서 레리아나를 양도받았다.

"이제부터 제가 안내해 드리겠습니다."

키이스는 이제 한결 마음이 가벼운지 조금 편안해진 기색으로 레리아나에게 인사했다. 레리아나는 나오미를 따라 복도를 걸었다. 화려하게 장식된 벽에는 역대 왕의 초상화가 나란히 걸려 있었고 왕들은 모두 근엄한 얼굴로 황금빛 눈동자를 빛내고 있었다.

레리아나가 이리저리 살피느라 걸음이 느려지자 나오미는 그녀를 조금 기다려 주었다.
"이쪽에서 기다리고 계십니다."
'여기서?'
왕성 구조는 잘 알지 못하나 치안대의 집무실 같지는 않았다. 내가 잘 몰라서 그러는 건가, 의아해하며 레리아나가 고개를 끄덕였다.
그러자 나오미가 문을 두드리며 레리아나가 왔음을 알렸다. 이내 문 안에서 들어오란 소리가 들렸고 나오미가 문을 열었다.
"노아?"
레리아나가 이름을 부르며 안으로 들어섰다.
"아, 어서 오게."
집무실의 주인은 레리아나의 목소리가 들리자 펜을 놓고 고개를 들었다.
'어?'
그와 눈을 마주친 레리아나의 고개가 슬며시 기울어졌다. 그녀를 맞이한 건 노아가 아닌, 그와 닮은 다른 남자였다. 이게 무슨 상황이람. 레리아나가 눈을 깜빡였다.
뒤에서 나오미가 못 본 척하며 시선을 돌렸다.
'……??'
레리아나가 어리둥절한 모습으로 섰고, 나오미는 뒤에서 문을 닫았다.
'갇혔나? 갇힌 건가?'
레리아나가 흠칫 놀라 닫힌 문을 보다가 다시 시아트리히에게로 고개를 돌렸다. 제일 먼저 눈에 들어온 것은 지팡이였다. 그는 골반 부근까지 오는 지팡이를 두 손으로 짚고 선 채였다. 그리고 짙은 밤하늘 같은 남색 머리칼과 장난기가 가득한 금안.

그는 눈동자를 빛내며 재밌다는 듯 레리아나를 바라보고 있었다.

"……."

"……."

누구 하나 먼저 입을 떼려는 사람이 없다. 괴로운 침묵 속에서 우물쭈물하던 레리아나가 먼저 입을 열었다.

"……전하?"

정신이 혼미해지는 바람에 잠깐 눈치채지 못했지만, 제 앞에 앉은 남자는 금안을 가지고 있었다. 황금빛 눈동자는 왕족의 전유물이다. 이를 방증하듯 책상 앞에는 동백나무와 사자가 그려진 왕가의 문양이 새겨져 있었고, 결정적으로 얼굴에서는 언뜻 노아의 모습이 보였다.

'네가 정말 왕이니?'라는 의문이 섞인 물음에 시아트리히가 환하게 웃었다.

"이제야 알아주는군."

역시 맞구나. 당황한 레리아나가 서둘러 머리를 조아렸다.

"송구합니다, 전하. 맥밀런가의……."

"인사는 됐네."

시아트리히가 손을 저으며 레리아나에게로 다가갔다.

"저쪽에 앉지. 이렇게 그대를 속여서 데리고 오게 된 것은 미안하게 생각해."

미안한 표정과 어투는 아니었다. 그러나 레리아나는 공손하게 '아닙니다.'라고 말하며 시아트리히가 손짓한 의자에 앉았다.

"노아가 그대를 꽁꽁 숨겨 놓고 보여 주려 하질 않지 뭔가. 더 궁금하게 말이야."

시아트리히가 싱글싱글 웃으며 말했다.

'……왜 그랬지. 보여 주기 싫었나.'

레리아나가 부끄러운 듯 웃으며 머리를 굴렸다. 어차피 협박으로 엮였으니 왕에게 인사시킬 필요까진 느끼지 못했을는지도 모른다. 살짝 서운함 비슷한 망측한 감정이 밀려들자 레리아나는 황급히 생각을 떨쳐 냈다.

"전하."

그때 나오미가 작게 시아트리히를 불렀다. 그는 시종을 불러 차와 다과를 준비하게 한 후에 지팡이를 짚으며 그녀에게로 다가갔다.

둘이 나지막이 속삭이는 것을 곁눈질하던 레리아나는 손가락을 꼭 잡고는 긴장한 기색을 감추지 못했다. 그녀는 긴장을 풀기 위해 이리저리 시선을 돌리다가 익숙한 물건을 발견하고는 고개를 멈췄다.

'여기서 바둑판을 보게 될 줄이야.'

그러고 보니 시아트리히는 한쪽 발을 못 쓰게 된 이후, 갖가지 테이블탑 게임을 섭렵하는 취미가 있다는 이야기를 원작에서 본 적이 있다.

레리아나는 바둑판의 돌을 만지작거리면서 둘의 이야기가 끝나기를 기다렸다. 그사이에 시종이 들어와 김이 모락모락 나는 차를 찻잔에 따라 주고 떠났다.

"미안하네, 일이 있어서. 아, 그건 동쪽에서 건너온 게임이야. 둘 수 있나?"

"예. 좋아하는 편입니다."

저번 생에서 오빠가 바둑 학원에 다니는 걸 알고 자신도 어머니를 졸라 배운 적이 있었다. 그땐 오빠를 이기고 싶어서 필사적으로 했었다. 반면 그녀의 오빠는 한 번 이겨 보겠다며 계속 덤벼드는 그녀가 귀찮아 바둑을 접었었다.

"그거 반가운데."

시아트리히의 얼굴에 화색이 돌았다. 바둑을 둘 줄 아는 사람이 많지 않아서 금세 질려 가던 참이었다. 시아트리히가 흰 돌을 쥐었고, 레리아나가 검은 돌을 쥔 후에 먼저 돌을 두었다.

"두통과 진정에 좋은 차야. 들게. 이번 일로 머리가 아파서 말이지."

시아트리히가 차를 마시며 말했다.

"아, 예산 협의 때문이시겠군요."

눈치를 보며 찻잔을 들어 올린 레리아나가 능숙하게 말을 받자, 시아트리히가 살짝 눈썹을 들어 올렸다. 예상치 못했던 대화의 흐름이었다. 가볍게 꺼낸 두통 이야기에서 예산 협의를 떠올릴 거라고는 생각지 못했다.

18살, 한창 제 화장이나 옷에 모든 관심을 쏟을 나이의 어린 영애가 그런 사안까지 관심을 두고 있을 줄이야. 눈치가 빠르고 시야가 넓었다. 기대되는데. 그가 밝은 어조로 대답했다.

"맞아. 이대로라면 재해 구호 기금을 더 줄이거나 세를 더 걷어야겠지."

시아트리히가 돌을 움직였다. 시아트리히의 수를 보며 레리아나는 찌그러지려는 표정을 겨우 폈다. 그가 생각보다 바둑을 잘 두었다. 잠들어 있던 레리아나의 승부욕이 꿈틀거렸다.

"재해 구호 기금을 줄여도 괜찮을 거라고 생각하시나요?"

"아니, 그렇지만 어쩔 수 없지."

레리아나가 차를 마시면서 고민에 빠졌다. 지금으로서는 시아트리히를 이길 방도가 떠오르지 않는다. 그녀는 돌을 만지작거리며 끙끙거리다 말을 이었다.

"음- 지난 전쟁 통에, 그리고 직후에 만들었던 임시 기구가 그 필요성이 인정되어 계속 남아 있지요."

"그런데?"

"어떤 이유인지 모르겠습니다만, 그 기구 전부를 구귀족이 운영하고 있고요."

"흐음, 맞아."

돌을 손가락으로 빙글빙글 돌리며 시아트리히가 옅게 미소를 지었다. 레리아나가 말을 이었다.

"관리, 유지비용 등의 명목으로 엄청난 예산이 할당되어 있기도 하고요."

"그렇지."

추임새를 넣은 시아트리히가 턱을 만지작거렸다.

시아트리히가 우세한 판을 보자 손이 드릉드릉한 레리아나가 판에 푹 빠져서 고개를 기울였다.

"제 생각에는 감사를 파견해 보시는 것도 좋을 듯합니다. 밑에서 보고하는 서류만으로는 알 수 없는 것들이 많지 않겠습니까."

엎치락뒤치락하던 판은 레리아나의 공격적인 수에 곧 엇비슷한 상태에 이르렀다. 시아트리히는 무슨 생각을 하는지 한동안 말없이 돌을 두고 있었다.

아, 막혔네. 어디에 두지. 끙, 소리를 내며 고심하던 레리아나가 팔짱을 꼈다.

"그런데."

"예?"

"그건 어찌 알았나?"

"뭘 말씀이십니까?"

"임시 기구 말이야."

"아-"

그야 원작에서 회계 내역을 조작하던 관리가 양심선언을 했던 이야기를 본 적이 있기 때문이지요, 라곤 말할 수 없으니 레리아나는 눈을 도로록 굴리다가 차분히 말했다.

"어디선가 돈 새는 냄새는 장사치가 제일 잘 맡는 법이지요. 부끄럽지만 저도 장사치의 여식인지라 이것저것 주워들은 것이 있습니다."

레리아나는 대충 둘러대며 수를 고민했다. 그리고 몇 가지 계산을 끝낸 후에 저도 모르게 입을 찢어 소리를 냈다.

"이겼……!"

시아트리히가 고개를 숙인 채 눈만 들어 그녀를 쏘아보았다. 레리아나는 주먹을 꾹 쥐었던 손을 슬그머니 내리고 다시 조신하게 미소 지었다.

"호호."

'나도 모르게.'

수가 보이는데 어쩔 수 없는 일이 아닌가. 언제나 이기는 건 짜릿하다. 즐거운 기색을 숨기지 못한 레리아나가 돌을 옮기는데, 탁- 판을 치는 소리가 크게 들렸다.

"레리아나 양."

"……예?"

여태껏 장난스런 모습이더니 갑작스레 근엄한 어조다. 레리아나는 어리둥절해 고개를 들었다.

"짐은 국왕일세. 나라의 근본이지."

갑자기 왜 이러시지. 레리아나가 불길한 예감을 안고 고개를 조아렸다.

"예."

"그런데 이런 하찮은 게임으로 머리를 어지럽혀서야 되겠나?"

'아, 진짜.'

고개를 숙인 채 눈을 꽉 감았다 뜬 레리아나는 방금 두었던 돌을 쥐어 다시 손에 들었다. 그러고는 정말 지당한 말씀이라 말하며 돌을 물렸다.

'안 지려고 별 말 같지도 않은 소리를…….'

졸지에 다 이긴 판을 지게 생긴 레리아나는 표정 관리를 하려 애썼고, 시아트리히는 흐뭇하게 웃었다.

"난 말이야."

"예, 전하."

"져 본 적이 없어."

'누가 왕을 이기려 들겠습니까.'라고 속으로만 생각한 레리아나가 그게 자신이라는 것을 깨닫고 숙연해졌다.

'나구나, 나였어. 그 바보가.'

레리아나는 애써 표정을 숨기며 답했다.

"대단하십니다."

"그러니 내가 이길 때까지 내 선생이 돼 주어야겠어."

뭐라고? 흠칫한 레리아나가 시아트리히와 눈을 마주쳤다. 그가 웃으며 돌을 쥐고 손바닥에서 굴렸다.

레리아나가 나오미를 바라보자 나오미가 쯧쯧, 소리를 내며 안타깝다는 표정을 지었다.

'……왜, 왜 그런 표정이지?'

나오미의 반응에 불안함이 발끝부터 머리끝까지 덮쳐 왔다.

"저…… 말씀이십니까?"

"응."

"아……. 저는…… 그게, 제가 전하께 가르침을 드릴 만한 실력도 아니거니와……."

여기서는 도망칠 수도 없고 큰일이다. 어떻게 거절해야 할지 생각하는 레리아나의 눈동자가 위아래, 양옆으로 데굴데굴 구르자 시아트리히가 씨익 웃었다.

"짐은 왕이야."

"예에."

"거절은 안 돼."

"……예."

어째 형제인데 분위기는 판이하다 싶었더니, 피는 못 속인다고 제멋대로 결정하고 밀어붙이는 것이 노아와 닮았다.

"내가 언제 두고 싶을지 모르니 그동안은 성에서 지내도록 해."

"예?!"

"노아에게는 내가 잘 말해 두도록 하지."

시아트리히가 그 특유의 장난기 가득한 미소를 지었다.

일이 꼬이면 이렇게 되는구나. 레리아나는 쓴웃음을 지었다.

"한 번 더 둘까?"

시아트리히가 판 위에 쌓인 돌을 쓸어 모았다.

* * *

"전하, 어찌 그러셨습니까. 얼굴만 보고 돌려보내 드릴 거라 하셨잖습니까."

나오미가 닫힌 문을 바라보다 몸을 돌리며 말했다. 시아트리히가 눈썹을 들어 올리며 뻔뻔하게 답했다.

"노아를 위해서지."

"……그게 무슨 말도 안 되는 소리십니까."

"사랑에는 고난이 필요한 법 아닌가."

저 징닌스리운 표정을 보니 쉽게 보내 줄 생각은 아닌 것처럼 보였다.

"쯧쯧."

"혀 좀 그만 차면 안 되겠어?"

"영애가 안타까워서 저도 모르게 차게 됩니다."

"그렇게 안타깝다면 그대가 신경 좀 써 줘. 건국 기념 만년필이라도 쥐어 주든지."

"쯧쯧쯧."

시아트리히가 서랍에서 건국 기념 만년필을 찾다가 말했다.

"아, 그리고 레리아나 양이 말한 것들에 대해서는……."

"조사해 보겠습니다."

시아트리히가 가볍게 고개를 끄덕였다.

"좋아, 좋아."

시아트리히가 싱글싱글 웃었다. 레리아나를 데리고 노아나 잔뜩 놀려 줄 생각이었는데, 예상외의 수확을 얻어 기분이 들뜬 상태였다.

"이제 18살이라고 했던가."

"맥밀런 영애 말이십니까? 예, 맞습니다."

"어린데 영리하군. 바둑도 잘 두고."

나오미는 시아트리히의 인간 수집병이 또 도지는 건가 싶어 조마조마했다.

"레리아나 양에 대한 파일, 나한테도 가져다주게."

"예, 전하."

"그리고 노아에게도 전해 주고. 레리아나 양은 내가 데리고 있다고 말이야."

시아트리히가 싱글거렸다. 나오미는 공작에게 약혼녀를 납치한 것을 무어라 포장해야 할지 걱정하며 팔짱을 꼈다. 미안하지만 키이스에게 모든 책임을 떠넘겨야겠다.

* * *

왕성에서의 첫날은 시아트리히와 저녁을 마치고 시녀의 안내에 따라 별채를 둘러보자 어영부영 흘러 지나갔다.

시아트리히는 왕성 대부분의 구역을 다닐 수 있도록 레리아나에게 통행패를 선물했다. 의원급 작위를 가진 귀족들만 받을 수 있는 패였다.

레리아나는 통행패를 만지작거리면서 소파에 눕듯이 쓰러졌다.

어쩐지 머리가 지끈거렸다. 왕성이라고 이래저래 신경을 써서 그런 걸까. 그 두통에 좋다는 차나 마셔 볼까 고민하던 레리아나는 바람이라도 쐴 겸 테라스로 나섰다.

난간에 손을 올리자 헐렁한 반지가 눈에 띄었다. 레리아나가 아래로 돌아간 약혼반지를 굴렸다. 새파란 보석에 달빛이 반사됐다.

"괜찮겠지, 그래 봤자 여기서 지내는 건 얼마 안 될 텐데."

노아는 약혼반지를 굴렸다.

저택으로 돌아와 레리아나를 데리고 있겠다는 시아트리히의 일방적 통보를 들은 지 얼마 지나지 않은 시각이었다.

그는 레리아나가 지내던 방이 빈 것을 확인하고 제 방으로 돌아왔다. 저택이 유난히 고요하다고 느껴지는 것은 그저 기분 탓인 건지 알 수가 없었다. 그는 소매를 걷고 소파에 앉다 문득 제 반지를 바라보았다.

"괜찮겠지."

시아트리히가 레리아나에게 위해를 끼치지는 않을 테고, 자신이 시아트리히의 농간에 놀아나면 더 큰 괴로움이 따라오게 되어 있다. 무시하는 게 상책이다. 시아트리히라면 제풀에 지쳐 레리아나를 놓아줄 테니.

며칠 떨어져 있는다고 해서 별일은 없을 것이다.

* * *

바둑은 그저 핑계일 뿐이었다는 걸 알고 있었다. 그렇다 해도 이건 너무하지 않은가. 레리아나는 헉헉거리며 시아트리히의 살랑거리는 남색 머리칼을 필사적으로 따라갔다.

왕성의 내부는 적들의 습격에 대비해 미로같이 설계되어 있었으며, 곳곳에 비밀 통로와 마법으로 발동되는 길을 잔뜩 만들어 두었다. 노아가 시아트리히를 만나기 위해 이용하는 장미 정원의 길도 그중 하나였다.

그리고 지금, 레리아나가 시아트리히를 따라 걷는 길도 마찬가지였다.

레리아나가 시종장의 안내에 따라 시아트리히의 집무실로 따라가니, 그는 오늘따라 가 보고 싶은 곳이 있다며 책장의 조각상을 만졌다. 그러자 책장이 돌아가며 비밀 통로가 나왔고 레리아나는 시아트리히의 뒤를 따라 걷는 중이었다.

비밀 통로는 어둡고 습했다. 벽에 걸린 횃불이 아롱아롱 타고 있었다.

"전하, 얼마나 더 가야 하는 거죠?"

"음, 한 5분 정도?"

"한 20분 전에도 그리 말씀하셨는데요!"

"그랬던가?"

시아트리히가 호탕하게 웃으며 걸음을 재개 놀렸다. 그럴 때마다 지팡이가 빠르게 탁탁 움직였다. 저 지팡이가 사실 산악용인가 생각될 정도였다.

몇 번의 갈림길을 돌던 시아트리히는 어느 순간 벽 앞에 멈춰 서서 나직이 말했다.

"잘못 왔나?"

"……?!"

거짓말이지? 거짓말이라고 해 줘요. 레리아나가 입을 벌리고 멍하니 그를 바라보자, 시아트리히가 웃으며 농이라고 답했다.

울컥- 무언가 치밀어 올랐다. 과연, 노아의 형이었다.

"여기에 오려면 비밀 통로를 지나는 게 빠르지."

그가 한곳에 서서 벽에 손을 올리니 손을 중심으로 마법진이 생겨나며 빛나기 시작했다. 그리고 마법진이 사라지자 출입구가 나타났다. 시아트리히가 먼저 나갔고, 그 뒤를 레리아나가 조심스레 따랐다.

어두컴컴한 방 안은 그가 들어서자 빛을 내기 시작했다. 작은 인공 폭포와 색다른 풀과 꽃이 자라는 실내 정원이었다.

"와."

"어떄, 그대에게만 공개하는 내 비밀 살롱이지."

"예?!"

레리아나가 놀라 돌아보니 시아트리히가 담담히 말했다.

"사실 대부분 알고 있어. 부담 갖지 않아도 돼."

"……예."

"조사해 봤더니 돈이 새는 게 맞더군. 그 답례일세."

시아트리히가 씨익 웃었다. 레리아나는 황공하다며 고개를 조아렸다.

둘은 노아에 대한 이야기를 나누며 정원을 거닐었다. 시아트리히는 꽃에 해박해 이런저런 설명을 덧붙이며 그녀에게 몇 송이를 꺾어 선물했다.

그때 시아트리히가 지팡이를 떨어트렸다. 앞뒤로 굴러다니는 지팡이를 향해 두 사람의 시선이 몰렸다. 그가 허리를 굽히더니 지팡이를 주워 들었다.

"그거 아나, 레리아나 양?"

"뭘 말씀이신지요?"

"내게 지팡이를 들어 주려 하지 않은 사람은 그대가 처음이야."

레리아나는 담담하게 답했다.

"전하께서 싫어하실 테니까요."

"맞아."

시아트리히가 작게 웃었다.

"다리를 전다고 손을 못 쓰게 된 것도 아니거든. 그런데 모두들 내가 발뿐만 아니라 손도 못 쓰는 것처럼 취급하더군."

시아트리히는 18살이 되던 해에 독을 마셨다. 겨우 목숨은 건졌으나 왼쪽 다리는 잃어야 했다. 하지만 그는 좌절하지 않았다. 장애는 그에게 '굳이 왼쪽 신발이 필요한가?'라고 생각하게 된 것 외에는 어떤 타격도 입히지 못했다. 물론 양말을 더럽히면 안 되겠다는 실용적 판단으로 인해 왼쪽 신발도 신게 되었지만 말이다.

하지만 주변인들은 그처럼 간단히 생각하지 않았다. 그들은 시아트리히를 왕이 될 왕세자가 아니라, 아예 걸을 수 없는 아이가 된 것처럼 취급했다. 왼쪽 신발뿐 아니라, 오른쪽 신발도 필요 없는 게 아닐까 생각될 정도였다.

"누구한테도 얘기한 적 없는데. 그대는 참 신기해. 마치 다 알고 있는 것 같아."

레리아나는 난처한 기색으로 웃어 보였다.

"처음 불렀을 때는 그냥 장난이었지."

"그러셨군요."

어느 정도 직감하고 있었지만, 레리아나는 고개를 끄덕였다. 시아트리히의 50% 정도는 현명한 왕으로 이루어져 있다. 그는 대단히 진보적이고 개혁을 주도할 줄 아는 인물이었다. 그러나 안타깝게도 남은 40%는 장난기, 10%는 호색으로 이루어져 있었다.

시아트리히는 하루의 반만 현명한 왕으로 활동했고, 나머지는 '나는 영원한 아이, 피터팬이다!'라고 소리치는 늙은 소년처럼 굴다가, 밤에는 숨 쉬듯 아름다운 여성들을 침대로 불러들였다.

그러니까 시아트리히의 그 피터팬이 레리아나를 왕궁에 들어앉히게 되었다는 단순한 이야기일 뿐이었다.

"노아의 약혼녀라니 궁금하기도 했고. 그런데 지금은 그냥 레리아나 양이 마음에 들어."

뭐? 레리아나의 눈동자가 흔들렸다.

"전 공작님의 약혼녀……."

"이성적으로 본다는 뜻은 아니고."

시아트리히가 웃으며 단호하게 말했다.

"아아……."

싫다, 나란 여자. 눈살을 찌푸린 레리아나가 시선을 돌렸다.

* * *

다음 날, 레리아나는 시녀가 가지고 온 초대장을 두고 가라고 명했다. 10통 이후로는 이제 세기를 포기했다.

히이카 데민트가 문제였다. 그의 축복을 받은 이후 그녀를 초대하고 싶어 하는 귀족들이 줄을 이었다. 공작저에서는 왜인지 귀찮은 초대장에 시달릴 일이 없었으나, 왕궁에서는 왜 시도 때도 없이 초대장을 보내는지.

"흠."

레리아나는 눈에 띄는 초대장을 하나 집어 들고 소파에 눕듯이 몸을 기댔다. 예전 납치 사건에 함께 있었던 프리스 에리틸에게 받았던 모임의 초대장과 같은 형태였다. 대신 보낸 이가 달랐다.

"……소로소 체이머스."

시아트리히에게는 곧 정비가 될 비비안 샤말 외에, 먼저 들인 후궁이 하나 있었다. 그녀가 바로 소로소였다. 소로소는 프리스 에리틸의 남편인 에리틸 후작의 막냇동생이었다. 그는 어리고 예뻤던 소로소를 시아트리히의 옆구리에 억지로 밀어 넣었다. 그리고 기세를 몰아 후궁전에 밀어 넣는 것도 가뿐히 성공했다.

에리틸 가문은 왕국에서도 손꼽히는 세가 중 하나였다. 그러나 세력 확장에 대한 견제 때문인지, 소로소가 검은 신녀를 불러들인다며 불온한 소문이 퍼지기 시작했다. 소문은 소로소가 정비 자리에 오르는 것을 막았으나, 체이머스의 왕위 계승은 모친의 품계에 따라 정해지는 게 아니다. 일단 후궁전에 들어가 아들만 낳으면 그에게도 기회는 오기 마련인 것이다.

그리고 에리틸 후작에게는 다행히도, 소로소는 단 하룻밤의 관계에서 아들을 낳게 된다. 그 아들이 현 왕국의 제1왕자 세이모어 체이머스였다.

"이거였군. 노아가 알고 싶어 하는 게."

레리아나가 초대장을 톡톡 두드렸다. 노아가 계약 당시 약혼녀로서 자신에게 원하던 바가 이거였으리라. 그래서 그 첫 무도회에서 프리스에게 접근해 초대장을 받아 오라고 한 것이고.

에리틸 후작은 교활하고 야망이 큰 남자였다. 제 조카를 왕으로 만들기 위해 무엇이든 할 사람. 이를 위해 그가 세력을 키울 것은 자명했으나, 누구와 결탁할 것인지에 대해서는 빈틈을 보이지 않았다.

그러나 그의 어린 아내 프리스 에리틸은 다르다. 노아가 이 모임에서 레리아나를 통해 얻고 싶어 하는 것은 저 프리스 에리틸이 어떤 가문과 교류하고 있을까라는 사실이었다.

하지만 레리아나는 굳이 그곳에 가지 않아도 정답을 알고 있었다.

'라킨 가문.'

"흐음."

그냥 라킨 가문이라고 알려 줄 수는 없으니, 몇 번 살롱에 참여하며 알아보는 흉내라도 내야 했다.

'그런데…….'

이제 이걸 알려 주게 되면, 어물쩍 이어 오던 이 기묘한 약혼도 끊어지는 건가. 레리아나는 가슴에 손을 얹었다. 어쩐지 가슴 한 구석이 싸해졌다. 불쾌한 기분이다.

'뭐야, 나 설마 서운한 건가.'

싫다. 레리아나는 무슨 생각을 하는 거냐며 뺨을 짝짝 때렸다.

'이상한 생각하지 말자.'

노아와는 그저 연극을 하는 것뿐이니까.

레리아나는 곧 자신을 데리러 온 시종장의 부름에 몸을 일으켰다.

* * *

노아는 치안대 집무실에서 눈 사이를 꾹 눌렀다. 통 저택에 들어가질 않다 보니 오랜만에 피로가 쌓인 모양이었다. 그가 치안대에서만 상주하는 건 일이 바쁜 탓도 있었으나, 저택에서 느껴지는 묘한 공허함이 불쾌했기 때문이다.

깊게 숨을 내뱉은 그는 마른세수를 하다 복도로 나섰다.

"윈나이트 공작님."

복도를 지나는 귀족들이 그에게 인사를 하며 지나쳤다. 노아가 고개를 짧게 끄덕이며 그들의 인사를 받아 주는데 문득 시선이 한 곳에 고정됐다.

"……?"

지나가던 한 귀족이 그가 시선을 고정시킨 곳을 바라보았다. 그의 시선 끝에는 창문으로만 보이는 맞은편 건물에서 복도를 걷는 갈색 머리칼의 여자가 있었다.

레리아나가 가는 방향을 따라 노아도 함께 걸음을 옮겼다. 유리창 위로 레리아나를 만진 손가락이 그녀를 따라 계속 이동했다.

한동안 그렇게 걷다 보니 레리아나가 홱 몸을 돌렸다. 반사적으로 노아가 그 자리에 멈춰 섰다. 창문을 스치던 레리아나의 시선이 그대로 노아에게 고정됐다.

그녀는 눈을 동그랗게 뜨고 유리창에 붙어 문을 콩콩 두드렸다. 그러고는 입김을 불고 손가락으로 커다랗게 글씨를 썼다.

[노아!]

놀란 눈과 반가움에 반짝이는 연녹색 눈동자가 그를 향했다. 노아는 두근두근 심장이 뛰는 생경한 감각을 가만히 느꼈다.

[보여요?]

노아가 창가로 바짝 붙었다. 무언가 쓰려고 했지만 레리아나가 고개를 저었다.

[난 안 보여요. 잘 지내요?]

잘 지내냐니. 노아가 바람 빠지는 웃음을 흘렸다.

"그건 내가 물을 얘기 아닌가."

노아가 고개를 끄덕이는 것을 확인한 레리아나가 입김을 불어서 무언가 열심히 쓰기 시작했다.

노아는 진지해 보이는 레리아나의 얼굴을 지켜보았다. 사흘 만인가. 가늠해 보니 꽤 짧다. 체감으로는 훨씬 더 오랜 시간이 지났다고 생각했는데.

그때 옆에서 시아트리히가 그녀를 불렀다.

"레리아나 양?"

"네!"

"이쪽으로 오게. 다른 곳도 구경시켜 주지."

"예, 전하. 갈게요!"

레리아나가 눈을 가늘게 뜨고 한숨을 내쉬는 옆모습이 보였다. 시아트리히가 귀찮은 모양이었다. 그녀는 재빨리 글을 마무리 짓고 창문을 통통 두드린 후에 시아트리히의 뒤를 따랐다.

[그럼 빨리 데리러 와요!! 기다리고 있으니까-!!]

느낌표를 잔뜩 붙인 글은 그녀가 지금 얼마나 답답해하고 있는지 보여 주고 있었다.

"윈나이트 공작님."

옆에서 지나치던 기사가 그에게 인사를 하다가 웃으며 물었다.

"무슨 좋은 일이라도 있으십니까?"

"……아."

노아는 무심코 제 입가를 매만졌다. 자신을 기다린다는 말에 슬며시 올라간 입꼬리가 도통 내려갈 생각을 하지 않았다.

이제야 알겠다. 이 공허감이 어디에서 왔는지.

* * *

"레리아나 양, 우리 산책이나 할까?"

"예, 전하."

"날이 추운데 옷은 단단히 입었나?"

"예, 따뜻합니다."

"음, 그 정도로는 안 돼. 그대가 왕성에서 감기에라도 걸렸다는 소문이 돌았다가는 노아가 쿠데타라도 일으킬걸. 난 천년만년 왕이고 싶으니 더 따뜻하게 입게."

"네?"

무슨, 쿠데타? 레리아나가 눈을 동그랗게 뜨고 되묻는데, 시아트리히가 시종을 불렀다.

"레리아나 양에게 내 망토를 가져다줘."

어찌 왕의 망토를 입으라고 하시는가. 레리아나가 난처한 표정으로 사양했다. 가벼운 마음으로 주는 것이겠지만 왕의 하사품이었다.

"지금도 충분히 따뜻합니다."

"됐으니 그냥 입어."

시아트리히가 손을 앞뒤로 절레절레 흔들었다. 레리아나가 눈을 도로록 굴리다 망토를 받아 들었다.

"예에, 전하."

"말도 잘 듣네."

장난스럽게 웃은 그가 지팡이를 들고 앞서 걸었다. 집무실 문을 나서자 시중인들이 그의 뒤를 따랐으나, 그가 사람들을 물렸다.

그는 인적이 없는 길을 골라 걸었다.

"장미는 좋아하나?"

"좋아합니다."

그가 웃으며 고개를 끄덕이더니 장미 정원 쪽으로 걸어갔다.

탁, 탁.

지팡이 짚는 소리와 절뚝이는 왕의 발소리가 번갈아 들려왔다.

왕성 안의 풍경은 계절에 따라 나무와 꽃을 바꿔 심으며 시시때때로 변화했으나, 영원히 지지 않는 장미 정원만은 그대로였다. 덩굴이 얽힌 커다란 아치를 넘어 장미 정원으로 들어선 그는 문득 하늘을 바라보더니 팔을 들었다.

"매는? 무서워하진 않고?"

시아트리히가 묻는 사이, 하늘을 날던 매가 날아와 그의 팔 위에 앉았다. 은빛 매는 눈을 부릅뜬 채 고개를 바짝 쳐들고 있었다.

"와, 만져 봐도 될까요?"

시아트리히가 고개를 끄덕였다. 레리아나가 발그레해진 얼굴로 매의 깃털에 손을 댔다.

"예뻐해 주게. 귀한 놈이니까."

"그렇군요. 털이 정말 부드러워요."

귀해 보이긴 했다. 왕의 매라서 그런지 은빛 털에 윤기가 흐르고 부리도 날렵했으며 눈이 아주 부리부리했다.

레리아나가 손을 슬쩍 대자 매가 고개를 돌렸다. 눈빛에서 자기가 얼마나 잘난 매인지 아는 듯 우쭐거리는 것이 보였다. 매는 고개를 갸웃갸웃하더니 레리아나의 손을 타고 이동했다. 발톱 때문에 아플 거라고 예상했지만 어깨로 올라와도 전혀 아프지 않았다.

"사람을 잘 따르네요."

"응, 발톱으로 지탱하는 게 아니니 떨어트리지 않게 조심하게. 아이젠 3세가 선물한 녀석이니까. 상처라도 나면 전쟁이 날 거야."

"……?!"

깃털을 만지던 레리아나의 손이 아래로 툭 떨어졌다.

아이젠 3세는 매니악한 새 애호가로 소문난 왕이었다. 새에 미쳐서 새들을 위한 궁을 만들고, 자식들 이름을 모두 새 이름으로 짓고, 밤낮없이 어깨에 새를 얹고 다닌다고 들었다.

레리아나는 굳은 얼굴로 손을 모아 배 위에 포갰다. 자칫했다간 새 한 마리 때문에 전쟁을 발발시킨 희대의 멍청이로 역사책에 기록될 뻔했다.

"농이야, 농. 마음에 안 들면 그냥 죽여도 돼."

매가 말귀를 알아들었는지 날개를 푸드득거렸다. 시아트리히가 다시 농이었다며 매의 머리를 톡톡 건드렸다.

왜 그런 무서운 농담을 하십니까. 레리아나는 영혼 없는 말투로 참 재미있는 농담이라 답했다.

'신분제란…….'

기왕 다른 세계로 넘어온 거, 여왕의 몸에 들어왔다면 좋았을 텐데. 아쉬운 일이었다.

"어릴 때는 매사냥을 좋아했지. 아이젠 3세는 그걸 알고 선물한 거야. 다리가 이렇게 되고 나서는 여의치 않게 되었지만."

시아트리히가 지팡이로 제 불편한 다리를 툭툭 두드렸다.

"생활은 어떤가. 불편하지는 않고?"

"예, 신경 써 주신 덕분에 잘 지내고 있습니다. 전하."

"어제부터 초대장이 끊이지 않는다면서? 그걸 전해 주는 시녀들 때문에 문지방이 남아나질 않는다던데."

레리아나가 어색하게 웃었다. 시아트리히는 커다랗게 핀 장미로 다가가 잎을 매만지며 말했다.

"레리아나 양도 참 피곤하겠어. 지금이라면 노아가 적당히 막아 주겠지만, 좀 있으면 약혼도 파기될 것 아닌가. 이제는 초대장이 아니라 구혼장이 밀려들겠군."

"역시 아시는군요."

레리아나가 뒤에서 멈춰 서자 시아트리히가 고개를 돌렸다.

"우린 공범이니까."

시아트리히가 싱긋 웃었다.

"아-"

마주한 레리아나가 탄성을 내며 시아트리히에게로 시선을 고정했다. 그의 미소에서 노아가 보였다.

"내 얼굴에 뭐라도 묻었나?"

"아, 아닙니다. 그저 공작님과 닮으셨다는 생각을 해서요……."

"흐음?"

이것 봐라. 시아트리히가 눈을 가늘게 떴다.

"파혼 후에는 어떻게 할 생각인가? 혹 다른 마음에 둔 이라도 있는가?"

"아뇨, 그런 분은 없습니다만……."

레리아나가 손을 꼼지락거렸다. 파혼 후라니. 지금까지 그냥 살아야겠다는 일념만 가지고 주위에서 벌어지는 일들에 휘말리다 보니 진지하게 생각해 본 적이 없다.

고민에 빠진 레리아나를 보며 시아트리히가 짓궂게 웃었다.

"아쉽네. 노아는 그대에게 푹 빠져서 헤어 나오질 못하는 것 같던데 말이야."

"예에?"

레리아나의 얼굴이 한쪽으로 기울어졌다. 계약 관계라는 것을 알면서 왜 저렇게 말하는지 이해가 가질 않았다.

시아트리히는 그 맹한 얼굴을 보고 웃었다. 노아나 레리아나나, 어째 똑같은 이들끼리 만난 것 같다.

"뭐, 좋아. 노아와 계약이 끝난 후에 내 밑에서 일하는 건 어떤가."

시아트리히가 장미를 꺾어다 레리아나에게 건넸다. 레리아나가 장미를 받고 고개를 숙였다.

"천천히 생각해 봐."

* * *

'파혼 후…….'

멍하니 떠올린 레리아나는 별채로 천천히 걸어갔다. 다른 영애들처럼 자신도 가문을 위해 누군가와 정략결혼을 하게 되는 걸까. 노아가 아닌 다른 사람과.

순간 기묘한 기분에 휩싸였다.

꺾어진 복도를 돌아가는데, 고개를 숙이고 있던 한 시녀가 그녀 앞을 가로막아 섰다.

"아가씨!"

"음!?"

"접니다, 아가씨. 휘튼이요."

시녀는 낮은 남자 목소리를 내며 가발을 살짝 들었다. 레리아나는 그를 알아보고 깜짝 놀랐다. 보석점에서 앤슬리와 함께 호위를 맡았던 기사였다.

"휘튼 경? 여긴 어떻게."

"주군의 명을 받고 댁으로 모시러 왔습니다. 잘 지내셨습니까?"

빙긋 웃으며 이야기하던 휘튼이 갑작스레 레리아나의 얼굴을 바라보며 경악했다.

"아니, 아가씨! 얼굴에 아주 그냥 기름이 좔좔……. 이 고약한 왕실 녀석들. 아가씨의 미모를 시기해서 돼지로 만들 속셈인가."

그는 분한 듯 주먹을 쥐고 부르르 떨었다. 눈에는 레리아나가 고문이라도 당한 것처럼 눈물까지 글썽이고 있었다.

"……정말 ……고약하더군요."

슬그머니 시선을 피한 레리아나는 눈을 질끈 감으며 말을 흐렸다.

'차라리 걱정도 없이 잘 먹고 잘 놀았나 보다 하고 욕을 하지.'

레리아나는 식간마다 설탕을 포대 자루로 먹인 거냐며 우는 휘튼의 말을 막으며 물었다.

"경, 그런데 그거…… 정말 안 들킬 거라고 생각하셨나요?"

"네, 저도 그림자인데 여장쯤은 눈 감고도 합니다. 한두 번이 아니지요."

그의 목소리에서 자부심이 느껴졌다. 레리아나는 제 눈을 비비고 다시 한 번 그를 훑어보았다. 180㎝가량의 키와 체구, 화장한 얼굴로 보았을 때, 이 세계 사람들의 눈에 심각한 문제가 있거나 머리에 문제가 있거나, 둘 중 하나였을 것이 분명했다.

"어서 가시죠. 이 궁만 넘어가면 주군께서 기다리고 계십니다."

'노아가…….'

레리아나가 눈을 크게 떴다가 고개를 끄덕였다. 지금의 두근거림은 스파이 놀이라도 하는 것 같은 이 기묘한 상황 때문이라 여기면서.

휘튼이 레리아나를 보며 활짝 웃음을 짓더니 태연히 가발을 쓰고 큰 몸을 구부정하게 굽혔다. 여장을 자주 해 봤다는 것이 허언은 아닌지, 언뜻 보기로는 몸가짐이나 행동에서 위화감을 느끼기 힘들 정도였다.

휘튼이 걸음을 옮기자 레리아나가 조용히 그의 뒤를 따랐다.

그녀가 성을 나가기 위해서는 왕의 허락이 필요했다. 그러나 시아트리히는 그럴 기색이 보이지 않았으니 무리였고, 몰래 빠져나간 이후에 시아트리히에게 후통보를 할 모양이었다.

그때였다. 레리아나의 옷깃을 잡아채는 밝은 목소리가 들려왔다.

"맥밀런 양."

레리아나가 천천히 몸을 돌렸다.

"우리 이렇게 인사하는 건 처음이죠. 반가워요."

레리아나를 부른 여자는 시중인들을 잔뜩 거느린 채 그녀 앞에서 있었다. 왕성에서 시중인들을 저 정도로 거느리고 다닐 수 있는 이는 시아트리히를 제외하면 단 한 명뿐이다.

제1후궁, 소로소 드인 체이머스.

레리아나는 드레스 자락을 잡고 무릎을 굽혔다.

"……마마를 뵙습니다. 여신의 손길 안에서 평안하셨습니까."

소로소가 미소 지으며 물었다.

"어딜 그리 급히 가시나요?"

"오늘 날씨가 선선해서요. 후원에 산책을 좀 하러 가려고 합니다."

"그러셨군요. 혹 제가 보낸 초대장은 잘 받은 건지 걱정이 돼서 와 보았습니다."

눈치를 주러 온 거로군. 레리아나가 어색한 미소를 지었다.

"그런데 후원은 반대편 아니던가요?"

"실은 정원에 가기 전에 잠시 들를 곳이 있어서요."

"그렇군요. 한데……."

시선을 돌리던 소로소가 고개를 갸웃거렸다.

"저 시녀는 별채에서 일하는 아이인가요? 익숙지 않은 얼굴 같은데."

레리아나의 동공이 흔들렸다.

'여자로 보이긴 하는 건가?'

아니, 그것이 문제가 아니었다. 기사가 변장을 하고 왕성에 숨어들다니. 들키면 휘튼 한 명으로는 끝나지 않을 일이다.

"본가에서 시중을 들어 주던 아이입니다. 제가 별채에 있는 동안만 옆에 두기 위해 데려왔습니다."

레리아나가 휘튼의 앞을 막아서며 말했다. 휘튼이 레리아나를 힐끗 바라보았으나 레리아나가 슬쩍 고개를 저었다.

"그렇군요, 맥밀런 양, 그리 바쁘지 않다면 제 궁으로 오지 않겠어요?"

"영광입니다, 마마."

레리아나는 휘튼에게 방에 들어가 있으라고 명하고는 소로소의 뒤를 따랐다.

* * *

"오셨습니까?"

별채의 방으로 돌아가니 휘튼이 시녀복을 입은 채로 레리아나를 맞이하고 있었다. 문을 연 레리아나는 영혼이 싹 빠져나간 것처럼 텅 빈 눈을 들어 그와 마주쳤다.

"……경."

"영애! 왜 방금까지 토실토실하시던 얼굴이 한순간에 이렇게 되셨습니까. 그곳에서 무슨 일이 있었기에."

"……끔찍한, 끔찍한…… 곳이에요."

소로소의 궁에는 이미 10명가량의 내로라하는 귀부인들이 대기하고 있었다. 그녀들은 레리아나를 살갑게 반겼다. 겉으로는.

사교계에 능숙한 귀부인들은 제 마음을 숨기고 입속의 혀처럼 굴며 달콤한 말들을 속살거렸지만, 내심 신귀족이 사교계의 중심으로 자리 잡는 것이 마음에 차지 않는 듯했다. 그녀들에게 레리아나는 비비안만큼의 압도적인 아름다움도 없었고, 그걸 상쇄할 만한 명문가의 핏줄도 아니었으며, 그저 돈만 많고 운이 좋아 대신관과 공작의 눈에 들었을 뿐인 한낱 계집이었다.

그녀들은 레리아나를 시험하려 굴었고 그녀가 당황하거나 말문이 막혀 허둥대는, 꼴사나운 모습을 보고 싶어 안달이 나 있었다. 그런 시달림은 소로소가 '이제 돌아가 보실 시간이네요.'라고 말할 때까지 몇 시간 동안 계속되었다.

레리아나는 목욕을 하고 옷을 갈아입고 나온 후 침대 한구석에 쪼그려 앉았다.

"……돌아가고 싶다."

휘튼은 쭈그려 든 레리아나에게 조심스럽게 말했다.

"괜찮으십니까, 영애?"

"괜찮은지 안 괜찮은지 모르겠어요……."

휘튼이 울먹거리면서 손을 잡았다.

"영애애애–"

"……공작님은 잘 계신가요."

'난 이렇게 고생하는데? 매번 나만 고생하는 것 같다?'

레리아나는 이런 의미를 함축한 말이었지만, 휘튼은 레리아나가 노아를 무척이나 보고 싶어 하는 것이라 착각했다.

"공작님께서는 궁 밖에서 쭉 기다리시다가 시간이 늦어져서 돌아가셨습니다. 영애, 괜찮으시다면 내일 밤 성 뒤편에 마차를 준비할까요?"

"네?"

* * *

다음 날, 시아트리히는 어떻게 알았는지 별채의 경비를 강화했다.

그는 '이때쯤 되면 빼돌릴 때가 됐지.'라고 스치듯 이야기했는데, 과연 왕성 내부의 일을 모두 알고 있는지, 아니면 그냥 정말 귀신 같은 감인지는 모를 일이었다. 어떤 쪽이든 간에 무서운 일이었다.

그리고 돌아가는 길에는 또 소로소가 그녀를 불렀다. 레리아나와의 친분을 과시하는 것이 소로소에게는 중요한 일이었으니까.

노이로제에 걸린 레리아나는 휘튼이 남기고 간 시녀복을 주워 들었다.

'도망치자.'

마차는 밤 12시. 성 뒤편에 준비해 둔다고 했다. 마침 별채와 가까우니 일단 건물만 무사히 나가면 후문을 지키는 기사들에게는 시녀로 위장하면 될 터였다.

'문제는 이 건물을 빠져나는 건가.'

별채에 있는 시녀들은 시아트리히의 특별 지시를 받았으니 레리아나를 내보내지 않을 것이다. 물론 레리아나의 얼굴도 잘 알고 있었다. 그녀는 시녀복을 갖춰 입고 별채 테라스로 나왔다.

'3층밖에 안 되니까.'

2층과 1층의 테라스를 거쳐서 내려가면 그리 어렵지 않을 것 같다. 첫날, 별채를 안내해 준 시녀에게 듣기로 분명 현재 별채에 묵고 있는 이는 레리아나 자신뿐이라고 했다.

'할 수 있어.'

그렇게 쉽게 생각한 레리아나는 난간에 매달려 이를 악물었다. 어차피 영영 안 보내 줄 것도 아닌데 왜 난 이 고생을 하고 있는 거지? 영화에서 볼 때는 이렇지 않았는데!

점점 힘겨워져 이를 악무니 턱에 힘이 들어갔다. 생각보다 힘들다.

"으읏!!"

난간에 대롱대롱 매달린 레리아나는 문득 큰일이라는 것을 자각했다. 생각보다 높다. 떨어졌다가 큰일 나는 거 아닌가.

그때였다.

"……음……."

아래층에서 신음성이 들려왔다.

"……!!"

심장이 입으로 튀어나오는 줄 알았다.

'설마. 비어 있다면서!'

레리아나는 소리 없는 절규를 마치고 조심스레 물었다.

"거기…… 누구…… 있어요? 없죠? 없는 거죠?"

"없다고 말씀드리고 싶지만, 있습니다."

남자 목소리였다.

소리를 지르고 싶었지만 레리아나는 애써 입술을 깨물었다. 처량맞은 목소리가 흘러나왔다.

"위에…… 보지 말아 주실래요……."

"내려오세요."

"네?"

"그냥 내려오세요. 받아 드릴 테니까."

"아니, 그게. 저, 위에 보고 계신 거 아니죠?"

레리아나가 최대한 다리를 오므리며 물었다. 무심코 오늘 속옷으로 뭘 입었더라, 고민하다가 눈물을 흘릴 뻔했다.

"눈 감고 있을 테니 그냥 뛰세요."

"……으."

눈 감고 어떻게 받습니까, 라는 생각이 문득 스쳐 지나갔으나, 더 이상 버티기는 무리였다. 팔이 후들거렸다. 죽고 싶다. 레리아나는 눈을 꾹 감고 우는 소리를 냈다.

"흐으……. 눈 감고 계시죠?"

"네. 감고 있어요. 뛰어요."

남자의 목소리는 믿음직스러웠으나 제 능력은 믿음직스럽지 못했다. 잘못 떨어져서 그대로 추락하는 건 아니겠지.

"으으으!"

레리아나는 우선 심호흡을 한 후, 팔의 힘을 풀었다. 풀썩- 소리와 함께 남자의 팔이 레리아나를 받아 들었다.

"헉, 헉, 헉."

왠지 기시감이 드는데……. 숨을 격하게 들이마시고 내쉬던 레리아나는 무심코 고개를 들다 남자와 눈이 마주쳤다. 얼굴이 달아올랐다.

그는 살갑게 웃으며 물었다.

"저번엔 사람을 착각하신 거고, 오늘은 방을 착각하셨습니까?"

"아…… 오랜만이네요……."

레리아나가 어색하게 웃었다.

"하하, 네. 정말 오랜만입니다."

지난번, 묘지가 있던 곳에서 함께 술판을 벌였던 이름 모를 남자였다.

'하필…….'

인상을 찌푸린 레리아나가 시선을 피했다.

"난간에서 뭘 하고 계셨던 거죠?"

"아, 그게. 산책을 하다가……."

"산책이요?"

"요즘 밤 산책이 그렇게 좋다고 하더라고요."

레리아나는 뻔뻔하게 말했다.

"오랜만에 돌아오니 난간 타는 산책도 유행을 하는군요."

저스틴이 레리아나를 내려 주기 위해 몸을 굽혔다. 레리아나가 바닥에 발을 디디며 내려서는데 팔꿈치가 그의 손을 치고 지나갔다. 레리아나가 화들짝 놀라 고개를 돌렸다. 그의 손에서 쪽지가 팔랑이며 떨어졌다.

"이런, 죄송해요. 제가 주워……."

레리아나는 쪽지를 줍기 위해 허리를 굽히며 말했다. 그러다 쪽지 위에 흘리듯 쓴 문장을 바라보며 말을 흐렸다.

「나는 여전히 당신이 그리워. 밤의 지욘나에서.」

급하게 쓴 티가 역력했지만 작고 섬세한 필체. 여자의 것이 분명한 향수 냄새. 그리고 끄트머리에 스치듯 남은 립스틱 자국.

"아……."

레리아나를 말리려던 저스틴이 난처한 기색을 보였다.

"……드릴게요."

말을 마친 레리아나가 번쩍 주워 들어 저스틴에게 쪽지를 건넸다. 그는 쪽지를 구기곤 짐짓 아무렇지 않은 듯 어깨를 으쓱거리며 활짝 웃었다.

"옛 여자죠."

이 야심한 시각에 테라스로 나와 옛 여자가 남긴 쪽지를 보고 있었다면, 그 속사정은 어느 정도 예상되는 뻔하디뻔한 이야기리라.

그리고 저스틴은 능수능란하게 제 마음을 감출 수 있는 이가 아니었다. 미련인지 슬픔인지 모를 감정이 그득 들어찬 눈을 보던 레리아나는 그가 난처해하지 않도록 다른 화제를 꺼냈다.

"제 두 번째 은인이시네요."

"두 번째요?"

"네. 두 번째. 묘지에서 한 번, 이번에 한 번."

"술친구가 나쁘지 않았나 봐요?"

"아주 좋았죠."

그 덕에 한결 마음이 가벼워졌었다. 싱긋 웃은 레리아나가 구겨진 옷을 매만지면서 대답했다. 저스틴은 레리아나가 입은 시녀복을 보며 말했다.

"성에서 일하셨군요."

"아, 음. 네. 그렇죠."

정략결혼을 앞둔 시녀? 저스틴이 의아한 얼굴로 레리아나를 응시했다. 그러다 이내 어깨를 으쓱 들어 올리고는 주머니에서 담배를 한 개비를 꺼내 들었다.

"그럼, 술을 좀 가져다줄래요?"

"어어……. 네."

술? 어디에 있지? 레리아나가 눈을 굴리며 문을 나섰다. 저스틴이 웃으며 담배를 물었다. 그는 난간에 상체를 기대고 구겨진 쪽지를 테라스 바깥으로 흘렸다.

몇 분이 지난 후, 조심히 문을 열고 나타난 레리아나는 테이블 위에 물을 올리고 쪽지에 메모를 남겼다.

「우울할 때 마시는 술은 친구와 함께하는 겁니다.」

레리아나는 그대로 바깥으로 나서서 터덜터덜 방으로 돌아갔다. 결국 오늘도 탈출은 실패했다.

저스틴은 문이 닫히는 소리에 발을 옮겼다. 그러다 문득 발밑에 굴러다니는 반지를 보며 걸음을 멈추었다. 은빛 링에 푸른색 보석이 박힌 여성용 반지였다. 그는 반지를 주워 들어 주머니에 넣었다.

그러고는 쪽지에 적힌 글을 보고 피식 웃음을 흘렸다.

* * *

다음 날, 시아트리히의 손아귀에서 겨우 벗어난 레리아나는 소로소의 살롱으로 향했다.

"레리아나, 정말 오랜만이에요."

"잘 지내셨나요? 에리틸 후작 부인."

첫 납치 사건, 그리고 토벌전 이후로 세 번째 만남이었으나 프리스는 반갑게 레리아나를 맞았다. 둘은 소로소가 살롱에 내놓은 예술품을 감상하며 가벼운 안부를 물었다.

프리스는 요즘 신진 화가들을 후원하는 일에 열심이라며, 몇몇 화가들의 이름을 댔다. 레리아나가 그녀의 이야기를 들으며 고개를 끄덕이던 중, 누군가가 옆에서 비비안의 이야기를 꺼냈다.

"에리틸 후작 부인. 요즘 샤말 영애께서는 보이질 않네요."

"샤말 영애께서 전하를 뵙더니, 결혼 날짜를 앞으로 당겨 달라고 하셨다는 얘기가 도는데 진짜인가요?"

프리스가 우물쭈물하며 자신은 잘 모른다고 대답했다.

결혼을 앞당겨? 금시초문인 이야기였다. 갑자기 왜 그러는 거지? 고개를 갸웃거리던 레리아나는 눈을 동그랗게 떴다.

'혹시 나 때문인가.'

토벌전에서 비비안을 놀린 것이 좀 심했던가. 상심한 끝에 자포자기한 상태로 빨리 결혼을 재촉하고 싶어 하는 걸지도…….

그때였다.

"그래요, 맥밀런 영애는 어떻게 생각하시나요?"

"네? 무엇을요?"

레리아나가 고개를 돌리자, 우아한 미소를 머금은 레이디들의 얼굴이 한눈에 들어왔다.

"제가 이번에 로매 지방에 별장을 새로 지으려고 하는데요. 베이라나 쇼트모크로 하려고 해요. 지방 특색과 잘 어울리는 쪽으로 정하고 싶어서요. 어떤 양식이 더 괜찮을 거라고 생각하시나요?"

입은 호선을 그리고 있었으나 눈은 먹음직스러운 먹잇감을 발견한 것처럼 번들거렸다.

'으음.'

레리아나는 미간을 찡그리지 않도록 주의했다. 베이라나 쇼트모크는 왕국이 제국이던 시절의 예술 양식들이었다. 이제 갓 사교계에 나서기 시작한 영애에게 옛 예술 양식에 대한 심도 있는 대화는 굉장히 어려운 주제였다.

수도의 사교계에서 살아남아 능수능란한 귀부인들은 모두 이를 알고 있었으나, 어린 나이와 낮은 스펙에도 불구하고 상류 사회에 손쉽게 편입한 어린 영애를 놀리기 위해 '우아한' 수단으로 종종 사용했다. 어린 영애의 콧대를 눌러 주면서 가문 간의 관계에는 해가 없을, 딱 알맞은 정도를 아는 사람들이었다.

프리스는 긴장하며 레리아나 뒤에서 눈치를 보았다. 자신도 수도 사교계에 올라와 모임에 첫 입성한 후, 익히 겪었던 일들이었다. 비비안 옆에서 비위를 맞추자 사라지긴 했지만, 자신이 우물쭈물하며 대답하지 못했을 때의 그 떨떠름한 침묵과 깔보는 듯한 웃음은 아직도 큰 상처로 남아 있었다.

'어떻게 하면 좋지.'

그녀가 난처해할 레리아나를 바라보았다. 그러나 예상과 달리 레리아나는 빙긋 웃음을 보이고 있었다.

그녀들이 간과한 게 한 가지 있었으니, 공작저의 총괄 집사가 기디언이라는 사실이었다. 공작저는 건국 당시에 만들어져 몇백 년을 이어 온 역사의 산물이었고, 그 오랜 기간 동안 모아 온 소장품들은 박물관을 방불케 했다.

그리고 공작저를 너무나 사랑하는, 오타쿠 집사 기디언은 그 저택의 모든 것을 귀에 못이 박히도록 주절거리는 것이 삶의 낙이었다. 조금 추워서 벽난로 앞에 앉아 있으면 기디언이 자부심에 넘쳐서 그 벽난로가 누가 어느 시대에 만들었는지 5번쯤 설명했고, 심심해서 천장 무늬나 세고 있으면 그 천장이 어느 시대, 어느 양식인지 10번쯤 설명했다.

그러다 보니 기디언의 지속적인 주입식 교육에 노출된 레리아나에게는 전혀 원하지는 않았으나 훌륭한 문화적 소양이 쌓여 있었던 것이다.

레리아나는 속으로 기디언에게 감사와 미안함을 표했다.

'말이 너무 많아서 귀찮다고 생각한 거 미안해요, 기디언.'

레리아나가 베이라나 쇼트모크 양식에 대해 유창하게 답하자, 귀부인들은 역시 맥밀런 영애라며 칭찬을 거듭했다. 그러나 속으로 못마땅하게 여기고 있다는 것은 굳이 눈을 보며 읽지 않아도 알 수 있는 일이었다.

프리스는 자신이나, 클로에 라킨 백작 부인도 당했던 일이라며, 이를 슬기롭게 넘긴 레리아나를 칭찬했다.

레리아나는 익숙한 이름을 듣고 되물었다.

"라킨 백작 부인이요?"

"예, 저쪽에 계시네요."

프리스가 한쪽을 가리켰다.

'찾았다.'

클로에 라킨. 레리아나는 그녀의 이름을 읊조렸다. 노아가 알고 싶어 했던 답. 에리틸 가문과 연을 맺고 있는 라킨이었다.

레리아나가 관심을 보이자 신이 난 프리스는 클로에가 몰락해 작위를 팔아 버린 귀족의 딸이며, 라킨 가문에는 후처로 들어갔다는 이야기, 그리고 그녀가 마음을 나누던 남자를 버리고 권세를 좇은 것이라는 이야기 등을 털어놓았다.

"다들 가증스런 요부라고들 하지만……."

그럼에도 클로에는 라킨가의 안주인 자리를 꿰어 찬 처세술과 화술을 이용해 그럭저럭 잘 적응해 나갔다. 특히 가문 간의 교류가 있는 프리스에게는 좀 더 친절하게 다가오는 모양이었다.

"행복하지 못한 결혼 생활이라고 해요. 라킨 백작에게 새로운 정부가 생겼거든요."

프리스가 말했다. 레리아나는 클로에를 바라보며 고개를 주억거렸다.

* * *

레리아나가 지끈거리는 관자놀이를 짚었다. 두통 간격이 점점 짧아지는 것처럼 느껴졌다. 레리아나가 소파에 앉으려는데 어느새 다가온 휘튼이 그녀의 팔을 부축해 앉혔다.

"영애, 영애. 어디 불편하신가요? 제가 좀 봐 드릴까요? 아니면 의사를 부를까요?"

휘튼의 등 뒤에서 꼬리가 살랑이는 것 같다.

'……사모예드.'

레리아나는 사모예드를 떠올리며, 조금 앉아 있으면 괜찮아진다 말했다.

휘튼은 노아의 명으로 시녀 행세를 하며 레리아나에게 붙어 있었다. 밤에는 어디론가 나가는 것 같기에, 어디서 자느냐 물으니 지붕 밑에서 잔다고 했다. 그림자 기사란 극한 직업이었다.

두통이 잠잠해지자 레리아나는 방에 못 보던 드레스 한 벌이 걸려 있는 것을 보며 물었다.

"이건 뭔가요?"

"월하성 시녀가 가져왔습니다. 오늘 살롱에 참여하실 때 입고 오시라고 전해 달라 하더군요."

월하성은 소로소가 있는 후궁전이었다. 레리아나는 화려한 드레스를 만지작거렸다.

'예쁘다.'

일단 옷을 벗으려고 목깃의 단추를 풀던 레리아나가 문득 무언가를 떠올린 것처럼 고개를 퍼뜩 들어 올렸다. 그러고는 휘튼을 빤히 바라보았다. 그는 말똥말똥한 눈으로 레리아나를 바라보고 있었다. 레리아나가 계속 응시하며 눈치를 주었지만, 휘튼은 그저 고개를 모로 기울였다.

"경?"

"예?"

"저 옷을 갈아입으려고 하는데요."

"아, 도와 드릴까요? 많이 해 봤는데."

'……뭘? 뭘 많이 해 봤는데? 벗기는 걸?'

의혹으로 깊어진 눈을 아는지 모르는지, 휘튼이 무해하게 웃었다.

"제가 또 그림자 아닙니까. 능숙합니다."

"……."

입을 꾹 다문 레리아나가 빙긋 웃었다.

분위기 파악을 못하는 휘튼이 뒤로 돌아보라며, 지퍼를 내려 드리겠다고 말했다.

레리아나는 그에게 다가가 손목을 덥석 잡았다.

"영애?"

레리아나가 손목을 잡고 그의 몸을 돌린 후, 휘튼의 등을 쭉쭉 밀었다.

"영애?"

그러고는 화장실 안에 휘튼을 집어넣고 바깥에서 문을 잠갔다.

쿵쿵쿵.

"영애? 혼자 계시면 위험합니다. 영애."

쿵쿵쿵.

"경이 더 위험하니까 거기에서 좀 자고 있어요."

"제 명예를 걸고 말씀드리는데 저는 안전합니다, 영애."

쿵쿵쿵.

"10분 이상 떨어지면 주군이 절 가만 놔두지 않겠다고 했…… 영애? 듣고 계십니까?!"

옷을 벗으며 레리아나는 한숨을 폭 내쉬었다. 과묵한 아담이 그리워졌다.

레리아나가 드레스를 들자 치맛자락 안에서 초대장과 한 가면이 같이 떨어졌다. 심플한 초대장에는 드레스 코드와 장소가 적혀 있었다.

"살롱 지욘나."

평소 가던 곳과는 다른 곳이었다. 분명 어디서 들어 본 것 같은데. 원작에서 읽은 적이 있었던 걸까. 레리아나는 대수롭지 않게 생각하며 초대장을 테이블 위에 올려 두었다.

* * *

살롱에 발을 들인 레리아나는 이상하게 어두운 조명에 명백히 남자들로 보이는 사람들을 보며 수상한 낌새를 느끼기 시작했다. 그리고 눈앞에서 진하게 몸을 비비는 이들을 보며 입을 벌렸다.

지욘나는 귀부인들이 각계각층의 명사들과 짜릿한 밤을 보내고, 그들은 후원금과 지지를 얻을 수 있는 로비의 장이었던 것이다.

'미친 거 아냐?'

참석자들을 보니 왜 이렇게 모임을 비밀스럽게 유지하는지 알겠다. 이런 곳에 초대되다니. 소름이 끼친 레리아나는 슬그머니 몸을 뺐다. 그녀는 엉겨 붙어 있는 사람들을 피해 조심스레 문으로 향했다.

그때 누군가가 앞을 막아섰다.

"……?"

"성을 탈출하려는 시녀에서, 이제는 비밀 살롱에 초대되는 귀부인입니까? 정체가 도대체 뭡니까."

'아, 진짜.'

익숙한 목소리에 레리아나는 인상을 찌푸리며 고개를 돌렸다. 백금색 머리칼을 가진 남자가 가면을 벗었다. 하필 계속 곤란한 상황에 마주친다.

"사람을 착각하신 것 같은데요-"

레리아나는 최대한 코맹맹이 소리를 내며 그 옆을 스쳐 지나가려 했다. 그러나 저스틴이 한걸음에 앞길을 막았다.

"소용없습니다."

저스틴이 손목을 덥석 잡았다.

"이게 무슨 짓입니까. 무례하군요."

"성안을 종횡무진 누비는 수상한 여자를 내버려 둘 수는 없죠. 솔직히 말씀하세요. 술친구로 지냈던 정을 봐서 도둑이라도 이번만은 못 본 척해 드릴 테니."

"……술친구로 지냈던 정을 봐서 그냥 놔주세요."

"미안합니다. 그렇지만 이대로 당신을 놓아주면 꿈자리가 사나울 것 같아서요."

어휴. 레리아나는 울상을 지었다. 별것도 아닌데 그냥 레리아나 맥밀런이라고 말할까 고민하던 중이었다.

그때 저스틴의 손에 힘이 들어갔다.

눈을 찌푸린 레리아나가 아프다고 말하려는 순간, 그가 자신이 아닌 다른 곳을 바라보고 있는 것을 알아차렸다. 그곳에는 한 귀부인이 저스틴을 바라보며 놀란 표정을 짓고 있었다.

'아, 이 사람이구나. 그 옛 여자가.'

굳이 누군가가 말해 주지 않아도 두 사람의 표정만 보면 알 수 있었다.

'살롱 지욘나를 어디에서 들어 보았나 했더니 그 쪽지였나.'

"저스틴."

그녀, 클로에 라킨 백작 부인이 애달픈 목소리로 이름을 부르며 그에게 천천히 다가갔다. 저스틴은 처연한 그녀의 표정에 어찌하질 못하고 굳어 있었다.

레리아나는 입술을 꽉 다물고는 둘을 번갈아 보았다. 상황이 이상하게 됐다.

"저스틴……. 난."

어차피 부와 지위를 보고 한 결혼이었다. 그로 인해 몰락했던 친정 가문도 되살려 냈고, 그녀 자신도 그 전과는 비교도 되지 않는 화려한 삶을 살게 되었으나, 결국 사랑받지 못하는 결혼 생활이라 들었다. 일편단심 그녀를 사랑해 주던 남자가 이제 와서 그리워졌던 걸까.

흐음, 레리아나는 슬쩍 자리를 피하려고 뒤를 돌았다. 남의 연애사에 끼어드는 것은 바람직하지 못한 일이지 않는가.

“내겐 다른 사람이 생겼어, 클로에. 오늘은 이 말을 하러 왔어.”

흥미진진한 상황으로 변해 갔지만 어쨌든 돌아가는 게 좋을 것 같다. 레리아나가 조용조용 움직이려는데, 저스틴이 뒤로 빠진 레리아나의 손목을 불시에 끌어당겼다.

‘나? 나야?’

레리아나가 둘 사이에 낀 상태로 안절부절못했다. 클로에 라킨의 눈에 눈물이 그렁그렁해졌다.

“정말이야? 날 잊었어?”

‘히익.’

레리아나가 필사적으로 시선을 피했다. 아니라고 부정하고 싶지만.

‘일단 은인이고.’

레리아나는 끙, 앓는 소리를 냈다. 저스틴은 그녀의 눈에 눈물이 찬 모습을 보자 반사적으로 몸을 멈칫거렸다. 보아하니 몇 번이고 이렇게 마음이 약해졌음이 분명했다. 클로에 라킨은 그런 부분을 교묘히 조종하는 걸 테고.

아니, 이래서야 어떻게 대의를 도모할 수 있겠는가. 레리아나가 조용히 말했다.

“그냥 가요.”

저스틴은 들리지 않는지 계속 클로에를 바라보고 있었다. 레리아나는 저스틴의 손목을 잡고 확 끌어당겼다.

“……?”

저스틴이 그제야 레리아나에게로 시선을 돌렸다.
"그냥 뛰어요."
그러고는 멍청한 얼굴의 저스틴을 데리고 빠르게 뛰기 시작했다.

뛰어가던 그들은 별채 앞까지 와서야 뛰는 것을 멈추었다. 별채 앞은 깊은 바람 소리만 가득했다. 레리아나는 귓가를 스치는 바람 소리를 들으며 한참 숨을 고르고 말했다.
"입장이 바뀌었네요."
"……?"
"이제 내가 은인이잖아요."
레리아나가 장난스레 말하자 저스틴이 낮게 웃었다.
"고마워요, 짝짝이 양."
"그런데 누가 짝짝이 앙이에요?"
레리아나가 눈을 맞췄다.
"누구겠습니까. 구두 짝짝이로 신은 분이죠."
"아."
걸어가던 레리아나가 인상을 찌푸리며 고개를 돌렸다.
"그걸 계속 기억해요?"
"그러게요. 이상하게 계속 기억에 남더라고요."
왜일까, 라며 저스틴이 능청스럽게 말했다.
후, 앞머리를 입바람으로 날린 레리아나는 입을 삐죽이며 팔짱을 꼈다.
"안 궁금해요?"
돌연 저스틴이 나직이 물었다. 레리아나가 눈썹을 들어 올리며 그를 바라보았다.

"뭘요?"

"무슨 구구절절한 사연인지."

레리아나는 미소를 짓는 남자를 보며 팔짱을 풀었다. 마치 누구에겐가 털어놓고 싶어서 궁금해하길 바라는 것 같았다.

"궁금해요."

레리아나가 고개를 끄덕였다.

저스틴은 레리아나의 배려를 사양하지 않고 받아 들였다.

저스틴의 아버지, 샤말 후작은 욕심이 많은 사람이었다. 샤말 후작에게 저스틴 샤말은 귀족 가문 간 열리는 결혼 시장에서 높은 가격으로 팔릴 만한 훌륭한 상품이었다. 그는 제 아들이 가문에 도움이 될 만한 고위 귀족 가문과의 결합을 가능케 하리라 고대했다.

그러나 그렇게 고대하던 아들은 가문이나 재산, 그 어떤 것에도 도움이 되지 않을 무용지물과 만나고 있었다. 샤말 후작은 그것을 이해하지 못했다.

그리고 클로에. 클로에는 샤말 후작과 닮은 면이 있는 여자였다. 그녀는 결혼으로써 자신의 가문을 되살리고 싶어 했다. 몰락한 귀족의 딸이라는 지위는 그녀에게 어떤 감흥도 불러일으키지 않았다. 그렇기에 그녀는 저스틴을 신분 상승용 예쁜 유리 구두로 취급해 제 옆자리에 앉혔다. 샤말 후작만 아니었더라도, 그녀는 유리 구두를 신는 것에 성공할 수 있었으리라.

2년이었다. 아들의 애원에도 샤말 후작의 반대는 완고했다. 그의 고집이 언제까지 지속될지 알 수 없었고, 여자 귀족들은 어린 나이일수록 더 좋은 기회를 갖는다. 문제는 클로에가 저스틴보다도 연상이라는 사실이었다.

충분히 시간을 끌었다고 생각한 클로에는 결국 라킨 백작을 선택하기로 했다. 될지 안 될지 갈피를 잡을 수 없는, 허상 같은 사랑놀이를 더 이상 지속하고 싶지 않았던 것이다.

그리고 저스틴은 클로에가 행복하기를 바라며 남은 감정을 삭이기 위해 체이머스를 떠났다. 이제 배신감도 상실감도 모두 흘려보냈다고 생각했을 때 돌아왔지만, 막상 쪽지를 받으니 머릿속이 새하얗게 변해 버렸다.

그때 위에서 떨어지던 레리아나가 아니었다면, 아마 그대로 과거의 감정에 잠식되어 버렸을지도 모르겠다. 그는 난간에 매달려서 위에 보지 말라고 울먹이던 레리아나를 떠올리며 웃음을 흘렸다.

레리아나가 웃는 저스틴을 보며 조심히 물었다.

"이제 후련해요?"

"……네, 이제 후련하네요."

미소 지은 그가 두 팔을 하늘로 펼치고 크게 기지개를 켰다.

"이제 다른 사람 만나요. 아직 젊은데 괜히 질척거리지 말고."

레리아나가 얄궂게 말했다. 저스틴이 웃음기 섞인 목소리로 그러죠, 라고 답했다.

살롱으로 향한 이유는 확인해 보고 싶었기 때문이다. 아직 남아 있는 감정이 있는 건지. 그러나 그녀에게서 쉽사리 발걸음을 떼지 못했던 것은 사랑이 아니라 미안함과 미련이었다. 그것들은 아마 천천히 시간에 스러져 사라질 것이다.

저스틴이 앞서 나가 별채 문을 열며 레리아나를 바라보았다.

"이름, 안 알려 줄 거예요?"

"아시잖아요."

"짝짝이 양?"

"그거면 되죠."

심드렁하게 말한 레리아나가 눈썹을 들어 올렸다.

"내 이름은, 안 궁금해요?"

"들었어요, 방금. 저스틴."

"아— 아쉽네. 거래할 수 있을 것 같았는데."

레리아나는 피식 웃고는 계단 앞에 섰다.

"이제 가 봐야겠어요."

"다시 만날 수 있을까요?"

"글쎄요. 우리가 만날 인연이라면 언젠가는 만나게 되겠죠."

저스틴이 웃었다.

"그거 굉장히 치사한 말이네요."

제가 좀 치사한 사람이거든요, 라고 말한 레리아나가 손을 팔랑팔랑 흔들었다. 저스틴은 그녀가 사라지는 모습을 끝까지 응시했다.

그러다 문득 반지에 생각이 미쳤다. 주머니에 손을 넣자 손가락 끝에 링이 걸렸다. 반지의 감촉이 어쩐지 다시 만날 수 있을 거란 기회처럼 느껴졌다.

그는 실없는 생각에 작게 웃음을 흘렸다. 왠지 오늘은 편히 잠들 수 있을 것 같다.

* * *

"저와 게임을 하시겠습니까, 전하."

바둑돌을 만지작거리던 시아트리히가 고개를 들었다.

레리아나는 살롱 지욘나 이후 집으로 돌아가고 싶다는 열망이 더할 수 없이 강해진 상태였다. 그녀는 시아트리히가 게임에 사족을 못 쓴다는 것을 이용하기로 했다.

“게임?”

“예. 전하께서 뭘 원하시든 고르시는 게임으로 말입니다.”

“흐흐흥.”

시아트리히가 코로 웃으며 얼굴을 가까이 댔다.

“왜, 왜 그러시는지.”

레리아나가 시선을 피했다.

“레리아나 양은 내 맘을 움직일 줄 아는군. 영리해.”

“아, 아하하, 하…….”

레리아나의 눈동자가 사방으로 돌아다녔다.

“좋아. 게임에서 그대가 이기면 집으로 보내 주지.”

“예!”

레리아나는 무엇이든 이길 자신이 있었다.

가장 파티는 수도에서 사람들의 이목을 끄는 축제 중 하나였다. 할로윈 파티처럼 얼굴에 가면을 쓰거나 분장을 하니, 지위 고하를 막론하고 모두 자유롭게 즐길 수 있기 때문에 참여율이 가장 높은 연회기도 했다.

“규칙은 이거야. 노아가 레리아나 양을 발견하면 돌아갈 수 있게 해 주겠네. 대신 레리아나 양은 절대 노아에게 먼저 접근하면 안 돼. 말을 걸어서도 안 되고.”

시아트리히가 의자에 앉아 즐겁게 말했다. 그와 함께 들어온 시녀들은 분주히 손을 움직였다. 레리아나는 커다란 모자를 씌우는 손길에 자신을 맡기다가 거울을 보고 경악했다.

"전하? 이건, 대체 컨셉이 뭐죠."

얼굴에는 붉은 나비 가면을 씌웠다. 옷은 실루엣으로라도 알 수 없게 어두침침한 망토로 몸을 꽁꽁 감싼 형태였고, 그 위에 머리카락을 다 가리는 챙이 커다란 모자까지 씌웠다. 이건 부모님이 와도 알아볼 수 없을 정도의 모습이었다.

"마법사."

레리아나가 입을 벌렸다. 마법사들은 다 이러고 다니나? 부르카를 입고 다니는 수준이었다.

"알아볼 수 있을 거야. 그런 게 바로 사랑이란 거지."

매일 침대에 다른 여자를 끌어들이는 사람에게는 듣고 싶지 않은 말이었다. 집에 가기는 글렀다는 생각에 레리아나가 한숨을 내뱉었다.

* * *

'알아보는 게 이상한 일이겠는데.'

레리아나는 눈을 가늘게 뜨고 파티에 참석한 이들을 바라보았다. 외계 생물처럼 보이는 초록색 괴물부터 마물 가죽 같은 걸 뒤집어쓴 남자도 있었다. 이런 곳이라면 제가 먼저 노아를 찾는 것도 쉽지 않은 일이리라.

레리아나는 벽으로 자리를 피했다.

그때 멀리서 한 남자가 들어섰다. 얼굴 전체를 가리는 새하얀 가면에 눈을 가리는 기다란 앞머리의 가발을 쓴 남자는 홀 안으로 들어와 사람들을 둘러보는 중이었다.

레리아나는 그에게 시선을 고정한 채 멈춰 섰다.

'노아.'

왜일까. 한눈에 알 수 있었다.

"그런 게 바로 사랑이란 거지."

시아트리히의 말이 어른거리자 레리아나는 고개를 절레절레 저었다.

'아니겠지.'

노아는 레리아나를 향해 직진해 오고 있었다.

'설마.'

노아가 레리아나 옆을 스치고 지나갔다.

'하긴, 알 수 있을 리가.'

먼저 말을 걸어 볼까 하던 레리아나는 시아트리히가 말했던 규칙을 떠올렸다.

'어기면 어떻게 되는 거지.'

그녀는 이리저리 시선을 돌려 시아트리히가 어디 있는지 확인하려 했다. 지팡이를 짚고 있을 테니 쉽게 찾으리라고 생각했는데, 어디에도 보이지 않는다.

'먼저 말을 걸까? 걸까?'

손가락을 꿈틀거리며 고민하던 레리아나는 노아가 인파 속으로 사라지자, 이내 한숨을 푹 쉬며 포기했다.

'뭐, 언젠간 돌려보내 주시겠지.'

푸딩이나 가지러 가 볼까 해서 움직이려는데, 음악이 바뀌고 춤을 추려는 인파가 레리아나 쪽으로 쏟아져 들어왔다.

'윽.'

레리아나는 인파로 인해 진로를 방해받다 못해 툭툭 밀려 뒷걸음질 쳐졌다. 그렇게 이리저리 휩쓸리던 그때, 누군가의 등이 그녀의 등을 막아섰다.

"모른 척하고 후원으로 와. 형님이 알면 귀찮아지니까."

노아가 말을 전하고 발을 옮기려 하자, 레리아나가 입을 열었다.

"어떻게……."

"……?"

레리아나는 왜인지 울렁거리는 목소리를 애써 가라앉혔다.

"어떻게 알았어요? 나인 거……."

이렇게 꽁꽁 싸매고 가발에 가면까지 썼는데. 어째서 노아는 한번에 자신을 알아볼 수 있는 걸까.

"모를 리가 없잖아."

낮은 웃음소리가 귓전에서 녹아내리듯 달콤했다. 등을 맞댄 체온이 따스하다. 열차가 녹슨 선로 위를 달리는 것처럼 심장이 덜컹거렸다. 레리아나는 괜스레 가면을 아래로 조금 내렸다. 얼굴을 제대로 숨기고 싶었다.

"사랑이군. 사랑이야."

시아트리히는 사람들 사이에서 등을 마주한 두 사람을 보며 느긋하게 말했다.

"레리아나 영애께서도 못된 시숙을 만나 고생이십니다."

"지금 내 얘기하는 건 아니지?"

"아닙니다."

시아트리히가 입술을 삐죽이면서 투덜거리더니, 시종을 불러 손짓했다. 시아트리히의 명을 받은 시종이 난간에서 손을 휘둘렀고 곧 뿔피리 소리가 홀을 가득 채웠다.

갑작스레 홀 안에 고요가 가득 찼다. 이를 깨운 것은 시아트리히의 지팡이 소리였다. 그가 난간을 툭툭 두드리자 사람들의 시선이 2층으로 향했다.

레리아나와 노아도 멈춰 서서 고개를 들었다.

"내 자네들을 위해 한 가지 여흥을 준비했지."

시아트리히가 지팡이를 퉁겨 올려서 대의 중앙을 잡아 들었다. 지팡이 끝에 달린 보석이 슥 아래로 움직였다.

"12시까지 붉은색 나비 가면을 쓴 레이디를 데려온다면 짐이 특별상을 내리도록 하겠다."

보석이 향한 곳에는 붉은색 나비 가면을 쓴 레리아나가 있었다. 그녀가 눈을 크게 뜨고 시아트리히를 바라보자 그가 샐쭉이 웃었다.

"당신 형님……."

레리아나가 이를 갈듯 말하니 노아가 차분한 어조로 답했다.

"말 안 해도 알겠어."

그러고는 레리아나를 번쩍 들어다가 어깨에 메고 뛰기 시작했다.

* * *

“꼭 이렇게 짐짝처럼 메고 가야 해요? 나도 뛸 수 있는데-”

그것도 엄청 잘 뛴다. 다리 좀 놀려 봤다 하는 귀족 영애들 가운데서도 상위권을 차지할 수 있으리라 자신할 수 있다.

그러나 노아는 내려 주는 대신 뒤를 가리켰다.

“저기에! 저기 도망친다!”

“기다려-!”

웃음소리와 함께 사람들이 성난 물소 떼처럼 몰려드는 중이었다.

‘맙소사.’

순식간에 핏기가 가셨다.

노아가 물었다.

“이런 상황에도 불만이 있어?”

“아뇨. 없습니다.”

창백해진 레리아나는 짐짝처럼 메인 채 얌전히 끌려갔다.

노아가 레리아나를 메고 묘기를 부리듯 사람들을 피해 달려 나가는 것을 보며 시아트리히는 난간을 치며 웃어 댔다.

“하하하하핫!”

나오미는 그런 시아트리히를 보면서 저렇게 나이를 먹고도 머릿속은 도통 크질 않는다고 생각했다.

“즐거우십니까.”

“엄-청-”

시아트리히가 눈물까지 고인 눈을 닦으며 말했다.

"우습지 않은가. 삶은 비약적으로 발전했고 미지는 줄어들었지. 그런데 인간은 아직 사랑이라는 아주 원초적인 감정 하나조차 조절하는 법을 알지 못하잖나. 언제 누군가와 어떻게 사랑에 빠지게 될지도 모르고. 그 사람을 사랑하는지조차 갈팡질팡한단 말이지."

가만히 듣고 있던 나오미가 나직이 입을 열었다.

"저희 어머니께서 늘 말씀하셨죠. 내가 저런 남자한테 코가 꿰어 결혼할 줄 알았다면 일찌감치 머리 밀고 신전으로 들어갔을 거라고. 그러니 사랑이 예측불허에 제 뜻대로 가눌 수 없을 만큼 제멋대로인 것은 번식을 위해서일 겁니다. 한낱 감정에 취해 인생을 망칠 선택을 홀린 듯, 하게 만드니까요."

"……나오미."

시아트리히가 미소를 지우지 않은 채 물었다.

"그대에게서 감성을 빼앗아 간 자가 대체 누구지? 말해 봐. 특별히 세인트 벨에 처넣어 줄 테니까. 그런 놈은 평생 빛을 못 보게 해주지."

"전하십니다."

"……."

시아트리히가 그대로 입을 다물었다가 자신 없는 듯 작게 입을 열었다.

"그건 좀."

"전하십니다."

"……응."

나오미가 드물게 만족스러운 표정으로 가슴을 쭉 펴고 바로 섰다.

* * *

"10분 남았어."

노아가 시계탑 꼭대기에 레리아나를 내려놓으며 말했다.

깊게 숨을 내뱉은 레리아나는 비틀거리는 몸을 바로잡았다. 수난이었다. 쉴 만하면 어디선가 다가온 손이 레리아나를 붙잡으려 했다. 그 때문에 가발은 벗겨졌고 구두 한 짝은 날아갔으며 드레스는 찢겨졌다. 이를 막으려던 노아도 마찬가지로, 찢겨진 양장을 입고 뜯긴 가발을 쓴 초라한 행색이었다.

"……시아트리히……."

찢어져 덜렁거리는 소매를 바라보며 왕의 이름을 읊조리는 노아에게서 살기가 느껴진 것은 착각일 뿐일까. 역모죄로 같이 끌려가고 싶지 않았던 레리아나는 모른 척 고개를 돌렸다.

"긁혔어요?"

레리아나가 노아의 손을 발견하곤 팔을 잡아끌었다.

"손톱자국이네."

누가 팔을 길게 긁어 놓았다. 레리아나가 드레스 자락으로 송골송골 맺힌 피를 닦아 냈다.

"흉 지면 어쩌죠."

"괜찮아, 이 정도는."

레리아나가 무심코 노아를 바라보았다. 그야말로 딱 거지꼴이었다. 뜯긴 가발 앞머리는 쥐 파먹은 듯 삐뚤빼뚤했는데, 지저분한 행색과 어우러지니 아무리 노아라도 우스울 따름이었다.

풉. 레리아나가 웃음을 터트리자 노아가 못마땅한 얼굴로 물었다.
"왜 그렇게 웃어?"
"아하하, 하하— 노아, 이렇게 너덜너덜해진 모습은 처음 봐요."
레리아나가 눈꼬리에 맺힌 눈물까지 닦으며 끅끅거렸다. 그러자 노아가 가발을 벗으며 말했다.
"이게 누구 때문인데."
"당신 형님 때문이죠."
"후우……."
시아트리히를 생각하자 다시 갑갑해졌는지 노아가 한숨을 내쉬었다.
"으, 발이 부은 것 같아요."
레리아나는 꽉 조이는 구두를 벗어 던지고 난간 사이에 다리를 걸치며 앉았다. 개미처럼 보이는 작은 사람들이 성 곳곳을 헤치고 다니는 모습이 보인다. 다시 웃음이 터졌다. 비록 꼴은 엉망이 되었지만 즐거웠다.
"난 원래 책상 앞이 더 익숙한 사람인데 말이죠."
"그렇게는 안 보이는데?"
노아가 외투를 벗어 레리아나의 다리 위를 덮으며 말했다.
"음, 이해할게요. 완벽한 몸매가 마치 운동으로 다져진 것 같다고 생각할 수도 있으니까."
"그런 뜻 아니었어."
"그런 뜻으로 말하시죠, 좀."
레리아나가 눈을 흘겼다.
"그런데 여기로 올라오는 길은 어떻게 알았어요? 덩굴로 감겨 있던 걸 보니 꽤 오랫동안 지나다니는 사람이 없었던 것 같은데."

"옛날에는 여기서 자주 놀았거든. 형님이랑."

"아, 왕자님이었지. 나름."

시아트리히가 절름발이가 되기 전 이야기였으리라.

"나름?"

레리아나가 어깨를 으쓱 들어 올렸다.

"노아 왕자님은 어떤 꼬마였을지 궁금하네요."

"나도."

"네?"

"당신이 어떤 꼬마였을지 궁금해. 조금 상상은 되네. 어렸을 때부터 여기저기 쏘다니면서 부모님 속 썩였을 것 같아."

"와, 다 틀렸거든요. 당신은요, 어렸을 때부터 가식적으로 어른들한테 예쁨받으면서, 뒤로는 친구들한테 못되게 구는 아주 영악하고 되바라진 꼬마였을 것 같네요. 친구도 없었을 것 같아."

"맞아."

놀리려고 한 말이었건만. 그가 너무 쉽게 수긍하는 바람에 레리아나가 지레 놀라 그를 바라보았다.

"난 가식적이고 얌전한 꼬마였고, 날 데리고 다닌 건 언제나 시아트리히밖에 없었어. 그래서 형과 이제 시계탑으로 올라가지 못한다고 했을 때가 제일 슬픈 날이었지."

언제나 음울해 보이던 어머니가 처음으로 아름답게 웃었던 날은 형을 절름발이로 만든 날이었다. 그것을 어린 노아는 전부 지켜보고 있었다.

봄의 꽃이 만발한 정원에서, 쓰러지는 형과 제 얼굴을 붙잡고 이제 됐다고 속삭이는 어머니.

그녀가 간과한 게 하나 있다면, 바로 노아가 평생 죄책감에 사로잡혀 살게 될 것이란 걸 미처 몰랐다는 사실이리라.

"그래서 그날, 형님을 왕으로 만들겠다고 약속한 거야."

그 후로 노아는 시아트리히를 진짜 왕으로 세우기 위해 그 누구보다도 노력했다.

레리아나는 노아의 손을 잡았다. 노아가 얼굴을 돌려 눈을 마주쳤다.

"당신 잘못 같아요?"

"글쎄."

"아니에요."

레리아나가 단호하게 대답하며 고개를 저었다. 노아가 미소 지었다.

"응."

그동안 이런 화제에 대해 일절 꺼내 본 적이 없어서일까. 심장 안에 바람이 스며든 것처럼 소란스러웠다.

등 뒤에서 거대한 시계 바늘이 철컥 소리를 내며 움직였다.

"아, 1분 전이네요."

서성이던 사람들은 어느새 다 사라져 있었다. 노아가 레리아나의 손을 잡고 벌떡 일으켜 세웠다.

"이제 집으로 가자."

레리아나가 웃으며 노아의 가면을 벗겼다.

"좋아요."

노아가 문득 물었다.

"당신은 나인지 알고 있었어?"

"모를 리가 없잖아요."

노아가 느릿하게 눈을 깜빡였다. 그와 동시에 12시의 종소리가 들리기 시작했다.

뎅, 뎅, 뎅.

이제 돌아가는구나. 레리아나가 기지개를 켰다.

뎅, 뎅, 치직-

그때 종소리가 무언가에 방해를 받은 것처럼 끊겨 들렸다.

"……?"

뭐지. 레리아나가 몸을 돌렸다. 익숙한 감각이었다. 순간 관자놀이를 내려치는 것 같은 통증과 함께 눈앞이 거세게 흔들렸다. 노아가 무언가 말하려는 것들이 모두 잡음에 휩싸여 들리지 않았다.

치지직-

그리고 바로, 암전이었다.

12장

시동

시동

"왕실 근위대 제1사단 단장 저스틴 샤말. 지금 돌아왔습니다, 전하."

창밖을 바라보던 시아트리히가 제 앞에서 예를 표하는 저스틴을 향해 몸을 돌렸다.

"저스틴, 긴 휴가였군."

"하하, 그렇게 눈치 주시깁니까."

"좀 놀다 오랬더니 퍼질러지게 놀다 온 게 누군데 그래. 안 그런가."

시아트리히가 나오미를 향해 말했다.

"전하께서 마음껏 쉬다 오라고 하셨습니다."

"내가?"

"예. 치매 검사를 진행할까요?"

"기억나는 것 같아……. 이제 기억나는군."

많이 양보해서 노인성 난청까지는 괜찮았으나, 치매는 상상도 못 할 일이었다. 필사적으로 답하던 시아트리히는 인상을 찡그렸다.

"아니, 가만. 그대는 내 어딘가에 문제가 있길 바라는 것 같아."

"오해십니다, 전하."

시아트리히가 눈썹을 구부리자, 저스틴이 두 분은 여전하십니다, 라면서 웃었다.

"아, 저스틴. 자네가 없는 동안 네이슨이 임시 단장을 맡았었네. 가서 감사 인사라도 해. 엄청나게 굴렀으니까."

"당연히 그래야지요. 술이라도 잔뜩 사 들고 가야겠습니다."

"그렇게 해."

시아트리히가 책상으로 다가가 의자에 앉았다. 저스틴과의 만남이 몇 년 만이던가. 그가 고개를 삐딱하게 기울이며 저스틴에게 물었다.

"난 사표를 들고 올 줄 알았는데. 이제 마음 잡았나?"

"저도 이제 방황은 그만둬야지요."

시아드리히가 그를 뚫어지게 바라본다 싶더니 툭 내뱉었다.

"다른 여자를 만났군?"

시아트리히는 사랑 문제로 고민하는 인간을 완벽하게 알아챘다. 평생 사교계를 전전해 가며 인간들을 관찰해 온 덕분이었다.

"예에? 저요?"

"그래. 얼굴이 폈어. 차인 이후로는 비틀대면서 약 먹은 병아리처럼 돌아다니더니."

"하하, 제가 그랬습니까?"

"이젠 놓치지 말게. 기사가 말이야, 검을 뽑았으면 휘둘러야지."

"글쎄요, 그 사람은 이미 약혼자가 있어서요."

시아트리히가 눈살을 찌푸렸다. 또 어디서 그런 여자를 찾아와서는. 온몸에 기름칠하고 불로 뛰어드는 불나방보다 못한 놈이었다.

"……정략결혼?"

"예."

"그럼 빼어 와. 언제까지 뺏기기만 할 텐가. 자네는 좀 더 이기적으로 굴어야 해."

"명심하겠습니다."

"왜 주변에 다 이렇게 둔탱이들밖에 없는 건지. 그렇지?"

시아트리히가 나오미 쪽으로 고개를 돌렸다. 나오미가 너보다는 낫다는 눈길로 그를 바라보았다.

"왜 그런 눈으로 보나?"

"아닙니다."

"음, 저스틴. 무투회는 나갈 텐가?"

"이번 상품은 뭡니까?"

"자네 기사 아닌가? 명예는 관심 없어?"

"에이, 참. 전하도. 제가 또 언제 그런 걸 챙겼다고."

"근위대 단장을 잘못 뽑은 것 같아. 사표 쓰게. 유종의 미로 건국 기념 만년필 줄 테니까 가지고 가."

시아트리히가 제 가슴 포켓에서 건국 기념 만년필을 꺼내 들었다. 그러자 나오미가 드물게 놀란 표정으로 물었다.

"찾으셨습니까?"

"이상한 데 숨겨져 있던데……. 그대가 범인인가?"

"……오해십니다, 전하."

눈을 가늘게 뜬 시아트리히는 분명히 나오미가 숨긴 것이라고 확신했다.

저스틴은 시아트리히가 든 만년필을 보고 떨떠름한 말투로 물었다.

"설마 상품이 건국 기념 만년필입니까?"
"생각 중이야. 자네도 나가. 오랜만인데."
저스틴은 팔짱을 꼈다.
"윈나이트 공작님은 나오십니까?"
"글쎄. 아, 몇 승 몇 패인가?"
"1승 1패 2무입니다."
"이번에 만나면 재밌어지겠군. 그런데 잘 모르겠네. 어제 약혼녀를 다시 저택에 데려갔으니 당분간 나오질 않을 것 같거든."
"아, 약혼녀분이 생겼다는 이야기는 들었습니다. 의외더군요. 정략결혼으로 어영부영 결혼하실 줄 알았는데."
"아아."
시아트리히가 비식비식 웃었다.
"아주 좋아 죽어."
"그 정도입니까? 그 공작님께서요?"
저스틴도 노아가 지금껏 목석같이 굴었다는 것은 잘 알고 있었다.
"어떤 분이시기에 그러신 답니까?"
시아트리히가 팔짱을 끼며 레리아나를 떠올렸다.
"일단 예뻐."
"음, 역시 중요하죠. 그건."
진지하게 고개를 끄덕이는 둘을 보며 나오미가 혀를 찼다.
"영리하기도 하고. 만나면 자네도 마음에 들어 할 거야."
"한번 꼭 뵙고 싶군요."
시아트리히가 웃으며 말하자, 저스틴이 마주 웃으며 답했다.
"만날 수 있게 되겠지. 곧 내 성혼도 있을 테니까."

흠, 신음성을 낸 시아트리히가 일어나 창문을 향해 걸어갔다. 그는 지팡이를 다리 사이로 끌어모아 서서 물었다.

"그런데 비비안 양에게는 무슨 일이 있나?"

"성혼식 때문이십니까."

"길일을 기다리지 못하겠다고 하더군."

"……저도 이유는 잘 모르겠습니다."

재촉한 것은 아버지인 샤말 후작 때문이었으나…… 저스틴은 설핏 비비안과 함께 있던 베아트리스를 떠올렸다. 무언가 관계가 있을지 모른다고 생각했지만, 자신으로서는 알 수 없는 일이었다.

"일단 신전에 연락을 취해서 날을 앞당겨 보겠다고 했네. 혹시 무슨 일이라도 있다면 알려 주게."

"예. 전하."

저스틴이 고개를 숙였다.

* * *

"이제야 눈이 그쳤군."

그래인저는 창밖을 바라보며 말했다. 성 밖으로는 한 발자국도 나갈 수 없을 정도로 몰아친 폭설이었다.

시종장 스콧이 문을 두드리고 들어와서는 아담 경이 찾는다 말했다.

"들어오라 하게나."

후드가 달린 두꺼운 망토를 입은 아담이 방으로 들어섰다.

"조금 더 기다려 보는 건 어떤가. 시크레트의 날씨는 변덕스러워. 눈이 더 올지도 모르는데."

아담이 고개를 저었다.

"그렇게 돌아가야겠나?"

아담이 고개를 끄덕였다.

"고집이 세구만."

마구간지기가 털이 반질반질한 수말을 데리고 나왔다. 말은 투레를 한 번 틀더니 터벅거리며 마구간지기를 따랐다.

"게이트를 열지 못하니 말은 제일 튼튼한 놈으로 골랐네. 미끄러운 산길도 잘 버틸 걸세."

산세가 험하고 길이 미끄러우니 말발굽도 겨울 길을 잘 달릴 수 있도록 개조한 것을 달았다. 근처 대도시까지는 이 말로도 충분하리라.

성주는 말을 타는 아담에게 가까이 다가갔다.

"제대로 도움이 못 되어 미안하네."

말에 오른 아담이 괜찮다는 듯, 고개를 끄덕였다.

"조심히 가게."

아담이 말의 배를 찼다.

순백으로 휩싸인 산은 소리를 먹은 것처럼 정적만이 감돌았다.

아담이 그래인저 성에 도착한 것은 보름 전이었다. 그가 성주에게 상황을 설명했을 때, 그는 무척 놀라며 최대한 협조하기 위해 그날 레리아나가 묵었던 곳에서 시중을 들던 하녀를 찾았다. 그녀라면 누가 수상한 짓을 했는지 알 수 있으리라.

그리고 성주를 따라 하녀를 찾아간 아담은 그녀가 방에서 목을 매고 죽어 있는 것을 발견했다. 아담이 시신을 살폈다. 청부업자의 솜씨였다. 자살처럼 위장하려고 했으나 자살이 아니었다. 분명 결정석을 누가 보냈는지 숨기려 함이 분명했다.

히히힝.

말이 길게 울자 산 위에서 눈덩이가 하나둘 길목 앞으로 떨어져 내렸다. 아담은 조금 기다렸다가 말과 산의 상태가 안정되자 다시 달리기 시작했다. 폭설이 내린 후의 길이나 추위가 운신을 여의치 않게 했다.

그러나 더 이상 지체하고 싶지 않았다. 아담은 이를 악물고 고삐를 바투 잡아당겼다.

* * *

꿈을 꾸었다.

독서실 옥상으로 올라가는 길은 삐걱거리는 철계단이었다. 삐걱삐걱 소리를 내며 누군가가 박은하에게로 다가간다. 누군가는 그녀를 부르고, 인사를 하고, 무언가 말을 건넸다.

그리고 등을 밀치는 손길. 입 모양은 마치 누군가의 이름을 부르는 것 같았다.

"________."

팔이 물에 젖은 솜처럼 무거웠다. 눈꺼풀을 들어 올리니 시야가 뿌옇게 번져 있었다. 느릿하게 눈을 깜빡이자 곧 선명해지기 시작했다.

천천히 고개를 돌리자 보인 것은 흑단같이 검은 머리칼이었다. 남자는 침대 옆에 머리를 대고 깊게 잠들어 있었다.

"……?"

노아, 라는 단어는 칼칼한 목에 갇혀 나오지 못했다. 바짝 마른 입술은 입을 열자마자 뜯어졌다. 물을 마시고 싶었지만 움직이기가 버거우니 그저 편하게 누워 눈만 몇 번 깜빡였다.

그러다 손가락 끝부터 힘을 주어 조금씩 움직였다. 팔꿈치가 있던 곳까지 손을 움직이고, 무심코 노아의 머리카락을 만졌다. 보드라운 느낌이 간지럽다.

누군가가 머리카락을 만지고 있단 것을 알아차린 노아가 천천히 일어났다.

'바보 같은 표정이네.'

걱정했나. 누워 있는 건 자신인데 노아의 얼굴이 반쪽이 되어 있는 것 같다. 레리아나는 놀란 황금색 눈동자를 보며 끊어질 듯 작은 목소리로 말했다.

"……안, 녕."

노아가 손에 얼굴을 묻고 한숨을 내쉬었다. 그는 바로 물을 따랐고, 레리아나의 상체를 일으켜 주었다. 레리아나는 컵을 받아 들었다.

"쿨럭-"

오랜만에 목을 축이는 감각이 생소했다. 급하게 마시다 보니 연신 기침이 터져 나왔다. 기침을 막으려 입을 가리는데 손에 힘이 빠져 컵을 놓치고 말았다.

"아."

갈라진 목소리가 새어 나왔다. 그때 노아가 떨어지는 컵을 받아 들었다.

'반사 신경 좋네.'

실없는 생각을 하면서 레리아나가 손을 내밀었다. 그러나 노아는 물컵을 내미는 대신, 물을 머금고는 레리아나의 얼굴을 돌렸다.

"……?"

그리고 부지불식간에 입술이 포개졌다.

'……?!'

벌어진 입안으로 물이 전해졌다. 자신도 모르게 물을 꿀꺽 넘긴 레리아나가 놀란 눈으로 그를 바라보았다.

"노아?"

그의 얼굴이 다시 다가왔다. 혀가 입안을 파고 들어왔다. 숨이 얽히자 머리가 어지럽고 현실감이 사라졌다. 레리아나는 고개를 돌려 이어지는 깊은 입맞춤을 느끼며 눈을 감았다. 뜯어진 입술이 아릿했다.

* * *

"로이드, 오늘 저녁 식사는 어떻게 할까요."

공작저의 주방장은 아주 비장한 얼굴로 물었다. 집사 로이드도 아주 근엄한 얼굴로 긴 고민을 끝낸 후에 말했다.

"내가 어떻게든 정보를 수집해 오겠네."

저택에 객을 맞이하고 편의를 봐 드리는 것은 로이드의 몫이었다. 주방장은 고개를 끄덕였다.

"의지만 있다면 이번 전투도 반드시 이겨 낼 수 있을 겁니다."

로이드가 뜨거운 눈으로 그를 바라보았다. 로이드는 지난 전쟁 때, 주방장이 속했던 소대를 지휘한 간부였다. 그 인연을 계기로 주방장은 로이드의 소개를 받아 공작저의 주방장으로 취직할 수 있었다.

"그럼 행운을 빌어 주게."

주방장이 로이드를 향해 경례했다. 마주 경례한 로이드가 진한 여운을 남기며 자리를 떠났다. 주방장은 떠나는 로이드의 뒷모습을 한참동안 바라보았다.

복도를 걷던 로이드는 거울 앞에서 목을 가다듬고 제복의 먼지를 털었다. 공작저의 집사로서 한 치의 빈틈도 용서할 수 없는 시기였다. 집사 생활 10년. 꽤 경력 있는 집사인 그를 이렇게 긴장시킬 정도로 윈나이트가의 저택은 줄곧 소리 없는 비상사태였다.

시작은 예비 마님이 쓰러지고 한참을 깨어나지 못한 것에서부터였다. 집으로 신관들이 줄지어 들어왔다. 왕국에 신력을 쓸 수 있는 신관은 모두 들여놓는 것 같았다.

그러나 예비 마님은 차도를 보이지 않았다. 신관들은 하나같이 밑 빠진 독에 물을 붓는 것처럼 신력이 자꾸 흘러 나간다고 말했다.

주인은 누가 건드리는 순간 당장 터져 버릴 것처럼 위태로워 보였다.

그때 나타난 것이 히이카 데민트였다. 그는 저택의 문을 발로 뻥뻥 차고 들어와서는 '레리아나는 어디 있느냐-!'라고 말하며 눈을 흘겼다.

고용인들은 당황했다. 정체불명의 아름다운 청년과 예비 마님의 이렇고 저런 사정, 주인님의 연적, 한 여자를 둘러싼 치정극, 애증과 불륜과 배신, 온갖 자극적인 단어들이 파도처럼 넘실거렸다.

제일 먼저 정신을 차린 것은 노련한 총괄 집사 기디언이었다. 지금 노아에게 이런 상황을 알리면 사태가 심각해질 거라 예상한 기디언이 기사를 불러 히이카를 내쫓으려 했다. 그러거나 말거나 히이카는 왜 빠릿빠릿하게 말을 안 하느냐며 욕을 해 댔다. 고용인들은 저렇게 성격이 나쁘니 레리아나가 그를 버린 거라고 생각했다.

불려 온 기사들은 히이카를 내보내려 하고 히이카가 못마땅한 심기를 드러내면서 갈등이 고조될 때쯤. 안색이 창백한 웨이드 데이비스가 윗배를 붙들고 나타났다. 자신을 수석 신관이라 소개한 그는 위염으로 고통스러워하며 말했다.

"히이카 데민트 대신관 성하십니다. 예를 표해 주십시오."

그 말을 끝으로 공작저 안으로 성기사들이 우르르 물밀 듯이 밀려왔다.

그때 당시만 해도 로이드는 노아의 연적이 생각보다 거물에 나이가 많다고 놀라워했다. 그가 오해를 푼 것은 그로부터 며칠이 지난 후였다.

로이드는 갈림길에 서서 고민했다.

오늘 저녁 메뉴를 묻기 위해서 반쯤 정신 나가 있는 주인에게 가야 할지, 성질 머리가 괴팍해 보이던 대신관과 위염으로 당장 죽을 것 같아 보이던 수석 신관이 묵고 있는 쪽으로 가야 할지 고민 중이었다.

"……."

잠시 갈림길에서 고민하던 로이드는 서재로 향했다. 갈피를 잡기 힘들 때는 안전한 곳이 제일이었다.

서재에 노아는 보이지 않았다. 로이드는 침실과 응접실 등 노아가 갈 만한 곳을 돌아다니다가 레리아나의 방문 앞에 섰다.

이곳에 계실까. 요즘 내내 레리아나의 방 안에서 두문불출하던 노아였다. 이곳엔 분명 계실 것이라 생각했지만 로이드는 왠지 불안한 기분에 고개를 갸웃했다.

지금 문을 열면 안 된다는 불길함. 왜일까.

'스트레스가 쌓여서 그런가.'

로이드는 그 찝찝한 직감을 스트레스가 심한 탓으로 여겼다. 그간 집사로 지내 왔던 짬밥이 있으니 편하게 하자. 그렇게 안이하게 결심한 로이드는 별생각 없이 방으로 들어서는 부주의한 실수를 저질렀다.

똑똑.

"주인님, 계십니까."

문을 열고 들어선 로이드가 제일 먼저 발견한 것은 노아의 뒷모습이었다. 그는 급하게 밀쳐진 모습이었다.

그리고 발견한 것은 레리아나의 놀라고 허둥대는 모습. 레리아나는 제 입술을 거칠게 닦으며 말을 더듬었다.

"로, 로이드."

로이드는 직감했다. 이건 보통 일이 아니다. 방 안에는 아직도 후끈한 분위기가 남아 있는 것 같다. 그 후끈하고 로맨틱한 분위기가 자신이 들어선 순간 깨진 것이 분명하다.

상황을 대략 파악하고 나니 등에 한 줄기 식은땀이 흘러내렸다.

오렌지 경보. 머리 위에서 거대한 마법진이 그려지고 꺼지지 않는 불이 수없이 떨어지는 전장 한복판에 서 있는 기분이었다.

이대로 나가면 모르시지 않을까. 마치 제가 들어온 사실이 없었던 것처럼 다시 나가려 했던 로이드는 노아의 목소리에 몸을 굳혔다.

"무슨 일이지, 로이드."

노아가 웃으며 고개를 돌렸다.

절대 눈을 마주치면 안 된다. 로이드는 시선을 마주치지 않기 위해 필사적으로 노력했다.

"주인님……. 그게, 말입니다."

로이드는 그저 죄송하다, 다시 이어서 하던 거 하시라, 고 전한 후에 방에서 나가야 할지 고민했다.

* * *

노아는 왠지 창백해진 로이드와 함께 방을 나섰다.

'뭐야, 도대체.'

레리아나는 입술을 만지작거렸다.

새하얘진 머릿속을 차근차근 정리했다. 왕성에서 시아트리히에게 반 강제적으로 잡혀(?) 있었고, 가장 무도회 때 겨우 돌아가겠다 싶었더니 사람들에게 붙잡혀 다시 끌려갈 뻔했다가 간신히 도망쳤다.

'그러다 시계탑에 올랐고.'

12시에 종이 울리던 소리가 어렴풋이 기억났다. 그러고는…….

'쓰러졌었나.'

그래서 노아가 간호를 한 거고…….

'입술이.'

얼굴이 확 달아올랐다.

'뭐지, 뭐지.'

순간 시아트리히의 말이 어른거렸다.

"그런 게 바로 사랑이란 거지."

"레리아나!"

그때 큰 외침과 함께 요란하게 문이 열리고 히이카가 안으로 들어왔다.

"성하? 여긴 어떻게……."

"몸은 괜찮은 거냐. 저 되먹지 못한 놈이 무슨 고생을 시켰기에 쓰러진 게야!"

히이카를 따라온 웨이드가 함께 들어선 노아에게 연신 고개를 숙여 사과했다.

"죄송합니다, 윈나이트 공작님. 성하께서도 말만 저러시지, 진심은 아니십니다."

"진심이야! 이 새대가리 놈아!"

"아아, 괜찮습니다. 성하께서 '제' 약혼녀가 걱정되어 하시는 말씀이란 걸 다 이해합니다."

"이놈이 또 주접을 떨고 있구만! 저러다 등 뒤에서 칼 맞고 죽을 상이야!"

"전 꽤 유능한 기사입니다. 아쉬우시겠지만 제가 등 뒤에서 칼 맞고 죽을 일은 없으니 걱정 마십시오, 성하."

"정말 죄송합니다, 공작님. 성하께서는 다른 사람에 대한 걱정이란 것을 생전 처음 해 보시기 때문에 지금 좀 흥분하신…….”

“웨이드, 네놈은 그 입 좀 다물라고 내가 늘 말하지 않았느냐!”

끝없는 악순환이었다. 레리아나는 눈을 가늘게 뜨고 그들을 바라보았다.

‘……아. 시끄럽다.’

환자에 대한 배려가 전혀 보이질 않는다. 개중 자신이 제일 신분이 낮으니 끼어들어 뭔가를 해 볼 자신도 없었다. 가혹한 신분제 사회였다.

레리아나는 으르렁거리는 둘을 내버려 두고 일단 일어나서 스트레칭을 했다. 오래 누워 있었던 건지 온몸이 찌뿌둥해서 견딜 수가 없었다.

‘이틀 정도는 쓰러져 있었나.’

그러곤 그들 뒤를 지나 물을 따라 마셨다. 둘 사이에서 사과하는 웨이드가 참 수척해 보였다. 레리아나는 문밖에 누구 없나 살펴보다가, 앉았다 일어나는 운동을 조금 한 후에 다시 침대로 돌아왔다.

‘아직도…… 인가.’

셋은 지치지도 않는지 계속 유치한 싸움을 반복했다. 웨이드는 도저히 견디기 힘들었는지, 구멍 난 위를 고치기 위해 신력을 쓰고 있었다.

‘얼마나 쓰러졌는지 물어보고 싶은데…… 언제 끝나지.’

레리아나는 시계를 확인해 보고 머리도 정리하고 괜히 침대의 헤드를 만지작거리다, 도저히 안 되겠다 싶어 입을 열었다.

“저…….”

그제야 세 사람의 시선이 한꺼번에 몰렸다.

"저 얼마나 쓰러져 있었던 거죠?"

* * *

"열흘……."

쓰러진 지 열흘이나 흘렀단다.

그 말을 남긴 후에 노아와 히이카는 환자니 안정을 취하는 게 좋겠다는 웨이드의 의견에 따라 방을 빠져나와야 했다.

딱히 몸에 무슨 문제가 있다고 생각한 적은 없었는데. 생각에 잠겨 있던 레리아나가 까칠한 입술을 매만졌다. 도톰하게 부어 있었다.

레리아나는 소리 없이 비명을 지르며 마른세수를 연거푸 해 댔다. 그러고는 쓰러지듯 누워서 베개에 머리를 박았다.

노아는 정말 나쁜 놈이다. 환자에게 이 무슨 파렴치한 짓이란 말인가. 점잖은 얼굴을 하고서는 뒤로 호박씨 까는 놈이라는 히이카의 말이 다 옳았다.

'나는 미쳤나. 왜 반항도 안 하고 그대로 가만히 있었던 거야.'

레리아나는 발을 구르며 침대를 팡팡 때렸다.

"아, 이 멍청이."

'안 돼요! 싫어요! 했어야지.'

레리아나는 몸을 굴려 대자로 누운 다음, 천장을 바라보았다.

'정말 안 되는데.'

눈치가 아주 비상한 것은 아니라도 이 정도면 저절로 알아차리기 마련이다. 신전에서부터 어렴풋이 느껴지던 위화감이 이 때문이었다는 걸. 노아가 자신을 좋아한다는 걸.

그리고 키스가 불쾌하지 않았던 자신도 마찬가지.

이대로면 어떻게 되는 거지.

"큰일 났네."

인상을 쓴 레리아나는 튼 입술을 잡아 뜯었다. 아주 중대한 문제가 생겼다. 미래를 본 것이 문제가 될 줄은 몰랐다. 레리아나는 일어나 앉아서 다리를 모으고 무릎에 얼굴을 파묻었다.

노아는 베아트리스와 만나 사랑하게 되어 있다. 어쩌다 레리아나 맥밀런이란 변수가 생겨서 그가 자신에게 마음이 기울게 되었지만…….

'베아트리스가 나타나도 날 계속 사랑할 거라고? ……글쎄.'

레리아나가 생각하는 중대한 문제는 그것이었다. 주인공은 어디까지나 베아트리스다. 레리아나가 아니라. 운명을 넘어선 사랑을 할 수 있을 거야, 라는 환상에 빠져 모험을 하고 싶진 않다.

물론, 바뀌는 운명도 존재한다. 자신이 프렌치 브룩스에게서 살아났듯이.

그러나 자신이 무사할 수 있었던 것은 그녀 자신이 미래를 알고 있고, 운이 좋아 도움 줄 사람들을 적절한 때에 만난 덕분이었다.

하지만 다른 일들은 늘 순리대로, 운명대로 흘러갔다.

더군다나 자신도 아닌 타인이 그녀의 미래를 좌지우지하는 걸 지켜보며 전전긍긍하고 싶지는 않았다. 나타날지 안 나타날지, 나타나면 과연 사랑에 빠질지 안 빠질지. 도대체 몇 년 동안이나 그런 불안을 안고 지내야 아무 걱정 없이 행복해질 수 있을까.

레리아나는 가만히 심장에 손을 올렸다. 부드러운 키스는 그녀에게 확신을 주었다. 떠올리기만 해도 설레고 가슴이 두근거렸다.

'노아가 좋아.'

그를 좋아하는 것은 분명하다. 그러나 그런 불안감을 감수하면서까지 함께할 만큼 그를 원하지는 않았다.

누군가와 함께하고 싶을 때, 그 사람에게 다른 누군가가 나타나 사랑에 빠지면 어쩌지…… 하는 불안감을 가지는 것부터가 줄곧 꿈꿔 왔던 사랑이나 행복과는 너무나 달랐다.

'내가 진짜 이 시대, 아니, 이 세계에서 평생 살아왔던 사람도 아니고.'

정부 하나쯤 애교로 달고 있거나, 사랑하지 않는 사람들끼리 주변 상황으로 인해 어쩔 수 없이 불행한 결혼 생활을 지속하는 이런 세계와는 전혀 다른 곳에서, 다른 삶을 살아왔었다.

'싫다.'

이런 걱정을 하게 될 줄은 몰랐는데. 처음부터 노아에게 손을 내민 것은 아주 경솔한 행동이었다.

"……하아."

마음이 차분해졌다. 숨을 내뱉은 레리아나는 벌떡 일어섰다.

* * *

노아의 서재로 향하던 중 레리아나는 저택 담을 넘는 한 인영을 발견했다. 소리를 질러야 할지 아니면 일단 들키기 전에 조용히 자리를 떠야 할지 가늠하는데, 인영이 망토를 걷었다.

후드 아래에서 어수선하게 회색 머리칼이 빠져나왔다. 그가 얼굴을 돌리자 달빛 아래 붉은 눈동자가 빛을 냈다.

"테일러 경!"

그는 레리아나가 있는 것을 알고 있었던 모양인지, 바로 그녀 앞으로 다가왔다.

"별일 없으셨나요?"

아담이 바짝 다가와 고개를 한 번 끄덕였다. 그러고는 레리아나의 두 팔목을 잡고 위로 붕 들어 올렸다.

"으?"

레리아나가 만세 포즈를 한 채 눈을 깜빡였다.

"……경?"

그가 레리아나를 빙글빙글 돌리면서 훑어보기 시작했다. 레리아나는 의문에 찬 얼굴로 돌았다.

"테일러 경?"

뭐지? 뭐지? 눈앞이 돌면서 붉은 눈이 언뜻언뜻 시야에 잡혔다.

"경? 설마 춤인가요? 우리 춤추는 건가요?"

반가워서 그런 건가? 레리아나는 빙글빙글 돌면서 이런저런 가설을 도출했으나 도저히 정답을 알 수가 없었다.

아담은 말없이 레리아나를 불쑥 들어 올렸다가 착지하는 걸 살피거나, 목을 돌리거나 허리를 굽히게 했다.

졸지에 허리를 굽힌 레리아나가 눈을 데굴데굴 굴렸다.

'뭐지? 뭐지?'

한 10분쯤 레리아나를 돌리고 굴리고 주물럭대던 아담은 그녀의 사지가 멀쩡하게 움직인다는 것을 모두 확인한 후에야 고개를 끄덕였다. 조금 수척해지긴 했으나, 자신이 없는 사이 그녀에게 무언가 다른 일이 생긴 것은 아닌 듯했다.

"……?"

아담은 혼자 납득했고, 레리아나는 혼란에 빠진 채 헉헉거리며 숨을 몰아쉬었다.

'뭐지? 뭐지?'

아담은 별 표정 없는 그대로 레리아나를 내려다보았다. 잠시 고민하던 그녀는 마치 자신도 납득한 것처럼 고개를 끄덕였다.

아담은 소수 민족 출신이다. 보통 알고 있는 것과는 다른 풍습을 가지고 있을지도 모른다. 그렇게 레리아나는 그냥 아담 일족 특유의 인사법 정도라고 생각하기로 했다.

'그렇다면.'

레리아나는 자신도 아담의 두 손목을 잡고 붕 들었다. 그러고는 어서 돌아보라며 고개를 끄덕였다.

"……?"

아담이 고개를 숙여 비장한 얼굴로 자신을 보고 있는 레리아나와 눈을 마주쳤다. 그러자 레리아나는 곧 눈치를 보며 슬그머니 팔목을 놓았다. 아담의 자신을 보는 눈빛이 심상치 않았다. 몸이 아니라 머릿속이 고장 난 게 아닌지 고민하는, 그런 의심과 불신의 눈빛이었다.

'이게 아닌가.'

다양성에 대한 이해란 게 이렇게나 어렵다. 속으로 되뇐 레리아나는 아담을 향해 어색하게 웃었다.

그가 곧 노아의 서재로 발길을 돌렸다. 레리아나가 그의 뒤에 대고 물었다.

"누군지 찾아내셨나요?"

아담이 고개를 저었다.

"죄송합니다."

"괜찮아요, 저 때문에 고생하셨네요."

어차피 이제 노아와의 약혼을 끝낸다면 상관없어질 일이었다. 레리아나가 작게 미소 지으며 덧붙였다.

"제가 먼저 노아를 만나고 싶은데요."

* * *

커다란 달이었다. 그 아래서 노아는 난간을 붙들고 바깥을 바라보고 있었다.

"노아."

나직이 이름을 부르자 그가 몸을 돌렸다.

"찾았어요."

"몸은 어때."

"보시는 대로 멀쩡해요."

레리아나가 양팔을 들어 올리고 대수롭지 않게 말했다. 노아가 한숨 섞인 말투로 말했다.

"당신은 손이 너무 많이 가."

"저도 그러고 싶어서 그런 건 아니에요."

"알아."

잠시 노아를 바라보던 레리아나는 조심스레 입을 열었다.

"물어보고 싶은 게 있어요."

"……?"

"노아, 나 좋아해요?"

그녀는 연애의 '연'자도 모르는 슬픈 생물이었다. 단도직입적이고, 무식하고, 단순한 방법이 그녀에겐 최선이었다.

그러자 노아가 고개를 모로 기울였다. 그 모습이 '갑자기 무슨 헛소리야?'라는 것 같아서 레리아나는 조금 물러섰다.

역시 아닌가. 잘못 말한 건가.

'……아냐, 맞아.'

레리아나는 부끄러움과 당황으로 잠깐 패닉에 빠질 뻔했던 생각을 바로잡았다.

그러나 차마 제 입으로 '나한테 키스했잖아요, 왜 그랬는데요.'까지 말할 수는 없었던 레리아나는 입을 꾹 다물고 노아의 답을 기다렸다.

노아는 아주 비장한 표정으로 대답을 기다리는 레리아나를 보며 빙긋 웃었다.

"이쪽으로."

"네?"

"와 봐."

"……?"

레리아나가 발을 끌며 천천히 다가갔다. 한 발자국 정도 떨어진 곳에서 테라스 난간을 잡자, 노아가 팔을 잡고 손목까지 내려와 손을 붙들었다. 그리고 레리아나의 손을 가볍게 들고 손등에 부드럽게 입을 맞췄다.

노아가 얼굴을 들어 올렸다. 달빛에 눈이 홀리는 것 같았다. 레리아나는 눈을 연신 깜빡였다. 노아의 입술이 금방이라도 말을 꺼낼 것처럼 벌어졌다. 호흡이 가빠지고 심장이 두근거렸다.

당황한 레리아나는 두 손으로 노아 입을 막았다.

"아니, 아니, 아니, 아니에요. 그냥 말하지 마세요."

이 자식, 지나치게 잘생겼어. 눈썹을 모은 레리아나는 입술을 잘근잘근 씹었다. 얼굴 마주 대고 좋아한다는 소리를 들으면 한순간 홀려서 빼도 박도 못하게 될지도 모른다. 그런 가벼운 변덕으로 미래를 저당 잡힐 수는 없었다.

레리아나는 밖으로 나도는 노아, 금발 정부를 만드는 노아, 밤마다 눈물 젖은 베개를 안고 잠이 드는 자신 등을 떠올리며 마음을 다잡았다.

"라킨 가문이에요."

"……?"

입을 막힌 노아가 눈썹을 들어 올렸다.

"에리틸 가문과 교류하는 곳. 라킨 백작은 프리스 에리틸 후작 부인을 통해 서신을 교환하고 비밀리에 만남을 계속하고 있어요. 이게 알고 싶었던 거죠."

레리아나가 손을 뗐다.

"이제 다 청산한 거예요. 그렇죠?"

"……."

"우리 계약, 여기서 끝내요."

눈에서 멀어지면 마음에서도 멀어지는 법이라 했다. 레리아나가 빠르게 말하고는 몸을 돌렸다.

'잘했어, 잘했어.'

상상했던 것보다 발을 떼기가 힘들었다.

그때 손목이 붙잡히고 뒤에서 강한 힘이 몸을 끌어당겼다.

"그렇게 못하겠다면?"

가슴이 울렁였다. 어쩐지 노아의 얼굴을 마주 볼 용기가 없어 레리아나는 고개를 숙인 채 작게 웅얼거렸다.

"미안해요, 노아."

노아에게서는 대답이 없었다. 그에게 붙잡힌 몸이 조금씩 아파왔다.

"……일단, 이것 좀 놔주세요."

하지만 노아는 단단히 붙잡은 그녀를 한 치도 놓아줄 수 없다는 듯, 꼭 붙들고만 있었다. 한참이나 침묵하고 있던 노아가 이내 으르렁거리듯 입을 열었다.

"안 돼. 우리 계약 기간이 아직 남아 있으니까."

"……!?"

계약 기간은 생각도 못 했다. 사실 계약 기간 따위, 그 정도면 프렌치 브룩스를 떼 버릴 수 있겠다고 생각한 기간이었다. 혼란스러워하는 레리아나를 깨운 건 다시 입을 연 노아였다.

"나한테…… 기회를 줘."

방금 노아가 무슨 말을 한 걸까. 자기 잘난 맛에 살던 노아가 기회를 달라니. 레리아나의 눈동자가 세차게 흔들렸다.

조심스레 눈을 마주하니 상처받은 것처럼 보이는 노아가 그녀를 조용히 응시하고 있었다.

* * *

'내일인가.'

웨이드는 내일 있을 연설을 떠올리며 히이카의 방으로 향했다. 히이카도 자신도 이곳에 관광하러 온 것은 아니었으므로 계획한 일정을 소화해야 했다.

“성하.”

웨이드는 노크를 하고 문을 열었다. 그러곤 테라스에 앉아 달을 바라보는 히이카를 보며 흠칫 몸을 굳혔다.

“왜, 왜 그렇게 음흉하게 웃고 계십니까, 성하.”

그는 아주 기분이 좋은 듯 눈을 가늘게 뜨며 느른하게 말했다.

“좋은 일이 있어서 말이다.”

누군가에게는 별로 안 좋은 일이겠군. 웨이드는 직감했다. 저택에서 힘없는 고용인들을 괴롭히기라도 한 걸까. 그 불쌍한 집사일지도 모른다. 로이드라고 했던가.

레리아나가 깨어났던 날. 그 불쌍한 집사가 저녁 메뉴를 묻기 위해 왔다며 초췌한 몰골로 등장했었다. 그 모습에 어찌나 큰 동질감과 연민이 피어올랐던지.

또 공작에게 어떻게 사과해야 할까. 웨이드는 위가 다시 아려 왔다. 이 상태가 지속된다면 위를 고치는 것보다 그냥 떼어 버리는 것이 살 만할 것 같았다.

“무슨 일 말입니까? 뭔가…… 하셨습니까?”

“그냥 좀 싫은 놈의 우스운 꼴을 봤지. 레리아나도 누구 손녀 아니랄까 봐, 참 현명하다니까.”

싫은 놈이라면 분명 윈나이트 공작일 터였다. 싸우기라도 했나. 주인 부부의 냉전이라니. 눈치 보는 군식구로 얹혀 있는 웨이드로서는 불편한 소식이었다.

"그래서 그렇게 음흉하게 웃고 계셨군요."

그걸 그렇게 훔쳐 듣고. 저 늙은이도 참 주책없다는 생각을 하며 웨이드가 생각 없이 내뱉었다.

"음흉하다니. 내가 음흉하게 웃는다 이 말이냐? 이놈 보게."

줄곧 음흉하게 웃고 있던 히이카가 미간을 좁혔다.

"아니, 그게, 저, 아, 내일 연설 준비는 다 마치셨습니까?"

웨이드가 찔끔한 표정으로 화제를 돌렸다.

"내가 너도 아니고. 그 정도야 콧구멍으로도 할 수 있으니 신경 끄거라."

아무리 성하시라도 콧구멍으로는 연설을 못 하십니다. 웨이드는 그렇게 생각했지만, 떨떠름한 표정을 감추고 공손하게 말했다.

"예, 어련하시겠죠."

"그리고 내일 연설이 끝나면 대기실로 레리아나를 데려오거라. 그 애만 따로."

"맥밀런 영애 말입니까? 왜 그러십니까?"

"단둘이서 할 말이 있으니 잔말 말고 불러와. 너는 꼭 가타부타 말이 많아. 하라면 할 것이지."

"아, 예, 성하."

웨이드가 머리를 조아렸다. 대신관이 까라면 까야 했다. 억울하면 승진해야지.

웨이드가 방을 나서자 히이카는 배 위에 손을 포개고 신음성을 흘렸다. 레리아나는 무사히 깨어났고 별다른 이상도 보이지 않았다. 그러나 계속 마음에 걸리는 것이 남아 있었다.

'어째서 그 애에게 사술의 흔적이 느껴지는 거지.'

* * *

알테논은 체이머스 수도에 있는 유일한 신전이었다. 오늘따라 수많은 인파가 몰려든 알테논 앞에서, 신관들이 더 이상은 들어가실 수 없다며 소리를 쳤다. 그럼에도 사람들은 문 앞으로 끝없이 몰려들었다.

소란스러운 바깥으로 시선을 주던 레리아나가 귀빈석에 앉아 앞을 바라보았다. 신전 안, 연설대 앞에 앉은 이들은 거의 모두가 귀족이었다.

시아트리히와 눈이 마주치자 그녀가 몸을 일으키며 인사했고, 그가 인사는 됐다며 손짓했다.

히이카 데민트. 신성국 최고 신관의 첫 대륙 순회 연설이었다. 왕국은 히이카가 첫 연설의 시작점으로 체이머스를 선택한 데에 자부심을 가졌다.

히이카가 연설대로 올라오자 토벌전에 참여하지 않았던 이들은 대신관이 나이에 비해 굉장히 젊은 점에 놀랐고 그 아름다운 얼굴에 두 번 놀랐다.

히이카가 느릿하게 청중을 돌아보았다. 그는 귀빈석에 앉은 레리아나 쪽에서 잠시 고개를 멈췄다. 레리아나가 어색하게 웃자, 히이카는 가만히 노려보는 듯하다가 다시 고개를 움직인 후에 입을 뗐다.

그는 과격파의 테러 행위에 대한 공개적 비난과 희생자들을 위한 애도를 표했고, 여신의 뜻과 인간의 삶에 대한 담론을 조금 곁들였다. 왕을 포함해 체이머스의 거의 모든 귀족들이 참여한 엄청난 청

중 앞에서도 긴장한 기색 없이 연설을 매끄럽게 이어 나가는 히이카를 보며 레리아나는 저 사람이 대신관이 맞긴 맞구나 체감했다.

'사석에서는 그렇게나 유치한데.'

오늘 아침만 해도 히이카는 노아에게 먹고 있던 방울토마토를 날렸다. 노아는 고개를 까딱 기울여 피했고, 대신관 성하께서 채소를 싫어하시는 것 같으니 다른 메뉴를 가져오라며 담담하게 말했다. 화가 난 히이카가 신력을 끌어 올리려 하자, 웨이드는 울면서 바짓가랑이를 잡아당겼다.

히이카의 성질 머리와 얕은 인내심 때문에 연설은 그리 길지 않았다. 대외적으로는 불미스러운 사건들로 인해 하락한 교단의 위신과 희생자들에 대한 애도 때문이라고 발표했지만, 실은 대신관이 명분 없이 타국에 멋대로 들어갈 수 없다는 웨이드 데이비스의 만류 때문에 시작한 대륙 순회 연설이었다.

연설이 무사히 끝나자 우레와 같은 박수소리가 터져 나왔다. 레리아나도 함께 박수를 치는데 어느새 옆으로 다가온 웨이드가 그녀를 자그맣게 불렀다.

"맥밀런 영애."

"예? 왜 그러시죠."

"잠시 절 따라와 주시겠습니까. 성하께서 영애를 찾으십니다."

"성하께서요?"

웨이드는 자신도 자세하게는 듣지 못했다며 그녀를 안내했다. 레리아나는 웨이드를 따라 히이카가 있는 대기실로 향했다.

"성하께서 조금 막무가내이시지요?"

"네? 아, 조금……."

레리아나가 눈동자를 옆으로 데굴데굴 굴리며 작게 내뱉었다.

"거의 평생을 신전에서만 사시면서 떠받들리다 보니, 사람 대하는 법도 잘 모르고, 자존심만 세고, 괄괄하고, 사회성도 떨어지시지요."

"……아아."

뭔가 이상한데. 레리아나는 고개를 주억거리며 눈을 돌렸다. 마치 히이카를 생각해 주는 척하면서 욕을 하는 것 같았다.

"외로운 분이십니다."

웨이드가 멈춰 서서 몸을 돌렸다.

"영애를 마음에 들어 하시는 건 진심이십니다. 영애께서 이해해 주십시오."

웨이드의 저런 편안한 얼굴을 보는 것은 처음이었다. 레리아나가 보았던 웨이드는 언제나 위염에 고통받는 모습이었다. 히이카에 대한 그의 존중이 느껴졌다.

"예."

레리아나가 활짝 웃으며 답했다.

* * *

"성하, 웨이드 데이비스입니다."

"들어오거라."

히이카가 있는 대기실은 알테논 신전의 기도실을 이름만 바꿔 임시로 사용한 것이었다. 성인 네 사람 정도가 겨우 앉을 만한 작은 공간이었다. 성서를 받친 자그마한 책상 하나, 그리고 의자 두 개가 놓여 있었고, 황색 석벽 한 면에는 병자를 위로하는 성인의 그림이 그려져 있었다.

"레리아나."

의자에 앉아 성서를 읽고 있던 히이카가 일어섰다. 하얀 머리칼에 달린 방울이 딸랑였다. 그는 다시 봉인구를 채워 어린아이 모습을 하고 있었다.

"앉거라. 넌 나가 보고."

웨이드가 인사를 꾸벅하고는 대기실을 나섰다. 히이카는 레리아나를 의자에 앉힌 이후에 자신도 자리에 앉았다.

"몸은 많이 괜찮아진 것 같구나."

"예, 성하 덕분입니다. 매번 감사드립니다."

히이카가 눈을 매섭게 뜨고 말했다.

"할아버지."

"……아, 예. 하, 할아버지."

"네게 묻고 싶은 게 있어 불렀다."

"예."

"너는 무엇을 한 게냐."

"무슨 소리신지……. 잘 이해가 되지 않습니다."

그렇게 물으셔도. 갑작스러운 질문에 레리아나가 의아한 표정으로 되물었다.

"네게 축복도 신력도 먹히질 않아."

그녀에게 축복이 먹히지 않았더랬다. 감기에 걸렸다고. 평범한 이라면 대신관의 축복을 받은 이상 그런 질병은 애초에 걸리지도 않았어야 했다. 그리고 갑자기 쓰러진 레리아나에게서 신력이 그대로 빠져나갔다. 밑 빠진 독에 물을 붓는 것처럼 스러져 성에 있는 신관을 모두 불러도 감당이 되질 않았다.

마침 히이카가 레리아나를 찾았을 때에는 몸은 싸늘했고 마치 영혼이 육체를 거부하는 것처럼 보였다.

"저는, 아-"

레리아나는 잠깐 말문이 막혀 입을 다물었다. 그녀에게 짐작하는 원인은 딱 한 가지뿐. 그러나 누구에게도 말하지 못했다. 믿지 않을 테니까.

"말해 보거라."

그녀의 망설임을 읽었는지 히이카가 부드럽게 재촉했다.

"뭐든지 괜찮으니까."

"저는……. 이곳, 그러니까…… 이 세계의 사람이 아닙니다."

히이카는 차근차근 무슨 일이 있었는지 설명하길 바랐다. 그녀는 이전에 살던 다른 세계의 이야기와 죽음, 새로운 몸에 대한 이야기를 조심스레 꺼냈다.

그가 잠시 입을 다물고 고민하자 레리아나의 얼굴이 저절로 내려갔다. 고개를 들기가 힘들었다. 이런 터무니없는 이야기를 누군가에게 말하게 된 것이 부끄럽고 곤혹스러웠다.

"구교에서는 여신이 모든 영혼을 책으로 기록한다고들 했지."

그때 히이카가 담담하게 말했다.

"신교로 들어와서 그런 말을 하는 이들은 모두 사라졌지만."

히이카가 그렇게 레리아나를 믿는다는 말을 대신했다.

신전에서는 그저 말투 이상한 어린애처럼 느껴졌으나, 지금에야 그가 오랜 시간을 살아온 이라는 실감이 든다. 그냥 들어 주는 것, 그 자체만으로 굉장한 위로를 받는 것처럼 마음이 차분해졌다.

지금은 구교에 대해 아는 이들이 많이 남아 있지 않지만, 히이카는 구교와 신교의 교차점에서 태어났다. 신교의 교리를 정립하기 위해서 구교의 자료를 수없이 열람하기도 했다. 히이카는 레리아나의 말에서 모든 영혼은 책으로 기록되며, 그 영혼은 소멸 전까지 신의 손길에 의해 세계를 순환한다는 구교의 교리를 기억해 냈다.

레리아나는 아마 그 순환의 시기에 무언가 오류가 생겨 전생을 기억하게 된 것이 아닐까. 모든 영혼이 그렇게 순환을 거친다면 두 사람의 기억을 가진 지금의 상태는 정상이 아니었다.

가설이 맞을 경우 원래 레리아나 맥밀런의 영혼은 소멸해야 했을 것이고, 다른 세계의 영혼인 그녀가 새로운 레리아나 맥밀런이 되어 기억을 이어받아 살았을 것이다.

히이카는 레리아나가 이를 잘 받아들이도록 풀어 설명했다.

"혼자 힘들었겠구나."

히이카가 머리를 쓰다듬었다. 레리아나는 얼굴이 붉어져 당황했다.

"아뇨, 그렇게 힘들지는. 다행히 좋은 집에 좋은 사람들을 만났고요."

히이카가 웃으며 레리아나의 어깨를 가볍게 안아 주었다.

"됐다."

"성하."

레리아나가 그를 마주 안았다.

"할아버지."

"어음, 예."

"할아버지."

"예, 할아버지."

할아버지란 호칭에 대한 그의 집착은 놀라울 만치 컸다. 히이카는 깨닫지 못했겠지만, 웨이드는 히이카가 이러니저러니 해도 고위 신관들이 히이카에게 자식 자랑, 손주 자랑 하는 것을 은근 부러워했을 거라는 원인을 짚었다.

실제로, 잠깐 신성국으로 돌아갔던 히이카는 고위 신관들 앞에서 레리아나 자랑을 은근 해 댄 전적이 있었다. 자신도 손녀가 생겼다는 둥, 너희의 그 개미 닮은 애새끼들보다 훨씬 예쁘고 잘난 애라는 둥 하면서.

그렇게 두 사람이 부둥켜안고 있는데, 누군가 노크하며 문을 열었다.

"성하."

노아였다. 그가 안으로 들어왔다. 그는 히이카에게 양해를 구하기 위해 입을 떼려다, 곧 히이카와 레리아나가 서로를 안은 팔로 시선을 돌렸다.

노아가 침묵하며 그들을 차분히 바라보더니 저벅저벅 다가왔다.

"뭐냐. 레리아나와는 할 얘기가 있으니 이만 나가 보거라."

히이카가 못마땅하다는 눈으로 손을 절레절레 흔들며 말했다. 아직 레리아나에게 묻고 싶은 것이 남아 있었다.

"그러십니까."

그러나 그는 빙긋 웃으며 바짝 다가왔다. 그러고는 레리아나의 허리를 들어 가볍게 안았다.

"……?!"

미쳤나? 놀란 레리아나가 어깨를 붙들자 노아가 히이카를 한 번 쳐다보았다.

"그럼 이만."

여상하게 말한 그가 히이카에게 묵례를 하고는 성큼성큼 나가기 시작했다.

쾅.

히이카가 닫힌 문을 보고 인상을 찌푸렸다.

"저 버르장머리 없는 놈 같으니라고."

저런 놈이랑 결혼하면 평생 집 밖으로 나가지도 못할 게 분명했다. 눈을 가늘게 뜬 히이카는 심드렁하게 내뱉었다.

"뭐, 이제 헤어지겠지만."

어젯밤 들은 바로는 무슨 사정이 있어 둘이 약혼 시늉을 한 것 같았다. 그리고 이제 그걸 끝낼 때가 된 것 같고. 비록 저 검은 머리 놈이 레리아나에게 질척거리긴 했지만.

히이카는 그 기억을 떠올리기만 해도 흐뭇해졌다. 오늘 밤에 야시장이 있다고 하니 제 손녀와 야시장이나 거닐 생각이었다.

* * *

"……이제 내려 줘요."

문 밖으로 나와 한참 걸어가고 나서야 노아가 레리아나를 내려놓았다. 신전 가장자리에 만든 한적한 정원이었다.

레리아나는 구겨진 옷을 매만지며, 분명 난감함에 어쩔 줄 모르는 것이 적나라하게 드러나 있을 얼굴을 숨겼다.

'어색해.'

아니, 제가 찬 사람과 이렇게 계속 얼굴을 맞대야 하다니. 이런 어색하고, 뻘쭘하고, 민망한 상황을 언제까지 지속해야 한단 말인가.

"……이런 거 이제 하지 마요."

"이런 거?"

"네, 이렇게 안거나 데리고 나오는 거요."

"싫어."

"네?"

레리아나가 얼굴을 구기며 그를 올려다보았다.

"난 당신 약혼자야."

"무늬만이잖아요."

"그렇다고 당신은 약혼자 앞에서 아무한테나 그렇게 안겨?"

"아니, 제가 무슨 바람이라도 핀 파렴치한처럼 그러세요?"

"맞잖아."

"파렴치한은 노아죠."

"내가? 내가 무슨 짓을 했다고?"

태연한 노아의 얼굴에 레리아나는 순간 말문이 막혔다. 레리아나는 몇 번 입을 벙긋벙긋하다가 작게 말했다.

"그때……. 그거요."

"그거 뭐."

"그거, 했잖아요."

"뭘?"

"아니, 이 사람이 진짜! 환자한테, 동의도 없이, 막- 그거, 막, 어? 했잖아요!"

"그게 뭔데."

덤덤한 표정의 노아가 고개를 모로 기울였다.

레리아나는 그의 그 뻔뻔스러운 얼굴에 화가 나기 시작했다. 그런 지 얼마나 됐다고. 아직 부은 입술도 가라앉지 않았는데, 어처구니가 없어도 정도가 있지. 처음이었는데!

"그거요!"

"그러니까 그게 뭔데."

"키, 키, 키, 키스! 했으면서-!"

"……."

"……아."

레리아나의 입에서 짧은 탄성이 흘러나왔다.

아무도 없겠지. 홧김에 나도 모르게. 레리아나가 눈동자를 데굴데굴 굴렸다. 마침 정원을 가로지르던 신관들이 그들을 한 번씩 돌아보면서 스쳐 지나갔다.

'아, 진짜. 미쳤나. 죽자. 가서 접시 물에 코 박고 죽자.'

레리아나가 앞머리를 쓸어 올리며 붉어진 얼굴을 옆으로 돌렸다.

"하여간 파렴치한은 내가 아니라……."

그녀가 눈살을 찌푸린 채 고개를 돌리자, 노아가 생글생글 웃고 있었다.

"왜, 왜 웃어요."

"이제 안 어색한가?"

"네?"

노아가 한걸음에 바로 앞으로 다가와 코트를 벗었다.

"꼼질꼼질하면서 눈치 보고, 시선 피하고, 어색해하고-"

그가 레리아나 어깨에 검은 프록코트를 덮었다.

"-그럼 내가 파고들 틈이 없으니까."

"……."

지금 그래서 나랑 일방적인 수치 플레이를 즐기자는 건가. 고뇌에 빠진 레리아나가 제 어깨를 덮은 프록코트를 빤히 바라보았다.

"추우니까 입어."

"됐어요. 춥지도 않고."

신경 쓰이고. 라는 말은 꿀꺽 삼킨 레리아나가 프록코트를 벗어 그에게 다시 내주었다.

"신경 쓰여서 싫은가?"

"네……. 일단은."

레리아나가 한 번 더 코트를 쭉 내밀었지만, 노아는 받지 않고 말했다.

"그러라고 하는 거야."

노아가 어깨를 으쓱였다. 그는 품에서 시계를 꺼내더니 에스코트하듯 손바닥을 내밀었다.

"이제 갈까. 성하께서 기다리실 텐데."

"……."

매끄럽고 긴 손가락이었다.

"혼자 갈 수 있어요."

레리아나는 손을 그냥 지나쳤다. 노아는 빈손을 한 번 가볍게 쥐고는 그녀의 뒤를 따랐다.

* * *

"그러니까 너는 왜 따라오느냐!"

망토의 후드를 살짝 벗은 노아가 싱긋 웃었다.

"호위역입니다."

또구나, 또 시작이야. 야시장 입구에 선 레리아나는 주변에서 이쪽을 힐끔거리자, 한 발자국 떨어져서 그들과 일행이 아닌 척했다.

"호위는 저놈도 있지 않느냐!"

히이카가 손가락으로 아담을 가리켰다. 그도 얼굴까지 후드를 뒤집어쓴 상태였다. 아담이 그 손가락을 바라보다가 노아에게로 시선을 돌렸다.

"히이카 님을 지키기 위해서는 둘로도 부족합니다만, 히이카 님께서 하도 떼를 쓰셔서 최소 인원으로 온 것이니 양해해 주십시오."

"뭐? 떼를 써? 그리고, 내가 내 몸 하나 못 지킬 것 같으냐?"

히이카가 인상을 찌푸리자, 가만히 지켜보고 있던 레리아나는 웨이느가 당부했던 말을 되새겼다.

"별일은 없겠지만, 혹시 모르니 성기사들도 멀리서 함께 따라갈 겁니다. 그런데 혹시 성하께서 노하시면 봉인을 풀려고 하실지도 모릅니다. 그럼 원체 사람도 많은 곳인데, 이 사람 저 사람 전부 성하께 몰려들고 난리가 날 겁니다. 아, 제가 따라가야 하는데, 성하께서 따라오지 말라고 어찌나 고집을 부리시는지……. 저는 힘이 없어 명을 거역하지 못합니다. 영애께서 중간에서 좀 말려 주십시오. ……제발."

'제발'이라는 말을 할 때 웨이드는 거의 울먹거리기까지 했다. 레리아나는 그가 오늘 밤만이라도 히이카와 떨어져서 심신의 안정을 되찾길 기원하며 알았다고 답했다.

"지긋지긋한 놈 같으니라고! 이 참에 네놈을 그냥……!"

마침내 열 받은 히이카가 방울에 손을 올렸다.

"하, 할아버지!"

그때 레리아나가 히이카를 부르며 그의 손을 덥석 잡았다. 어린 아이 모습의 히이카가 눈을 동그랗게 뜨고 레리아나를 바라보았다.

레리아나는 성인으로서 지키고 있던 무언가가 사라진 느낌이었다.

'……제발, 누가 듣지 않았으면.'

그러나 희망은 희망일 뿐. 당황해 조금 큰 소리를 내는 바람에 주변에서 '할아버지래.' 하면서 수군거리는 목소리가 들려왔다.

'이대로 사라지고 싶다.'

레리아나는 눈물을 삼켰고 히이카는 괜히 헛기침을 하며 뒷짐을 졌다.

"그래, 레리아나. 왜 그러느냐."

"……배, 안 고프신가요? 저기에 군것질거리를 팔아요."

"그래그래. 배가 고프냐. 가 보자꾸나."

히이카가 자상한 조부처럼 말하며 발을 옮겼다. 그러나 겉모습은 어린애였다.

'난 부끄럽지 않다. 난 부끄럽지 않다. 난 부끄럽지 않다.'

염불 외듯, 되뇐 레리아나는 주변의 시선을 애써 무시하며 그를 따랐다. 얌전히 가는가 싶었던 히이카가 번쩍 뒤를 돌아보더니 아담과 노아에게 말했다.

"너희는 1미터 이상 떨어져 있거라."

그 말을 남기고는 홱 몸을 돌려 레리아나와 함께 멀찍이 걸어가기 시작했다.

아담이 어떻게 해야 할지 노아를 바라보았다. 노아가 아담을 향해 고개를 끄덕였다. 어차피 성기사들도 주변을 지키고 있는 데다가, 히이카 자신도 위험을 만들면 만들었지, 위험에 빠질 인물은 아니었다.

"좀 떨어져서 가도록 하지."

그렇게 말한 노아는 레리아나의 뒷모습으로 시선을 고정했다.

야시장은 노예 시장이 활발했던 이전 제국의 잔재였다. 노예 시장이 열리면 사람을 쉽게 살 만한 재력가들의 눈을 끌기 위해 주변의 상인들이 모두 모여 화려한 노점들을 세우기 시작한 것이, 노예제가 사라진 이때에도 남아 일종의 명물로 명맥을 유지하고 있는 것이었다.

시장 안으로 깊숙이 들어가자 코를 찌르는 기름진 거리 음식 냄새가 먼저 그들을 반겼다. 멀리 시선을 돌리면 눈을 현혹하는 빛무리들이 강을 둘러싸고 길게 이어져 있다.

"와-"

레리아나는 주위를 둘러보며 감탄사를 내뱉었다. 한국에서 으레 보던 야시장과는 규모와 화려함이 현저히 다르다. 북적이는 사람들이 야시장의 유명세를 한눈에 보여 주고 있었다.

"이쪽으로 오세요! 다른 데서는 못 구하는 에피타주! 저어기 술이라면 환장을 하는 오로코에서 특별히 공수해 온 술입니다! 오세요!"

호객하는 노점 상인들의 외침이 귀를 울렸다.

"불편하지 않으세요?"

레리아나는 히이카의 표정을 살피며 물었다. 그러나 그는 연신 여기저기를 둘러보면서 손을 내저었다.

"괜찮다."

"야시장에 와 본 적 있으세요?"

"처음이지. 신전 밖으로는 잘 나가지 못하니까."

문득, 웨이드가 했던 말이 스쳐 지나갔다.

"외로운 분이십니다."

레리아나는 환하게 웃으며 히이카의 손을 잡았다.

"저도 처음이에요. 오늘 하고 싶은 거 다 해 보고 가요."

옅은 미소를 지은 히이카는 그러자고 말하며 그녀를 따랐다.

신전에도 축제는 열리지만, 이렇게 더럽고, 시끄럽고, 북적북적 하진 않는다. 가는 곳마다 지독한 음식 냄새를 풍기고, 상인들은 시끄럽게 소리를 지르고, ……하지만 사람들의 얼굴에는 미소가 가득했다.

"이건 뭐지."

"이거 와쿠와쿠. 마시써요."

레리아나가 한 꼬치 상점 앞에 서서 고개를 갸웃거리자, 얼굴이 새카만 외국 상인이 어색한 공용어로 말했다.

"우리나라 린바웨 특산물. 와쿠와쿠. 닭고기 맛."

"오오."

무려 외국산인 모양이었다. 레리아나가 마른 해파리에 날개가 달린 것처럼 생긴 꼬치를 가리키며 히이카에게 물었다.

"이거 드셔 보실래요?"

히이카는 단칼에 거절하려 했다. 그는 한 교단의 수장이자 신성국의 군주인 대신관이었다. 150년 평생 길바닥에서 무언가를 사 먹어 본 역사가 없다. 아니, 그보다 더 신경이 쓰이는 것은 150년 평생 저런 괴상한 생명체를 본 적이 없었다. 이 세계 생물이 맞긴 한 것인지부터 의문이 들었다.

그러나 그가 거절의 의사를 표현하기도 전에 레리아나가 두 개를 사다가 그에게 건넸다. 얼떨결에 받아 손에 들린 해파리인지 무엇인지 알 수 없는 무언가를 보고 있자니 눈썹이 일그러졌다.

"마시써. 머거 바."

외국 상인이 히이카를 향해 씨익 웃었다. 검은 얼굴에 하얀 이빨이 대비되어 새하얗게 빛이 났다.

"으으음."

망설이던 히이카가 신음성을 내자, 상인이 윙크를 날리며 엄지손가락을 치켜들었다.

'이건 도대체 무슨 생물이지.'

"레리아나, 이건…… 정말 사람이 먹을 수 있는 것이냐."

"네, 닭고기 맛이 나요."

여상히 대답한 레리아나는 와쿠와쿠를 질겅질겅 씹으며 주위를 두리번거렸다.

'조금 질기네.'

생각보다 맛있지는 않다. 한국에서 자주 먹던 길거리 닭꼬치보다 별로였다. 이래서 사대주의를 경계해야 한다.

레리아나는 히이카와 손을 잡고 노점을 구경하며 돌아다녔다. 야시장에는 음식 노점, 액세서리를 파는 노점 등을 비롯해, 여러 가지 이벤트성 노점도 많이 보였다. 레리아나가 액세서리를 구경하며 와쿠와쿠를 먹는 참이었다.

"거기 예쁜 아가씨! 동생이랑 놀러 나온 거야?"

"예?"

레리아나를 부른 것은 한 노점의 상인이었다.

동생이라니. 히이카가 와쿠와쿠에 정신을 팔고 있는 바람에 듣지 못해 다행이었다. 아무것도 모르는 노점상은 자신의 노점을 가리키며 말했다.

"이거 어때, 이거."

그곳엔 과녁 세 개가 세워져 있었고 그 앞 가판대에는 장총이 띄엄띄엄 놓여 있었다. 그는 한쪽에 세워 둔 커다란 인형을 보여 주었다.

"1000점을 따면 이 마법 인형을 받을 수 있지. 다른 일행들은 없어?"

상인이 그녀 주위를 두리번거렸다. 어린 여자애와 남자 꼬맹이 단둘이서 나와 있을 리는 없으니, 어딘가 주위에 다른 일행이 있을 것이었다. 그 예상에 맞게 레리아나 뒤로 두 명의 남자가 다가와 섰다.

그가 마법 인형이라고 칭한 것은 노점 앞에 서 있는 곰돌이 인형이었다. 노점상이 머리를 툭 두드리자 일어나서 짧은 두 팔로 하트를 그렸다.

"사랑해!"

귀여운 아이 목소리를 내고 나서 곰돌이는 다시 얌전하게 자리에 앉았다.

"호오."

귀여워. 눈을 빛낸 레리아나가 다가갔다.

"1000점이요?"

"한 번에 10발씩 충전하고 중앙에 50발만 맞추면 돼."

50발이나? 사기 아냐. 레리아나가 눈을 가늘게 뜨고 상인을 노려보자 그가 멋쩍게 웃었다.

"쉬워, 쉬워. 이거 마법이 담긴 인형이라고. 그 정도는 해야지. 다 못 맞춰도 저기 옆에 작은 인형들이 있으니까 손해는 아니라고. 봐, 귀엽지?"

그가 인형을 하나 집어서 흔들었다. 하나도 귀엽지 않았다. 난잡하게 만들어진 인형의 이름은 애나벨이며, 집에 놔두는 순간 어디론가 사라졌다가 번개와 함께 나타나거나, 어느새 머리가 길어질 것 같은 스산함이 있었다.

'저런 건 가져가는 게 손해다.'

굳이 저런 인형을 가져가서 끝 방의 괴담을 추가하고 싶진 않았다.

"저런 것이 가지고 싶은 게냐? 그럼 하나 사 주마."

그때 와쿠와쿠를 들고 계속 고뇌하던 히이카가 뒤늦게 레리아나를 발견하고는 말했다. 히이카는 와쿠와쿠 때부터 레리아나의 취향이 평범한 사람들과는 조금 거리가 있다고 생각했다.

레리아나는 그가 가리키는 음산한 인형을 보고 고개를 저었다.

"아뇨, 저건 좀……."

받아 달라고 돈을 줘도 싫었다. 레리아나는 곰돌이의 똘망똘망한 까만 눈을 바라보다가 지갑을 열었다.

"흐음, 주세요. 50발."

"이야, 잘 생각했어. 형씨! 어디서 할 거야? 여기 아가씨 일행이지?"

노점상은 자연스럽게 그녀 뒤에 선 남자들에게 말을 걸었다. 그러나 레리아나는 노점상에게 자신이 먹던 와쿠와쿠를 맡기고 총알을 대신 받아 들었다.

"제가 할 거예요."

여상하게 말한 레리아나가 가판대 앞에 자리를 잡았다.

"엥? 아가씨가?"

레리아나가 능숙한 손길로 총을 들어 장전했다.

"중앙에 50발이라고 했죠?"

레리아나가 웃자 상인이 의문스러운 얼굴로 고개를 끄덕였다.

* * *

탕.

탕.

장총에서 총성이 울려 퍼질수록 사람들이 웅성거리며 노점 주위로 몰려들기 시작했다. 벌써 39발째 성공이었다.

무심코 지나치던 사람들이 다시 돌아와 레리아나의 사격을 응원했다. 몇몇 이들은 저 아가씨가 몇 발을 더 성공시킬지 내기하며 돈을 거는 이까지 생겨났다.

"무리라니까? 지금까지는 요행이지."

"무슨 요행이 그렇게 길어? 운도 실력이야. 이 사람아."

주위 반응에 아랑곳없이 차분한 모습의 레리아나가 다시 총을 장전하고 허리를 굽혔다.

탕.

"오오! 또 중앙이야!"

“내놔. 내가 맞출 수 있다고 했지?”

“아, 말도 안 돼!”

40발째 흔들림 없는 중앙 관통.

돈을 걸었던 이들의 희비가 갈렸다.

마법 인형 하나로 야시장의 불쌍한 커플 호구들을 등쳐 먹던 노점상, 폴은 침을 꿀꺽 삼켰다.

‘어떻게 저럴 수가 있지?’

아까는 쉽다고 단언했지만 절대 쉽지 않다. 중앙은 착시 효과를 교묘히 섞어서 평범한 과녁보다 원이 훨씬 더 작았고, 장총은 상태가 좋지 않은 것들로만 특별히 엄선한 것이었다.

‘그런데 왜!’

탕.

폴의 시선이 과녁을 향했다.

또 중앙 한가운데.

폴은 허망한 눈으로 레리아나를 주시했다. 저 조그만 아가씨가 계속해서 불가능한 미션을 해내고 있었다.

그는 레리아나의 일행에게로 시선을 돌렸다. 남자들은 좀 떨어진 곳에서 레리아나를 지켜보고 있었다. 보통은 저기 서 있는 사람이 여자가 아니던가. 다시 총을 장전하는 레리아나를 응시하다가 폴은 자신의 상식을 의심하며 침묵했다.

“후-”

잠깐 숨을 내쉰 레리아나가 히이카를 한 번 흘긋 보고는 손을 흔들었다. 그가 마주 손을 흔들어 주었다.

“너흰 도대체 왜 따라온 것이냐. 우리 레리아나에게도 호위는 필요 없어 보이는데."

와쿠와쿠를 먹고 있던 히이카가 어느새 뒤로 다가온 아담과 노아에게 말했다. 그들은 입을 다물고 침묵했다.

"쓸모없는 것들. 쯧쯧쯧."

고개를 내저은 히이카가 와쿠와쿠를 다시금 베어 물며 레리아나 옆으로 다가갔다. 와쿠와쿠는 질기고 향신료가 특이한 것이 생각 외로 그의 취향에 부합했다. 150년 생애 처음으로 자신의 입맛이 저렴하다는 것을 알아낸 히이카는 떠나기 전에 사 가지고 가야겠다고 생각하며 열심히 입을 우물거렸다.

탕.

"캬, 또 중앙이네. 명사수야, 명사수. 자자, 이제 그만 미루고 빨리 내놓지?"

"에이, 씨. 주면 되잖아!"

내기에 술값을 잃은 남자는 돈을 내주며 욕설을 지껄였다.

"여자가 무슨 총질이야. 여자는 그냥 집에서 밥이나 하고 애나 볼 것이지, 뭐 잘났다고 이 야밤에 밖으로 싸돌아다녀!"

"뭐야."

"어휴, 별꼴이야."

남자가 술 냄새를 풀풀 풍기면서 욕설 섞인 고성을 내뱉자, 사람들이 인상을 찌푸리며 그를 피했다.

그리고 그들을 지켜보고 있던 아담이 노아를 응시했다. 제가 가서 저 자식의 주둥아리를 가져올까요, 라고 묻는 것 같은 표정의 아담에게 노아가 고개를 저었다. 괜히 시끄럽게 굴어 레리아나의 흥을 깨고 싶진 않았다.

그는 돼지처럼 꽥꽥거리는 남자에게 조용히 다가갔다. 뒤로 바짝 다가선 노아가 무릎으로 남자의 오금을 탁 쳤다.

"어?!"

영문도 모르고 남자의 몸이 기우뚱하며 무너지자, 노아가 남자의 한쪽 팔을 잡고 지탱했다.

"아?!"

남자가 놀란 표정으로 노아를 바라보았다. 빙긋 웃은 노아가 남자의 귓가에 무언가를 속삭였다. 그러자 남자의 얼굴이 눈에 띄게 창백해지면서 눈동자가 흔들리기 시작했다.

"뭐, 뭐야. 그, 그렇게, 협박한다고. 내가."

노아는 후들거리는 남자의 팔을 미련 없이 툭 놓았다. 황망하게 눈을 굴리던 그가 주저앉아 신음성을 냈다.

"윽!"

쓰러져 앉은 남자 앞으로 다가간 노아가 몸을 숙이고 경고의 의미를 담아 입술에 검지를 댔다. 후드 아래로 눈을 마주친 남자가 이를 악물고 고개를 끄덕였다. 그가 슬그머니 네 손발로 자리를 피하는 것을 본 노아는 다시 일어서서 관람을 시작했다.

폴은 또다시 중앙 공략을 아슬아슬하게 성공한 레리아나를 보며 초조한 기색을 보였다.

'안 돼.'

하나뿐인 장사 밑천이다. 마법 인형 미끼에 낚인 호구들을 모아서 몇 푼 안 되는 수제 헝겊 인형들이나 쥐여 주고는, 이것이 바로 창조 경제라며 좋아했던 지난날들이 주마등처럼 흘러갔다. 그러나 설마 50발을 중앙에 맞출 수 있는 사람이 나타날 줄이야.

'뭐지, 이 여자는. 어디서 저런 무지막지한 실력자가.'

이렇게 놔둘 수는 없다. 이대로는 장사를 접어야 할 판이었다.

숨을 고르게 내쉰 레리아나가 다시 총알을 장전하자 폴이 다급히 그녀에게 다가갔다.

"아, 아가씨!"

"네? 왜 그러세요?"

"그…… 손목, 손목이 아프지 않아? 아가씨처럼 가녀린 사람이 무리를 하면 안 돼. 집에서 걱정하실 거라고. 오랫동안 고생할 거란 말이지."

"멀쩡한데요."

레리아나가 제 손목을 이리저리 돌리다가 다시 가판대 앞에 자리를 잡았다.

"잠깐, 잠깐, 잠깐, 잠깐, 내 말 좀 들어 봐. 아가씨가 참 예쁘고 총도 잘 쏴서 꼭 말해 주고 싶은 게 있어."

폴이 나직이 말하자 레리아나가 귀를 쫑긋 세우며 몸을 일으켰다. 주위를 쓱 살피던 폴이 다시 그녀에게 다가가 속삭였다.

"아가씨, 야시장 즐기러 온 거지?"

"네."

"이러고 있을 때가 아니야. 야시장의 진정한 꽃이 지금 한창때일 시간인데, 여기서 시간을 낭비할 거야?"

"야시장의 진정한 꽃이요?"

레리아나가 조금 흥미를 가지고 돌아보았다.

걸려들었군. 폴이 음흉한 미소를 지었다.

"이건 사실 아무나 알려 주면 안 되는 건데, 아가씨니까 특별히 알려 주는 거야. 다른 데 말하면 안 돼. 알겠지?"

총을 내려놓은 레리아나가 고개를 끄덕였다.

"저기 저 골목 보여?"

폴이 가리킨 곳에는 노점들의 조명에 대비되는 그림자가 짙게 진 골목이 있었다.

"저 안으로 들어가서 바로 보이는 문을 세 번 두드려. 그러면 누가 나올 거야. 그때 그 사람한테 '맛있는 로포탄'를 사러 왔다고 말하면 돼."

"맛있는 로포탄?"

"암호야."

"호오."

암호를 사용해 들어가는 야시장의 꽃! 레리아나의 머릿속이 설렘으로 가득 찼다.

"자, 그럼 어서 가 봐. 더 늦으면 출입이 안 되니까."

레리아나는 고개를 끄덕였다.

철컥.

그러고는 웃으며 총을 장전했다. 당황한 폴이 그녀를 불렀다.

"아, 아가씨?"

"이것만 따고 바로 가야겠어요."

레리아나가 허리를 숙였다.

탕.

탕.

탕.

탕.

레리아나는 방금까진 그저 장난이었다는 듯, 엄청난 속도로 과녁의 중앙을 맞히기 시작했다.

"아, 안 돼……."

폴의 얼굴이 사색이 됐다. 레리아나는 중앙에 총알 50발을 모두 맞힌 후에 의기양양한 표정으로 허리를 폈다.

"1000점 됐죠? 주세요, 마법 곰돌이."

레리아나가 두 팔을 벌렸다. 폴이 딸꾹질을 시작했다.

결국 폴의 노점을 문 닫게 만든 레리아나는 상쾌한 얼굴로 곰 인형을 안고 히이카에게 다가갔다. 히이카는 망연자실한 폴을 쳐다보다가 심드렁하게 내뱉었다.

"너는 부정직하게 장사하다 쫄딱 망할 상이다. 쯧쯧쯧."

그는 혀를 차며 레리아나에게로 걸음을 옮겼다. 폴은 뒤늦게 저 버릇없는 꼬맹이가 제게 저주를 걸었다며 분노했고, 뒤를 따르던 아담이 그의 목덜미를 쳐서 기절시켰다.

* * *

폴이 준 정보에 따라 레리아나가 문을 세 번 노크하자, 위쪽에서 드르륵하며 쪽문이 열렸다. 쪽문 안에서 눈 옆에 대각선으로 긴 흉터가 있는 우락부락한 남자가 모습을 드러냈다. 레리아나와 히이카를 살펴본 남자가 눈썹을 꿈틀거렸다.

하나는 커다란 곰돌이 인형을 든 여자였고, 하나는 정체불명의 꼬치를 먹고 있는 꼬맹이였다.

"애들은 가."

"애'들'-?"

히이카의 입꼬리가 꿈틀거렸다. 남자가 시큰둥하게 말하고 쪽문을 닫으려는데 레리아나가 서둘러 말했다.

"잠깐만요. 맛있는 로포탄을 사러 왔는데요."

"그건 어디서 들었어."

"말하면 들여보내 주실 건가요?"

"봐서."

안 들여보내 줄 생각이군. 하지만 여기서 질 수는 없다. 아무나 들어갈 수 없는 야시장의 꽃이라는 곳을 저 편협한 사고로 똘똘 뭉친 남자 때문에 들어가지 못한다면 두고두고 후회할 것이 분명했다.

"저쪽, 사격 노점에서 들었어요."

"됐다. 가라."

남자는 쪽문을 닫으려 했고 레리아나는 항의하려는 순간이었다.

스릉.

뒤에서 아담이 엄청난 속도로 검을 뽑아 들었다. 검이 뽑힌 소리가 남과 동시에 남자의 눈알 바로 앞에 검은 칼날이 멈췄다.

"……."

남자는 눈을 감지도 못한 채 침을 삼켰다. 속눈썹이 살랑살랑 떨어졌다. 식은땀이 목 뒤를 흘러내렸다.

레리아나가 칼날을 한 번 보고는 웃으며 말했다.

"맛있는 로포탄을 사러 왔어요."

뻣뻣하게 굳은 남자는 곧바로 문을 열어 주었다.

'어둡네.'

문 안에 있는 것은 어둡고 좁은 복도였고, 멀리서 철문 너머로 쿵쿵거리는 음악소리가 들려왔다.

레리아나가 먼저 복도 끝까지 들어가 두 손으로 철문을 열었다.

"……?!"

레리아나가 잠깐 어리벙벙한 얼굴로 멈춰 섰다. 옆에서 히이카가 눈을 동그랗게 떴다.

"이 무슨 발칙한……!"

레리아나는 할 말을 잃은 듯한 히이카의 손을 잡고 그를 안다시피 해 빠르게 밖으로 뛰쳐나갔다. 철문 안의 그 농밀한 분위기, 어두침침한 조명, 그리고 무대 위의 헐벗은 여자들. 그 모든 것이 하나를 가리키고 있었다.

그곳은 바로 풍속점이었다.

기절했다 겨우 깨어난 폴은 결국 분노한 일행의 보복에 다시금 기절해야 했다.

* * *

밤은 더 깊어졌다.

히이카와 레리아나는 계단형 무대 맨 앞에 앉아 유랑 극단의 공연을 보며 웃고 떠들었다.

노아는 그와 떨어진 가로수에 기대 팔짱을 끼고 레리아나를 바라보았다. 극단의 배우가 비틀거리며 가짜 칼을 휘두르니 레리아나가 몸을 뒤로 빼며 놀란 표정을 지었다. 그러다 또 두 손으로 입을 막고는 까르르 웃기 시작했다.

'귀여워.'

노아는 무심코 든 생각에 머쓱한 표정을 지으며 제 입을 매만졌다. 옆에 선 아담이 왜 그러느냐는 눈빛을 보이자 노아가 시선을 피했다. 한번 마음을 자각한 이후로는 제멋대로 튀는 생각이나 마음을 주체하기가 힘들어 곤란했다.

그때 한 여자가 바삐 몸을 움직이다 노아의 팔에 부딪혔다.

"아! 죄송합니다."

"아닙니다."

바닥에는 그녀가 떨어트린 가방이 물건들과 함께 떨어져 있었다. 노아가 물건을 주우며 몸을 굽혔다.

"안 주워 주셔도 되는데. 정말 죄송해요."

그녀가 연신 사과하며 자신의 가방을 주워 들고는 쏟아진 물건들을 쓸어 담기 시작했다. 노아가 이를 함께 주워 주다 그녀와 손을 맞닿았다.

"앗."

그녀가 황급히 손을 들어 올리고는 놀란 눈으로 그를 바라보았다. 그녀의 푸른 눈동자에 노아의 얼굴이 거울처럼 비쳤다.

"……?"

순간 노아가 미간을 찌푸렸다.

'……뭐지.'

그녀의 푸른색 눈동자와 마주치자 심장이 내려앉고 이유를 알 수 없는 묘한 기분이 그를 감쌌다. 이질감? 위화감? 아니면…….

노아는 이를 기이하게 여기며 일어섰다. 확인차 다시 한 번 여자를 마주하려 했지만, 찰랑거리는 금발은 이미 인파 속으로 사라진 뒤였다.

베아트리스는 이상하게 두근거리는 심장에 손을 올렸다. 누구지, 저 남자는. 후드로 얼굴을 가리고 있어 얼굴은 잘 보이지 않았지만 그를 보자 심장이 주체할 수 없이 뛰었다. 마치 몸이 저절로 반응하는 것 같았다.

"괜찮으십니까?"

저스틴이 심장께를 부여잡고 고개를 숙인 베아트리스에게로 다가가 물었다.

"아, 샤말 경. 사람이 참 많네요."

"조심하세요. 그때처럼 또 쓰러지실지도 모르니."

네, 라고 대답한 베아트리스가 눈을 휘며 아름답게 웃었다.

"어서 가요, 경. 비비안 양이 기다리겠어요."

* * *

공연이 끝나자 관객들이 삼삼오오 모여서 자리를 뜨기 시작했다. 기분 좋은 여운에 취해 있던 레리아나가 히이카에게 물었다.

"즐거우셨어요?"

"뭐, 뭐- 길바닥 공연도 나쁘지 않더구나."

한시도 눈을 떼지 못했으면서. 굉장히 좋았다는 히이카식 화법인 모양이었다.

"다행이에요."

레리아나가 웃으며 말했다. 히이카는 돌아갈 때 와쿠와쿠를 사 가는 것도 좋겠다며 헛기침을 했고, 레리아나가 많이 사 가자며 즐겁게 웃었다.

둘은 빈 무대 앞에서 한동안 이런저런 이야기를 나누었다. 히이카는 신전에서 벌어지는 조용한 축제에 대해서 이야기했고, 레리아나는 한국에서 가 봤던 야시장에 대해 조잘거렸다. 미소를 머금은 히이카가 고개를 주억거리며 얘기를 들어 주었다.

"아, 이런 얘기를 누군가에게 할 수 있게 될 줄은 몰랐어요."

평생 혼자 품고 갈 비밀이 될 줄 알았다. 그런데 이를 들어 줄 사람이 하나라도 있다는 게 이렇게 기쁜 일일 줄이야, 생각지도 못했다.

"언제든 들어 주마."

레리아나가 부끄러운 듯 얼굴을 붉히며 웃었다.

대신관으로 살아온 히이카는 그런 외로움에 대해 잘 알고 있었다. 오랜 시간 홀로 세상에 남겨져 의지되는 이 없이 흘러가는 시간들. 많이 고되고, 슬프고, 외로웠을 것이다. 하지만 이 작은 아이는 항상 씩씩했다. 그렇기에 그 모습이 너무 대견하고 사랑스러운 반면, 그녀의 현재 상황이 더욱 안타깝게 느껴졌다.

그는 아담과 노아가 대화를 듣지 못할 정도로 충분히 멀리 떨어져 있다는 것을 확인한 후에 나직이 입을 열었다.

"네게 미처 못한 말이 있었지."

의아한 레리아나의 눈과 마주한 히이카가 조심스럽게 말을 이었다.

"레리아나, 네 몸은 지금 완전히 나은 게 아니다."

"그렇다면……."

"영혼을 몸에 안착시킬 방법을 찾아야 해. 아니면 언제고 다시 쓰러질 게다. 아마 한동안은 괜찮으리라 생각한다만, 그래도 다음 번에는 다시 깨어날 수 있을지 누구도 장담할 수 없어."

레리아나는 잠시 입술을 꽉 물었다. 입을 열면 한숨이 터져 나올 것 같다.

'뭐든 쉽게 되는 일이 없어.'

계속 삶의 난이도가 하드해진다. 그래도 살고 싶으니 어쩌겠는가. 아득바득 발버둥이라도 쳐야지.

'정신 차리자.'

레리아나는 볼을 짝짝 때리고 히이카에게 물었다.

"……그럼 제가 어떻게 하면 되죠?"

히이카는 미소 지었다. 정말, 강한 아이였다.

"너는 그냥 기다리면 돼. 대륙 순회 연설이 끝나면 난 신성국으로 돌아갈 것이다. 그곳에는 신교의 총본산인 발레이토르테 신전이 있고, 이제는 모두 사라졌다고 알려진 구교의 자료들도 남아 있지. 그곳에서는 아마 방법을 찾아낼 수 있을 게다."

"저는……."

"그보다 신경 쓰이는 것이 있다. 네가 모든 것을 기억하고 있는 건지."

"예?"

"원래 레리아나 맥밀런으로서의 모든 것을 기억하고 있는 게 맞느냐."

"그건. 아닐 거라고 생각합니다."

시간이 지날수록 기억은 흐릿해지기 마련이었고, 이전 레리아나의 기억도 마찬가지였다.

"그럼 네가 그 몸으로 들어갔을 때의 기억은?"

레리아나는 허를 찔린 표정을 지으며 침묵했다. 그런 기억을 되새겨 보려고 했던 적이 없었다.

"……없는 것 같아요."

그녀가 기억했던 것은 박은하가 독서실에서 떨어질 때의 그 순간이었지, 원래 몸의 레리아나 맥밀런이 그 전에 무엇을 했는지에 대해서는 궁금해하지도 않았고, 되새기려 할 생각 자체를 못했다. 지금까지는 그럴 필요가 없었으니까.

"네 몸에 '검은 신녀'가 쓰는 사술의 흔적이 있어. 혹시 이전에 무언가 문제가 있었을지도 모른다."

그의 말에 레리아나의 얼굴이 점차 어두워져 갔다.

"레리아나."

히이카가 다정하게 말했다.

"걱정 말거라. 어떻게든 찾아낼 테니."

레리아나는 차분해지는 마음을 느끼며 히이카에게 감사를 표했다.

"이걸 네게 주마."

히이카가 방울을 풀었다. 그의 작은 몸이 성인 크기로 변해 갔다.

"축복은 먹히지 않았지만, 내 신력이 강하게 담겨 있으니 도움이 될 게야."

* * *

히이카는 다음 날 아침 일찍 웨이드와 성기사들과 함께 저택을 나섰다. 왕성에 들러 시아트리히에게 인사를 한 후, 게이트를 넘어 옆 나라로 떠나야 했다.

왕성으로 갈 마차 앞에 선 히이카는 레리아나의 이마에 입을 맞추었다.

"레리아나, 네게 언제나 여신의 가호가 있기를 바란다."

성인 버전의 히이카가 빙긋이 웃으니 붉은 입술이 매끄럽게 말려 올라갔다. 그 모습에 레리아나는 자기도 모르게 얼굴이 달아오르는 것을 느꼈다. 알맹이가 150살 할아버지란 것을 너무나 잘 아는데도 불구하고 겉모습에 따라 매번 휘둘리고 만다.

"할아버지께도, 언제나 여신의 가호가 함께하시길 바라요."

레리아나가 그의 볼에 입을 맞추자, 히이카가 그녀의 등을 가볍게 감싸 안았다. 그녀는 뒤에서 노아의 뜨거운 시선이 느껴지는 것 같았지만 애써 모른 체했다.

"네놈은 우리 레리아나와 어서 빨리 헤어지는 것이 좋을 게다."

히이카가 레리아나를 안은 채로 매섭게 말했다.

"지금으로서는 성하께서 먼저 헤어지실 것 같군요."

노아가 웃으며 응수했다. 그는 노아와 한 번 더 으르렁거렸고 웨이드의 재촉에 겨우 마차에 올랐다.

"그럼 다음에 보자."

히이카가 마차 너머로 인사했다.

히이카는 이 세계에서 자신의 비밀을 알고 있는 단 한 사람이었다. 밀려오는 허전함과 공허함에 레리아나는 마차가 사라질 때까지 좀처럼 발을 떼지 못했다.

계속 서서 떠나는 히이카를 바라보던 레리아나가 몸을 돌리자,

노아가 두 손으로 그녀의 얼굴을 잡고 고정시켰다.

"……?!"

그의 얼굴이 코앞까지 다가왔다. 부지불식간에 얼굴을 마주하니 심장이 덜컥 내려앉았다.

'뭐야. 뭐야.'

그때 노아가 소매로 이마를 닦기 시작했다.

"……."

"……."

그는 제법 진지한 얼굴로 이마를 쓱쓱 닦아 내고는 곧 만족스럽게 미소 지었다. 그리고 저택으로 들어갔다.

문 앞에 남은 레리아나가 이마를 만지작거렸다.

"……뭐야."

할아버지한테 질투를 하냐. 어이가 없다.

'문제다, 문제.'

레리아나가 이마를 만지작거렸다. 기분이 나쁘지 않아서 문제다.

13장

반지

반지

노아의 하루는 오전 7시부터 시작한다.

"좋은 아침입니다, 주인님."

기디언이 침대에 앉아 간단하게 몸을 푸는 노아에게 말했다. 커튼을 걷자 아침의 햇살이 창문을 타 넘어 노아의 머리 위에서 흩어졌다.

기디언은 뿌듯한 미소를 지었다. 제 주인의 잘생긴 얼굴은 늘 그를 흐뭇하게 했다. 기디언 뒤로 신입 하녀가 세안할 물을 들고 들어왔다. 기디언은 세안하는 노아에게 시선을 고정하고 넋을 빼는 신입 하녀의 팔을 툭툭 쳤다.

노아는 수건을 받아 얼굴을 닦으며 기디언에게 물었다.

"레리아나는?"

어느 날부터인가, 노아는 아침 일과의 하나처럼 레리아나의 안부를 묻기 시작했다.

기디언은 집사 노릇을 한 지 40년이 넘어 갔다. 그간 많은 일을 겪었고, 이제는 노련해진 그를 당황시키는 일들은 많이 사라졌다. 그러나 주인의 약혼녀가 저택으로 들어온 뒤부터 그는 매일 초짜 집사로 돌아가는 느낌이었다. 주인의 변화는 그만큼 놀라웠다.

"간밤에는 탈 없이 잘 주무셨다고 합니다."

그는 주인의 변화가 기꺼웠다. 눈에 띄지 않을 정도로 작게 미소 지은 기디언은 망설임 없이 준비했던 대답을 내놓았다.

노아가 고개를 주억거리더니 활동하기 편한 옷을 입고 연무장으로 향했다. 노아를 보며 기사들이 고개를 숙여 인사했다. 달리기와 기초 운동, 검술 등을 비롯한 몇 가지 훈련을 끝내고 노아가 침실로 돌아왔다.

그가 들어서자 하녀들이 고개를 숙였다. 미리 시간에 맞춰 목욕물을 받아 놓았으므로 그는 바로 욕실로 들어갔다. 라벤더와 시트러스를 섞은 향유가 진동한다. 목욕을 마치고 밖으로 나서자 하녀들이 고개를 조아리며 서 있었다.

노아는 몸을 닦는 하녀들에게 몸을 맡겼다. 머리를 모두 말리자 하녀가 셔츠를 가지고 다가왔다. 그가 셔츠에 팔을 꿰고 단추를 잠그는데 기디언이 안으로 들어왔다.

"레리아나는?"

"방금 일어나셨다고 합니다."

노아가 고개를 끄덕였다. 당연하다는 듯 약혼녀를 찾는 모습에 하녀들이 서로 눈을 마주치며 부드럽게 웃었다.

매무새를 마친 노아는 식당으로 향했다.

오전 9시. 아침 식사. 저녁은 함께하지 못할 때가 많았으나 아침은 레리아나와 항상 같이했다. 그는 10인용 고풍스러운 식탁 위에 차려진 음식들을 훑어보았다. 위에 부담이 가지 않도록 담백한 식단이었다.

노아는 의자를 빼고 앉아 뒤를 따라온 기디언에게 물었다.

"레리아나는?"

"……음."

기디언이 식당의 입구를 바라보았다.

* * *

레리아나의 하루는 오전 8시부터 시작한다.

"영애, 일어나셨어요?"

레리아나가 얼굴을 비비며 고개를 끄덕이니 헤일리가 웃으며 커튼을 걷었다.

"몸은 많이 괜찮아지셨나 봐요. 다행이에요."

"응, 이제 아무렇지도 않아."

마주 웃으며 말한 레리아나는 비척비척 일어나 욕실로 들어갔다. 향유와 꽃잎이 담긴 물이 찰랑거렸다. 레리아나는 욕조 옆에 옷을 벗고 발끝부터 천천히 들어가 몸을 담갔다.

목욕을 하고 나오면 대기하고 있던 헤일리와 뒤늦게 들어온 에코가 그녀의 몸을 닦고 긴 머리를 말려 준다. 방에 사람이 북적이는 것이 싫었던 레리아나는 방 안에 헤일리와 에코, 단둘만을 들였다.

"오늘은 머리를 묶을까요?"

"양 갈래로 땋으시면 어떨까요."

"그렇게 해 줘."

헤일리와 에코는 이런저런 식으로 하자며 조용하게 말을 나누었다. 그리고 에코가 드레스룸으로 들어가 드레스를 가져왔다.

"드레스는 어떤 것으로 준비할까요?"

그녀가 몇 가지 추천할 만한 드레스를 들어 보였다.

"오른쪽 걸로."

레리아나는 활동하기 좋은 크림색 드레스를 골랐다. 가벼운 속옷과 크림색 드레스를 입곤 다시 화장대에 앉아 머리를 땋는 손길을 느끼며 거울을 바라보았다.

에코는 머리를 만졌고, 헤일리는 레리아나에게 몇 가지 색조 화장품을 보이며 선호하는 색을 물었다. 레리아나가 코랄이 도는 색을 선택하자 헤일리가 눈을 감은 그녀의 얼굴에 가벼운 화장을 시작했다.

에코가 레리아나의 땋은 머리를 가슴 앞으로 드리웠다. 그리고 화장대 한쪽에서 보석함 두어 개를 앞으로 가져왔다. 보석함을 열자 계단식으로 단이 열리고 한 단마다 놓인 장신구들이 빛을 반짝였다. 장신구들은 거의 다 그전, 보석점에 가서 주문했던 것들로 교체되어 있었다. 보석점의 마담 그레이스는 정말 공작저로 찾아와 몇 시간 동안이나 이에 대한 설명을 해 주고 떠났다.

'그날은 정말 힘들었지.'

레리아나는 흐린 눈으로 회상했다. 으레 사람들이 그렇듯, 자신도 작고 반짝이는 것들을 사랑한다고 생각했었다.

그러나 3시간 동안 카탈로그를 보고 있자니 처음의 두근거림과 들뜸은 사라지고 왜 예부터 물욕을 다스리고 사치를 자제해야 한다고 했는지를 절절히 통감했다.

"목걸이는 이걸로 할까요?"

에코가 보석함에서 인어의 눈물이 달린 녹색 목걸이를 꺼내 들었다.

"아니……. 장신구는 됐어."

레리아나는 목걸이를 다시 담는 손을 가만히 바라보았다. 그때 거울 너머로 보이던 노아의 입술이 떠올랐다. 그녀는 그 잔상을 지우기 위해 잠시 눈을 감았다 떴다.

"정리해야 돼."

찌꺼기처럼 남은 그에 대한 못된 미련과 감정을 정리해야 한다.

"예?"

"아니야."

레리아나가 생긋 웃었다.

"영애, 그런데 반지가 안 보이네요?"

문득 에코가 물었다.

"반지?"

"예. 그 푸른색 약혼반지요."

'반지? 반지?'

레리아나가 눈을 굴렸다.

"음, 내가 찾아볼게."

"예."

아침 단장을 마치자 헤일리와 에코가 허리를 깊게 숙여 인사하고 방을 떠났다. 레리아나는 거울을 보며 땋은 머리카락을 만져 보고는 일어섰다.

"어디에 뒀지."

반지가 헐겁다고 생각했던 것까지는 기억이 나는데. 레리아나가 어디 침대 구석이나 화장대 밑에 빠진 것은 아닌지 몇 가지를 추론하며 반지를 찾기 시작했다.

그리고 오전 9시 15분.

'반지.'

레리아나가 이불을 세차게 걷어 냈다.

'반지가 어디에 있지?'

보석함을 뒤집어엎고.

'반지!'

소파를 밀어내고.

'반지——!'

몸을 굽혀 테이블을 밑에 들어갔다.

'반지이이이————!!'

이건 정말 큰일이다.

'잃어버렸나.'

상상만 해도 식은땀이 흘렀다.

'안 돼. 아닐 거야. 안 될 일이지. 아니야, 아니라고!'

온갖 부정어를 다 꺼내고서도 진정이 안 돼 벌떡 일어나다 테이블에 머리를 박았다.

"아!"

레리아나는 머리를 만지며 쪼그려 앉았다. 반지만 찾을 수 있다면 이 정도쯤 당해도 싼데. 좀처럼 보이지가 않는다.

그때 누군가 문을 두드렸다.

"영애, 계십니까."

"기디언?"

"들어가겠습니다."

"자, 잠깐."

엉망이 된 방을 떨리는 눈으로 한 번 훑어본 레리아나가 엄청난 속도로 방을 빠져나와 문을 닫았다.

"영애?"

의아해하는 기디언이 문을 열려던 모습 그대로 레리아나를 불렀다. 레리아나가 빠르게 고개를 끄덕였다.

"식사 안 하십니까?"

당황하지 말자. 레리아나는 왼쪽, 오른쪽으로 눈동자를 한 번 움직이다가 숨을 고르고는 곧 아주 사근사근하게 말했다.

"오늘따라 입맛이 없어서요."

"어디 아직 몸이 불편하십니까?"

"신경 쓰실 정도는 아니에요."

"묽은 스프를 방으로 가져다 드릴까요?"

"아뇨, 굳이 그러시지 않아도……."

그녀가 거부하려는데 옆에서 낮은 목소리가 들려왔다.

"레리아나."

레리아나가 어깨를 흠칫하며 고개를 돌렸다.

"무슨 일입니까?"

노아가 빠른 걸음으로 다가오며 말했다. 완벽하게 세팅된 모습을 보고 있자니 가슴이 사방팔방 뛰어 대기 시작했다. 저건 남의 남자. 남의 남자가 될 몸이다. 레리아나는 방정맞은 심장을 달래며 말했다.

"그냥 입맛이 없단 얘기를 하고 있었어요."

노아가 고개를 기울였다. 반응을 보니 무슨 일이 있는데.

"레리아나."

노아가 손을 내밀자 레리아나가 뒤로 물러섰다. 기디언은 둘 사이의 묘한 기류를 느끼곤 당황한 기색으로 슬며시 자리를 피했다.

눈을 내리깐 노아는 허공을 돌던 손을 다시 갈무리했다. 어떻게 하면 좋을까. 그는 자신을 피하는 여자에게 익숙지 않았다. 한 발자국 멀어진 둘 사이의 빈 공간이 유난히 커 보였다.

그 알테논 신전의 정원에서처럼 밀어붙일까. 아니면 조금 물러나 볼까. 그러면 더 멀어지지 않을까. 머릿속으로 온갖 생각이 다 들었다. 좀처럼 그녀와의 거리를 잡기가 힘들다. 어설픈 접근으로 그녀를 불편하게 해서 더 깊은 골을 만들고 싶진 않았다.

마치 첫 걸음마를 뗀 것 같았다. 사랑하는 사람이 자신을 피하는 것이 이리도 괴로울 줄이야. 오랜 시간 동안 이런 사소한 진실 하나 모르고 있었던 모양이다.

노아 윈나이트가 언제 이렇게 초라한 남자였던 적이 있던가. 그는 자조했지만 이제는 돌이킬 수 없는 일이었다. 사랑하는 가짜 약혼녀를 향해 노아는 속 모를 미소를 지었다.

"나 때문인가?"

"아뇨."

"그럼 먹지."

"입맛이 없어서 그래요."

"아침 안 거르잖아."

"그거야……."

지난 생의 잔재였다. 수험 공부를 하려면 일단 머리가 돌아가야 하니 아침은 거르지 않는 편이었고, 이는 몸이 바뀌어도 계속된 습관이었다.

"난 오늘 일이 있어서 가 봐야 해. 그냥 먹어."

거짓말. 무심코 미간을 좁힌 레리아나는 목구멍까지 올라온 단어를 삼켰다.

히이카가 떠나고 다시 단둘이서 식사를 해야 할 때가 돌아오니 불편한 거라고 생각했던 걸까. 물론 생각만 해도 속이 답답하고 체할 것 같은 느낌이었지만, 어쨌건 간에 오늘은 그런 문제 때문도 아니었고.

레리아나는 입을 꾹 다물었다. 노아는 아무런 내색도 보이지 않는 평소의 그 모습이었다.

무슨 생각을 하고 있을까. 문득 그냥 모든 것에 화가 치밀어 올랐다. 이런 어색한 상황이나, 아닌 듯 빤히 보이는 배려나.

"……좀 늦어도 먹고 가요. 식겠어요."

못마땅한 표정의 레리아나가 쿵쿵거리며 식당으로 향했다. 노아는 레리아나의 뒷모습을 응시했다.

그래, 아직은 이 정도로 충분하다. 아직은.

* * *

약혼반지는 피어스블루 목걸이 반지 세트 중 하나였다. 집안의 광산을 팔아야 갚을 수 있을까.

기억을 더듬어도 대체 언제 없어졌는지 잘 모르겠다. 레리아나는 일단 왕성으로 향했다. 드나드는 사람이 한둘도 아니고 그곳에서 잃어버렸다면 찾을 확률은 제로에 가까웠지만, 아무것도 하지 않고 있을 수는 없었다.

'없으면 어쩌지.'

'정말 광산을 팔아야 하나.'

'이게 무슨 일이야. 역사에 남을 불효자식 아냐.'

'아, 어디 갔지?'

레리아나는 자책하며 마차 창문에 머리를 쿵쿵 박았다. 죽여 주세요. 레리아나가 재차 머리를 박으려는데 커다란 손에 머리가 고정됐다. 호위역으로 같이 마차에 탄 아담이었다. 머리를 박던 레리아나가 울상이 된 얼굴로 아담을 바라보았다.

"놔두세요."

"……?"

"저는 이대로 죽는 편이 나아요……."

순간 아담의 붉은 눈이 크게 뜨였다. 그는 레리아나의 팔목을 끌어당겼다.

"으아아!?"

그가 레리아나를 다리 위에 앉히고 두 손으로 머리를 고정시켰다.

"테일러 경?"

'뭐지, 이건…….'

레리아나가 앉아서 이쪽저쪽으로 눈동자를 굴렸다. 당황스럽고 부끄럽다.

그때 아담이 나직이 입을 열었다.

"죽는다는 말."

맑은 목소리였다. 놀란 레리아나가 연녹색 눈동자를 들어 그를 바라보았다.

"싫습니다."

"아……?"

의아한 얼굴로 그를 바라보았다가 저도 모르게 입을 벌렸다.

"……미안해요, 테일러 경."

아담에게는 죽는다는 말이 그냥 농담으로 들리지 않았던 게 분명했다. 그가 어릴 적부터 크고 작은 전쟁터를 전전한 이였다는 것을 떠올리자, 안타까움에 한동안 입을 뗄 수가 없었다.

"내가 경솔했어요. 그냥 장난이었어요. 죽고 싶다는 생각 안 해요."

지금까지 어떻게 살아남았는데. 레리아나는 아담의 손을 제 손으로 감싸 무릎 위로 내렸다. 아담이 제 머리 위에서 고개를 끄덕였다. 레리아나가 작게 웃었다.

잠시 그렇게 서로를 다독인 후에 레리아나가 나직이 물었다.

"그런데, 테일러 경? 이제 내려 주시겠어요?"

아담이 단호하게 고개를 저었다.

"……."

레리아나가 두 손에 얼굴을 묻었다.

* * *

성내는 바깥부터 안쪽까지 여러 구역으로 나뉘어 있으며, 구역마다 출입할 수 있는 등급이 정해져 있었다. 무기를 들고 있는 기사들은 제일 바깥 구역 이상은 출입이 금지되어 있어 레리아나는 아담에게 여기서 기다려 달라고 말한 후에 별채가 있는 구역으로 들어섰다.

왕성 내를 순찰을 하다 문득 고개를 돌린 네이슨은 별채 앞에서 저스틴을 발견하고 걸음을 멈췄다. 단장은 나무 밑에 떨어진 낙엽 위에 앉아서 검을 손질하고 있었다.

'근무 시간에 하라는 일은 안 하고.'

네이슨이 팔짱을 꼈다.

"오랜만에 돌아왔다 했더니 또 여기서 신선놀음이나 하십니까."

"신선놀음이라니. 내가 신선놀음하는 걸로 보여?"

"그럼 뭐 하시는 겁니까."

"인연을 잇는 중이지."

저스틴이 별채를 고갯짓으로 가리켰다.

"인연?"

네이슨이 별채를 보며 되묻자 저스틴이 목에 걸린 반지를 어루만졌다. 저스틴에게로 시선을 돌린 네이슨이 몸을 기울여 반지를 바라보았다. 백금 링에 푸른 보석이 박힌 반지는 어떻게 봐도 여성용이었다.

'이건, 설마.'

네이슨이 놀란 표정으로 소리를 높였다.

"또 그 여자입니까? 클로에 라킨……!"

"하하, 그럴 리가."

저스틴이 실소하며 품 안으로 반지를 넣었다.

"그럼 다른 사람이란 말입니까?"

그가 의미심장한 표정으로 어깨를 으쓱했다.

"누군데요? 어디서 만나셨는데요? 예쁩니까?"

"이름은 모르고, 우연히 만났고, 예뻐."

"이름도 모르십니까?"

"그렇게 됐어."

네이슨이 할 말을 잃었다. 실의에 빠져 여행을 다녀오면서 한량 같은 성격만 강화된 줄 알았더니, 아예 자포자기해서 치마만 두르면 아무나 되는 남자로 변해 버린 건가.

"아니, 예쁘다는 것밖에 모르십니까?"

음, 하며 저스틴이 고개를 기울이다가 밝게 말했다.

"아, 결혼 상대가 있는 사람이란 것도 알지."

네이슨이 눈썹을 찌푸렸다.

"그런데도 클로에 라킨이 아니라고요?"

"그래."

네이슨은 고민스러웠다. 일시킬 때가 아니라 입원을 시킬 때로 보였다. 클로에 라킨을 너무나 그리워한 나머지, 상상의 클로에 라킨을 새로 만든 게 아닐까 하는 끔찍한 생각마저 들 정도였다.

"저, 단장님……. 그 사람 실존하는 사람입니까? 정말?"

"무슨 소리야?"

"그게……."

네이슨이 망설이며 말을 이으려던 그때, 별채의 3층 테라스 창에서 커튼과 함께 종이가 흩날려 떨어졌다. 누군가가 종이를 잡으려고 손을 뻗었지만 손가락 끝이 아슬아슬하게 스치고 말았다.

저스틴이 홀린 듯 일어섰다. 그가 3층 창에 시선을 고정한 채로 별채 앞으로 바짝 다가갔다.

별채에서 반지를 찾다가 무심코 종이뭉치를 떨어트린 레리아나가 저스틴과 눈을 마주쳤다.

"……어?"

연한 백금발의 남자는 손을 흔들며 말했다.

"우리, 인연이네요. 그렇죠?"

"그러네요."

레리아나가 피식 웃으며 말하자 저스틴이 환하게 웃었다.

뒤에서 지켜보던 네이슨은 미간을 찌푸렸다. 얼굴에서 내뿜는 저 후광이라니.

"저분입니까? 실존 인물이었어요?"

"그럼 네 머릿속에서만 사는 여자인 줄 알았어?"

비슷했다. 대답을 미룬 네이슨은 저스틴이 그리 애타게 찾던 여자가 어떻게 생겼나 싶어 목을 뺐다. 창틀을 잡은 하얀 손이 보였으나 얼굴은 커튼에 가려 잘 보이지 않았다.

"아, 미안해요. 제가 좀 바빠서."

레리아나가 난처함을 가득 담은 목소리로 대답했다. 저스틴이 목소리를 높여 그녀에게 물었다.

"뭐 찾아요?"

"네?"

주저앉아 바닥을 살피던 레리아나가 몸을 들었다.

"뭐 찾는지 내가 맞추면, 나한테 시간 내줄래요?"

뭐라고? 눈썹을 구부린 레리아나가 얼굴을 내밀었다.

"맞춘다니요? 설마……."

저스틴이 웃으며 목에 건 반지를 손에 들었다.

"이거 맞죠?"

레리아나가 눈을 크게 떴다. 저 백금 링에 푸른 알. 분명 자신이 찾던 그 약혼반지였다.

"그거어-!"

레리아나가 창밖으로 몸을 쭉 내밀었다. 양 갈래로 땋은 갈색 머리가 휘날렸다.

"그걸 왜 당신이! 아니, 그거예요!! 그거-!!"

흥분한 레리아나의 눈은 당장이라도 뛰어내릴 듯 형형했다. 저스틴이 두 손을 들어 그녀를 말렸다.

"워워, 진정해요. 내가 갈게요. 또 떨어져요."

또? 네이슨이 의아한 얼굴로 둘을 번갈아 보았다. 그러나 미처 의문을 해결하기도 전에 저스틴이 네이슨의 어깨를 두드리며 말했다.

"그럼 네이슨, 미안."

저 좋아 죽겠다는 얼굴에 차마 똥을 뿌릴 수 없었던 네이슨은 한숨을 폭 내쉬고는 손을 저었다.

"가십시오."

눈에 띄게 밝아진 모습의 저스틴이 한 치의 망설임도 없이 뛰어올라갔다. 네이슨은 오늘따라 푸른 하늘을 바라보며 제 처지를 자조했다. 계절은 겨울인데 누구에겐 새로운 봄이 오는 건가. 네이슨은 끓어오르는 슬픔을 애써 삭였다.

'그보다 저 사람인가. 단장님의 새로운 사랑이.'

네이슨이 레리아나를 바라봤다.

‘미인이네.’

그런데 묘하게 얼굴이 낯익었다. 왜인지 모르겠으나 저 이목구비를 어디선가 본 듯한 느낌이 들었다.

‘어디서 봤지.’

아는 영애가 많질 않으니 익숙한 이라면 이름 정도는 기억했을 텐데. 그저 연회나 파티에서 스쳐 지나갔던 사람일까. 그가 고개를 갸웃거리며 별채를 떠났다.

* * *

한달음에 3층으로 뛰어 올라간 저스틴은 문 앞에서 목을 가다듬었다. 깃이 똑바로 선 제복을 점검하고 충분히 단정하다는 생각이 들자 노크를 하며 방 안으로 들어섰다.

“오랜만이에요.”

저스틴의 인사에 창문 앞에 주저앉아 있던 레리아나가 벌떡 일어섰다.

“어떻게 된 거예요? 주워 주신 거예요?”

“맞아요. 다행이죠?”

“네, 정말…….”

레리아나가 한껏 힘이 빠진 목소리로 말했다. 그러고는 공손히 허리를 굽혀 인사했다.

“정말 감사드려요.”

이대로 불효자식이 되는가, 아니면 평생 일을 해서 갚는다고 해야 하나, 고민에 고민을 거듭하는 중이었다. 그러니 눈앞의 남자가 은인을 넘어 경건한 천사로까지 보였다.

레리아나는 저스틴을 얼굴도 잘생겼어, 살가운 성격에, 친절하기까지, 뭐 하나 빠지는 게 없는 남자라고 높이 평가했다.

그러나 그 모든 감사와 기쁨과 은혜로움은 저스틴의 한마디로 인해 급작스럽게 브레이크를 밟았다.

"그냥 드린다고는 안 했는데."

"……?"

내가 잘못 들은 건가? 인사를 하다 어정쩡하게 몸을 든 레리아나가 눈을 깜빡였다. 저스틴은 여전히 살가운 미소를 짓고 있었다.

"저어, 그거 돌려주시면 안 될까요?"

"맨입으로요?"

"으음?"

레리아나가 인상을 찌푸렸다가 조심스레 말했다.

"도, 돈? 필요해요?"

돈이라도 주면 될까? 반지만 돌려준다면 얼마든지 쌈짓돈을 내놓을 의향이 있었다. 레리아나 안에서 천사 저스틴에 대한 평가는 조금 하락했다.

"그건 아니고요. 제가 돈이 궁해 보였습니까?"

저스틴이 조금 충격받은 기색으로 되물었다.

"아뇨, 그런 건 아니지만……. 으음, 하하."

그냥 돈이면 될 줄 알고, 라고는 말하지 못한 레리아나가 어색하게 웃었다.

그녀를 바라보며 잠시 고민하던 저스틴은 이내 생글생글 웃으며 다른 요구 사항을 내걸었다.

"저랑 식사 한 번 어떠신가요?"

"거절하겠습니다."

칼 같은 레리아나의 거절에 순간 저스틴이 헛웃음을 내비쳤다.

"대답이 너무 빠르지 않아요? 겨우 식사 한 번인데."

"사심이 있는 초대는 사양할게요."

"들켰어요?"

그걸 알아채지 못할 정도로 눈치 없지는 않았다. 저스틴이 능청스럽게 받아치자 레리아나가 눈썹을 구부리며 팔짱을 꼈다.

"그거 약혼반지예요. 아시죠?"

"네."

"약혼반지가 있다는 건, 약혼자가 있다는 소리고요."

"네. 그게 문제가 됩니까?"

"예?"

"나한테 너무 많이 말해 줬잖아요. 정략결혼을 할 거라는 것도. 그 사람한테는 다른 연인이 있다는 것도."

"아, 그건……."

상황이 조금 다르지. 그렇다고 제대로 설명도 못 하겠고. 레리아나가 기가 차다는 듯 더 이상 입을 떼지 못하고 머뭇거렸다.

"치사하다고 생각해요?"

"네. 정말요."

"조언을 받아들여서 이제 이기적으로 굴기로 했거든요."

하지만 레리아나는 아직도 단호박 같은 눈을 하고 있었다. 잠시 민망하게 웃던 저스틴이 이번엔 다른 제안을 넌지시 건넸다.

"음, 그럼 이건 어때요. 애인 행색을 해 주세요. 옛 여자가 아직도 제게 연서를 보내고 있거든요."

"아, 정말."

"곤란해요?"

"그걸 아신다면 계속 이렇게 절 곤란하게 하지 말아 주세요."

"이름, 계속 안 알려 줄 거예요?"

"제 이름을 알면 약혼반지 돌려주고 싶으실 거예요."

제 이름을 들으면 곧장 도망갈지도 모른다. 아니, 미안하다며 사죄할지도 모르겠다. 노아 윈나이트는 그만큼 대단한 인물이었으니까.

그녀의 말에 저스틴이 의아해하며 물었다.

"뭔데요? 한번 듣고 생각해 볼게요."

"……레리아나예요. 레리아나 맥밀런."

"음, 레리아나. 예쁜 이름이네요. 그런데, 왜 돌려주고 싶다는 생각이 들지 않죠?"

"윈나이트라고 하면 아시겠죠?"

"윈나이트 가문이요?"

몰라? 어떻게 모를 수가 있지. 그 노아 윈나이트가 레리아나 맥밀런과 약혼을 했다는 사실은 사교계부터 신문까지, 주체와 매체를 가리지 않고 퍼진 유명한 이야기였다.

레리아나는 의아하다는 얼굴로 고개를 기울였다가, 저 사람이 외국을 전전하다 돌아온 지 얼마 되지 않았다는 사실을 떠올렸다.

'그랬지.'

레리아나는 한숨을 쉬고 차분히 말했다.

"제 약혼자, 윈나이트 공작님이세요."

저스틴이 멈칫했다.

"아아, 거참. 생각지도 못한 강수네요.

저스틴이 턱을 매만지며 고개를 숙였다. 노아에게 사랑해 마지않는 약혼녀가 있다고 들었건만. 사실은 애인이 따로 있으며 약혼녀와는 정략결혼을 약속한 사이?

겉으로만 레리아나를 사랑하는 척한 것일까.

"자요."

레리아나가 저스틴의 가슴팍으로 손바닥을 쭉 내밀었다.

"뭐예요?"

"주세요, 반지."

"저랑 거래 안 할 거예요?"

"저 윈나이트 공작님의 약혼녀예요."

레리아나가 의문스럽다는 눈초리로 그를 바라보며 말했다.

"그게 문제가 됩니까?"

"네에?"

"그냥 해 주겠다고 해요, 레리아나."

그가 반지를 흔들었다.

"치사한 남자거든요, 나는."

레리아나는 정말 치사하네요, 라고 답할까 잠깐 고민했다. 싱글싱글 웃던 저스틴은 무언가를 곰곰이 생각하더니 덧붙였다.

"게다가 레리아나. 공작님만큼 잘생긴 사람, 저 말고 찾기 힘들걸요."

잠시 기가 막혀 쉽사리 입을 떼지 못한 레리아나가 넌지시 물었다.

"……진심이세요?"

"당연히 진심이죠. 사실이 그런데. 음, 몸은 더 섹시할 수도 있어요. 보여 줄까요?"

"아뇨."

레리아나가 눈을 가늘게 뜨고 정색했다. 그러나 저스틴은 자연스럽게 목의 단추를 풀며 말했다.

"직접 봐야 확인이 되죠. 당신 마음에 들 거라고 보장합니다. 으음, 과연. 이날을 위해서 단련해 왔다는 생각이 드는데요."

"아니, 아니, 아니. 안 보여 주셔도."

뭐 하는 거야, 이 남자야! 레리아나가 달려가 단추를 풀려는 손을 붙잡았다. 저스틴이 웃으며 레리아나의 손을 잡았다.

"그냥 눈 딱 한 번 감고, 해 주겠다고 해요. 당신이 원해서 그러는 게 아니라, 다 이 반지 때문이니까."

깜빡 넘어가 주고 싶을 정도로 저스틴이 달콤하게 말했다.

"능숙하시네요."

유부녀 킬러라도 되나. 레리아나가 눈을 가늘게 뜨고 그를 훑었다.

"둘이서 밀회를 하죠. 어때요, 두근거리죠?"

"아뇨, 갑갑하네요."

"역시 보통 여자는 아니네요."

레리아나가 바짝 붙어 귓가에 속삭이듯 말하는 저스틴에게서 떨어졌다.

"당신은 좋은 사람이에요. 매력적이고. 그렇지만 미안해요."

"……?"

"그냥 가져요, 그거. 잃어버렸다고 솔직히 얘기하죠. 내 실수니까."

"레리아나?"

"무슨 사정이 있든 간에 저는 지금 윈나이트 공작님의 약혼녀입니다. 정직하지 못한 짓은 하고 싶지 않아요. 당신의 잘생긴 얼굴이나, 직접 보진 못했지만 아마 섹시할 그 몸은 다른 사람을 위해 남겨 둬요. 반지는, 뭐…… 국 끓여 드시고."

평생 일해서 갚는다고 해야지. 기껏 살려 놓은 목숨을 빚 갚는 곳에 쓰는구나. 레리아나는 속으로 피눈물을 흘렸지만 겉으로는 아무렇지 않은 척 답했다.

"당신은 정말 쉽지 않은 사람이네요."

저스틴이 팔짱을 꼈다.

"비싼 몸이거든요."

레리아나가 웃었다.

"그럼 그냥 친구로는요?"

"……?"

"애인이고 뭐고 다 떼고. 친구로서 만나 줘요. 그건 괜찮죠?"

"날 이성으로 보는 친구요?"

"생각해 보니 깃털처럼 가벼운 사랑보다는 우정이 더 좋을 것 같아서요. 친구로서의 나도 싫으십니까? 아주 맛있는 술을 알고 있는데."

저스틴이 눈을 찡그리며 살갑게 웃었다. 한번 그냥 아무 생각 없이 넘어가고 싶어지는 그런 웃음이었다.

그때 누군가가 방문을 노크했다. 시아트리히의 명을 받은 시종장이었다. 그는 전하께서 맥밀런 영애를 부르신다며 그녀를 데리러 왔다고 전했다.

여기 온 걸 어떻게 알았지. 시아트리히, 이 무시무시한 왕 같으니라고. 레리아나는 가늘게 떨었고 저스틴은 그녀의 그런 모습을 보며 어리둥절해했다.

이번엔 또 뭘 하시려고 그러시는 거지. 두려움에 떨며 시종장의 뒤를 따라나서다가 그녀가 뒤를 돌았다.

"친구로 해요."

저스틴이 환하게 웃으며 팔을 벌렸다.

"그럼 친구로서 한번 안아 봐도 되나요?"

"거절할게요."

"너무하지 않아요? 우리 친구인데."

"자꾸 내 결정을 후회하게 하지 말아요……."

* * *

시아트리히는 요즘 바둑 대신 오셀로에 심취해 있었다. 레리아나가 범한 잘못은 딱 그 타이밍에 왕성에 들어섰다는 것뿐이었다. 레리아나는 그가 질릴 때까지 오셀로를 함께하며, 다음 국가 제례를 주관할 의례장을 누구로 뽑아야 할까에 대해서 뇌수가 쪽 빨릴 만큼 긴 의견을 나눈 후에야 돌아갈 수 있었다.

겨우 돌아가는 마차를 타고 저택 앞에 도착하니 문이 열렸다. 마부라 생각했으나 익숙한 남자가 서 있었다. 노아는 질리지도 않고 손을 내밀었다. 레리아나는 한숨을 폭 쉬며 손을 잡고 마차에서 내렸다.

"좀 걸을까."

뭐라 답할 새도 없이 그가 먼저 발을 뗐다. 레리아나는 저택 문을 아쉽게 바라보다 뒤를 따랐다.

안 되는데 안 되는데 하면서도 휘둘리게 되는 건, 결국 좋아하기 때문일까. 마음을 다잡지 못하는 자신이 답답하게만 느껴졌다.

노아와는 호수까지 말없이 걸었다. 침묵이 그리 불편하진 않았다. 물이 별빛을 받아 반짝이는 것을 보다가 레리아나가 문득 입을 열었다.

"집에 가고 싶어요."

노아가 놀란 기색으로 몸을 돌렸다. 무심코 그의 손에 힘이 들어갔다. 그는 힘 조절을 하지 못하고 있다는 것도 깨닫지 못한 채 그녀를 바라보았다.

레리아나는 꽉 잡힌 손으로 향하는 시선을 참았다. 아픈 내색을 숨기고 차분하게 말했다.

"잠깐 부모님을 뵙고 오고 싶어서요. 본 지 꽤 오래됐으니까."

사실은 확인해 봐야 할 것이 있다. 도대체 레리아나 맥밀런의 기억이 송두리째 사라진 이유가 무엇 때문인지.

"아."

노아가 입을 가렸다. 누군가의 별것 아닌 한마디에 일희일비하는 자신이 우스웠다. 그래도 나쁜 기분은 아니었다.

"안 된다고 하면?"

잠시 고민하던 그가 장난스럽게 물었다.

"도망가나."

느슨해진 분위기에 레리아나도 가볍게 맞받았다.

"잡으면?"

"또 도망가나."

"또 잡으면."

"집착남."

"어쩔 수 없잖아."

"뭐가 어쩔 수 없어요."

노아가 입을 다물고 한참 말이 없자, 레리아나가 옆을 돌아보았다. 그녀와 눈을 마주친 그가 나직이 말했다.

"보내기 싫으니까."

순간 심장이 쿵 바닥으로 떨어지는 느낌이었다.

"레리아나?"

노아가 걸음을 멈춘 레리아나를 돌아보았다. 어쩔 줄 모르고 서 있던 레리아나가 휙 몸을 돌렸다. 그러고는 바로 몇 걸음 뛰다가 멈춰 섰다. 그녀가 통보하듯 말했다.

"나, 나 먼저 가요."

레리아나가 전속력으로 뛰어가는데 갈색 머리칼이 이리저리 흩날렸다.

노아는 손으로 입을 가리며 고개를 숙였다.

'……어떡한다.'

그녀의 붉어진 얼굴, 파르르 떨리는 속눈썹, 이리저리 피하는 시선. 혹시 같은 마음이 된 건 아닐까. 기대하게 된다.

그는 시간이 한참 지난 후에야 몸을 돌렸다.

* * *

네이슨은 기사단장실 문을 발로 걷어차며 들어섰다. 허리춤에 검을 바로 매고 있던 저스틴이 놀란 얼굴로 그를 바라보았다. 네이슨은 일직선으로 저스틴에게 걸어가더니 소리를 빽 질렀다.

"어쩌려고 그러십니까!"

"네이슨? 왜? 무슨 일 있어?"

"그때 그분, 레리아나 맥밀런 영애시잖습니까!"

"어, 그렇더라."

저스틴이 덤덤하게 대답하자 네이슨이 움찔했다. 분명 그때 이름을 모른다고 했던가. 어쩌면 한때의 마음이라고 치부한 걸지도 모른다.

"맘 정리하신 겁니까?"

눈치를 보던 네이슨이 나직이 물었다. 저스틴이 덤덤한 시선으로 그를 바라보더니 이내 눈웃음을 쳤다.

"그럴 리가."

어이가 없다. 네이슨은 넉살 좋게 웃는 저스틴을 보며 혀를 내둘렀다.

"아니, 왜 하필……. 세상천지 여자가 그렇게 많은데, 왜 맨날 임자 있는 여자를……."

"말은 바로 해야지. 저번 여자는 뺏긴 거고."

"이번 여자는요."

"빼앗을 예정이고."

"미치셨습니까?"

네이슨이 빼액 소리를 지르자 저스틴이 다시 소리 내어 웃었다. 자신이 아무리 말해 봤자 귓등으로도 듣지 않는다는 것을 알고 있는 네이슨은 그냥 입을 다물었다. 저러다 또 혼자 가슴 찢어지는 이별을 하고 밖으로 나돌아 다니는 건 아닌가 모르겠다.

못마땅한 표정을 지은 네이슨이 책상 맞은편에 서서 시위하듯 허리를 곧추세운 채 저스틴을 응시했다. 잘생겼지, 집안 좋지, 실력도 있는데, 왜 쇠똥구리처럼 똥만 쫓아다니는지.

그사이 검집을 정리한 저스틴은 망토를 입었다. 네이슨이 눈썹을 들어 올렸다.

"어디 가십니까."

"옆에서 그리 구박을 하니 일하러 간다."

"그 과격파 모임이요?"

한 빈민가 거주지 지하에서 과격파들의 모임이 있다는 익명의 제보가 있었다. 정보의 신뢰도가 떨어져 조사를 미뤄 뒀던 일이었다. 저스틴은 고개를 끄덕이며 장갑을 끌어당겼다.

"응, 혹시 모르니 직접 가 봐야지."

"에효, 다녀오십시오."

네이슨이 고개를 저었다. 저 인간 걱정을 하느니 제 걱정이나 하는 것이 정신에도 삶에도 좋은 일이다.

저스틴은 그런 네이슨의 마음이라도 읽은 것처럼 그를 향해 웃음을 지으며 단장실을 나섰다.

14장

돌아갈 곳

돌아갈 곳

아침을 알리는 새소리가 들리자 레리아나는 눈을 깜빡였다.

'저게 뭐지.'

눈앞에 나팔을 부는 통통한 아기 성자가 그려진 그림이 보였다. 그 뒤로 갓난아이들이 춤추며 그를 따르고 있었다.

피리 부는 남자. 나팔 부는 아이. 쫓아가는 철없는 아이들. 부모 걱정.

몇 가지 상념에 휩싸인 레리아나는 기억을 뒤지다 저 그림이 아이들에 대한 축복을 의미한다는 것을 떠올렸다. 맥밀런 부부가 자신의 사랑스러운 딸을 위해 유명한 화가에게 직접 의뢰를 넣은 그림이란 것도. 그녀는 이내 고개를 끄덕였다.

'아, 어젯밤에 맥밀런가로 돌아왔지.'

매일 보던 나날들이 얼마나 지났다고 다시 본 천장에 갑작스런 이질감이 들었다. 익숙해졌다고 생각했는데, 간사하게도 그 잠깐 사이에 슬며시 기억 속에서 지워 버렸던 모양이다.

'눈에 익을 만큼 여기서 오래 지냈다고 생각했는데.'

처음 천장에 익숙해졌던 날은 자살 시도를 빙자한, 원래 세계로 돌아가겠다고 행패를 부렸던 다음 날이었다. 눈이 퉁퉁 부을 때까지 운 맥밀런가의 가족들은 그녀가 구명줄이라도 되는 것처럼 손을 꽉 붙잡고 있었다. 그때 꽉 잡은 손을 보고 천장을 보았을 때, 문득 저 그림이 굉장히 익숙한 것처럼 느껴지기 시작했었다.

그녀는 침대에 걸터앉아 기지개를 켰다. 창밖으로 샴 케인 강이 보였다. 잔잔한 강의 물결이나, 매일 아침 강변에 이젤을 펴는 화가도 모두 그대로였다.

"오랜만이네."

레리아나는 짧은 감상을 토해 내고 욕실로 향했다.

정말 오랜만이었다. 노아가 없는 집은.

* * *

목욕을 끝마치니 어머니, 케이티 맥밀런이 수건을 들고 문 앞에 서 있었다. 그녀의 얼굴이 반가워서 레리아나는 환하게 웃었다.

"베니아는요? 아침부터 어쩐 일이세요? 그 수건은 뭐예요?"

"내가 하겠다고 보냈다. 간만이잖니."

그녀가 미소를 지으며 레리아나의 머리를 수건으로 감쌌다. 레리아나가 수건을 받아다 제 몸을 닦았다. 매일 시중을 받아 왔는데 부끄럽고 송구한 마음에 얼굴이 달아올랐다.

"많이 컸네. 우리 딸."

케이티가 말하자 레리아나가 수건으로 가슴을 가리고 어색하게 웃었다.

'……많이 크긴 하지요.'

케이티가 레리아나의 손을 잡고 화장대에 앉혔다. 그녀가 풍성한 연갈색 머리카락을 수건으로 부드럽게 말리면서 말했다.

"네가 어릴 때는 내가 다 해 주었는데 말이야. 먹여 주고, 재워 주고, 목욕시키고, 닦아 주고……."

케이티는 고아였다. 15살 때 무작정 구빈원을 나와 병원으로 들어갔고, 잡일부터 시작해 간호원이 되었다. 그리고 병원에서 일하던 중 신흥 재벌인 존데인 맥밀런을 만나 사랑에 빠졌다.

그녀가 임신했을 무렵, 존데인은 아이를 위한 유모를 잔뜩 들이려고 했으나 케이티가 완강히 반대했다. 자식에게는 부모의 손길이 필요하다는 이유에서였다. 그녀는 먹이고 씻기고 입히는 것까지 모두를 혼자 감당하려 했다.

"너는 잘 울지도 않고 얌전한 아이인 데다가, 그이가 많이 도와줬으니 손이 많이 가지는 않았지만……."

그러나 둘째인 로즈마리가 태어나고서는 더 이상 고생하는 모습을 못 보겠다는 존데인의 눈물 섞인 매달림으로 유모를 들였다. 수건으로 머리끝을 말려 주던 케이티는 그것이 아직도 아쉬운 일이라고 했다.

"우리 레리 때처럼 해 줬어야 했는데. 정성을 많이 들여서 이렇게 예쁘게 컸잖아."

거울 너머로 케이티의 웃는 모습이 비쳤다. 제 것이 아닌 어머니의 사랑이 느껴졌다. 레리아나는 죄스러운 마음에 손을 모으고 꼼지락거렸다. 케이티는 그것을 부끄러워 그런 것이라 생각하며 지저귀는 새처럼 맑은 웃음을 흘렸다.

"공작가는 어때?"

"거기도 사람 사는 곳이던걸요, 뭐."

"그곳 사람들은 잘해 주고?"

"무척이나요."

필요 이상으로 잘해 주었지. 감기 걸렸을 때 얼마나 난리가 났었는지를 이야기하며 레리아나가 웃었다.

머리를 말려 주던 케이티가 미소 지으며 고개를 끄덕였다.

"구박받고 무시당할까 봐 걱정하셨어요?"

"그럼. 매일 네 걱정이지. 가서 또 숙녀답지 않게 구는 건 아닌가 싶고."

"제가요?"

계속 정숙한 숙녀인 척했는데 어떻게 아셨지. 레리아나는 마치 제가 언제 그랬냐는 듯 순진한 척하며 머리를 굴렸다.

'매일 아침 침대 위에서 소리 지르고 굴러다녀서 그런 건가.'

아침마다 이질적인 현실감이 드니 조금 갑갑해서 그랬던 것뿐이었는데.

"어느 날부터인가 다른 사람처럼 돼 버렸잖니."

"……아아."

다른 사람이니까요. 그녀는 시선을 떨구었다.

"그때는 지금까지 반항 한 번 안 해 보고 얌전히 컸으니 속에 쌓인 것들이 많았던 걸까, 했는데. 지금 생각해 보면 윈나이트 공작님 때문이었구나."

케이티는 레리아나가 뛰어내리려고 했던 전말이 윈나이트 공작과의 아련한 사랑 때문이라고 납득한 듯했다. 윈나이트 가문과 맥밀런 가문은 집안의 격차도 컸고, 그때 자신에게는 프렌치 브룩스라는 약혼자도 있었으니. 어차피 사랑하는 사람과 이루어지지 못할 거라면 자살을 택하겠다는 비련의 여주인공 같은 심정이었을 거라고.

'……그럴 리가요.'

레리아나는 부정했지만 겉으로는 그런 척 수줍게 웃었다. 영혼이 바뀌었다고 말할 수 없는 한, 그녀의 그런 오해가 차라리 달가웠다.

케이티가 머리를 다 말리고 빗으로 머리칼을 빗겨 주기 시작했다. 레리아나는 침을 한 번 삼키고 내내 생각해 두었던 질문을 입에 올렸다.

"그런데요, 그전부터 저 조금 이상하지 않았어요?"

박은하의 영혼이 들어오기 전의 레리아나 맥밀런은 무엇을 하고 있었던 걸까. 정말 그때의 기억은 자연스럽게 잊힌 걸까, 아니면 모종의 이유로 사라진 건가. 그렇다면 도대체 무엇 때문일까.

"응? 어디가 이상했다는 말이니?"

"어딘가 수상하게 군다거나."

"으음? 글쎄다. 특별한 낌새는 못 느꼈었는데, 왜?"

"아……. 저는 제가 그전부터 이상하게 굴어서 다 아시는 줄 알았어요. 그래서 그렇게 가볍게 허락해 주셨나, 했거든요."

"호호. 그거야…… 일단 윈나이트 공작님이잖니."

정말 언제 봐도 훤칠하고 잘생겼더라, 라고 케이티가 말을 덧붙였다.

'……그런 거였어요? 그때는 절 언제나 응원한다고 하셨잖아요.'

레리아나가 슬픈 눈으로 그녀를 바라보았다.

그러거나 말거나 케이티는 그 이후로도 계속 노아에 대한 칭찬을 늘어놓았다. 그만 한 남자가 상냥하고 조신하다는 둥, 그런 남자를 또 어디서 만나겠냐는 둥. 레리아나는 불편한 데다 외면하고 싶기까지 한 진실을 듣게 된 기분이었다.

'이러다 또 파혼한다고 하면…….'

그때 케이티가 아기 머리만 한 빗을 우악스럽게 들어 올렸다. 레리아나가 어깨를 흠칫 떨었다.

"다 됐다. 뭐 그리 놀라?"

"……아뇨. 어머니 손길이 부드럽고 좋아서……."

"어머, 얘도 참."

케이티가 볼을 붉히더니 레리아나의 어깨를 안았다. 레리아나가 케이티의 몸을 마주 감싸 안았다.

"잘 왔어. 레리."

"네……. 다녀왔어요."

따스한 체온에 마음이 따끔거렸다.

* * *

레리아나가 준비를 마치고 내려오자 밑에서 눈치를 보며 기웃거리던 하녀 대여섯 명이 몰려들었다.

"아가씨!"

"으응?"

계단을 내려오던 레리아나가 눈을 동그랗게 뜨고 멈춰 섰다. 오랜만이다. 고용인들의 이런 격한 반응. 공작저의 고용인들은 속으로 무슨 생각을 하든 간에 겉으로는 정숙과 침묵을 모토로 했다.

"어때요? 공작저는?"

"공작님은 잘해 주세요?"

"고용인들은 어때요? 다들 예쁘고 잘생겼나요?"

"정말 그렇게 큰가요? 내부는 어때요? 화려하죠?"

"공작저가 너무 크니 거기에 코끼리도 산다면서요?"

'코끼리?!'

당황스러운 질문에 레리아나가 자기도 모르게 입을 벌렸다. 그러자 다른 하녀가 새침하게 타박했다.

"아니, 코끼리가 살겠니? 상식적으로. 공작저에는 공작을 키운다고 했어."

"뭐? 코끼리가 안 산다고?"

"아니, 공작이 왜 살아. 너나 상식적으로 생각을 해."

"공작은 살지. 공작네 집인데."

"말이 되는 소리라고 해? 그게 웃겨?"

"이게 웃기라고 하는 소리냐? 코끼리가 산다고 한 것도 아니고."

"코끼리가 뭐 어때서! 집이 크면 키울 수도 있지! 너희 집이야, 좁아서 코끼리가 못 들어가는 거고."

"웃기네. 그럼 너희 집에는 들어가? 어?"

하녀들이 아웅다웅하는 것을 보며 레리아나는 도대체 어디서부터 잘못된 걸까 진지하게 고민하기 시작했다. 그녀들이 한동안 옥신각신하는 것을 멈추지 않자, 레리아나는 두 손을 들어 하녀들을 말렸다. 그녀들이 레리아나에게로 시선을 돌리며 입을 다무니 레리아나가 미소를 지었다.

"공작저에는 말이야."

레리아나는 응접실로 향하며 입을 열었다. 그녀의 뒤로 하녀들이 졸졸 따랐다.

"아주 무서운 괴물들이 살아."

"괴물이요?"

"응, 두 마리나 있지. 회색이랑 검은색. 어찌나 사나운지 시시때때로 드래곤을 때려잡으려는 생각을 해."

어머어머, 하녀들이 입에 손을 모으고 호들갑을 떨었다.

"무섭지 않으셨어요?"

"처음에는 고난이었지."

그들 때문에 이제는 생각도 하기 싫은 미음도 먹어 댔고.

"이제는 익숙해져서 괜찮아."

레리아나는 흐릿한 눈으로 공작저를 회상하며 말을 이었다.

"그리고 그곳이 또 전통이 있는 곳이잖아, 거기가. 그러니 거기서 죽은 사람이 좀 많니. 밤에는 귀신이 나와서 하녀 모습을 하고 복도를 돌아다니기도 하고……. 끝 방이라는 곳도 있는데. 그곳은 정말, 후……."

레리아나가 괴로운 한숨을 내쉬었다. 그러자 하녀들이 고개를 갸웃거렸다.

"끝 방?"

"끝 방이라니, 이름부터 무서워요."

"소름 끼쳐."

정말 소름 끼치는 곳이었다. 레리아나는 감정을 실어 말했다.

"그곳에는 호구의 한 맺힌 영혼이 남아 있어서 저택에 혼자 남아 있는 사람들이 끝 방에 들어가면 그 영혼이 거울에 비친다고 해."

"호구요?"

"응, 보는 눈이 없어서 호구처럼 사기만 당하다가 죽은…… 그런 사람이 있어."

물론 끝 방에서 본 것이 전전대 윈나이트 공작이라 쓰고, 호구라고 읽는 남자의 영혼인지는 알 수 없었다. 그렇지만 그녀는 조금 각색해서 이야기했다. 하녀들은 모두 흥미로 눈을 반짝이며 듣고 있었다.

기대에 부응하기 위해 레리아나는 그 외에 총괄 집사이자 저택 오타쿠인 기디언이 귀가 떨어지도록 설명해 준 공작저의 엄청난 역사에 대해 설명해 주었다. 그녀들은 그런 것에 별로 관심이 없어 보였지만, 레리아나의 설명은 응접실로 들어가 소파에 앉을 때까지 계속되었다. 그녀는 소파에 앉은 채 다리를 꼬고 탑처럼 두 손을 모았다.

"이처럼 공작저는 아주 무시무시하고 굉장한 곳이야."

그러고는 싱긋 웃으며 말을 이었다.

"베니아 좀 불러 줄래?"

베니아는 줄곧 레리아나를 담당하던 하녀였다. 박은하의 영혼이 레리아나의 몸에 빙의되고 나서 제일 처음 본 사람도 그녀였다. 하루아침에 다른 사람의 몸으로 깨어나 어리벙벙한 얼굴로 서 있던 자신을 바라보던 그녀.

'베니아.'

그녀는 베니아를 기다리며 다리를 까딱였다. 레리아나는 그녀가 무언가를 알고 있으리라는 것에 판돈을 걸었다. 베니아라면 거의 하루 종일 그녀와 함께 붙어 있으니, 누구보다 이전의 레리아나에 대해 잘 알고 있을 것이다.

'그게 아니면 단서가 너무 없고…….'

그때 응접실의 문이 열렸다.

"아가씨, 오셨어요?"

"베니아."

베니아였다. 그녀는 능숙하게 테이블에 차와 찻잔을 올려 두었다.

"귤 차는 아직도 잘 드시나요?"

"응."

짧게 답하자 베니아가 마님이 품질 좋은 귤을 말린 것이라며 설명을 곁들이고는 차를 따랐다.

조로록.

흘러내리는 물소리와 함께 김이 모락모락 피어올랐다.

"그런데, 절 찾으셨다고요?"

"응, 물어볼 게 있어서."

"저에게요?"

베니아가 놀란 표정을 지었다.

"나 말이야, 그때. 그 뛰어내린다고 지붕 위에 올라가기 전에."

"예."

베니아가 그때를 회상하며 심각한 얼굴로 고개를 끄덕였다.

"뭔가 이상하지 않았어?"

"예에?"

베니아는 '지금 네가 이상한데?'라는 얼굴로 테이블에 티포트를 내려놓았다.

"그거야…… 이상하게 자주 외출하셨잖아요. 집에는 비밀로 하고."

"비밀로?"

베니아가 정말 기억 안 나냐는 듯 묘한 어조로 답했다.

"예, 신신당부를 하셨잖아요. 그래서 윈나이트 공작님이 찾아오셨을 때는 그런 사정이 있었구나, 했던 거죠. 공작님과 밀회를 하셨던 거라고요."

"외출? 어디로?"

"글쎄요. 저도 그것까지는 잘……."

"걸어서 나간 거야? 아니면."

"마차를 타셨던 것 같아요."

"알았어. 고마워."

레리아나가 서둘러 일어섰다. 그러자 베니아가 같이 일어서며 그녀에게 물었다.

"무슨 일 있으신 건가요? 갑자기 그건 왜 물으시는 거죠?"

"아니, 그냥."

베니아는 조금 망설이다 말했다.

"……혹시, 공작님이 아니라 다른 분이셨나요?"

글쎄. 그럴지도 모른다. 공작이 아니라 다른 남자가 있었고 영혼이 뒤바뀐 충격으로 잊어버린 걸지도. 레리아나는 씁쓸한 미소를 지으며 답했다.

"아니, 아니야. 내 기억이 맞나 해서."

레리아나는 마구간으로 향했다. 마구간지기를 하고 있는 마부라면 그녀가 어디로 향했는지 기억하고 있을는지도 모른다.

* * *

말에게 여물을 주고 있던 마구간지기가 레리아나를 보고 허리를 숙였다. 그녀가 다가가 설명하자 이야기를 듣던 마구간지기는 손바닥을 주먹으로 탁 쳤다.

"기억납니다. 지붕 위에서 잡지 말라고 소리치시면서 한참 난리 나기 전 말이죠? 정말 큰일이었죠. 고용인들 다 지붕 위에 올라가고 바닥에는 이불 깔아 놓고. 아가씨는 여긴 어디냐고, 돌아간다고, 울고불고 콧물 흘리시고."

그가 껄껄 웃으며 말했다.

기억력이 너무 좋은데. 이를 악문 레리아나는 시선을 돌리며 답했다.

"……으응. 그때는 나도 왜 그랬을까 모르겠네."

"그 전이라면 웬일인지 자주 나가셨죠? 원래는 연회나 파티가 있는 게 아닌 이상 저택에서 꼼짝도 안 하셨지 않습니까. 그래서 기억하고 있어요."

한참을 말하던 마구간지기가 헉, 하더니 곧 놀라는 표정으로 조심스레 물었다.

"잊어버릴까요? 좀 위험한 거죠? 그거?"

"위험한 거냐니?"

"그, 저는 그저 혹시나 해서 말입니다."

마구간지기가 눈치를 보며 말했다. 무언가를 알고 있다기보다는 그저 갑작스러운 질문에 지레 겁을 먹은 모양이었다.

"아니, 아니. 거기에 다시 가고 싶은데, 잘 기억이 안 나서. 어디인가 묻고 싶었어."

"아하하, 그러셨습니까? 아가씨 기억력도 참."

"내 기억력이, 뭐?"

레리아나가 웃으며 쏘아보자 그가 능청스레 말을 이었다.

"저도 어딘지 정확히는 잘 모릅니다. 그 시장 앞까지만 태워 달라고 하시고는, 그 어디냐, 야채집인가 그쪽 어귀에서 기다리라고 하셨죠."

"지금 거기로 가 줄 수 있을까?"

"그러죠. 여기 타십쇼."

레리아나는 마구간지기가 안내하는 마차에 올랐다. 갑니다, 란 말과 함께 마차가 움직이기 시작했다.

'뭔가 있어.'

그녀는 마차가 저택을 나오자 창문을 열었다. 찬 바람이 들이쳤다. 콧속으로 찬 기운이 돌자 딱딱했던 머릿속이 부드러워지는 느낌이 든다. 그러나 뛰는 심장은 좀처럼 가라앉질 않았다.

"여깁니다."

마구간지기는 광장 한쪽에 마차를 세우고 레리아나를 에스코트하며 말했다. 혹시나 직접 가 보면 무언가 조금이라도 기억나는 것이 있지 않을까 했던 기대는 쉽게 사그라졌다.

'아무것도 모르겠다.'

레리아나는 끙, 앓는 소리를 내다가 마구간지기에게 물었다.

"혹시 어느 방향으로 갔는지도 알고 있어?"

"으음."

그는 팔짱을 끼고 꽤 오래 고민하다가 자신 없이 한쪽 방향을 가리켰다. 건물 사이로 그늘이 짙게 진 골목이었다.

"아마 저쪽으로 가셨을 겁니다. 왜 저렇게 음침한 곳으로 가시지. 큰일 나면 어쩌시려고, 하고 생각했던 것 같은데……."

"알았어. 그럼 늘 기다리던 곳에서 기다려 줘."

마구간지기가 모자를 벗고 분수대 뒤편에 있는 야채집 어귀에서 기다리겠다 말했다. 레리아나는 고개를 끄덕이고는 어두운 골목으로 향했다.

높은 상가 건물 사이의 골목은 태양빛이 피해 가는 것처럼 어두웠다. 골목 갓길마다 앉은 이들은 모두 지저분한 행색이었고 커다랗게 뜬 눈을 굴리며 레리아나를 응시했다. 그녀는 그들과 시선을 마주치지 않도록 조심히 앞을 보며 걸었다.

'이런 곳에 왔다고?'

무언가 썩는 듯 지독한 냄새가 났다. 불안하게 주위를 둘러보던 레리아나는 목 부근을 간질이는 여우 털을 앞으로 끌어모았다. 귀족 영애가 이런 곳에 올 이유가 뭐가 있단 말인가.

'애인은 아닌 것 같아 다행이라고 해야 할지…….'

이런 곳에서 만나야 할 애인이라면 헤어져야 마땅하다. 레리아나는 계속 안으로 향했다. 줄곧 무언가 생각해 보려 끙끙거렸지만 수험생 시절 열심히 단련해 놓았던 연상 기억법은, 이 몸에서는 소용이 없는 모양이었다.

어느덧 네 갈래 갈림길 앞에서 서성이던 레리아나는 일단 돌아가기로 했다. 어디선가 계속 시선이 느껴지는 것이 더 깊은 곳으로 갔다가는 길만 잃게 되는 게 아닐 수도 있겠다는 강한 예감이 들었다.

'할 수 없지.'

일단 오늘은 이만 돌아가는 것이 좋을 것 같아 그녀가 몸을 돌리던 그때였다. 뒤에서 목소리가 들려왔다.

"아가씨, 오늘은 이거 안 사 줄 거야?"

노파의 목소리였다. 레리아나가 자신을 부른 건지 눈짓으로 확인하자, 노파가 고개를 끄덕이며 제 앞을 가리켰다. 그녀 앞에는 바구니 세 개에 각각 마른 약초들이 담겨 있었다.

"네?"

"여기 올 때면 매번 사 줬잖아."

이거다. 레리아나는 지갑에서 돈을 넉넉히 꺼내 노파에게 건넸다.

"그거 다 주세요."

노파가 만족스러운 얼굴로 종이봉투에 약초를 모아 담기 시작했다. 이 사람이라면 알고 있을까? 레리아나는 분주한 손길을 바라보며 넌지시 물었다.

"제가 혹시 저번에 어디로 갔는지 기억하시나요?"

노파가 무슨 소리냐는 얼굴로 레리아나를 멀뚱히 쳐다보았다. 레리아나가 웃으며 변명했다.

"다 비슷비슷한 건물이라 길 찾기가 좀 힘들어서요."

"알지. 그 점쟁이 집에 간 거잖아."

"점쟁이요?"

"응, 저 광장에서 매일 점 보는 여자네 집. 저기 301호."

노파가 손을 들었다. 그녀의 검지 끝을 바라보며 레리아나가 몸을 돌렸다. 보수 공사를 한 번도 하지 않은 것처럼 낡고 금이 간 건물이었다.

'점쟁이?'

그때 누군가가 빠른 걸음으로 그녀에게 다가갔다.

"이야, 레리아나. 이런 데서 우연히 만나다니. 이 정도면 필연이겠죠?"

저스틴이 일견 능청스레 말했다. 그는 과격파들의 모임을 조사하려 빈민가 거주지에 왔던 차였다. 실제 모임이 있었던 작은 흔적만 겨우 발견한 후 돌아가려던 순간에 레리아나를 발견한 것이다.

'이런 외진 곳에 왜…….'

그녀는 아무런 경계 없이 한 건물을 바라보고 있었다. 빈민가에 돈 많아 보이는 귀족 아가씨라니.

'게다가.'

그는 골목의 그늘로 시선을 흘렸다. 그곳에는 건장한 남자 무리가 모여 있었다. 몸가짐이나 시선을 보자니 빈민가의 어중이떠중이들이 아니라, 훈련받은 용병이나 해결사들 같았다. 저스틴의 손은 이미 검집을 향해 있었다. 이에 혀를 찬 남자들이 스르륵 몸을 뺐다.

"저스틴?"

저스틴은 그들이 완전히 사라지는 것을 확인하고 레리아나에게 고개를 돌렸다.

그녀는 의외의 장소에서 만난 의외의 인물에 놀라 눈을 동그랗게 뜨고 물었다.

"여긴 어쩐 일이에요?"

"일이 있어서요."

그가 어깨를 으쓱 들어 올리고는 가볍게 대답했다. 레리아나는 대강 고개를 주억거리며 걸음을 옮겼다.

"아, 그럼 저는……."

"이제 다 끝났어요. 어디 가요? 내가 데려다줄게요. 여기, 위험하니까."

저스틴이 뒤를 눈짓했다. 길바닥에 앉아 레리아나를 뚫어지게 바라보고 있던 이들이 동시에 고개를 다른 곳으로 돌렸다.

"고마워요."

레리아나가 감사 인사를 건네며 저스틴과 함께 노파가 가리킨 건물로 향했다.

레리아나는 건물 안으로 혼자 들어서길 원했다. 저스틴은 걱정스러운 눈치였으나, 무슨 일이 있으면 꼭 소리를 지르라는 당부를 거듭 건네고 그녀를 보내 주었다. 건물 입구에서 레리아나가 계단을 오르는 것을 주시하던 저스틴이 문득 그림자 부근으로 시선을 돌렸다.

"거기, 이제 나오지? 아까 그치들과 한 패거리인가?"

그림자 속에서 남자가 천천히 걸어 나와 그 앞에 섰다. 그는 검을 뽑은 채 경계하는 모습으로 저스틴에게 물었다.

"누구십니까?"

"그쪽이야말로."

"맥밀런 영애의 호위를 맡은 윈나이트 가문의 기사입니다. 그쪽 신원을 밝히시죠."

"저는, 음……."

뭐라고 소개할까 잠시 고민하던 저스틴이 웃으며 말했다.

"레리아나 양의 밀회 상대입니다."

순간 휘튼의 시선이 흔들렸다. 지금 저택 내에 예비 부부 사이가 심상치 않다는 소문이 쫙 퍼져 있었다. 그래서 집으로 돌아가신 건가. 섬광처럼 좋지 않은 생각이 뇌리를 스쳐 지나갔다.

'주군이, 버려진다……!!'

챙그랑.

휘튼이 칼을 떨어트렸다. 당장 가서 확인해야 했다.

"여, 영애!!"

그가 레리아나를 부르며 건물 안으로 뛰어 올라가려고 하자, 저스틴이 휘튼의 뒷덜미를 잡아챘다.

"농담입니다, 농담. 진짜라면 설마 그렇게 쉽게 밝히겠습니까. 참 재밌는 분이시네."

휘튼이 홱 소리가 날 정도로 빠르게 고개를 돌렸다.

"그럼 댁은 누구십니까. 누구신데 그렇게 영애와 친밀하게 구시는 겁니까?"

"레리아나 양의 친구입니다."

휘튼이 의심에 가득 찬 눈으로 그를 뚫어지게 노려보았다. 과하게 잘생긴 얼굴이 못마땅했다. 휘튼의 머릿속 백과사전에는 남녀 사이에 친구란 단어는 없는 거라고 굵은 글씨로 쓰여 있었다. 특히 젊고 잘생긴 남자와는 더욱더.

"그게 사실입니까? 한 치의 거짓도 없이?"

"그렇죠. 아쉽게도."

아쉽다고? 휘튼의 눈이 흔들렸다. 그가 다시 몸을 돌려 건물 안으로 들어가려 했다.

"영애애애-!!"

"농담입니다."

저스틴이 웃으며 다시 그의 뒷덜미를 잡아 끌어당겼다. 고개를 돌린 휘튼은 불신이 가득한 눈으로 저스틴에게 말했다.

"영애께서는 약혼자가 있으십니다."

"압니다."

"아주 잘생기고, 키도 크고, 돈도 많고……."

"아이, 참. 다 안다니까."

저스틴이 손을 휘저으며 그의 말을 끊었다. 그러고는 휘튼의 목을 끌어안고 이해할 때까지 자신이 친구일 뿐이라는 소리를 아주 길고 장황하게 설명했다.

"이제 아시겠습니까?"

휘튼의 의심은 짙어지고 있었지만, 그러거나 말거나 저스틴이 말을 이었다.

"레리아나 양은 제가 집까지 모셔다 드리겠습니다. 먼저 들어가 보셔도 됩니다."

"아아. 그건 좀 곤란하죠."

어느새 품을 빠져나온 휘튼이 검을 검집에 넣었다.

그러자 저스틴이 검을 들었다. 근위대 문양이 새겨진 검날이 보였다.

"저스틴 샤말. 근위대 단장입니다. 이 정도면 신원이 확실하겠죠. 호위는 걱정하지 않으셔도 되니 이만 가 보십시오."

그는 웃고 있었지만 이대로 버틴다면 검을 맞대기라도 할 기세였다.

후, 한숨을 내쉰 휘튼이 망설이다 발을 옮겼다. 절대 들키지 말라는 주군의 명이 있었다. 그와 괜한 분란이라도 일으켰다가는 더욱 큰 소란이 일 것이 분명했다.

그림자 너머로 떠나는 휘튼의 뒷모습을 응시하며 저스틴이 검을 넣었다.

"흐음."

공작님께서 비밀 호위까지 붙여 놓다니…….

"대체 무슨 사정이지."

* * *

301호의 문은 굳게 닫혀 있었다. 앞을 서성이던 중에 옆집의 문이 열리자 레리아나가 급하게 다가갔다.

"혹시 여기 사는 분 언제 돌아오시는지 알 수 있을까요?"

그녀가 레리아나 앞을 흘끔 바라보면서 명패를 보더니 고개를 끄덕였다.

"아, 그, 매일 광장에 나가서 점 보던, 그 음침한 여자?"

"네, 그분이요."

"으응. 그 사람, 자살했는데."

"자살, 이요?"

"높은 사람 눈에 들어서 왕성으로 간다느니 하면서 좋아하더만. 어느 날 자살했어."

그때 뒤에서 옆집 사람을 따라 나오던 남자가 혀를 차며 말했다.

"에이, 설마. 높은 사람 눈에 들었다니, 그런 걸 믿었어? 사기라도 당한 거지."

"아니, 진짜 간다고 했다니까?"

"그걸 믿나? 순진하긴."

"분명히 그랬다고. 자기가 왕자를 낳게 해 주었다면서."

왕자? 레리아나가 얼굴을 굳혔다.

'소로소……!'

소로소 체이머스에 대한 생각이 머리를 강타했다. 분명 '검은 신녀'를 들였다는 소문에 시달려 정비 자리를 얻지 못했다고 들었다. 사술을 썼다는 증거를 인멸하기 위해 자살로 꾸미고 검은 신녀를 죽인 것이 분명했다.

'검은 신녀에 대한 소문은 에리틸 가문을 견제한 노아와 시아트리히의 수작일 줄 알았는데…….'

그렇다면, 박은하가 들어오기 전의 원 레리아나 맥밀런이 검은 신녀에게 갔다는 건가.

'그렇다면 어째서?'

레리아나는 인상을 찌푸리며 고개를 숙였다. 그것이 자신의 영혼이 제대로 몸에 정착하지 않은 이유와 관련이 있는 걸까. 아직은 제대로 알 수 있는 게 하나도 없었다. 모두 짐작일 뿐. 레리아나가 어두운 얼굴로 바깥에 나섰다.

"왜 그래요?"

"엄마야."

코앞에 저스틴의 얼굴이 있었다.

"음, 뭔가 안 좋은 일이에요?"

그가 건물로 시선을 돌렸다. 여기저기 금이 가 있고 낡은 3층 주택은 레리아나 같은 영애들과 관련이 없어 보였다.

"여기 누가 살아요?"

"아니에요. 그냥."

저스틴은 궁금한 눈치였으나 레리아나가 대강 얼버무리고 있다는 것을 깨닫자 이내 수긍했다.

＊ ＊ ＊

레리아나가 맥밀런가로 돌아가자 저녁때가 다 되어 있었다. 입구에서 레리아나를 기다리던 아버지 존데인이 그녀를 반겼고, 로즈마리가 달려와 다리에 안겼다.

오랜만에 맥밀런 가족 모두의 저녁 식사였다. 그들은 모두 들뜬 기색으로 레리아나를 반기며 이런저런 이야기를 나누었다. 식사가 끝난 후에는 존데인이 그의 서재로 레리아나를 불렀다.

그가 차를 권했다. 존데인은 소파에 레리아나와 마주 앉아 차를 마시며 뜸을 들였다. 그러다 이내 나직이 물었다.

"공작님은 잘해 주시니?"

갑작스러운 질문에 레리아나가 입에 물고 있던 차를 꿀꺽 삼키고 대답했다.

"그럼요. 정말 많이……."

'부담스러울 정도로.'라는 말은 꺼내지 못하고 레리아나가 어색하게 웃었다.

"그래, 혹시라도 힘든 일이 있다면 언제든지 돌아오렴. 여기가 네 집이니까."

"……네."

존데인이 흐뭇하게 웃었다.

"사랑한다."

"저도요."

그날 밤, 침대에 누웠을 때 다시 그 천장이 보였다. 문득 왜 이 천장을 잊었는지 알 것 같다는 생각이 들었다.

저 그림이 축복하는 자식은 자신이 아니라 이전의 레리아나 맥밀런이니까.

* * *

"마님께서는 댁 오찬회에 가셨어요."

자리를 비운 케이티를 찾는데, 한 하녀가 그렇게 말했다.

"오찬회?"

"마님께서 요즘 이 근처 동네 부인들과 봉사단을 꾸리셨거든요. 그분들과 함께 드신다고 하셨어요."

"아아."

레리아나가 고개를 끄덕이자 하녀는 조금 걱정스럽다는 듯 중얼거렸다.

"이번에는 기분이 괜찮으셨으면 좋겠네요."

"응?"

"아니에요. 뭔가 필요하신가요?"

"아니. 괜찮아."

레리아나는 손을 내젓고 홀로 나섰다. 로즈마리가 바닥에 누워서 그림을 그리고 있었다.

"로즈마리, 뭐 하고 있었어?"

로즈마리가 크레파스를 들고 배시시 웃었다.

"색칠 놀이!"

통통한 볼에 보조개가 파이자 레리아나도 홀린 듯 따라 웃었다.

'귀여워.'

레리아나는 맥밀런 가족을 그린 로즈마리의 그림을 보다가 그들 사이에 낀 이상한 동물을 가리켰다.

"이건 뭐야?"

"하얀 사슴. 저번에 다 같이 놀러 갔을 때 본 거."

"놀러 갔을 때?"

'그런 적이 있던가?'

레리아나가 고개를 기울였다.

"응, 기억 안 나?"

로즈마리가 의아하다는 기색으로 물었다. 올려다보는 말간 눈동자에 레리아나는 제 발 저린 도둑처럼 재빨리 부정했다.

"아니, 기억나지. 당연히."

"로즈마리가 5살 때. 또 가고 싶어."

"아아, 그랬지. 그랬었지. 잘 그리네."

그랬지. 레리아나는 로즈마리의 머리를 쓰다듬으며 연신 되뇌었다. 지금의 자신이 아닌, 이전 레리아나의 기억에는 분명히 있었다. 다 같이 하얀 사슴을 보러 갔던 국립 공원.

"레리아나!"

그녀의 상념을 깬 것은 케이티의 천둥 같은 목소리였다. 고개를 들자 케이티가 심상치 않은 기백을 풍기며 서 있었다. 저절로 기합이 바짝 든 레리아나는 허둥지둥 일어섰다.

"네? 네?"

"당장 따라 나오렴."

그녀는 살기가 흐르는 눈으로 레리아나를 불러냈다.

"예!"

기합이 바짝 들어 대답한 레리아나가 그녀의 뒤를 당장 따라나섰다. 가는 곳이 어디냐고, 왜 그러시는 거냐고, 가볍게 묻지도 못할 정도로 케이티에게선 어마어마한 귀기가 흘렀다.

'뭐지, 무서워.'

케이티는 레리아나를 데리고 무작정 마차에 올랐다. 현명한 마구간지기는 딱 봐도 눈빛으로 살인을 할 수 있을 것 같은 케이티에게 이런저런 토를 달지 않고 마차부터 출발시켰다.

레리아나는 마치 도살장에 끌려가는 소처럼 불안한 눈으로 케이티의 눈치를 보았다. 그녀는 슬프다 못해 화가 난 눈이었다. 케이티는 곧 마차의 뒤 창문을 열어 드레스 공방으로 갈 것을 지시했다.

그녀는 아주 전투적으로 점원을 부르더니 말했다.

"여기서 제일 비싸고 아름답고 청순하고 정숙해 보이되, 답답하고 고루해 보이지 않으면서 개방적 개성과 자유로움이 느껴지는 드레스를 보여 줘요."

"……?!"

레리아나가 놀란 눈으로 전위적인 주문을 하는 케이티를 바라보았다. 점원은 케이티의 패기에 살짝 굳어 있는 모습이었다.

곧 '어쨌든 비싼 것을 원하는구나.'라고 생각한 점원은 영업용 미소를 지으며 케이티와 레리아나를 데리고 안으로 들어갔다.

"비싸고 아름답고 청순하고 정숙해 보이되, 답답하고 고루해 보이지 않으면서 개방적 개성과 자유로움이 느껴지는 드레스 말이시죠, 고객님. 어느 분 것으로 보여 드릴까요?"

"이 아이와 제 것, 둘 다요."

점원은 조금만 기다려 달라고 말한 후에 옷걸이로 향했다.

레리아나는 슬그머니 눈치를 보다가 아무렇지 않은 척 말을 내뱉었다.

"같이 쇼핑하러 나온 건 참 오랜만이에요. 그렇죠?"

사실 그녀로서는 처음이었지만. 레리아나는 필사적으로 예쁜 척하는 웃음을 보이며 케이티의 손을 조심스레 잡았다. 그러자 케이티는 조금 누그러진 말투로 말했다.

"그래, 그러네."

"갑자기 저 예쁜 옷 사 주시려고 부르신 거예요?"

"내일, 티파티를 열 거란다."

"아, 그렇구나. 어떤 분들을 초대하세요?"

순간 케이티의 눈에 안광이 흘렀다.

"이 동네 부인들 전부 다."

"……예에."

무서워. 무서워. 무서워. 레리아나는 손을 꾹 붙들고 죄인처럼 고개를 숙였다. 오찬회에 갔다고 하시더니, 그곳에서 무슨 일이 있었던 것이 분명하다. 그러나 차마 물을 용기가 없었던 레리아나는 그저 입만 꾹 다물고 있다가, 점원이 드레스를 가져오자 온갖 미사여구를 내뱉으며 그 아름다움을 칭찬했다.

레리아나는 그 후 케이티와 5곳의 공방을 더 돌았고, 드레스에 맞는 구두를 사기 위해서 3곳의 공방을 더 돌아야 했다. 케이티는 공방에서마다 전위적인 주문을 해 댔으며 레리아나는 목이 쉴 정도로 예쁘다는 칭찬을 거듭해야 했다.

'……힘들다.'

돌아오는 마차에서 레리아나는 내벽에 죽은 듯 기대앉았다. 이 세계에는 왜 백화점이 없는지 모르겠다. 그러면 이토록 고생하진 않았을 텐데.

창밖을 응시하고 있던 케이티는 나직이 영문 모를 소리를 건넸다.

"레리아나, 내일은 꼭 이겨야 해. 알겠니?"

"예에?"

멍청하게 되묻자 케이티가 무시무시한 눈으로 대답을 대신했다. 레리아나는 난처한 얼굴로 조그맣게 알았다고 말했다. 대체 왜 그러시는 거지.

그리고 그 해답은 다음 날 알게 되었다.

* * *

티파티 당일의 아침은 평소보다 이르게 시작했다.

"아가씨!"

베니아가 부르는 소리에 눈을 비비는데 갑자기 몸이 이끌려 가더니 온몸에 물이 쏟아졌다. 완전히 깨어나기도 전에 강제 입수당한 것이었다.

"으푸— 베니아?!"

"마님 명이십니다."

베니아가 침착하게 답했다.

그렇게 목욕물인지 그냥 향유를 들이부은 건지 알 수 없는 미끄덩한 물에 손발이 퉁퉁 불기 전까지 앉아 있다가 빠져나왔고, 겨우 베니아의 손에서 풀려나 터덜터덜 식당으로 갔으나 주방장인 엘마는…….

"어머, 오늘 아침 식사는 준비하지 않는데요. 못 들으셨어요?"

라고 이야기했다. 그렇게 아침 식사는 코르셋을 꽉 조여야 한다는 이유로 금지당했다.

'어차피 채소만 먹을 거면서!'

레리아나는 매섭게 갈비뼈를 조이는 손길을 느끼며 서러움에 떨었다.

그리고 화장부터 머리, 옷 입는 것까지 평소보다 세 배는 긴 시간을 들이고서야 대망의 티파티가 시작되었다.

티파티는 온실에 준비되었다. 하나둘씩 손님들이 모이기 시작했고, 아름답게 꾸민 케이티가 레리아나를 데리고 다니며 부인들과 인사를 나누었다.

그리고 본격적으로 티파티가 시작되자마자 레리아나는 한곳으로 가만히 시선을 고정했다.

'저거구나.'

케이티가 이상했던 이유. 모를 수가 없었다. 조촐한 귀부인들의 티파티에 커다란 영식들이 어울리지 않게 끼어 있었으니까.

영식 중 하나가 레리아나의 시선을 받자 손을 들고 손가락을 흔들었다. 혹시 친한 사람이었나. 열심히 스캔해 보았지만 기억 속에는 존재하지 않았다. 하여간 인사는 되돌려야겠다고 생각한 레리아나가 묵례하자 그가 윙크를 날렸다.

'……뭐야, 저건.'

레리아나가 미간을 살짝 찡그리며 고개를 돌렸다.

그때 그 영식을 데리고 온 한 귀부인이 부채를 흔들면서 콧소리를 냈다.

"어머, 오스틴 부인. 와 주셨군요."

케이티가 부드럽지만 속으로는 칼을 가는 듯한 목소리로 말했다.

"여긴 제 딸, 레리아나예요. 인사드리렴."

레리아나가 드레스 자락을 들고 인사하는데, 오스틴 부인이 눈을 가늘게 뜨고 레리아나를 아래위로 쭉 훑으면서 말했다.

"아아, 이 애가 그 레리아나? 예쁘네."

"감사합니다, 부인."

거만한 말투 속에 못마땅하다는 감정이 듬뿍 스며들어 있다. 하느니만도 못한 인사치레에 감사하다 답한 레리아나는 예감이 좋지 않다는 것을 느꼈다.

"이쪽은 우리 '아들'. 아들, 인사해."

오스틴 부인의 뒤를 액세서리처럼 따라다니던 아들이 꾸벅 인사했다.

"아, 그 아들? 잘생겼네."

케이티가 오스틴 부인과 똑같이 되돌려 주었다. 그러면서 둘을 테이블로 안내했다.

온실에는 4, 5인용의 작은 테이블들이 지그재그로 놓여 있었고, 케이티는 레리아나와 오스틴 가문의 사람들과 다 함께 같은 테이블에 앉았다. 졸지에 오스틴 영식과 맞선 보는 것처럼 마주 앉게 된 레리아나는 신음성을 흘렸다.

“우리 아들이 이번에 제노손 아카데미에 입학해서 인사 좀 시켜주려고 데려왔어요.”

오스틴 부인은 부채를 살랑살랑 흔들면서 물었다.

“아, 레리아나 양은 올해 몇 살이라고 했더라.”

“올해로 18살이에요, 오스틴 부인.”

“그럼 학교는…….”

대답을 기다리는 것처럼 말끝을 흐리던 오스틴 부인이 화들짝 놀라는 표정을 지었다.

“아, 맞다. 여자들은 아카데미 입학이 안 되는 걸 깜빡하고 있었네. 미안해요, 아시다시피 우리 집에는 여자애들이 없잖아. 죄 아들들이니, 원.”

“뭐, 그럴 수도 있겠네요.”

케이티가 그럼 너는 여자가 아니냐는 얼굴로 떨떠름하게 대답했다.

“너무 기분 나빠 하지 마요. 맥밀런 부인.”

“어머, 기분 나쁠 일이 뭐 있어요? 우리 레리아나는 충분히 질 좋은 교육을 받고 있는데. 공작가에서.”

시작됐구나. 레리아나는 침을 꿀꺽 삼켰다.

“교사들이 전부 우리 레리아나가 뛰어난 학생이라 입에 침이 마르도록 칭찬을 한다더라고 어딜 가도 그 얘기들을 하시니 제가 참 부끄러워서. 그러고 보니, 오스틴 영식들은 전부 혼처가 정해지지 않았다면서요?"

"뭐, 고르고 고르는 중이라서요."

오스틴 부인이 못마땅하다는 표정을 지었다.

"괜찮으시겠어요? 더 늦으면 좋은 혼처 잡기 힘드실 텐데."

"잘될 아이들은 다 잘 가게 되어 있는 법 아니겠어요? 여자애도 아니고 남자아이라 걱정 안 해요, 저는."

"어머, 요새는 나이 많은 것도 흠이잖아요. 잘생기고 어린 영식들이 얼마나 많은데요."

케이티가 호호 웃었고, 오스틴 부인이 전의를 불태우며 다른 화제를 꺼내기 시작했다. 그 옆에서 레리아나는 치즈 케이크를 잘라서 입에 욱여넣었다.

온실 천장의 유리로 햇살이 쏟아져 들어왔다. 좋은 날이었다. 비록 옆자리에서는 날이 선 대화들이 오가며 전쟁 아닌 전쟁이 일어나고 있었지만.

맞은편에 앉은 오스틴 영식은 테이블 위에 올려 둔 팔꿈치를 레리아나 쪽으로 밀며 다가왔다.

"레리아나 양이라도 불러도 될까요?"

"아니요. 실례예요."

그는 민망한 듯 하하핫 웃으며 머리를 쓸어 넘겼다. 레리아나는 흐릿한 눈으로 홍차를 머금었다.

'언제 끝나려나.'

여자들의 지위가 아무리 향상되었다고는 하지만, 왕국 내에는 아직 남존여비가 팽배해 있었다. 아직도 신학교를 제외한 아카데미

들은 여자들의 입학을 받지 않았으며 출입조차 금지되어 있는 곳도 허다했다. 시아트리히는 이를 위해 많은 정책을 폈으나, 의식의 변화는 아직 따라가지 못한 채 남아 있었다.

그러니 아들을 셋 낳은 오스틴 부인이 딸을 둘 낳은 케이티를 얼마나 같잖고 우습게 보았을지, 쉽게 상상이 되는 일이었다.

전황은 백중지세였다. 서로 제 자식의 스펙이 더 낫다며 나열하던 레퍼토리가 점차 떨어지는 중이었다. 그러자 이제는 유치한 체격전까지 불사하기 시작했다.

"우리 아들은 키가 얼마나 큰지 기성복을 못 입는다니까요. 매번 맞춤복을 입혀야 해. 그러고 보면 레리아나 양은 평범해서 기성복도 잘 맞겠네요. 그게 좋지, 품도 안 들고. 돈도 덜 들고. 그렇죠, 맥밀런 부인?"

"어머, 우리 딸은 허리가 얇아서 기성복 입기 힘들어요."

여기까지 오면 더 이상 참기가 힘들다. 레리아나는 고개를 푹 숙였다.

"우리 아들은 운동을 오래 했잖아요. 그래서 몸이 아주 탄탄해. 여자들이 또 깜빡 죽잖아요, 이런 몸에는, 호호호."

"……."

이제 소재가 다 떨어졌나? 레리아나는 문득 뇌리를 스치는 불안감을 느꼈다. 케이티의 얼굴을 바라보자 그녀의 입술이 파르르 떨리는 것이 보였다.

오스틴 부인은 이제야 이겼다는 것처럼 의기양양한 모습으로 부채를 살랑살랑 흔들었다. 그 광경을 본 케이티의 어깨가 치솟아 올랐다. 그러고는 레리아나를 한 번 바라보고는 큰소리로 입을 열었다.

"고작 그 정도로 그러셨습니까? 우리 딸은 말입니다, 가슴 사이즈가……!!"

"어머니-!!"

무슨 소릴 하시려는 거야! 레리아나가 온몸으로 달려들어 케이티를 껴안았다.

"흡!"

몸통으로 밀어붙여진 케이티는 숨통이 막혀 말을 잇지 못했다. 강력한 태클로 케이티의 입을 막아 버린 레리아나에게서 떨리는 목소리가 흘러나왔다.

"이제 그만, 그만하세요."

'이건 이겨도 상처뿐인 승리야.'

'……내 상처. 나만의 상처.'

레리아나가 울상이 된 얼굴로 눈을 감았다. 어느새 티파티의 초대객들이 전부 자신에게로 시선을 고정하고 있었다.

현실에서 도피하고 싶다. 도저히 이런 치욕스러운 승부를 지속하도록 놔둘 수 없다. 그녀는 몸이 좋지 않다며 핑계를 대고 티파티를 파하는 게 어떨까요, 라고 케이티를 달래려 했으나, 오스틴 부인도 만만치 않았다.

"고작 그거였어요? 우리 아들은 말입니다. 거기 사이즈가……!!"

뭐? 케이티를 잡고 있던 팔에 순식간에 힘이 풀렸다. 뒤에서 그의 아들이 레리아나를 보며 다시 윙크했다.

'넌 좀 수치심을 가져!'

레리아나가 소름이 돋은 팔을 감싸는데 오스틴 부인의 입이 크게 벌어졌다. 그녀가 황급히 두 손으로 귀를 틀어막았다.

"십……!"

그러나 오스틴 부인의 앙칼진 목소리는 손바닥을 뚫고 귓속으로 파고들었다. 그리고 다음 단어를 발음하기 위해 입이 크게 벌어졌다.

'듣고 싶지 않아! 싫어어어어!'

티파티의 모두가 흥미진진하다는 표정으로 오스틴 부인을 바라보고 있었다. 레리아나가 눈을 질끈 감았다. 일촉즉발의 상황이었다.

"여기 계셨군요."

사람들의 시선이 한곳으로 몰렸다.

'끝났나? 말했나?'

귀를 파고드는 앙칼진 목소리가 한동안 들려오지 않자 레리아나가 조심스레 손을 뗐다. 주변 사람들은 모두 한곳을 향해 고개를 돌리고 있었다. 어리둥절해하던 레리아나가 벌떡 일어섰다.

"노아?"

그가 레리아나를 보고 한 번 미소 짓고는 케이티에게 다가가 그녀의 손등에 입을 맞췄다.

"어머."

케이티가 얼굴을 붉히며 입을 가렸다. 오스틴 부인은 몽롱한 눈빛으로 노아를 뚫어지게 바라보고 있었다.

"자주 찾아뵈었어야 했는데 정말 죄송합니다."

노아의 뒤로 갖가지 꽃과 조경 장식을 들고 고용인들이 들어오기 시작했다.

"장모님께서 티파티를 여신다는 이야기를 들었습니다. 제가 방해가 되진 않았는지 모르겠군요."

그는 정말 듬직한 사위처럼 주변인들을 제게 소개시켜 달라고 말했고, 케이티가 제일 먼저 오스틴 부인을 소개했다. 오스틴 부인의 얼굴에는 패색이 짙어져 있었다. 그렇게 케이티를 따라다니는 노아의 모습을 레리아나는 멍하니 바라보았다.

'어떻게 알고 왔지? 그런데 장모님? 누가?'

노아를 끌고 나가야 할지, 아니면 케이티가 좋아하니 놔둬야 할지 고민하던 레리아나는 문득 오스틴 영식과 눈이 마주쳤다. 그녀는 일단 제일 먼저 해결해야 할 일을 떠올렸다.

레리아나는 오스틴 영식을 번뜩거리는 눈으로 바라보며 고갯짓으로 노아를 가리켰다. 저게 내 약혼자니까 너는 내게 되도 않는 짓거리 그만하라는 뜻을 담아서.

그는 다행히도 비언어적 의사소통 능력에 심각한 문제가 있지는 않았는지 시선을 피하며 쭈그러들었다.

* * *

공작님의 깜짝 등장으로 티파티는 성황리에 끝이 났다. 밝은 얼굴의 케이티는 돌아가는 객들과 인사를 나누었고, 레리아나는 노아와 멀찍이 떨어진 곳에 서 있었다.

"즐거우신 것 같아요."

"다행이네."

"……덕분이에요."

레리아나가 작게 덧붙이자, 노아가 위에서 빤히 내려다보았다.

"왜, 왜 그렇게 봐요?"

"말해도 돼?"

"아뇨."

이상한 말을 할 것 같아 레리아나가 고개를 저었다.

"그냥, 오랜만인 것 같아서."

노아가 레리아나의 머리카락을 만지작거리며 말했다.

'사흘밖에 안 됐는데…….'

레리아나는 쑥스러움을 숨기며 넌지시 물었다.

"그런데 티파티는 어떻게 알았어요?"

으음, 그는 어떻게 이야기할까 고민하며 휘튼을 떠올렸다. 이곳에 오기 전, 휘튼은 본인이 직접 티파티에서 모욕이라도 당한 것처럼 바들바들 떨며 고자질하러 공작저까지 왔었다.

그러나 휘튼을 붙여 놓았다는 이야기를 하면 좋아하지 않을 테니 그는 그저 짧게 답했다.

"그냥 알아."

그때 케이티가 레리아나에게 이리 오라며 손짓했다.

"잠시만요."

반사적으로 케이티에게 발걸음을 옮기던 레리아나가 몸을 반쯤 돌리고 노아에게 양해를 구했다.

그가 고개를 끄덕였다.

"서둘러. 이제 돌아갈 시간이니까."

담담한 목소리였다.

왜일까. 그 순간 레리아나는 멈춰 선 채 움직일 수가 없었다. 존데인이 돌아오라고 할 때와는 확연히 다른 느낌이었다. 과거의 레리아나 맥밀런이 아닌, 지금의 자신을 기다려 주는 사람이 있다는 것을 깨닫자 가슴이 소란스러웠다.

'레리아나?'라고 부르는 노아의 목소리가 귓전을 돌다 사라졌다. 그녀는 멍하니 가슴께를 바라보았다. 봇물 터지듯 마음이 가슴을 넘어 밖으로까지 흐르는 것 같았다.

* * *

맥밀런가에서 가족들과 작별 인사를 하는 시간은 언제나처럼 길었다. 그래도 노아가 기다린다는 이유로 조금 이르게 마친, 30분 동안의 인사 후에 둘은 마차를 타고 맥밀런가를 떠날 수 있었다.

널찍한 마차 안에서 레리아나는 노아와 떨어진 맞은 편 끝자리에 앉아 창밖을 바라보았다. 말굽 소리가 규칙적이었다. 레리아나는 창틀에 턱을 괸 채로 꾸벅꾸벅 졸기 시작했다. 이틀 내내 잠이 부족했던 탓이다.

노아는 졸고 있는 레리아나 쪽으로 다가가 앉았다. 그리고 그녀의 머리를 안아 제 무릎 위에 올려놓았다. 마부에게는 천천히 가라고 지시했다. 그는 부드러운 갈색 머리카락을 가지고 놀다가 이내 슬며시 잠에 빠졌다.

레리아나가 눈꺼풀을 들어 올렸을 때였다. 참 이상하게도 볼에 매끄러운 천이 닿아 있다는 것을 알아차렸다.

'……왜지.'

레리아나는 흐리멍덩한 눈을 깜빡거리면서 머리를 위로 돌렸다. 그때 움직임을 느낀 노아가 잠에서 깨어나 그녀를 바라보았다. 그렇게 서로 눈이 마주치자 레리아나가 미간을 살짝 찌푸렸다.

“진짠가?”

노아가 대답했다.

“응.”

그리고 자신이 노아의 무릎에 머리를 베고 누워 있다는 것을 인지한 레리아나가 소스라쳐서 몸을 일으켰다.

“뭐예요? 나 얼마나 잤어요?”

노아가 얼마 되지 않았다고 답하는데, 창으로 시선을 돌리니 이미 밤이 내린 거리가 비치고 있었다. 레리아나가 아연한 얼굴로 이를 바라보았다. 공작저와 맥밀런 저택 사이의 거리는 강 한 번 건너면 되는 정도였다. 해가 져도 완전히 져, 어두컴컴해진 것을 보면 샴 케인 강을 한 30바퀴는 돈 것 같았다.

‘거짓말쟁이.’

레리아나가 갑작스레 든 생각에 몸을 굳혔다.

‘침 흘린 건 아니겠지.’

가끔, 정말 가아끔 피곤하면 입을 벌리고 자는데……. 레리아나가 패닉에 빠져 입가를 매만져 확인했다. 무언가 말라붙거나 흥건하거나 하진 않았다.

‘다행…… 이 아닌가.’

노아의 허벅지에 떨리는 손을 댔다. 침이든 뭐든 간에 흘리고 잤다면 당장 마차 밖으로 뛰어내릴 각오가 되어 있었다.

‘아니지. 그럴 리가.’

레리아나는 절박한 얼굴로 허벅지를 문질렀다. 이리저리 쓰다듬다 어디도 축축한 곳 없이 괜찮은 것 같다고 생각하는 순간, 노아가 말했다.

"그거. 그만하는 게 좋을 것 같은데."

"네?"

"난 좋지만, 당신이 안 좋아할 것 같아서."

"……."

노아가 빙긋 미소 지었다. 레리아나가 노아의 허벅지를 연신 쓰다듬던 제 두 손으로 시선을 내렸다. 문득 눈동자가 풍랑 맞은 배처럼 흔들렸다.

더 이상 참을 수 없다. 이런 농락. 이런 희롱. 이런 조롱. 물론 자초한 바도 있지만……. 하여간 그런 사소한 부분은 머릿속 저 멀리 던져 놓은 레리아나는 딱딱하게 굳은 얼굴을 두 손에 묻었다.

이불이 있다면 차고 싶다. 그런 상태로 한참 멈춰 있자니 어깨가 가늘게 떨리기 시작했다. 곧 손바닥 너머에서 음산한 목소리가 흘러나왔다.

"놀리지 마요."

"응."

"놀리지 마요."

"응."

"놀리지 마요."

"알았어. 내가 잘못했어."

"……."

"레리아나."

웃음기 섞인 목소리가 이름을 불렀다. 노아가 옆으로 다가와 앉는 기척이 느껴졌다. 그가 장난스럽게 속삭였다.

"얼굴 보여 줘."

'그렇게 말하면 더 손을 못 떼겠는데요.'

얼굴로 피가 몰렸다. 지금의 얼굴은 절대 보여 줄 수 없다. 결연한 다짐하에 손에 힘을 더 꽉 주고 버티는데 노아의 손이 머리카락을 스치고 귀를 감싸 왔다.

레리아나는 눈을 질끈 감고 어깨를 움츠렸다.

'어서 떨어져라, 이 악마야.'

긴장한 탓인지 노아의 손끝이 닿은 곳부터 피부가 민감해진 것 같다. 소름이 오소소 올라왔다. 노아의 엄지가 귓불에 닿자 어깨가 절로 움찔거렸다.

"레리아나."

노아가 다시 이름을 부르는데 마차가 멈췄다.

"도착했습니다."

마부의 목소리가 들려오고 문이 열리려 들썩거렸다. 그때를 틈타 레리아나는 후다닥 마차에서 내려 심호흡을 했다. 심장 소리만 귀에 가득 차서 아무것도 들리지 않았다.

레리아나는 제 방으로 향하는 길을 가는 동안, 묘한 시선에 얼굴이 따끔거렸다. 고용인들이 슬그머니 다가와서 기분이 괜찮느냐고 묻는 일이라든가, 필요한 것이 없느냐며 물어 왔다.

'뭐지?'

본관을 넘어 연무장 가장자리를 지나가는데 레리아나의 걸음을 멈추는 외마디 비명 같은 부름이 들려왔다.

"영애애애애애-!!"

"휘튼 경!?"

휘튼이 울면서 달려오고 있었다.

"버리시지 않을 거지요?"

"뭐, 뭘요?"

그는 눈물을 닦더니 짧게 침묵했다. 차마 당신의 그 잘생긴 남자 사람 친구와 바람이 날까 봐, 라고 솔직하게 말할 수 없었던 휘튼은 최대한 에둘러 말했다.

"그…… 많은 것들을 말입니다……."

"많은 거?"

"남자와 딸려 올 부와 명예 같은 것들?"

"네?"

"영-!"

휘튼이 결심한 듯 레리아나의 손목을 덥석 잡으려는데, 그보다도 빨리 아담이 휘튼의 손목을 잡아 위로 쭉 들어 올렸다.

"-애?"

휘튼이 멍청한 표정으로 고개를 돌렸다. 아담은 휘튼의 뒷덜미를 잡고 질질 끌어 연무장으로 향했다. 그는 끌려가면서도 레리아나에게 연신 영문 모를 소리를 크게 외쳐 댔다.

"영애애애애-! 버리지 마십시오!! 안 됩니다, 영애!!"

도대체 뭐를? 레리아나는 떠나는 아담의 굳건한 뒷모습과 휘튼의 발악을 바라보며 소리 없이 질문했다.

레리아나는 욕실에서 머리를 털며 나왔다. 일부러 시중인은 부르지 않았다. 야무진 손길로 잘 관리된 방 안은 모두 자신이 만들어 낸 기억 속에 남아 있었다.

지금의 나를 기다려 주는 곳.

방의 천장에는 하늘타리 넝쿨과 그 위를 날아가는 매 그림이 가득 메우고 있었다. 기디언의 말에 따르면 윈나이트가 안주인의 안녕을 기원하는 그림이라고 했다.

레리아나는 오랜만에 빈방의 주인을 맞게 된 기디언의 들뜬 어조나 손짓을 기억했다. 그때 자신이 천장을 보느라 고개를 젖히고 있어서 목덜미가 뻐근했던 것도 기억했다. 모든 것은 자신이 직접, 겪은 일들이었다.

매의 꼬리 부분에는 보수를 하지 않아 살짝 스크래치가 나 있었다. 그 익숙함이 좋았다. 레리아나는 며칠 만에 거짓말처럼 깊게 잠들었다.

15장

베넷 백작

베넷 백작

“백작님, 어디 가십니까?”

“아, 베넷 백작님. 그간…….”

베넷은 인사하는 사람들을 무시한 채 빠른 걸음으로 왕성의 복도를 걸었다. 인사말을 던지던 귀족들이 서로를 바라보며 어깨를 들썩였다.

“아, 그 소문이 진짜인가?”

한 남자가 주먹을 탁 치며 말하자 다른 이가 물었다.

“무슨 소문?”

“모르나? 베넷 백작의 사생아가…….”

그가 주위를 둘러보더니 남자의 귀에 대고 조용히 말을 전했다.

“모반 혐의로 잡혀서 지금 지하에 있다는 소문.”

“개자식!”

베넷은 터져 나오는 욕설을 참을 수가 없었다. 꽉 쥔 주먹은 핏줄이 불거져 있었고, 얼굴은 시뻘겋게 달아올라 있었다. 카펫으로도 그 발소리를 감출 수 없을 만큼 그는 과하게 흥분한 상태였다.

"그 어린놈이. 머리에 피도 안 마른 자식이."

중얼거리던 그가 치안대의 집무실 문을 벌컥 열어젖혔다.

"윈나이트 공작!!"

서류에 사인을 하던 노아가 고개를 들었다. 베넷은 씩씩거리며 다가와 책상을 내려쳤다.

"베넷."

노아가 피식 웃었다.

"여기까지 무슨 일이지?"

"당신이지. 네가 다 까발린 거지!"

노아가 의자에 몸을 묻고 두 손을 첨탑 모양으로 모았다. 그러고는 베넷을 빤히 응시하며 잠시 기다렸다.

"그……!"

"무슨 소리인지."

그는 베넷이 애가 타 다시 입을 열 때까지 기다렸다가 불쑥 말했다.

"통 모르겠는데."

타이밍을 놓친 베넷이 입을 벌린 채 노아가 매끄럽게 입꼬리를 올리는 것을 잠시 바라보았다. 베넷이 몇 번 입을 악물었다 떼더니 다시 소리를 질렀다.

"당신밖에 모르잖아! 그 자식이 내 사생아란 걸!"

"아, 그 얘기였나."

노아가 낮게 웃으며 말했다.

"자네 사생아가 역모 혐의로 잡혀갔다는 소리는 들었네. 골치 아프게 됐더군. 지하로 갔으니 얼마 버티지 못할 텐데 말이야."

왕실에서는 공식적으로 인정하지 않았지만, 모두 암암리에 알고 있었다. 지하라고 불리는 곳에 숙련된 고문 기술자들이 존재한다는 사실을.

"웃기지 마! 왕은 벌써 내가 그 자식의 애비란 걸 알고 있다고!"

오늘 시아트리히는 친히 베넷을 불러 오찬을 함께했다. 왕은 빙빙 돌리며 말을 끌었지만, 결국에는 네 덜미가 잡히고 말 거라는 암시를 던진 것이었다. 시아트리히는 베넷에게 네가 어디에 가든 놓치지 않을 것이란 의사를 확고하게 보였다.

'그 빌어먹을 절름발이가!'

베넷은 시아트리히가 '똥줄 좀 태워 보려고 불렀지.'라고 말하던 것을 떠올리며 분노로 떨었다. 그 황금빛 눈동자가, 둥글게 휜 눈으로 유쾌한 듯 크게 웃던 왕의 웃음소리가 지워지질 않았다.

지하로 잡혀간 제 사생아를 처리하기 위해 뒤 세계 용병까지 고용했으나 모두 실패했다. 다행이라고 할 만한 것은 그의 사생아에겐 특정 키워드를 입에 올리지 못하는 마법이 걸려 있다는 사실이었다. 그러나 문제는 그것도 얼마 가지 않으리라는 것이었고.

노아가 다리를 꼬고 앉아 의자의 손잡이를 툭툭 두드렸다. 가늘게 뜬 눈이 그의 벌게진 얼굴을 바라보았다. 베넷이 화를 조절하지 못하고 안절부절못하는 모습이 퍽 우습다.

"그러니 하반신을 함부로 놀리지 말지 그랬나. 아니, 그렇게 경솔하게 왕의 목을 노리질 말라고 해야 하나."

"네가 뒷구멍으로 무슨 짓을 하고 있는지 밝혀내고 말겠다!"

"그래, 서두르는 게 좋을 것 같군. 자네 시체가 광장에 매달리기 전에 밝혀야 할 테니."

"노아 윈나이트!"

노아가 고개를 기울였다. 올려다보는 황금색 눈동자가 형형했다. 그는 조용히 일어나 그에게 한 발자국씩 다가가며 말했다.

"공작님, 이지. 머리가 돌아도 말은 바로 해야 하지 않겠나."

"크윽!"

베넷이 물러나자 노아가 웃으며 책상 위에 걸터앉았다. 저런 남자였다. 강자 앞에서는 한없이 약해지는 비굴하고 늙은 개. 겉으로는 주먹만 벌벌 떨어 대지만 속으로는 제 욕을 해 대고 있으리라.

듣기로 베넷의 저택에서는 매일 아내의 울음소리가 끊이질 않는다고 했다. 그의 시체가 광장에 걸린다면 좋아할 사람이 시아트리히 혼자만은 아닐 거란 뜻이었다.

베넷의 혐의가 확정되면 노아는 그녀에게 얼마간의 재산을 가지고 떠나라 귀띔할 생각이었다. 왕국에 있으면 연좌제는 피하지 못할 테니. 그래도 이곳에서의 삶보단 낯선 타지가 그녀에겐 더 나으리라.

똑똑.

그때 노크 소리가 들려왔다. 노아가 들어오라 말하자, 집무실 안으로 치안대 기사들이 모습을 드러냈다. 그들은 베넷을 힐끔거리며 걸어오더니 노아를 향해 경례했다.

"가 보게. 오늘의 무례는 자비롭게 봐줄 테니."

노아가 느른히 말했다.

"늙은 개가 짖는 꼴을 보니, 기분이 좋아져서 말이야."

* * *

지난번 레리아나 맥밀런, 그러니까 이전 몸의 주인이 검은 신녀와 만났다. 아직 그 이유에 대해서는 불명.

그리고 다음 몸의 주인이 된 자신은 몸과의 적합 문제가 발생했다. 이 상황이 검은 신녀와 만난 일과 연관이 있는지도 불명.

"연관이 있을 가능성은 상당히 높아 보이지만……."

레리아나는 입술을 만지작거렸다. 그녀는 아주 근본적인 질문에서 생각을 멈추었다. 검은 신녀가 누굴까. 도대체 무슨 일을 할 수 있는 거지?

히이카에게라면 물어볼 수 있었을 테지만, 현재 대륙 순회 연설을 진행하고 있는 그와는 연락할 수단이 없었다.

레리아나는 일어나 바로 서재로 향했다. 그러고는 '역사'나 '신학'이란 키워드를 잡고 닥치는 대로 책을 찾기 시작했다. 서재의 사다리에 앉아 책을 펼쳐 보던 레리아나가 표지를 소리 나게 덮었다.

"여기도 없네."

"뭐가?"

"아?!"

갑자기 들려온 소리에 몸을 일으키자 사다리가 기우뚱 기울었다.

"으앗!"

외마디 비명을 지른 레리아나가 책장 선반 끄트머리를 잡고 겨우 균형을 잡았다. 밑을 내려다보니 황금빛 눈동자가 그녀를 올려다보고 있었다.

"깜짝 놀랐잖아요."

그녀가 안도의 한숨을 내쉬며 투덜거렸다.

"그런데 뭐예요? 그 포즈는."

노아는 양팔을 벌린 포즈 그대로 고개를 모로 기울였다.

"떨어질 생각 아니었어?"

"……아니거든요."

일부러 놀랜 거 아냐? 레리아나가 의심하며 책장으로 얼굴을 돌리자 노아가 팔을 내렸다.

그는 레리아나가 들고 있는 책을 건네받아 살펴보더니, 이와 비슷한 종류의 다른 책들은 찾아보았느냐고 물었다. 레리아나가 고개를 젓자 그가 저쪽에 있다며 반대쪽 서고를 눈짓했다.

레리아나가 사다리에서 쪼르르 내려와 노아의 뒤를 따랐다. 그는 복층 서고의 길을 쭉 따라 걸었다. 한 발자국 떨어진 정도의 거리 앞에서 걷는 남자는 자세가 곧고 우아했다.

레리아나는 노아와의 거리를 일정하게 유지했다. 굳이 피하려 한다거나 특별히 의식하는 낌새를 보이지 않으면 계속 이런 미지근한 상태에서 멈춰 있었다. 그러다 보니 가끔은 그와 마치 아무 일도 없었던 것처럼 느껴졌다.

레리아나는 난간을 쓸며 움직였다. 계속 이대로라면 좋을 텐데. 서로 간에 아무런 감정도 없는 것처럼. 쓸던 난간에 홈이 파여 있었다. 그것을 확인하며 잠깐 걸음을 멈추자마자 노아가 뒤를 확인했다. 불시에 눈을 마주친 레리아나는 눈을 깜빡였다. 발걸음 소리에 계속 귀를 기울였던 걸까.

노아가 의아한 기색을 보이자 레리아나가 고개를 내젓고 다시 걸음을 옮겼다. 한 서고에서 멈춘 노아는 책을 하나 꺼내 건넸다.

"없어요."

그러자 그가 옆 책장에서 다른 책을 꺼내 건넸다.

"아, 그건 봤어요."

고개를 주억거린 노아가 책을 들고 책장에 넣으며 물었다.

"정확히 뭘 찾고 있는데?"

"그게……."

자연스럽게 제가 찾는 것을 말하려던 레리아나가 입을 다물었다. 어떻게 얘기하면 좋을까. 아니, 얘기를 해도 되는 걸까. 정말 이전의 레리아나 맥밀런이 사술에 손을 댄 거라면 누군가 알아서 좋을 게 없지 않은가.

레리아나가 망설이자 노아가 무심히 말했다.

"뭐, 대충 알 것 같으니 굳이 답하지 않아도 돼."

"지금 뭔가 이상한 오해하는 거죠."

"내가? 그럴 리가."

레리아나는 저 맑게 웃는 얼굴 아래에서 무슨 생각을 할지 가늠해 보다 이내 그만두기로 했다. 정신 건강에 좋지 않을 것이 분명했다.

"구교. 구교에 대해서 찾고 있어요."

"구교?"

레리아나가 고개를 끄덕였다. 그러자 노아가 뭔가를 생각하는 듯하다 답했다.

"내 서재보다 책이 많은 곳이라면 딱 두 군데밖에 없는데. 국립 제노손 아카데미 도서관, 왕립 도서관."

제노손 아카데미는 여느 아카데미와 마찬가지로 여자는 출입이 불가능할 테니 무리. 왕립 도서관이라면 왕성의 별채에서 지낼 때 본 적이 있는 것도 같다.

으음, 신음성을 낸 레리아나는 책장에 책을 훑으며 물었다.

"왕립 도서관은 그 별채 옆에 엄청 큰 건물 말하는 거죠? 저도 들어갈 수 있어요?"

노아는 곰곰이 생각하다 단호하게 말했다.

"안 돼."

"왜요?"

"왕립 도서관은 왕족이나 특별 허가를 받은 사람만 출입 가능하거든."

"특별 허가요? 누구한테 받는 건데요?"

"왕."

'윽.'

레리아나가 미간을 찌푸렸다. 시아트리히의 성격상 찾아가 부탁한다고 해도 곱게 들어주지 않을 것이란 건 굳이 생각해 보지 않아도 훤히 알 수 있었다.

"아니면…… 이걸 가지고 있든가."

노아가 품에서 패를 하나 꺼냈다. 패에는 하얀 바탕에 왕가의 문양이 황금색으로 그려져 있었다.

'역시 왕족! 저것만 있으면……!'

레리아나가 손을 뻗으며 눈을 반짝였다.

"노아."

노아가 손을 들어 올렸다.

"아."

레리아나가 한 발자국 그에게 다가섰다.

"빌려주세요, 한 번만."

노아가 패로 입술을 톡톡 두드리며 고개를 기울였다.

"글쎄."

이 사람이, 심술부리나. 레리아나가 배시시 웃으며 다가갔다.

"한 번만."

"안 돼."

노아가 장난스럽게 답하자 레리아나가 손을 뻗으며 더 가까이 다가갔다. 좀처럼 팔이 닿지 않아 버둥거리는데, 노아가 들어 올린 팔을 이리저리 흔들기까지 했다.

'이 자식!'

이를 악물며 팔랑팔랑 따라다니던 레리아나가 갑자기 우뚝 멈춰 섰다. 노아가 그녀를 내려다보았다.

"어떻게 하면 빌려주실 거예요?"

노아가 고민하며 잠시 입을 다물었다.

혹시나 무리한 걸 바라는 건 아니겠지. 조금 긴장하던 레리아나는 곧 이어지는 대답에 눈을 깜빡였다.

"저녁."

"저녁?"

"중심가에 괜찮은 레스토랑이 있는데, 함께 가 주면."

중심가에 있는 괜찮은 레스토랑? 레리아나가 곱씹다가 무심결에 되물었다.

"트라타비아요?"

노아가 고개를 끄덕이자 레리아나가 눈을 크게 떴다.

"거기 예약만 6개월 전에 해야 한다고 들었는데요."

"괜찮아."

노아가 웃으며 고개를 기울였다.

문득 '아, 저 사람, 마리 웨인 공방에서도 모든 예약을 무시하고 드레스를 받아 온 사람이지.'라는 생각이 스쳐 지나갔다.

"어때?"

트라타비아에 왕실 도서관 출입패까지 함께 얻을 수 있는 기회였다.

'이러면 안 되는데, 안 되는데, 안 되는데…….'

레리아나가 망설이자 노아는 유명한 미식가이자 독설가인 헤리츠가 트라타비아에 최초로 별 5개의 평점을 매겼다고 덧붙였다. 헤리츠라면 레리아나도 알고 있었다. 온갖 레스토랑을 돌아다니며 신문에 칼럼을 싣는 인물인데, 어찌나 평이 신랄한지 영업 방해로 고소에 휘말린 일도 수어 번이었다.

'그 헤리츠가 별을 5개…….'

'안 되는데, 안 되는데…….'

라고 생각하며.

"좋아요."

하고 답한 레리아나가 패를 받아 들었다. 레리아나는 만족스럽게 미소 짓는 노아를 보니 왠지 진 기분이 들어 후다닥 계단을 내려갔다.

* * *

"패를 확인하겠습니다."

근위 기사가 손을 내밀었다. 녹색 머리카락을 가진 남자는 레리아나의 패를 받았다가 그녀의 얼굴을 확인하고는 티가 나게 놀라 움찔했다.

"왜…… 그러시죠?"

네이슨은 얼굴을 재빠르게 저었다.

"아니, 아닙니다. 어디로 가십니까?"

"왕립 도서관으로 가려고요."

"예, 확인되었습니다."

그가 패를 돌려주었다.

'……?'

뒤통수가 따가운데. 어쩐지 자꾸 시선이 느껴져 휙 몸을 돌리니, 뒤에서 계속 바라보고 있던 네이슨과 눈이 마주쳤다.

놀란 네이슨이 당황해 어쩔 줄 몰라 하다가 곧 어색하게 웃으며 경례했다. 레리아나도 묵례하며 마주 웃었다.

'왜 그러지?'

레리아나는 곧 의문을 지운 채 왕립 도서관으로 향했고, 네이슨은 팔짱을 끼며 레리아나의 뒷모습을 빤히 바라보았다.

"어쩐다……."

분명 레리아나 맥밀런이다. 저스틴에게 말하면 당장 보러 간다고 뛰쳐나갈 것이 분명하니 말하지 않는 게 좋겠지. 그는 그게 낫겠다며 고개를 주억거렸다.

왕립 도서관으로 들어서자 아치형 창문에서 빛이 쏟아져 들어왔다. 멀찍이 사서가 앉은 카운터가 보였고 그 양옆으로 역대 영웅들이 새겨진 기둥이 일정한 간격을 두고 서 있었다.

레리아나는 그 길을 지나 곧장 사서에게로 향했다.

"구교에 대한 서적을 찾고 있는데요."

피로해 보이는 사서가 퀭한 눈을 들었다. 그러곤 레리아나가 건네는 패를 확인하더니 관내를 안내해 주기 시작했다.

희귀한 고서, 금서를 포함한 약 40만 권에 달하는 장서를 소장하고 있다는 이야기를 기계적으로 전한 사서가 한 서고를 가리켰다.

"저쪽에 있는 책들이 전부 구교에 대한 책들입니다."

그런데 그때, 한 남자가 창밖으로 지나가는 게 눈에 보였다. 대수롭지 않게 넘기며 스쳐 지나가려던 레리아나는 문득 걸음을 멈추었다.

'베넷?'

그녀가 사서를 불러 저 밖으로 지나가고 있는 사람이 베넷이냐 묻자, 그가 맞다며 고개를 끄덕였다.

"별일이시네요."

'베넷. 베넷.'

그가 시아트리히를 죽이려다 발각되었다는 것은 알고 있었다.

'아, 기억이 날 듯 말 듯.'

기억력은 꽤 좋은 편이다. 그런데 이렇게 갑자기 생각해 내려고 기를 쓰면 갑자기 백지처럼 머릿속이 새하얘졌다.

* * *

'내가 이렇게 끝날 줄 알아? 나만? 안 되지. 그건 안 될 일이지!'

베넷은 손톱이 박혀 피가 흐르는 손바닥을 소매 춤으로 닦았다. 피가 좀처럼 지워지지 않으니 더 화가 치밀어 올랐다.

그는 늘 화를 참는 데 어려움이 있었다. 아니, 화뿐만이 아니라 모든 충동을. 그는 충동을 다스리는 기능을 처음부터 가지고 태어나지 않은 것처럼 굴었고, 그의 아버지는 이를 곱게 키워 냈다.

어머니는 지나치게 거친 베넷을 걱정스럽게 여겼으나, 그의 아버지는 베넷의 그런 성미를 호전적인 태도로 치부하고 남자답다고 여겼다. 그렇게 베넷은 베넷 가문의 외동아들로, 가문을 짊어질 남자로, 가주의 무한한 비호를 받고 성장했다.

처음 그의 성격이 큰 사달을 낸 것은 베넷이 8살이 되던 해였다. 그는 가문에서 기르던 사냥개의 새끼를 죽였다. 그의 어머니가 울면서 도대체 왜 그랬느냐고 물어 왔다. 이유는 잘 기억이 나지 않았다. 베넷은 시끄러워서였다고 뒤늦게 갖다 붙였다.

글쎄, 지금 생각해 보면 8살의 자신은 사냥개를 죽이고 싶었던 거다. 제게 아주 건방지게 굴었으니까.

사냥개는 아버지만을 제 위 서열로 놓았고, 베넷은 늘 그 아래였다. 아버지 옆에서 온순하게 앉아 있는 사냥개를 한번 만져 보려고 했을 때, 자신을 향해 이를 드러내던 모습을 베넷은 지금까지도 잊지 않았다. 그때의 분노와 멈추고 싶지 않던 충동도. 당장에 그 개를 당장 밖으로 끌어내 난도질하고 싶었다.

그렇지만.

힘이 부족하니까.

베넷은 죽은 사냥개의 사체를 보는 대신, 그 날카로운 이빨과 단단한 털을 가진 커다란 개가 죽은 제 새끼를 보며 끙끙대는 것을 보았다.

"늘 열심이군."

베넷은 근위 기사에게 다가가 악수를 하며 어깨를 두드렸다. 기사가 쑥스러워하며 악수를 받았다. 베넷은 자연스럽게 손에 든 마취제 바늘을 그의 목에 찔렀다.

로테이션 근무를 하다 보면 휴식과 식사가 겹치는 하루 단 1시간이 비게 되어 있다. 그 시간 동안에는 왕자가 사는 건물에는 단 1명의 기사와 1명의 유모만이 남아 있게 된다.

보안상 함부로 발설하면 안 되고 로테이션 시간대도 매달 바뀌므로 문제가 될 일은 거의 없지만, 오늘만은 달랐다. 입과 입, 손과 손으로 전달되는 일들에는 새는 곳, 흐르는 곳이 있기 마련.

그리고 베넷은 그 정보를 쉽게 손에 쥘 수 있는 위치의 인물이었다. 그는 왕자의 유모에게 큰돈을 주고 그녀를 매수했다. 평생 가난에 시달리다 악바리처럼 왕성의 유모로 올라온 그녀는 쉽게 돈에 마음을 팔았다.

베넷은 방문 안으로 들어섰다. 요람 안에 작은 아이가 잠들어 있다. 아이는 입을 오물거리기도 하고 주먹을 쥐었다 피었다 하며 꼬물거렸다.

베넷이 아이에게 손을 올리자 아이가 슬며시 눈을 뜨기 시작했다. 황금빛 눈동자가 눈꺼풀 안에 숨었다가 다시 베넷의 모습을 담았다. 그는 아이를 안아 들었다.

이런 약한 개체는 그에게 힘을 불어넣는다. 강해진 느낌이 든다. 마치 사냥개의 새끼를 죽이던 8살 때로 돌아간 것 같았다.

그때였다. 강렬한 충격이 머리를 강타했다. 베넷이 휘청하며 무릎을 꿇었다. 그의 옆으로 불쏘시개가 떨어져 금속성을 냈다. 베넷의 머리를 날리고 손을 턴 레리아나는 조심히 아이를 안았다.

* * *

레리아나가 베넷에 대해 완전히 떠올린 것은 그의 뒷모습이 완전히 사라지기 바로 직전이었다. 그녀는 제1왕자가 영아 시절 질식사로 사망했고, 베넷이 그 용의자로 지목되었던 것을 기억해 냈다. 그 혐의를 밝혀내기도 전에 그가 역모죄로 사형당했다는 것도.

레리아나는 아이를 품에 꼭 끌어안았다. 조금만 늦었어도 왕자는 죽었으리라. 그녀가 재빨리 방을 벗어나는데, 뒤에서 고함이 들려왔다.

"너, 너! 그 개자식의 약혼녀-!!"

개자식? 레리아나가 무심코 몸을 돌렸다가 흉흉한 눈과 마주쳤다. 그녀는 뜨끔한 표정으로 발을 재개 놀렸다.

"거기 안 서-?!"

레리아나는 소파를 몸으로 밀어 앞으로 쓰러트린 후, 그가 잠시 멈칫한 순간을 틈타 재빨리 방을 나섰다. 바로 출구로 달려 나가려고 했지만, 어느새 따라 나온 베넷이 문 안에서 손을 쭉 뻗으며 나왔다.

'헉!'

숨을 집어삼킨 레리아나는 왕자 세이모어의 머리를 품으로 꼭 끌어안고 베넷의 몸이 빠져나온 방향의 반대쪽으로 달렸다. 출구와는 점점 멀어지고 있었다.

품에 안긴 왕자는 마치 재미있는 놀이기구라도 탄 양 방싯방싯

웃고 있었다. 다행이라고 해야 할지, 레리아나는 울상을 지으며 구두를 벗어 던졌다. 레리아나는 계단으로 올라가 제일 먼저 보이는 방 안으로 들어간 후에 옷장에 숨어들었다.

베넷은 어차피 자신도 죽을 것이란 걸 알고 있다. 그러니 적당한 타협은 통하지 않으리라.

'괜찮아.'

그녀도 막무가내로 그를 쫓아온 것은 아니었다. 이미 나올 때 사서에게 사람을 불러 달라 말했다. 곧 도움이 올 것이다.

'그때까지만 버티면 돼.'

레리아나가 세이모어를 꼭 끌어안았다. 제발 아이가 울지 않기를 바라면서.

* * *

교대를 끝내고 단장실로 들어선 네이슨은 눈앞의 한심한 상황을 보며 한숨을 내쉬었다. 저스틴은 책상 위에 다리를 꼬고 의자에 눕듯이 앉아 얼굴 위에 책을 덮고 있었다.

"뭐 하십니까."

"자는 중이야."

"자는 사람이 어떻게 대답을 합니까."

"그럼 자기 직전으로 하지."

네이슨은 고민에 휩싸였다. 이 남자를 일으키기 위해 강경책을 써야 할지 말아야 할지를.

"단장님. 진짜 말하고 싶지 않았는데 말입니다."

"뭐를?"

"정말, 정말 말씀드리고 싶지 않았는데 말입니다."

"뭐기에 그렇게 뜸을 들여?"

저스틴이 책을 들어 올려 그를 힐끔 바라보았다. 네이슨은 팔짱을 낀 채 망설이고 있었다.

"말씀드리면 이제 제대로 일하실 겁니까?"

"일이 없어서 안 하는 거지."

저스틴이 싱글싱글 웃으며 말했다.

"……맥밀런 영애가 왕성에 계십니다."

"뭐?"

그가 책을 떨어트리며 일어섰다.

"그걸 왜 지금 말해. 어디로 갔는데?"

"왕실 도서관으로 가신다고 하셨습니다."

말이 끝나기도 전에 저스틴이 창틀로 올라갔다.

"단장님!"

네이슨이 놀라 그를 붙잡으려 했으나, 저스틴이 환하게 웃으며 손을 흔들었다.

"네이슨, 고마워! 간다!"

그러고는 창문 밖으로 뛰어내렸다.

"적어도 문으로 나가시죠!"

네이슨이 창틀에서 정수리를 향해 고래고래 소리를 질렀다. 저스틴은 쳐다보지도 않고 손만 한 번 흔든 채 발을 옮겼다.

저스틴은 바로 왕실 도서관으로 향했다. 사서의 뒷모습이 보이자 그가 빠르게 다가가 큰소리로 인사했다.

"사서님! 간만입니다."

책을 분류하고 있던 사서가 고개를 들고 놀란 표정을 지었다.

"저스틴? 언제 돌아왔어요?"

"좀 됐죠. 잘 지내셨어요?"

"하, 말도 마십시오."

사서는 지금 손이 얼마나 모자라는지, 인력난이 얼마나 심각한지에 대해 토로하며 한숨을 내쉬었다. 저스틴은 그동안 도서관 안을 이리저리 살피다 물었다.

"그런데, 왜 아무도 없습니까?"

"아무도 없다니요? 아, 맞다. 사람을 불러 달라고 하셨는데."

"사람이요? 누가요?"

"맥밀런 영애께서요……. 뭔가 다급해 보이시긴 했는데. 일이 많아서 잊고 있었네요."

"어디로 갔죠?"

사서가 잠시 기억을 헤집다가 왕자가 머무는 건물이라 말하자, 인상을 찌푸리며 생각하던 저스틴이 이내 사서를 보곤 답했다.

"그럼 제가 가 보겠습니다."

"괜찮으시겠어요?"

"그럼요. 수고하십시오."

저스틴이 도서관을 빠르게 벗어났다.

* * *

'왜 안 오지?'

'생각보다 시간이 얼마 지나지 않은 건가.'

레리아나는 장롱 틈새로 베넷이 있는지를 살피다 다시 안으로 바짝 들어가 앉았다. 세이모어는 세상모르게 잠들어 있었다.

'넌 참 편해 보이는구나.'

레리아나는 슬며시 미소를 지었다.

'우는 것보다는 낫나.'

레리아나는 잠든 세이모어를 편하게 안기 위해 팔을 움직였다. 아이가 오물오물 입을 움직였다.

'이런 어린아이한테까지 손을 대려 하다니.'

세이모어가 잠결에 레리아나의 머리카락을 잡아당겼다. 어떻게 이런 작은 아이를 죽일 생각을 하는지 알 수가 없었다. 작게 혀를 찬 레리아나는 장롱에 뒷머리를 기대고 눈을 감았다. 바깥은 고요했다.

'베넷은 어디로 갔지.'

'차라리 나가 볼까.'

성은 넓다. 잘 피하면 출구까지 무사히 빠져나갈 수도 있다. 세이모어가 울지 않아야 한다는 전제가 붙긴 하겠지만.

그때 바깥에서 인기척이 느껴졌다. 레리아나는 숨을 죽였다. 방문이 덜컹거리더니 곧 앞뒤로 흔들거리는 소리가 들렸다.

'근위대?'

심장 소리가 귀를 가득 메웠다.

'아니면 베넷?'

장롱 틈새로 살펴보기에는 누군가가 바라보고 있을까 두려웠다. 그때, 세이모어가 옹알이를 하며 몸을 뒤척였다.

파직.

쿵.

눈에 익은 긴 것이 장롱 문을 뚫고 들어와 그녀의 얼굴 바로 옆을 스쳐 지나가 박혔다. 광대뼈 부근에 살짝 통증이 느껴졌다.

'뭐, 뭐, 뭐야.'

레리아나가 떨리는 눈동자를 옆으로 굴렸다. 거무튀튀한 불쏘시개가 흉험한 기세를 뿜고 있었다.

'히익.'

베넷! 레리아나가 어금니를 앙다물었다. 베넷에게는 레리아나가 불쏘시개로 머리를 내려친 것이 아주 즐거운 추억으로 남은 게 분명했다. 손수 그것을 들고 나타난 것을 보면. 레리아나는 왜 좀 더 세게 내려치지 않았던 걸까 짧게 후회했다.

'……그래도 다행…… 이네.'

눈먼 불쏘시개에 맞지 않은 것은 엄청난 행운이었다. 레리아나는 신에게 무한한 감사의 인사를 날리다 시끄러운 외침에 생각을 멈췄다.

"나와! 나와-!"

베넷은 그저 성질을 이기지 못해 날뛰다 우연히 장롱에 불쏘시개를 박아 넣은 듯했다. 그는 테이블을 뒤집고 의자를 발로 차며 고래고래 소리를 질렀다.

'안 들켰어.'

'괜찮아.'

'침착하자.'

바깥을 살피고 상황을 확인한 레리아나는 장롱 끝으로 바짝 붙었다. 심장이 아직도 터질 듯 뛰고 있었다. 세이모어는 시끄러웠는지 어느새 잠에서 깨어나 눈을 깜빡이고 있었다.

'뭐든 다 할 테니까 울지만 마라. 제발.'

레리아나는 세이모어가 울지 않도록 살살 작은 몸을 흔들었다.

그리고 걸려 있는 옷가지를 모두 끄집어 내린 후에 옷더미를 둘둘 말아 아이로 보이도록 모양을 잡았다. 그 후 장롱에 나머지 옷가지를 펼쳐 가장자리에 가득 쌓았다. 세이모어는 그 옷더미 안에 숨길 생각이었다.

그녀가 세이모어를 안고 조금 움직이는데, 아이의 낌새가 이상했다. 레리아나의 불길한 예감이 머릿속에서 경고음을 울리기 시작했다.

'안 돼.'

세이모어가 입술을 열었다.

'안 돼!'

소리 없는 비명을 지른 레리아나가 서둘러 세이모어의 입을 막았지만, 그때는 이미 살짝 늦은 상황이었다. 세이모어의 옹알이 소리가 새어 나갔다.

"……."

베넷이 움직임을 멈췄다. 그와 함께 시간도 멎은 것처럼 고요해졌다.

'들었나?'

그녀가 숨을 죽이고는 장롱 틈새로 바깥을 살폈다. 얼굴 옆에서 불쏘시개가 삐걱거리며 움직였다. 베넷이 불쏘시개를 빼내고 있었다.

그는 불쏘시개가 멀쩡한지 확인했다. 그리고 뚜벅뚜벅 장롱 문

앞까지 다가왔다.

'3.'

레리아나가 숨을 크게 들이마셨다. 그리고 소리에 예민하게 반응하도록 귀를 기울였다.

'2.'

베넷이 장롱의 손잡이를 잡았다. 레리아나는 바짝 긴장한 채 몸을 웅크렸다.

'1.'

문이 조금씩 열리기 시작했다. 레리아나가 장롱 문을 몸으로 세게 밀쳤다.

퍽!

"큭!"

베넷이 밀려 쓰러지자, 레리아나가 장롱 문을 닫고 바로 문밖으로 정신없이 뛰어나갔다. 엉거주춤 일어나 머리를 턴 베넷이 바로 그녀를 따라 뛰기 시작했다.

뒤에서 커다란 욕설이 들려왔다. 너무 가깝게 들려서 베넷이 마치 바로 뒤에 서 있는 것처럼 소름이 끼쳤다.

'총, 총, 총! 제발 총!'

이보다 절실하게 원했던 적이 없다. 커브가 나타나자 속도를 바짝 줄여 몸을 돌리고 다시 뛰기 시작했다. 숨이 턱까지 차올랐다.

베넷의 손이 그녀의 흩날리는 머리카락을 쥘 듯 다가왔다. 머리칼 끝이 살짝 당겨지자 레리아나가 고개를 돌렸다.

"……!!"

두꺼운 손이 눈앞까지 다가와 있었다. 차마 소리도 내지 못하고 눈만 동그랗게 뜬 레리아나는 이를 악물었다.

'무서워. 무서워. 무서워!'

젖 먹던 힘까지 짜내 속도를 더 냈지만, 기본적 신체 능력의 차이는 도저히 이겨 낼 수가 없다.

머리카락 끝에 엉기는 느낌이 들었다.

'잡힌다……!'

레리아나가 눈을 질끈 감으며 고개를 숙였다.

'노아!'

그때 레리아나가 갑자기 브레이크를 건 것처럼 멈췄다. 누군가에게 단단히 잡혀 끌어안긴 것이다. 레리아나가 고개를 들어 자신을 안은 남자를 바라보았다.

* * *

그의 얼굴을 확인한 순간이었다. 부지불식간에 레리아나의 눈이 가려졌다.

갑자기 닥쳐온 암흑이 두려워 몸부림쳤지만, 꽉 잡은 팔이 단단해 석상처럼 움직이지 않았다. 귓전에서 스릉, 검이 빠져나오는 소리가 선뜩하게 들렸다.

뒤에서 베넷의 신음소리가 들렸다. 반사적으로 노아의 팔을 꽉 쥐자 그가 괜찮다며 달래는 말투로 귓가에 속삭였다. 그 다정한 목소리에 순간 모든 것이 안심되는 게 우스웠다. 그녀가 어느 정도 안정을 취한 듯하자 노아가 정황을 물어 왔다.

"그런데 어떻게 된 거야? 당신이 왜 여기에 있어."

"그게, 음…… 우연히 왕자님이 위험에 처한 모습을 봐 버려서요. 정말 우연히도."

노아가 매끄럽게 입술을 끌어 올려 그림같이 미소를 지었다.

"당신을 어떻게 하면 좋을까. 응?"

레리아나는 직감적으로 알 수 있었다. 화났구나. 그의 그린 듯 아름다운 미소에 어쩐지 등골이 서늘해졌다.

"……화, 화났어요?"

"몰라서 묻나? 정말?"

노아가 한 손으로 레리아나의 양 볼을 꾸욱 쥐었다.

"……아, 아녀."

레리아나가 바짝 얼굴을 붙이는 노아를 피해 필사적으로 눈동자를 옆으로 굴렸다.

노아가 손을 풀고 한숨을 내쉬었다. 레리아나가 뒤를 돌아보려 하자 노아가 턱을 붙잡았다.

"보지 마."

"죽었어요?"

"응."

"괜찮아요."

"잠깐."

"가야 돼요. 왕자님을 꺼내 와야 하니까."

"그건?"

아. 정신이 없어 계속 안고 있었던 모양이다. 레리아나가 옷 뭉치를 바닥에 내 버렸다.

"가짜예요."

그녀가 웃으며 말하고는 세이모어가 있을 장소로 향하려는데, 뒤에서 누군가가 그녀를 불러 세웠다.

"레리아나 양?"

그곳엔 근위대복을 입은 저스틴이 미간을 찌푸리며 서 있었다.

"저스틴? 여긴 어떻게……."

짐짓 심각한 표정의 그는 레리아나에게만 시선을 고정한 채 성큼성큼 다가왔다.

"얼굴이 왜 이래요? 무슨 일이에요? 누가 그런 거예요?"

쉴 새 없이 질문을 던지며 다가온 저스틴은 베넷이 새긴 얼굴 상처에 손을 댔다. 그러자 노아가 불쾌한 표정으로 레리아나의 팔을 잡아당겨 품에 끌어안았다.

"……?"

그제야 노아를 발견한 듯 저스틴이 살짝 놀란 얼굴로 그를 바라보았다. 찰나간 둘의 시선이 팽팽하게 얽혔다.

'……으, 뭐야. 이 분위기.'

레리아나가 둘의 눈치를 보며 눈을 굴렸다.

먼저 입을 연 것은 저스틴이었다.

"오랜만입니다, 공작님."

"저스틴."

노아가 고개를 끄덕이다 문득 시선을 내렸다. 그는 한동안 그곳을 주시하고 있었다.

레리아나는 노아에게 안긴 채 괴로운 침묵을 견디며 서 있다가 품에서 빠져나왔다.

"잠깐, 잠깐만요. 저 급한 일이 있어서."

레리아나가 왠지 살벌한 둘을 바라보다 황급히 발을 놀렸다. 세이모어를 숨겨 둔 방으로 달려가 장롱에서 아이를 꺼냈다. 세이모어는 다시 잠들었다 깬 듯 하품했다.

순한 건지, 둔한 건지. 레리아나는 어쩐지 크게 될 아이라고 생각하며 안도했다.

"유모는?"

따라온 노아가 주변을 살피며 물었다. 레리아나는 고개를 저었다. 왕자를 내버려 두고 그냥 자리를 비울 리가 없으니, 매수당해 외국으로 향했거나 잠적했을 것이다.

그녀는 세이모어를 추슬러 안았다. 다시 잠든 세이모어가 잠결에 엄지손가락을 입에 넣고 빨기 시작했다.

'배가 고픈가.'

이를 보며 잠시 한눈을 파는 순간이었다. 떨어져 있던 불쏘시개가 발부리에 걸리며 별안간 몸의 균형을 잃었다. 몸이 휘청이며 무게가 앞으로 쏠렸다.

"아!"

그대로 엎어질 것 같은 상황에 레리아나가 반사적으로 세이모어를 머리 위로 들어 올렸다.

'아파!'

레리아나는 넘어지기도 전에 아플 것을 예상하며 소리 없이 비명을 질렀다. 그러나 예상한 아픔은 다가오지 않았다.

"……?"

레리아나는 제 허리를 부축한 두 남자를 번갈아서 바라보았다.

"괜찮아요?"

저스틴이 묻자 엉거주춤한 상태로 지탱해 있던 레리아나가 작게 고개를 끄덕였다.

"……네."

그러자 노아가 허리를 안은 팔로 가볍게 레리아나를 들었다가 바로 세웠다.

'아, 이 상황…… 민망하네.'

레리아나가 어색하게 웃으며 한 손으로 볼을 문질렀다.

그들은 근위 기사들을 불러 뒤처리를 지시했다. 소식이 알려지자 순간 왕성은 급격하게 소란스러워졌고, 몰려나온 근위 기사들이 저스틴을 발견하자 그를 둘러쌌다. 무슨 일인지 지시를 내려 달라는 요구로 주위가 갑자기 시끌벅적해졌다

"잠시만."

저스틴은 일단 양해를 구한 후 레리아나와 노아가 있던 곳으로 시선을 돌렸다. 그러나 그들은 이미 자리를 떠난 후였다.

사태 수습을 위해 움직이던 저스틴은 노아가 계속 주시하던 제 가슴 쪽으로 고개를 숙였다. 제 시선에 걸린 것은 약혼반지가 걸려 있는 목걸이였다.

"아."

레리아나가 곤란해질 수도 있다. 빨리 돌려줬어야 했는데. 저스틴은 해명하기 위해 달려갔다.

노아는 레리아나를 마차에 태우고 자신은 나와서 근위 기사에게 상황 설명을 하는 중이었다.

"드릴 말씀이 있습니다."

노아가 저스틴을 힐긋 보더니 기사를 보냈다.

"반지를 돌려 드리려고요. 어쩌다 줍게 되는 바람에 제가 잠깐 소지하고 있었습니다."

그가 반지를 넘겼다.

"어쩌다……."

노아가 반지를 쥐며 빙긋 웃었다. 그러고는 반지를 바닥에 떨어트렸다. 빙그르 돌며 굴러간 반지가 저스틴의 발 앞부리에 걸려 멈춰 섰다.

"레리아나의 것이 아닌 것 같군."

노아는 몸을 돌렸다. 표정을 굳힌 저스틴이 반지를 주워 들었다.

"무슨 뜻이십니까."

"자네 목에 걸려 있던 그 반지는 레리아나의 것이 될 수 없다는 뜻이야."

그가 그대로 걸음을 옮겼다. 저스틴은 반지를 꾹 쥐었다.

16장

파란만장한 하루

파란만장한 하루

왕립 도서관의 책들은, 특히 금서로 취급되는 책들은 반출이 불가능하기 때문에 레리아나는 매일같이 왕성에 드나들기 시작했다. 오늘도 왕성으로 향하기 전에 공작가 주방장에게 간식거리를 조금 받아 가는 참이었다.

아담을 찾기 위해 연무장 옆길로 들어서는데, 하녀들이 연무장 가장자리에 옹기종기 앉아 있는 것을 목도했다.

'오늘 뭐 하나?'

손에 수건과 물통을 들고 눈을 반짝이는 그녀들은 언제나 다소곳하고 차분하던 평소와는 다른 모습이었다. 레리아나는 그녀들 중에서 가장 눈에 익은 하녀를 발견하곤 뒤로 다가가 물었다.

"헤일리, 오늘 무슨 날이야?"

헤일리가 깜짝 놀라 뒤를 바라보았다.

"아, 영애."

헤일리는 가슴을 쓸어내리더니 들뜬 얼굴을 숨기지 못하고 말했다.
"오늘, 대련을 하거든요."
그때 하녀들이 레리아나를 보며 엉거주춤 일어서며 인사했다. 그녀가 일어서지 말라며 인사를 받는데, 옆에 앉아 있던 에코가 말을 받았다.
"영애께서는 처음 보시겠네요."
그녀들이 옆으로 몸을 옮기며 레리아나가 앉을 자리를 만들어 주었다. 레리아나가 엉겁결에 빈자리에 앉았다.
"대련은 자주 하지 않아?"
연무장에서 기사들이 검을 맞대는 것을 몇 번 보았던 레리아나가 물었다.
"이번에는 격투기예요."
헤일리가 고갯짓했다. 어느새 나온 기사들이 짝을 맞춰 도열해 있고, 평소와는 다르게 제복 대신 간편한 바지에 상의를 탈의한 모습이었다.
'와, 다들 몸이…… 와.'
매일 단련을 하는 사람들답게 촘촘하고 탄탄한 근육을 자랑하고 있었다. 레리아나는 두 손으로 입을 가리며 눈을 굴렸고 하녀들이 흐뭇하게 웃었다.
그들은 인사를 하고 순번을 정하기 위해 신발을 던졌다. 신발의 앞코와 뒤축이 가리키는 방향의 기사들은 한 명씩 나와서 대련을 진행하게 된다. 공중을 날았던 신발이 바닥으로 떨어졌고, 먼저 대련할 두 사람이 정해지자마자 하녀들이 술렁였다. 그러고는 한 기사를 향해 손을 흔들기 시작했다.

"꺄악! 앤슬리 경!"

"화이팅!"

"여기 봐 주세요!"

"오늘도 멋있어요!"

언제나 조용하던 하녀들이 갑자기 콘서트 온 팬들처럼 소리를 지르자, 레리아나가 깜짝 놀라 그들을 휘둥그레진 눈으로 바라보았다.

"……?!"

연무장 중앙으로 나선 앤슬리가 웃으며 그녀들에게 인사를 해 주었다. 이에 하녀들이 소리를 질렀다. 붕대로 가슴을 칭칭 동여맨 상태에 하나로 묶은 긴 머리를 휘날리는 그녀에게서 알파걸의 매력이 흘러넘쳤다.

걱정 많고 얌전하던 헤일리까지 들썩이는 것을 보며 레리아나는 결국 여기도 역시 사람 사는 곳이란 걸 실감했다.

손을 흔들던 앤슬리가 레리아나를 발견하곤 허리를 숙여 인사했다. 그러자 기사들의 시선이 한꺼번에 쏟아지며 저마다 허리를 숙이기 시작했다. 뒤늦게 고개를 돌린 휘튼 또한 보이지 않는 꼬리를 흔들면서 강아지처럼 인사하자 레리아나가 멋쩍게 웃으며 손을 흔들었다.

"힘내세요."

짧은 기합 소리로 화답한 기사들이 다시 대련을 진행하기 시작했다. 앤슬리와 대련할 상대로 뽑힌 이는 퍼셀이라 불리는 남자 기사였다. 서로를 경계하며 원을 돌던 중, 퍼셀이 박수를 두어 번 짝짝 치며 자세를 잡았다.

"앤슬리 경, 남자랑 대련이면 불리할 것 같은데."

레리아나가 조마조마한 가슴을 안고 읊조렸다. 퍼셀은 건장한 남성이었고, 앤슬리는 170㎝를 넘는 키에 탄탄한 근육을 가졌지만 여자였다. 그러자 에코가 낮게 웃었다.

"걱정 마세요."

"……?"

"앤슬리 경은-"

그때 퍼셀이 잽싸게 뛰어 앤슬리에게 덤벼들었다. 허리를 굽히고 있던 앤슬리가 살짝 자리를 옮기며 퍼셀의 팔과 팔꿈치를 잡았다.

"-세거든요."

앤슬리가 그대로 힘을 주자 퍼셀의 몸이 붕 떠올랐다. 곧 쿵! 소리와 함께 퍼셀이 대자로 누워 신음성을 냈다. 레리아나가 저도 모르게 입을 벌렸다.

"윽! 앤슬리! 좀 살살하지 못하겠어?"

영애께서도 보고 계시는데 이렇게 나올 거냐며 퍼셀이 투덜거리자 앤슬리가 미안하다며 어깨를 으쓱였다.

"좀 봐줄 걸 그랬나."

인상을 찌푸린 퍼셀이 허리를 만지며 일어섰다.

"아, 이번에는 너무 방심했어. 진짜."

그의 뒤에 서 있던 기사들이 비겁한 변명이라며 야유했다.

"너희는 누구 팀이야!"

퍼셀이 성질을 내며 들어갔고, 다음 기사가 목을 풀며 연무장 중앙으로 나섰다. 그사이 연무장 가장자리로 빠져나온 앤슬리에게는 벌써 몇 명의 하녀들이 모여서 수건과 물통을 건네고 있었다.

"5명씩 두 팀으로 나눠서 해요. 진 팀이 술을 내야 한대요."

에코가 웃으며 말했다.

5명? 그러고 보니 서 있는 기사들은 모두 10명이었다. 레리아나는 고개를 갸우뚱하며 물었다.

"왜 10명이지? 저택의 기사들은 11명이잖아."

한 가문 안에 일정 수 이상의 기사들은 수도에 주둔시킬 수 없기 때문에 윈나이트가의 저택에는 총 11명의 기사들이 기거하고 있었다.

"그러고 보니 테일러 경이 안 보이시는데."

혹시 검은 쓰는데 격투기는 무리라던가. 레리아나가 이런저런 생각을 떠올리는데, 에코가 난처해하며 말을 줄였다. 의아해하는 그녀와 눈을 마주친 헤일리가 조금 뜸을 들이며 답했다.

"테일러 경께서는……. 이런 대련에 한 번도 참가한 적이 없으세요."

"그렇구나."

아담을 꺼리는 듯한 말투에 레리아나는 씁쓸한 얼굴로 고개를 끄덕였다.

"영애께서는 테일러 경과 잘 지내시네요. 그것도 테일러 경께 가져다주실 건가요?"

에코가 쭈뼛거리며 물었다. 그녀가 가리킨 것은 작은 간식 주머니였다.

"아, 응."

우연히 아담이 초콜릿 외에도 다른 단것들을 선호한다는 것을 알아챈 레리아나는 요즘 아담에게 새로운 간식을 먹이는 걸 하나의 취미로 삼고 있었다. 잘 받아먹는 걸 보고 있으면 배가 부르고, 약간 생기로 반짝이는 붉은 눈을 보면 기분이 좋았다. 레리아나에게 그는 귀여운 남동생 같았다.

그때 환호성이 들려왔다. 연무장에서는 아슬아슬하게 주먹을 피해 몸을 숙인 휘튼에게 기사들이 호응하고 있었다. 그 각축전을 바라보던 그녀는 주머니를 챙기고 일어섰다.

하녀들과 기사들의 인사를 마주 받아 준 그녀가 아담을 찾아 움직였다.

'어디 계시려나.'

그녀는 시선을 이리저리 돌리다가 한곳을 향해 움직였다.

"테일러 경."

굵은 가지에 앉아 있던 아담이 그녀를 내려다보다 사뿐히 바닥으로 뛰어내렸다.

"저 왕성으로 가려고요."

아담이 고개를 끄덕였다.

호위랍시고 저택 내에서조차 누군가가 계속 자신을 따라다니는 것에 이골이 난 레리아나는, 어딘가 나갈 땐 꼭 사람을 데려가기로 노아와 약속을 한 후에 자유를 되찾았다.

"갈까요?"

레리아나가 묻자 아담이 고개를 한 번 더 끄덕였다. 둘은 함께 마구간으로 향했다.

* * *

조용한 마차 안에 말굽 소리가 연신 귀를 두드렸다. 왕성으로 가는 길이었다. 오늘따라 구름이 많이 끼어 살짝 어두웠다.

"오늘은 젤리예요."

아담이 말랑말랑한 젤리를 만지작거렸다. 그렇게 레리아나가 아담에게 가져온 간식거리를 이것저것 먹어 보던 때였다. 마차가 한 번 덜컹이더니 멈춰 섰다.

레리아나가 무슨 일인지 묻기 위해 문을 열었다. 아담이 자신의 후드를 매만지고 그녀의 뒤를 따랐다.

"바퀴가 퍼졌네요."

마부는 바퀴를 두드리며 난처한 기색으로 말했다.

"이런, 그럼 어떻게 하죠?"

"잠깐 어디에라도 들어가 계시겠습니까? 여분이 있으니 제가 고칠 수는 있는데 시간이 좀 걸립니다."

그가 마차 뒤 짐칸에서 바퀴를 내리고 퍼진 바퀴를 떼어 내며 레리아나를 다시 힐끔 응시했다. 어떻게 할 것인지 알고 싶은 눈치였다.

"……갈 만한 곳이."

칼바람이 불었다. 부르르 떨며 망토를 여민 레리아나는 주위를 둘러보았다. 몇 개의 상점들과 길목 바로 옆에 큰 여관이 눈에 띄었다. 보통 여관에는 투숙객들을 위한 식당이 있을 것이다. 레리아나가 여관을 가리키며 물었다.

"저 여관으로 갈까요?"

아담이 고개를 한 번 끄덕였다. 레리아나는 마부에게 그럼 수고해 달라고 말한 후에 여관으로 향했다. 그녀의 뒤를 따르며 아담은 제 후드를 잘 살폈다. 눈동자가 보이지 않게 눌러써야 했다.

그걸 발견한 레리아나가 발걸음을 그에게 맞추며 넌지시 물었다.

"불편하지 않으세요?"

아담이 고개를 끄덕였다.

"앞이 잘 안 보일 것 같은데."

레리아나는 그가 편치 않아 보여 걱정스러운 낌새였다. 그는 고개를 저었다. 잘 보이지 않아도 움직이는데 전혀 지장은 없었다.

레리아나가 무언가 더 말하려 입을 떼는데 아담이 여관의 문을 열었다. 레리아나가 한숨을 폭 쉬며 열린 문 안으로 들어갔다.

여관의 식당은 왁자지껄한 웃음소리가 가득했다. 아직 해가 지기도 전에 손에 술을 쥔 남자들 열 명이 걸걸한 목소리로 무용담과 음담패설을 지껄이고 있었다.

레리아나와 아담에게 자리를 안내한 점원은 오늘 한 용병단이 여관에 숙박하는 바람에 조금 시끄럽다며 양해를 구했다.

"괜찮습니다."

용병단은 처음 보는 레리아나는 그들을 힐끔거리며 답했다. 그녀는 따뜻한 자스민 차와 아담을 위해 달달한 과실 주스를 주문했다.

용병단은 자신들 외에 손님이 착석하니 관심이 갔는지, 레리아나와 아담을 흘기듯 바라보며 술을 마셨다. 그들은 무언가 속닥거리더니 클클 웃으며 일어서서 아담 곁으로 지나치며 움직였다. 그러다 마치 발을 헛디딘 것처럼 크게 넘어졌다. 손은 아담의 망토를 잡은 채였다. 어떻게 하기도 전에 아담의 망토가 벗겨졌다.

그때 눈에 상처가 난 용병이 테이블에 술잔을 쾅 내려놓았다.

"저 자식, 붉은 눈이야!"

"뭐?!"

"어디!"

용병들이 저마다 한마디씩 외치며 아담을 바라보았다.

"저 새끼! 여기가 어디라고 와!"

누군가가 일어서며 욕설을 지껄였다. 다른 용병들은 말리긴커녕 재미있다는 듯 낄낄거리거나, 그에게 아니꼬운 시선을 던졌다.

레리아나가 아담을 살폈지만 그는 아무렇지 않은 듯 욕설을 들으며 무표정하게 앉아 있었다. 입을 꾹 다물고 있던 레리아나가 미간을 찌푸리며 말했다.

"무례하게 굴지 마시지요."

"참 나, 저 아가씨는 뭘 알고 저런 놈이랑 다니는 거야?"

그들은 레리아나가 기가 차다는 듯 말했다.

"얼굴만 반반하면 누구든 상관없다 이건가."

"저래서 어린 영애들은, 쯧쯧."

"아가씨, 그쪽 붉은 눈 인간들은 모두 살인마 집단이라고. 모르긴 몰라도 저놈도 계곡에서 왕국민 500명은 죽였을걸."

이 사람들이 진짜. 레리아나가 일어서려는데 마침 따스한 자스민차와 감귤 주스가 나왔다. 아담이 태연하게 주스를 받아 들었다.

레리아나가 점원과 눈을 마주치며 말했다.

"여기 지배인 좀 불러 주세요."

"지배인님을요?"

점원이 뜨끔한 기색으로 말을 이었다.

"저, 손님, 왜 그러시는지……."

"불러 주세요, 당장."

레리아나가 웃으며 조용히 말했다. 침착했지만 알 수 없는 박력에 점원이 '예.'라고 답하며 지배인을 부르러 떠났다. 지배인이 나타난 것은 2분가량이 지난 후였다.

"뭔가 불편하십니까?"

그가 레리아나를 보며 물었다. 착용한 장신구들이나 옷, 분위기에서 귀족인 것을 가늠한 그는 허리를 조아렸다.

레리아나는 조금 목소리를 키워 말했다.

“이 여관, 오늘 제가 다 빌리겠습니다.”

“손님, 죄송하지만 오늘은 방이 모두 차서…….”

“압니다. 그래서 빌리겠다는 거예요. 저쪽에서 지불한 값의 두 배 드리죠.”

레리아나가 지배인에게 금화를 던졌다. 여관이 한순간 조용해졌다.

그 많은 돈 놔두고 어디다 쓰나. 좋은 일에 쓰는 것이니 맥밀런가의 부모님들도 좋아들 하시리라. 그리 자신을 합리화시킨 레리아나는 저를 바라보는 눈길을 즐기며 팔짱을 꼈다.

“저 사람들, 예의 없고 시끄러워서 장사도 안 될 것 같은데. 그게 더 낫지 않겠어요?”

레리아나는 그들을 흘기며 얄밉게 말했다.

“이봐, 아가씨! 지금 장난해?”

“보자 보자 하니까.”

“이대론 우리도 가만히 못 있지. 어?”

용병들이 저마다 테이블을 쾅쾅 치며 일어섰다. 그러자 가만히 주스를 홀짝이고 있던 아담이 몸을 일으켰다. 그러고는 검 손잡이를 쥐고 그들을 천천히 한번 돌아보았다.

한순간에 분위기가 싸늘하게 가라앉았다. 누군가 함부로 몸을 움직이면 사달이 날 것 같은 팽팽한 공기였다.

지배인은 망설이고 있었다. 저 용병단인지 양아치들인지 모를 놈들 때문에 요 며칠 장사는 공친 상황이었다. 그런데 모든 객실의

요금을 두 배나 받을 수 있는 기회가 돌아오다니.

"조용히 나가시지 않으면 치안대를 부르겠습니다."

살짝 망설이던 지배인이 말하자 레리아나가 웃으며 잘 가라고 손을 흔들었다.

눈에 상처가 난 용병은 얼굴을 붉히며 그녀에게 달려들려고 했다. 그와 동시에 아담이 한쪽 발을 내밀었다. 그때 단장이 나선 용병의 팔을 잡아 말렸다.

"그만."

옆에서 다른 용병이 단장에게 귓속말을 했다. 단장이 고갯짓을 하며 나가자는 신호를 보내자, 용병들이 욕설을 지껄였다. 여관을 나서는 시퍼런 시선들이 그녀를 향했다.

바짝 긴장해 있던 지배인이 깊은 한숨을 내쉬었다.

"휴우."

그는 그럼 편히 쉬시라며 깍듯하게 인사했다.

* * *

마침내 조용해진 여관에서 레리아나는 찻잔을 만지며 아담을 뚫어지게 응시했다. 아담은 어느새 앉아서 조용히 주스를 마시고 있었다. 마치 아무 일도 없었던 것만 같다.

레리아나는 손톱으로 찻잔을 톡톡 두드리다가, 발로 바닥을 득득 긁다가, 그를 못마땅하게 바라보았다.

그러다 그녀가 드르륵, 의자 소리를 크게 내며 벌떡 일어섰다. 아담이 고개를 들었다. 레리아나는 쿵쿵거리며 아담 앞으로 다가가 그의 얼굴을 양손으로 잡고 눈을 마주쳤다.

"테일러 경."

아담이 눈을 느릿하게 깜빡였다.

"아무렇지도 않아요?"

"……?"

그가 무슨 소리냐는 눈으로 레리아나와 눈을 바라보았다.

"화도 안 나요?!"

레리아나가 미간을 찌푸렸다. 그러나 아담은 그녀가 왜 그러는지 도저히 모르겠다는 얼굴이었다.

"경 때문에 내가 화나요."

아담이 점점 더 의문이라는 표정으로 변해 갔다.

'왜 이렇게 맹한 거야!'

답답했다. 마치 왕따 당하는 줄도 모르고 좋아라 학교 다니는 자식을 둔 부모의 심정이었다.

'내가 다 속상한데.'

레리아나가 아담의 이마에 제 이마를 콩 박았다.

물끄러미 바라보고 있던 아담이 레리아나의 머리에 손을 올렸다. 그러고는 쓱쓱 쓰다듬기 시작했다.

"내가 해야 하는 건데요, 이런 건."

"……?"

아담이 고개를 갸웃거렸다.

"아니에요. 됐어요."

레리아나가 한숨을 내쉬었다.

"앞으로는 저런 사람들 그냥 보고 있지 말아요."

아담이 쓰다듬던 손을 내렸다.

"경을 모욕하는 사람들은 절 모욕하는 것과 같아요. 알겠죠."

아담이 미미하게 고개를 끄덕였다. 알아들은 것 같지는 않았으나, 레리아나는 이정도로 만족하기로 했다.

레리아나는 식당에서 이것저것을 시켜 먹어 보며 시간을 보냈다. 그리고 곧 식당에서 문이 열리더니 마부가 나타났다.

"다 고쳤습니다, 영애. 이제 출발하실까요?"

레리아나가 아담에게 눈짓하고 일어났다.

"저쪽에 두었습니다."

마부가 여관 뒤편을 가리키며 움직이자, 레리아나와 아담이 뒤를 따랐다.

그때 갑자기 마부가 걸음을 멈췄다. 그의 앞에는 짙은 그림자들이 막아선 상태였다.

"……?"

눈에 상처가 난 용병을 앞세운 용병단이 그들의 앞을 막고 있었다. 대여섯 명의 우락부락한 성인 남자가 이를 드러내 웃으며 막아서니 마부는 겁에 질려 뒤로 물러났다.

"아가씨, 그렇게 굴면 쓰겠어?"

"혼 좀 나 봐야지."

"아가씨는 특별히 살살해 줄 테니까. 걱정 말라고."

용병들이 클클거리며 웃어 댔다. 그러고는 레리아나의 팔을 잡아 옆으로 당기려고 했다. 레리아나가 미간을 찌푸리며 거부했고, 아담이 이를 막으려는데 다른 용병이 그를 막아섰다.

"어딜!"

그가 커다란 이를 드러내며 주먹을 날렸다. 반사적으로 검을 뽑으려던 아담이 레리아나를 의식해 멈칫했다. 용병이 가만히 서 있는 아담의 얼굴로 주먹을 뻗는데, 아담이 손바닥을 쫙 펴서 가볍게 그의 공격을 막았다.

"뭐, 뭐……."

놀란 그가 버벅거렸다. 무표정한 아담은 레리아나를 살피더니 바로 그의 팔을 잡아서 엎어뜨렸다.

"크윽!"

그리고 용병들은 수적 우세에도 불구하고 일방적인 폭력에 당하기 시작했다.

레리아나는 검도 쓰지 않고 가볍게 용병단을 제압하는 아담의 모습을 보며 굳어 있었다.

"……테일러 경, 격투기도 하셨어요?"

레리아나가 흔들리는 눈동자로 그를 바라보자 아담이 고개를 한 번 끄덕였다.

그녀는 쪼그려 앉아서 쓰러진 용병을 콕콕 찔러 보았다. 완전히 녹다운된 상태였다. 검에, 격투기까지. 이건 다양한 기능을 발견한 느낌이었다. 레리아나는 새삼 아담에게 까불면 안 되겠다는 생각을 하며 신음성을 흘렸다.

그녀가 고개를 돌렸다.

"어쨌든, 기분 좋죠?"

"……?"

복수는 짜릿하다니까. 레리아나가 환하게 웃었다.

잠시 멈칫하고 있던 아담이 이내 고개를 끄덕였다. 레리아나가 그럼 이제 가요, 라며 그를 이끌었다. 아담이 얌전히 그녀를 따랐다.

아담은 사실 복수라거나 짜릿하다거나 하는 건 잘 몰랐다. 어릴 적, 그가 살던 곳은 붉은 계곡이라 불렸다. 먹을 것을 얻기 위해서는 칼을 들어야 했고, 그는 다행히 아주 재능이 있는 아이였다.

당시 선왕은 붉은 계곡 토벌전을 벌였다. 성인들은 모두 죽었고 포로로 잡힌 아이들은 소년병으로 길러졌다. 긴 요람 전쟁이 일어난 것은 아담이 어린 나이로 유례없는 진급을 거듭해 중대를 지휘할 때쯤이었다. 그러고는 바로 전쟁에 투입되어 정신없이 전투를 계속하는 삶을 살아왔다. 노아가 그를 기사로 데려가기 전까지.

아담이 그간 경험했던 삶은 별다른 감정을 필요로 하지 않았다. 그것은 거추장스럽고 불필요했다. 그렇기 때문에 한순간에 무언가를 느끼라는 것은 그에겐 어려운 주문이었다.

그래도 고개를 끄덕인 것은 레리아나가 즐거워 보였기 때문이다. 그것으로 충분했다. 아담은 씩씩하게 걷는 레리아나 뒤로 조용히 걸었다.

* * *

다시 마차에 오르던 레리아나가 문득 물었다.

"테일러 경, 오늘 대련은 왜 참가 안 하셨어요?"

아담은 이렇게 말해도 될지 잠시 고민하며 망설였다. 레리아나는 안타까운 눈빛으로 그를 바라보았다. 역시 가문의 기사들과도 어울리기 힘든 걸까.

그때 아담이 나직이 말했다.

"시시해서……."

계단을 오르던 레리아나의 발이 뻣뻣하게 굳었다. 그의 맑은 목소리에는 진심이 듬뿍 담겨 있었다. 정말 대련이 시시해서 참여하지 않은 것이 분명했다. 레리아나가 입을 벌렸다.

"아아……."

"……."

"네……."

작게 대답한 레리아나는 고개를 연신 끄덕이며 마차에 올랐다.

'……헛소리 안 해서 다행이다.'

새로운 흑역사를 갱신할 뻔했던 레리아나는 남몰래 안도했다.

* * *

책에 깔려 죽는 건 아닐까. 레리아나는 부지런히 책을 옮기다 문득 무서운 상상에 사로잡혔다.

"여기도 있습니다, 영애."

사서는 뒤를 따르며 책상 위에 책을 더 올려 두었다.

"더 필요한 것 없으신가요?"

"네, 이제 괜찮아요. 도와주셔서 감사해요."

"당연히 도와 드려야지요."

사서는 세이모어 왕자님 암살 미수 사건 이후 그녀에게 죄스러운 마음을 감출 수가 없다며 레리아나에게 몇 번이고 사과를 해 왔다.

게다가 상황에 대한 이야기를 들은 시아트리히가 업무 과중으로 벌어진 일이니 이참에 왕립 도서관에 사람을 더 배치하겠다고 했으므로, 레리아나에 대한 그의 호감도는 한계치까지 올라간 상태였다.

“그럼, 영애. 언제든 불러 주십시오.”

그는 레리아나에게 꾸벅 인사를 하고는 자리로 돌아갔다.

레리아나는 쌓인 책들을 보며 한숨을 내쉬고는 한 권을 잡아 펴들었다. 어떤 것을 취해야 할지 모르는 자료의 홍수에서 헤엄치는 것은 얼마나 원시적이고 무식한 방법이던가. 며칠 꼬박 도서관을 드나들었지만 알아낸 것이라고는 구교의 역사와 사상에 대한 이야기가 전부였다.

‘구교에 대한 공부나 열심히 하고 있네.’

한동안 몇 권의 책을 독파한 레리아나는 머리를 쥐었다.

“으으.”

인터넷과 컴퓨터가 없는 세상이라니. 오늘 하루만도 이미 11번쯤 생각하고 실감하고 좌절한 후였다.

그때 누군가가 레리아나가 앉은 책상 위를 톡톡 두드렸다.

“저스틴?”

레리아나가 고개를 들자 저스틴이 손을 들어 올렸다.

“아– 해 봐요.”

“아?”

레리아나가 입을 벌리자 저스틴이 입에 무언가를 던져 넣었다.

“어때요?”

입안에 달짝지근한 과일 향이 듬뿍 퍼졌다.

“음? 이게 뭐예요?”

"내 마음?"
"와, 진짜 별로다."
보이나요, 내 팔의 이 소름. 레리아나가 얼굴을 찡그렸다.
"멘트가요? 아니면 사탕이?"
"둘 다요."
"어, 사탕은 별로일 리가 없는데. 진심이에요?"
"음, 사탕은 맛있네요."
레리아나가 피식 웃으며 우물거렸다.
"사탕이구나……."
기분 좋게 달고 끝 맛은 새콤했다. 말랑말랑한 것이 츄잉 캔디 느낌도 나고.
"머리 아파하는 것 같아서요. 머리 쓸 때는 단걸 먹어야죠."
저스틴이 책상 위에 걸터앉으며 말했다. 그는 요즘 레리아나가 뻔질나게 도서관에 드나든다는 것을 근위대의 정보망으로 알아낸 후, 자신도 뻔질나게 도서관을 드나드는 중이었다.
레리아나는 입을 가리고 맛을 음미하다 문득 아담을 떠올렸다. 테일러 경도 좋아하시겠지.
"이거, 어디서 사요?"
저스틴이 눈웃음을 쳤다.
"더 줄까요? 자, 그럼 착하게 입 벌려 봐요."
레리아나가 눈을 가늘게 뜨고 뒤로 의자를 물렸다.
"……필요 없어졌어요."
"이런."
저스틴이 짐짓 아쉬운 것처럼 팔짱을 끼더니 말을 이었다.

"음, 그거, 받은 건데. 더 받아 올까요?"

"아뇨, 그러시지 마세요. 제가 먹으려고 한 것도 아니고."

"그럼 누구 주려고요?"

저스틴이 눈썹을 추어올렸다.

"누구요? 친구? 남자?"

"남자는 남자지만……."

레리아나가 아담을 떠올리며 고개를 기울였다. 남자는 남자지. 생물학적으로.

"공작님?"

"아뇨."

단호히 대답한 레리아나가 웃었다.

"노아는 단 거 안 좋아해요."

매일 아침 식사를 같이하다 보면 어쩔 수 없이 알게 되는 것들이 있는데, 노아의 입맛도 그중 하나였다. 조금만 달아도 노아는 입을 가리고 무시무시하게 인상을 썼다. 마치 푸아그라를 먹고 있는데 누군가 그걸 어떻게 만드는지 알려 준 것처럼 끔찍하다는 얼굴이었다.

레리아나가 풉, 웃음을 터트리는데 저스틴이 검지로 책상을 톡톡 두드리다 말했다.

"괜히 물어봤어요."

"네?"

"질투 나니까요."

"……원래 그렇게 솔직해요?"

"제 장점이죠."

저렇게 당당하게 제 장점이라고 말하는 사람은 생전 처음이다. 레리아나는 허탈한 웃음을 흘리며 긴 머리를 모았다가 뒤로 넘겼다.

그러자 저스틴이 머리 위로 삐져나온 갈색 머리카락을 잡아다 부드럽게 쓸어내리며 말했다.

"난 단 거 잘 먹어요. 그보다는 음식 잘 안 가려요."

"음, 다행이네요?"

레리아나가 고개를 갸웃거리며 답했다.

"누가 물어보면 그렇게 답해 줘요."

"누가 제게 그런 걸 묻진 않을 것 같은데요."

"혹시 모르죠. 우리가 잘되면- '우리 남편은 반찬 투정을 자주 해서 탈이랍니다. 부인의 남편은 어떠세요?'라고 누군가 묻게 될지도 모르잖아요."

저스틴이 사교계를 누비는 부인 같은 어투로 목소리를 가늘게 꾸며 말했다. 레리아나가 그 모습을 참 어이가 없다는 듯 보다가 크게 웃음을 터트렸다. 저스틴이 말을 이었다.

"그때 우리 남편은 음식 안 가려서 편하다고 대답해 주면 되죠. 누군지 참 좋은 남편이네요. 그렇죠?"

레리아나가 웃으며 가볍게 그의 눈을 흘렸다.

"제가 편한 게 아니라 주방장이 편한 거잖아요."

"뭐, 그럴 수도 있다는 거죠."

저스틴이 어깨를 으쓱였다.

"그런데, 일 안 해요? 맨날 노는 것 같아."

"일하고 있어요, 나름. 레리아나 양이 또 나쁜 일에 휘말리면 안 되니까, 내가 지키는 거죠."

"그러다 잘려요."

"괜찮아요. 안 잘릴 정도로는 능력이 있으니까."

레리아나는 시아트리히가 참 고생스럽겠다며 고개를 절레절레 저었다. 저스틴이 기지개를 켜는 레리아나를 보더니 문득 물었다.

"아, 지금 바빠요?"

"아뇨, 왜요?"

"건국제 때 선보일 공연들, 지금 리허설 중이거든요."

"아아, 곧 있으면 하겠네요. 건국제."

레리아나가 고개를 끄덕였다. 건국제는 모든 귀족들이 수도로 발을 들이는 왕국 최대의 행사 중 하나였다.

"린양국 대사들이 린양 왕실 무희단과 함께 왔더라고요. 그 사탕도 그녀들에게서 받아 온 거예요."

"아, 어쩐지 조금 생소한 맛이다 했어요. 그런데 친해요?"

"아뇨, 말도 안 통해요."

그는 고개를 젓다가 문득 의아하다는 듯이 말했다.

"그냥 어딜 가나 저만 보면 먹을 걸 주시더라고요. 뭐, 국적을 가리지 않는 범세계적 능력이죠."

대수롭지 않다는 듯 어깨를 으쓱인 저스틴은 어딜 가도 굶어 죽지는 않을 거라며 웃었다.

레리아나는 그런 저스틴을 빤히 바라보았다. 반짝이는 백금발에 반듯한 이목구비가 의아한 듯 그녀를 마주 보았다.

모르긴 몰라도, 그 범세계적 능력 때문에 그녀들이 순수한 마음으로 적선해 주는 것 같진 않았다. 마님이 왜 돌쇠에게만 쌀밥을 주었을까. 레리아나가 그 이유를 떠올리는데 저스틴이 물었다.

"가 볼래요?"

"그래도 돼요?"

체이머스에 발레가 있다면 린양에는 린무가 있다고 할 정도로, 린양의 전통 무용은 유구하게 내려온 아름다움을 자랑했다. 그녀는 내심 건국제에 있을 린무 공연을 기대하던 참이었다.

그러나 대사들과 무희단이 묵고 있는 곳이라면 출입이 제한되어 있을 터였다. 저스틴이 에스코트하듯 정중하게 손을 내밀었다.

"나랑 있으면 어디든 가도 돼요."

주저하던 레리아나가 손을 올렸다. 국제적으로 명성이 자자한 린양 왕실 무희단에 대한 호기심이 앞섰다.

"그럼 사양하지 않을게요."

레리아나가 일어나자 저스틴이 자연스럽게 그녀를 옆으로 세우고는 의자를 안으로 넣었다. 그렇게 나가려던 저스틴은 문득 잠시 기다리라고 말하더니 사서의 가운을 가져왔다.

"이건 왜 가져왔어요?"

저스틴이 레리아나에게 가운을 입혀 주면서 말했다.

"변장이에요."

"네?"

"그대로 나와 나가면 이상한 소문이 돌 테고, 난 레리아나 양이 그런 식으로 곤란해지는 건 원치 않거든요."

섬세한 사람이네. 레리아나는 눈을 연신 깜빡였다.

"……의외네요."

"그래요?"

"네, 전 저스틴이 제가 곤란한 모습을 보는 걸 즐긴다고 생각했어요.”

“음. 조금 다르죠. 구설수에 올라 괴로워하는 곤란함이 싫은 거예요.”

그는 코끝이 닿을 정도로 얼굴을 가까이 가져다 댔다.

“가령 이런 접근으로 당신이 곤란해지는 건 보고 싶지만.”

찰나에 숨이 맞닿았다. 놀라 반사적으로 얼굴을 뒤로 쭉 뺀 레리아나가 눈을 내리깔았다. 그녀에게로 조금 더 다가선 그가 입이라도 맞출 것처럼 고개를 살짝 꺾으며 물었다.

“곤란한가요?”

그윽한 눈매에 심장이 살짝 동요했다. 레리아나가 눈을 부릅뜨고 그를 밀어냈다.

“네. 그만하세요.”

“오늘은 여기까지 하죠.”

항복이라는 듯 두 손을 든 저스틴이 눈을 둥글게 휘며 웃었다.

“오늘은?”

“말이 그렇다는 거예요.”

가운의 단추를 잠그는 손길이 부드러웠다. 레리아나는 쑥스러운 마음에 괜히 고개를 돌렸다.

* * *

임시 공연장은 1층의 한 강당에 마련돼 있었다. 저스틴을 보자 근위 기사가 그에게 경례했고, 그가 웃으며 마주 인사했다. 그는 강당의 문을 열고 레리아나를 안으로 들였다.

"고마워요."

레리아나가 감사를 표하며 안으로 들어서는데 안에서 쨍한 목소리가 강당을 쩌렁쩌렁 울렸다. 둘은 소리가 난 쪽으로 고개를 돌렸다.

"당신들이잖아, 당신들이 숨겨 놨잖아!"

건국제에 공연을 준비하는 고티마 발레단이었다. 그녀들은 린양 왕실 무희단으로 보이는 외국인들에게 소리를 높이고 있었다.

"당신네들이 마지막으로 쓰고 사라졌는데 자꾸 모른 척할 거야?"

"아니, 말을 못하겠으면 무슨 몸짓이라도 보이든가!"

저스틴과 함께 임시 공연장으로 들어선 레리아나는 무대 위의 살벌한 분위기에 놀라 걸음을 멈췄다. 발레단이 무희들에게 삿대질을 했다. 그러나 발레단이 자신들에게 화를 내고 있다는 것만 아는 무희단은 옹기종기 모여 소곤거리는 중이었다.

"무슨 일이 있나 봐요."

"그러네요."

레리아나가 중얼거리자 저스틴이 곤란하단 얼굴로 답했다.

"빨리 말 안 하고 뭐 해!"

"못 알아듣는 척하는 거 아냐?"

"어이없게, 진짜."

저스틴은 주위를 둘러보더니 곧 통역을 하는 이가 자리를 비웠다는 사실을 알아차렸다.

"레리아나, 여기 잠깐 있을래요? 사람을 불러올 테니까."

그가 자못 걱정스럽다는 듯 물었다.

"네, 다녀오세요. 괜찮으니까."

저스틴이 금방 다녀오겠다며 밖으로 뛰어나갔다. 레리아나는 눈치를 보며 그늘진 벽 쪽으로 슬그머니 들어가 서 있었다.

한참 소리를 지르던 발레단이 어떻게 할지 자기들끼리 상의하기 시작했다. 그러자 무희단이 소곤거리는 목소리가 들려왔다.

[자꾸 뭐라 뭐라 쫑알거리는데, 뭐라는 건지.]

[빽빽, 빽빽– 시끄럽게도 구네. 말라빠진 것들이, 확 그냥.]

옹기종기 모여서 곤란함에 난처해하는 줄 알았는데, 생각보다 험한 말이 오가고 있었다.

[저 조그만 강냉이라도 털어 줄까? 그러면 조용해질 것 같은데.]

[그럴까–?]

[하자, 하자.]

부드럽게 대답한 무희들이 가늘고 예쁜 손가락을 모아 주먹을 쥐었다. 우수에 찬 얼굴에 주먹을 모으니 마치 트러블에 휘말려 어쩔 줄 모르겠다는 모양새였다. 그러나 무희는 누구부터 때릴지 고민하며 손가락을 우득우득 푸는 중이었다.

작고 예쁜 주먹으로 강제로 입을 다물게 할 기세였다. 레리아나는 혼란스러웠다.

[제일 나대는 애는 누가 깔래?]

[내가 할게. 요즘 몸이 뻐근하던 참이었는데.]

[아이, 참. 손톱 상하는 거 아냐? 이번 건국제 때문에 관리 열심히 했는데.]

[장갑 줄까? 이럴 줄 알고 챙겨 왔어.]

그녀들은 무척 즐거워 보였다. 그때 무희들 사이로 하얀 손이 들어왔다. 무희들이 손을 보고 한 사람에게로 시선을 돌렸다.

[아서렴. 외교 문제로 번질 수 있어.]

무희들을 말린 것은 한 발자국 떨어져 있던 송레이였다.

레리아나는 조금 안심했다. 제정신인 사람도 있구나. 얼굴만큼 마음씨도 곱다고 생각하는데, 숄을 다듬는 모습도 백조처럼 우아한 송레이는 꽃이 피어나는 것처럼 미소 지으며 말했다.

[저쪽에서 선빵이라도 날리면 모를까.]

'……뭐……?'

놀란 건 레리아나 혼자였다.

[아하!]

[역시 언니! 현명하세요.]

[이런 거 한두 번 해 봤니? 물고 늘어질 건수를 먼저 만들면 안 된단다.]

'저렇게 우아한 어조로 백조 같은 몸짓으로……. 뭐라고?'

레리아나의 동공이 흔들렸다.

[기다릴까요?]

[그래. 저 못난 상판을 보아하니 곧 손톱이라도 세울 것 같구나. 면도날은 준비됐니?]

[그럼요.]

어린 무희가 소매에서 빛나는 물체를 슬쩍 내보였다.

'그런 걸 왜 가지고 다니는 거야?!'

레리아나는 무심코 한 걸음 물러섰다.

무희들은 카나리아가 지저귀는 것처럼 웃으며 꿀처럼 달콤한 목소리로 속삭이는 것 같았다. 그 무시무시한 내용만 아니라면.

무서워. 눈살을 찌푸린 레리아나가 이내 부르르 떨었다. 대륙의 꽃다발이라는 린양 왕실 무희단은 굴다리 밑에서 피어난 꽃들 같았다.

반대로 발레단은 그야말로 온실의 꽃들 같았다. 무희단이 자신들의 기세에 눌려 어쩔 줄 모른다고 생각하며 까불지 말라는 듯 눈을 흘기고 있었다.

'아니야, 그거 아니야.'

레리아나는 고개를 저었지만, 발레단이 알아들을 수 있을 리 만무했다. 저대로 놔두었다가는 발레단이 말 그대로 파멸한다. 글자 그대로. 정말.

레리아나는 그대로 두면 안 되겠다고 직감했다. 건국제의 무사 진행과 체이머스의 자랑인 고티마 발레단의 참사를 제 눈으로 보지 않기 위해.

그때 발레단이 다시 모여서 무희단 앞으로 성큼성큼 다가가기 시작했다. 단체로 팔짱을 낀 채 그녀들을 거만하게 바라본 발레단이 한쪽 다리로 지탱하듯 삐딱하게 섰다. 당장이라도 선빵을 날릴 듯한 모습이었다.

무희단은 곧 벌어질 전투를 기대하며 두근두근하는 심장을 안고 눈을 반짝였다. 어린 무희는 면도날을 든 소매에 손을 넣고 있었다.

'……안 돼.'

그러지 마. 저 언니들, 보통 언니들이 아니야. 사색이 된 레리아나가 무대 위로 뛰어 올라갔다.

"잠시만요!"

"……?"

발레단과 무희단이 갑작스레 나타난 레리아나를 보며 의문의 기색을 띠었다.

레리아나는 발레단과 무희단을 향해 번갈아 말했다.

"무슨 일인지 설명해 주세요."

[제가 통역할게요.]

* * *

레리아나의 참전으로 오해는 쉽게 풀렸다. 무희들은 리허설 이후 스탭이 소품을 수리한다며 가져간 것이라고 답했다.

송레이가 부드럽게 말했다.

[아가씨, 이것도 통역해 줘요. 너희들, 이 아가씨 덕에 멀쩡히 서 있을 수 있는 거라고.]

레리아나는 환하게 웃으며 알겠다고 대답한 뒤에.

"원만하게 해결돼서 다행이라고 생각하신대요."

라고 통역했다.

[그러게, 예쁜 얼굴에 칼자국 나는 건 겨우 피했네.]

"아름다운 분들께 폐를 끼친 것 같아 걱정하셨답니다."

[맞아, 강냉이 털려서 엉엉 우는 꼴로 집에 갈 뻔했잖니.]

"곧 같은 무대에 서게 될 텐데, 서로 간에 앙금을 남긴 채 헤어지지 않아 다행이라고 하시네요."

고티마 발레단은 난처한 얼굴로 어쩔 줄 몰라 했다. 그렇게 불합리한 모욕을 당하고도 성숙하고 침착하게 대처하는 무희단에게 깊은 감명을 받은 듯했다.

레리아나는 굳이 감명까지 받을 필요는 없겠다고 생각했으나 그냥 입을 다물기로 했다.

발레단이 얼굴을 붉히며 허리를 숙여 사과했다. 무희단은 기대하던 전투는 와해됐지만, 진심 어린 사과를 받은 것으로 만족한 듯했다.

레리아나는 두근거리는 심장을 안고 무대의 계단으로 내려왔다.

그때 곁으로 다가온 저스틴이 그녀의 손을 잡고 물었다.

"린양어도 할 줄 알았어요?"

"아, 왔어요?"

저스틴 뒤에서는 통역 역할을 맡은 남자가 땀을 닦으며 레리아나에게 연신 허리를 굽혔다. 레리아나가 어설피 웃으며 고개를 숙였다.

"조금, 해요."

발레단은 몇 번이고 인사를 건네고는 무안했는지 곧 숙소로 돌아갔다. 무대에 남은 무희단은 레리아나와 저스틴을 위해 짧은 공연을 보여 주었다.

과연, 이름난 무희단의 춤은 시선을 완전히 사로잡아 놓아주지 않았다. 입을 벌린 레리아나가 물개 박수를 쳤고, 무희단이 까르르 웃더니 기품 있는 자태로 인사를 마쳤다.

계속 레리아나를 힐끔거리던 저스틴이 작게 물었다.

"잘 봤어요?"

"정말 아름다웠어요. 어쩜 그렇게 손놀림이 우아한지."

레리아나가 들뜬 얼굴로 말하자 저스틴이 웃으며 고개를 끄덕였다.

"그러네요."

그동안 무희들은 무언가 속닥속닥 얘기를 나누고 있었다. 그러더니 곧 무대 밑으로 내려와 레리아나를 삽시간에 둘러쌌다.

'……?'

제 머리 위로 그림자들이 짙게 드리워지자 레리아나가 그대로 몸을 굳혔다.

'……뭐지?'

뭐지? 뭔데? 왜 이래? 레리아나가 자신은 유해한 인물이 아니라는 걸 어필하기 위해 최대한 순한 표정으로 그녀들을 올려다보았다.

아름답고 무서운 언니들이 자신을 내려다보고 있었다. 레리아나가 딸꾹질을 시작했다. 얼굴 옆으로 불쏘시개가 꽂혔던 지난 사건과 비슷한 공포가 엄습했다.

[아가씨, 아가씨.]

[우리랑 같이 놀래요?]

[네에?]

딸꾹질을 하던 레리아나가 눈을 크게 뜨고 되물었다.

[그 가운은 뭐예요?]

[목욕하고 나서 입는 거 아냐?]

[뭐야, 그게-]

[아가씨, 이리로 와요. 제비! 요희! 아가씨께 옷 입혀 드리자!]

[가요! 가요!]

까르륵거린 무희들이 레리아나를 밀고 당기고 끌며 분장실로 데려갔다. 레리아나는 떨리는 눈으로 저스틴을 바라보았다. 제발 말려 달라는 무언의 발버둥이었지만, 그는 다녀오라며 손까지 흔들었다. 레리아나는 침을 삼켰다.

'초월 통역한 걸 들켰나? 그래서 이러는 건가?'

'빌까. 그냥 무조건 잘못했다고 하자.'

그녀는 분장실에서 면도칼 구경이라도 하게 되는 건 아닐까 불안했다.

그러나 다행히 무희들은 레리아나를 꿈틀거리는 전투 본능의 희생양으로 삼을 생각은 아니었는지, 그녀를 데리고 인형처럼 가지고 놀기 시작했다. 머리를 만지작거리고 옷을 갈아입히고 이런저런 포즈를 취하게 하며 깔깔거렸다.

[이것도 입혀 보자.]

제비가 등이 파진 화려한 무희복을 가져와서 흔들었다.

[그래, 이리 가져와 봐.]

그때 누군가 창밖을 보며 말했다.

[눈 온다.]

[어머, 그러네.]

레리아나가 고개를 돌려 함께 창밖을 바라보았다.

[첫눈이네요.]

그녀가 무심코 읊조렸다.

[그래요? 우린 이미 보고 왔는데.]

[린양국에는 눈이 많이 오거든요.]

[그래서 눈에 관한 전설도 많죠. 눈 오는 날에만 나오는 요괴라든가.]

[맞아, 맞아. 그런 거.]

제비가 맞장구치며 웃었다. 그때 송레이가 레리아나 머리에 아무렇게나 꽂힌 비녀를 풀며 나직이 말했다.

[첫눈이잖니. 연인들이 생기겠지.]

[아, 그러네요. 우리 린양에서는 첫눈이 오는 날 고백을 해요.]

요희가 짝, 손을 마주치며 송레이의 말을 받았다. 머리를 만지는 송레이의 손길을 느끼며 레리아나가 되물었다.

[고백이요?]

[네, 첫눈이 올 때 맺어지면 평생 행복해진다고 하거든요.]

레리아나가 아아– 하며 고개를 끄덕였다. 송레이가 얼굴을 들라며 턱을 들어 올렸다.

[저 백금발과는 그런 사이예요?]

송레이가 나직이 묻자, 레리아나가 '백금발?' 하며 고개를 갸웃했다가 서둘러 부정했다.

[아니, 아니에요!]

레리아나가 고개를 좌우로 절레절레 흔드니 송레이가 '습– 가만히 있어요!'라며 가볍게 타박했다. 레리아나는 다시 인형처럼 뻣뻣하게 목을 굳혔다.

[요희, 너, 백금발한테 사탕도 줬더라?]

제비가 레리아나의 옷을 벗기며 물었다.

[잘생겼잖아.]

그러자 무희복을 들고 있던 요희가 덤덤하게 대답했다.

[아, 맞아. 데리고 놀기 좋아 보였지.]

[응, 응. 가기 전에 한번 놀아 볼까.]

[나도.]

[아, 싫어. 넌 다른 남자 물색해.]

[닳는 것도 아닌데, 뭐 어때.]

[그럼 내가 먼저야. 알겠지?]

[알았어. 난 상관없어.]

저스틴의 의사는 없는 셈 치는 모양이었다. 역시, 마님이 돌쇠에게 쌀밥을 괜히 주진 않는다니까. 레리아나는 그렇게 생각하며 속으로 혀를 찼다.

그때 공연장에서 레리아나를 기다리던 저스틴은 괜한 오한에 몸을 떨었다.

"몸이 안 좋으십니까?"

통역이 묻자 저스틴이 의아한 얼굴로 웃었다.

"글쎄요, 이상하게 오한이 드네요."

마치 누군가가 먹잇감 보듯 자신을 바라보는 느낌이 들었다.

'왜지?'

* * *

점심께부터 시작한 오찬 간담회는 이제 저녁 시간을 앞두고 있었다. 린양국의 대사들과 체이머스 고위 각료들이 모인 자리는 그렇게 지리멸렬하고 길게 이어졌다.

린양국의 대표로 온 안양위는 포용력 있고 협조적인 자세를 취했다. 그러나 쉽사리 끝이 보이지 않는 이유는 린양국의 관습 때문이었다. 린양국의 옛 귀족들은 느림과 기다림을 미덕으로, 조급함과 재촉을 천하게 여겼다.

통역을 거치는 데다 본론으로 들어가기 위해서는 빙빙 돌고 도는 일이 이어지다 보니, 짧게 끝나리라 예상했던 간담회가 길어지는 것은 당연한 수순이었다.

왕으로서의 일은 곧잘 해내는 시아트리히도 지루한 티를 애써 숨긴 채 간담회를 슬기롭게 이어 갔으나, 나오미가 맥을 끊었다. 시아트리히는 나오미가 전하는 이야기를 듣고는 잠시 일을 봐야겠다며 자리를 비웠다. 그의 공석으로 간담회는 막간을 틈타 잠시 휴식 시간을 가지게 되었다.

노아는 건물 아래로 내려갔다. 왕성의 정원에는 함박눈이 내리고 있었다.

“예상보다 시간이 많이 초과됐군요. 건국제 준비로 충분히 바쁘실 텐데. 조부 대신 사과드립니다.”

그에게 통역을 겸해 조부를 따라온 대사 안휘호가 머쓱한 미소를 지으며 말을 걸어왔다. 그는 체이머스에서 유학을 했던 경험을 살려 왕국 공용어를 유창하게 구사했다.

노아는 그쪽으로 몸을 돌리며 웃음을 머금었다.

“아닙니다. 린양에서는 뜸을 들일 수 있을 만큼 오래 들이라고 하지 않습니까. 체이머스에서는 안양위 대사의 신중함을 존중합니다.”

안휘호는 노아를 향해 놀란 표정을 지었다.

“린양의 속담을 알고 계시는군요. 요즘은 조금 다르지만요. 린양의 젊은 귀족들이 나서서 정세에 발맞추자는 운동을 하고 있기도 하고, 젊은 층 중에는 저처럼 유학을 다녀온 사람도 많습니다. 느림의 미덕보다는 빨리빨리가 입에 더 붙은 이들이 많아졌죠. 그러니 린양에서도 저렇게까지 관습을 이어 가는 분은 드뭅니다.”

한 마디를 꺼내기 위해 차를 마시고 목깃을 가다듬는 안양위를 떠올리며, 안휘호가 소리 내 웃더니 말을 이었다.

"조부께서는 옛날 분이시라서요. 요즘 젊은 애들은 빠르고 급한 것을 찾는 천한 무뢰배들이라고 자주 말씀하시는……."

안휘호는 얘기하다 문득 밖으로 시선을 돌렸다.

"눈이 많이 오는군요."

소리 없이 내린 눈은 이미 정원 위를 전부 덮기 시작했고, 정원사들이 헐레벌떡 나와 눈을 치우기 시작했다. 안휘호는 분주히 움직이는 그들을 보다가 넌지시 말했다.

"체이머스에는 첫눈인가요. 곧 온실에 꽃이 동나겠습니다."

"꽃, 말입니까?"

첫눈과 꽃에 무슨 상관관계가 있던가. 노아가 의아한 표정으로 되묻자, 안휘호가 아차 하는 얼굴로 답했다.

"아, 린양에서 내려오는 이야기입니다. 린양에서는 첫눈이 오면 사랑을 고백하곤 하거든요."

안휘호가 소매의 커프스를 돌렸다.

"첫눈이 올 때 맺어지는 이들은 평생 행복하게 산다더군요. 그냥 재미로 내려오는 이야기입니다."

안휘호는 타국의 고위 귀족에게 이런 감상적 얘기를 하게 된 것이 부끄러운지 턱을 긁으며 말했다. 노아는 그가 무안하지 않도록 부드럽게 웃으며 흥미로운 이야기군요, 라고 답했다.

그때 위에서 안양위의 보좌관이 내려왔다. 그는 안휘호에게 통역이 필요하니 와 달라고 말했다. 안휘호는 고개를 끄덕인 후에 노아에게 눈짓으로 인사하더니, 함께 별채 위로 올라갔다.

노아가 안휘호의 뒷모습을 보다 다시 정원으로 시선을 돌렸다. 하얗게 눈이 쌓이고 있었다.

* * *

[이마에 바를 연지 어딨어?]

[모르겠는데, 아, 아까 진유화가 가지고 나갔었어.]

[무대 밑에 있을걸. 걔는 꼭 거기다 물건 두고 다니더라.]

[내가 가 볼게.]

송레이의 지휘로 치장을 거의 마친 레리아나는 연지를 찾을 때까지 짧은 휴식을 가졌다.

"아이고."

앓는 소리를 낸 레리아나가 복도에 난 창의 턱에 앉아 부채를 흔들었다. 등은 파였는데 그 외에는 전부 겹겹이 천들이 덧대어져 있어서 통풍이 안 되니 고인 열이 빠져나가질 않았다.

레리아나는 다리 한 짝을 창틀에 올려놓고 방탕한 자세로 바깥을 내다보았다. 정원에서는 정원사들이 길을 따라 삽질을 하며 눈을 치우고 있었다.

'집에 갈 때 고생하겠네.'

밀리는 도로, 더러운 땅,

현실적 걱정에 휩싸여 시선을 내리는데, 문득 눈동자가 한곳에 멈춰 섰다. 건물 처마에서 누군가가 눈을 바라보며 서 있었다.

'노아?'

왜 여기에 있지. 레리아나는 그의 검은 머리를 바라보며 창에 이마를 기댔다. 온통 하얗게 변한 풍경 속에서 새카만 머리칼이 더 눈에 띄었다.

"첫눈이 올 때 맺어지면 평생 행복해진다고 하거든요."

으음, 레리아나는 창에 바짝 달라붙어서 노아를 뚫어지게 쳐다보았다.

'솔직히 말할 수 있었으면 좋았을 텐데.'

책 속에서 당신을 봤어요.

다른 여자와 사랑을 하고 있었죠.

그게 당신의 미래였어요.

만약 그 사람이 앞에 나타난다 해도, 날 사랑해 줄 수 있나요?

라고는 입이 찢어져도 말 못하지. 레리아나가 입을 꾹 다물었다. 레리아나는 손을 내렸다. 그 아래 노아가 잡힐 듯 보였다.

"좋아해요."

바람이 불었다. 속삭이는 듯한 목소리가 귓전을 스친 것 같아 문득 노아가 고개를 들었다. 그러나 그곳에는 아무것도 보이지 않았다.

* * *

"……?"

레리아나는 제 손목을 잡아끌고 마주 본 채 선 저스틴을 빤히 올려다보았다. 그가 귀 옆으로 난 잔머리를 엄지로 살짝 눌렀다. 그러고는 얼굴을 바짝 가져다 대며 속삭였다.

"예뻐요."

저스틴이 빙긋 미소 지었다.

"오늘 이곳에서 제일 아름다운 사람이에요."

"고, 고마워요."

고개를 숙인 레리아나가 민망함에 볼을 비볐다. 저런 말을 아무렇지 않게 얘기한다니까.

"가요, 무희들이 레리아나 양을 불러 오라고 성화예요."

"그래요?"

저스틴이 분장실에 레리아나를 데려다 놓으니, 송레이가 앞머리를 옆으로 넘겨서 연지를 연분홍 꽃 모양으로 이마에 그려 넣었다.

[다 끝났어요.]

그녀가 거울을 보여 주자 레리아나가 얼굴 이쪽저쪽을 확인하며 얼굴을 붉혔다.

[와. 정말 솜씨가 대단하세요.]

그녀가 눈을 내려뜨고 후후후, 하는 웃음소리를 냈다. 무희들이 레리아나 곁으로 다가왔다.

[잘 어울려요!]

[예뻐요, 예뻐.]

[자, 아가씨. 춤 춰 보세요.]

[이렇게요?]

[더 이렇게.]

요희가 레리아나의 양손을 잡고 몸을 빙그르 돌렸다. 그녀가 손을 놓고 그대로 돌라고 하자 레리아나가 웃으며 몸을 돌렸다. 제비가 까르르 웃으며 박수를 쳤다.

[천이 하늘거려서 아름다워요.]

[더 돌아봐요, 더-]

[더 힘차게!]

'이제 그만…….'

눈앞이 핑핑 돌았다. 그러나 레리아나는 무희단 언니들의 면도날을 생각하며 돌고 또 돌았다.

저스틴은 벽에 등을 기대고 빙글빙글 도는 레리아나를 응시했다.

* * *

"일해요?"

무희들 손에 겨우 벗어나 옷을 갈아입은 레리아나가 물었다.

"지금 여기 있는 남자가 저뿐이라네요."

소품 박스를 나르던 저스틴은 어깨를 으쓱거리며 웃었다. 그는 제복 상의를 벗고 팔을 걷은 채 일을 돕고 있었다.

고개를 끄덕인 레리아나는 어디선가 무희들의 탐욕적 시선이 느껴지는 것 같아 어깨를 움찔했다.

'과연 남자가 없어서일까.'

그녀는 차마 저스틴과 시선을 마주치지 못하고 눈을 굴렸다. 레리아나가 왜 시선을 피하는지 몰라 의아한 얼굴로 서 있던 그는 레리아나가 가져온 주머니를 보고 물었다.

"어, 새로 받았어요?"

"네, 이만큼이나."

레리아나가 난처하게 웃었다. 저스틴이 마주 웃으며 주머니에 가득 든 사탕들을 살폈다.

"레리아나 양이 마음에 들었나 봐요. 난 두 개 주던데."

아무거나 받아먹지 않는 게 좋을 수도 있어요……. 레리아나가 안타깝다는 눈으로 그를 응시했다.

"사탕 준다고 아무나 따라가거나, 그러지 마요."

"네? 무슨 소리예요?"

"아니에요……."

레리아나가 고개를 저었다. 뭐, 강제로 시작해서 해피엔딩으로 끝날 수도 있지 않은가. 그리 생각한 레리아나가 문득 사탕 하나를 집어 올리더니 물었다.

"이건 새로운 거던데, 먹어 볼래요?"

"지금 손이 없어서……."

박스를 들어 올리며 말을 줄인 저스틴이 곧 장난스럽게 웃으며 말을 이었다.

"먹여 줄래요?"

"네에?"

"자, 아–"

저스틴이 입을 벌렸다.

이 사람이 진짜. 레리아나가 눈을 가늘게 떴다. 그대로 껍질째 입에 가득 퍼 먹여 줄까 고민하는데.

"한 번만."

그가 허리를 숙여 잔망스럽게 재촉했다.

"아아–"

잘생긴 남자가 눈웃음을 치며 애교를 부리자 저도 모르게 마음이 스르르 풀리기 시작했다. 레리아나가 피식 웃으며 사탕을 깠다. 하얀 설탕이 잔뜩 묻은 붉은 사탕을 잡아 입안에 던져 주려는데, 문이 열렸다.

입을 벌리고 있던 저스틴이 시선을 문으로 고정했다. 한순간에 그의 분위기가 달라졌다.

"……?"

애교 있게 굴던 방금과는 확연히 달라진 저스틴의 모습에 레리아나가 고개를 돌렸다.

"노아?"

갑작스레 문을 열고 나타난 노아는 상황을 살피듯 느릿하게 바라보더니, 그대로 레리아나를 향해 걸음을 옮겼다. 그러고는 굳어 있는 레리아나의 손목을 부드럽게 잡아 올려 사탕을 입으로 받아 물었다.

'……?!'

입술이 가볍게 닿았다 떨어졌다.

'먹은 거야?'

엄청나게 달아 보였는데. 레리아나가 제 빈손을 멍하니 응시했다. 공작저의 주방장이 알면 경기를 일으킬 일이었다. 단맛을 최대한 줄여도 예민하게 알아차리는 사람을 고용인으로 두어서 고생이 많은 이였다.

레리아나가 온 이후로 여러 가지 음식에 손대기 시작했지만, 그 전까지는 몇 가지 패턴을 계속 돌려쓰는 수밖에 없었다며 푸념하는 것을 들은 적이 있었다.

혼란에 빠져 있던 레리아나는 갑자기 어깨를 흠칫 떨었다.

'설마 토하는 거 아냐?'

"배, 뱉으세요."

놀란 레리아나가 다른 손을 들어 노아의 턱에 댔다.

"단 건 안 먹잖아요."

"먹습니다."

담담하게 답한 노아가 레리아나 손끝에 묻은 설탕을 혀로 핥았다.

'히익-'

말캉한 살덩이가 닿자, 손끝에서 머리끝까지 소름이 돋았다. 레리아나가 눈을 동그렇게 뜨고 손을 빼 뒷짐을 졌다.

노아가 미소 지으며 고개를 올렸다. 그리고 지나가듯 저스틴에게 가볍게 시선을 흘렸다.

"레리아나는 이만 데려가지."

노아는 환히 웃으며 레리아나의 허리에 팔을 둘렀다. 레리아나가 난처한 얼굴로 저스틴에게 고갯짓하며 인사했다.

무표정한 저스틴을 스쳐 지나며 노아가 그의 어깨를 한번 가볍게 두드리곤 말했다.

"내가 정무로 바빠 무료했을 텐데, 자네가 즐겁게 해 준 것 같아 고맙군."

저스틴은 바닥에 박스를 내려놓고 머리를 쓸어 넘겼다.

* * *

레리아나의 목소리를 들은 것 같았다. 요즘 계속 왕실 도서관을 오간다는 것을 알고 있었기에 먼저 그곳으로 향했다. 사서는 레리아나가 저스틴과 함께 대사들이 묵고 있는 별채로 갔노라고 말했다.

저스틴이라는 이름을 듣는 순간, 머리 한구석이 싸늘하게 식어 정신없이 발걸음을 옮기고 있었다. 그리고 강당 안에서 둘의 다정한 모습을 보니 도저히 참기가 힘들었다.

레리아나를 데리고 별채 밖으로 나온 노아는 티 나지 않게 입을 가리곤 혀끝을 가볍게 깨물었다.

'달아.'

바로 목 너머로 굴려 삼켰는데도 혀가 얼얼할 정도였다.

어딘가 좌불안석으로 보이던 레리아나는 자그맣게 말했다.

"아, 아까는. 아무것도 아니고……."

노아는 가만히 듣고 있다가 불쑥 물었다.

"내가 오해할까 봐 변명하는 건가?"

"아니요."

레리아나가 즉답했다.

"절대 아니에요. 그런 거. 그냥."

횡설수설 변명을 듣고 있던 노아가 낮게 웃었다.

"알았어."

레리아나는 한숨을 쉬며 고개를 돌렸다. 눈은 많이 잦아들기 시작했다. 손을 들자 조그마한 눈송이가 하나둘 떨어져 손바닥 위에 녹았다. 시린 기운은 금방 사라지고 미지근한 물기가 손안을 맴돌았다. 그 느낌이 싫어 레리아나가 손을 쥐며 비비는데 노아가 이마를 문질렀다.

"……?!"

갑작스러운 접촉에 레리아나가 소스라치게 놀라며 피했다. 노아가 나직이 말했다.

"꽃이."

"아, 그, 그래요? 남아 있었나 보네."

옷만 벗었지, 화장은 그대로 남겨 두었기 때문에 미처 지우지 못했었나 보다. 레리아나가 이마를 만지며 고개를 돌렸다. 얼굴이 뜨거웠다.

'아, 바보. 진짜. 뭐 하는 거야.'

괜히 과하게 의식한 것 같아 마주 보기가 힘들었다. 지금도 손가락에 혀가 닿았던 감촉이 영 사라지지 않아 괴로운 참이었다.

'생전 먹지도 않던 사탕은 왜 먹는 거야! 갑자기!'

레리아나는 투덜거리며 가볍게 눈을 찼다. 사실 그가 왜 그랬는지 알고 있어서 더 화가 나고 민망했다.

어느새 눈은 거의 멈춰 있었다.

'이제 얼마 남지 않았네.'

봄이 되기 전에 노아와는 헤어지게 될 것이다.

정원의 중앙 길을 따라가면서 레리아나는 조금 천천히 걸었다. 노아도 보폭을 맞췄다. 자박자박 걷는 걸음이 정원 길에 얕게 쌓인 눈 위로 발자국을 만들었다.

"먼저 들어가. 난 일이 남아서 늦을 것 같으니까."

레리아나는 그럴 거면 왜 데리러 온 거지, 라고 무심코 생각하다 고개를 저었다.

그가 레리아나 머리에 있는 눈을 털어 주자 그녀가 손을 잡아서 끌어 내렸다. 의아한 기색으로 바라보는 노아에게 레리아나는 고개를 저었다. 이런 배려에 익숙해지고 싶지 않았다.

그러나 노아는 다른 손을 들더니 또다시 눈을 툭툭 털어 주었다.

"손은 두 개거든."

그는 얄궂게 웃었다.

"아, 그러네. 잊고 있었네요."

참 나. 레리아나는 입을 삐죽였다.

"그렇게 하나하나 의식 안 해도 돼."

"내가 무슨, 뭘 의식을 한다고, 그래요……."

마지막 말은 첫눈처럼 잦아들었다. 노아가 눈을 가늘게 뜨며 으레 짓는, 그 사람 속을 뒤집어 놓는 듯한 미소를 보였다.

그 웃음이 다 안다는 것처럼 느껴지는 바람에 찔끔한 레리아나가 고개를 숙여 얼굴을 피했다.

'아주 저 남자 좋아한다고 광고를 하고 다니지!'

한 10분 전으로만 돌아가고 싶다. 내 머리에 총을 쏴 버리게. 레리아나는 울고 싶은 마음을 애써 털어 냈다.

그사이 노아는 어깨의 눈도 털어 주는 중이었다.

"이제 됐어요. 저 먼저 갈게요."

이대로는 말려 들어간다. 위기를 느낀 레리아나는 그대로 마차를 타러 빠르게 발을 옮겼다.

홀로 남은 노아가 그 뒷모습을 지켜보다가 문득 제 손을 바라보았다. 손에는 그녀의 이마에 그려져 있던 꽃을 지운 흔적이 담겨 있었다.

노아는 붉은 연지가 남은 손가락을 감싸 쥐었다. 들쑥날쑥 모습을 드러내던 질투와 자괴감과 괴로움은 꽃을 받은 것으로 만족하기로 했다.

마차로 돌아갔을 때, 레리아나는 마차 안 가득한 꽃을 보고 고개를 갸웃거렸다. 겨울에 웬 꽃?

“테일러 경이 준비해 주신 거예요?”

아담이 고개를 저었다.

“그럼 누가 이런 거예요?”

아담이 재차 고개를 저었다.

겨울이니 온실에서 곱게 자란 귀한 꽃들일 텐데. 레리아나가 아깝다고 생각하며 꽃 한 송이를 들었다.

‘냄새 좋다.’

레리아나는 꽃향기를 맡으며 돌아갔다.

17장

건국제

건국제

레리아나의 방에 헤일리와 에코를 포함한 수많은 하녀들이 들어와 분주히 손을 놀렸다. 레리아나는 가슴 부분이 원으로 파여 보석으로 장식한 연노란색 드레스를 걸쳤다. 헤일리가 뒤에서 지퍼를 올렸다. 화장과 장신구는 전적으로 그녀들에게 맡겼다. 레리아나는 몇 시간이나 되는 치장 시간을 겨우 견디고 있었다.

전날의 오찬 간담회가 무사히 끝나자, 시아트리히는 대사들과 각료들이 함께하는 간단한 연회를 준비했다. 레리아나는 노아와 함께 그 연회에 참석하기 위해 준비하는 중이었다.

이리저리 끌려다니다가 겨우 준비를 마친 레리아나는 노아와 함께 왕성으로 향했다. 시아트리히는 린양의 대사들을 배려해 연회장을 무대를 중심으로 의자를 빙 두른 형태로 배치했다.

레리아나가 노아의 에스코트를 받아 자리에 앉자, 수많은 사람들이 그와 그녀의 곁으로 다가와 인사를 건넸다. 레리아나는 매끄럽게 인사를 받았다.

곧 연회장 안으로 시아트리히가 나타났고 모두가 일어섰다. 그 뒤로 안양위와 린양의 대사들이 따랐다. 그러자 모두가 안양위에게로 시선을 고정할 수밖에 없었다. 그의 목에 감긴 신수 때문이었다.

작은 동양의 용처럼 생긴 신수는 고개를 빼꼼히 들고 이리저리 눈을 굴렸다. 린양국 왕실을 상징하는 신성한 동물이었지만, 개체가 점점 줄어들어 현재는 겨우 어린 개체 한 마리만 남았을 뿐이었다.

그러다 보니 워낙 귀하기 때문에 신수를 린양국 밖으로 데리고 나오는 것은 처음이라 했다. 이번 교류와 건국제를 기념하여 안양위가 특별히 선보이는 것이었다.

무대를 중심으로 제일 중앙 상석에 시아트리히가 앉았고, 그 왼편에는 노아와 레리아나가, 오른편에는 린양의 대사들이 자리했다.

시아트리히가 안양위와 대화하는 동안, 어린 신수는 끙끙거리는 소리를 내며 안양위의 목과 몸을 돌아다녔다.

'귀엽다.'

레리아나는 신수를 빤히 바라보았다. 신수는 수염을 쫑긋거리기도 하고 뭉툭한 발톱으로 코를 긁기도 했다. 신성성이나 위엄이 보이지 않아서 신수라기보다는 조금 특이한 애완동물 같았다.

그러다 신수와 눈이 마주쳤다고 느낀 순간이었다. 신수가 재빠르게 레리아나 앞으로 날아왔다. 그녀가 눈을 깜빡였다. 신수는 자그마한 날개를 파닥거리면서 레리아나 주위를 뱅글뱅글 돌다가 얼굴 앞에서 멈췄다.

'만져 봐도 되나.'

그녀가 눈치를 보았지만, 안양위는 시아트리히와 얘기를 나누고 있을 뿐이었다.

끙-

신수가 울며 고개를 갸웃거렸다.

'귀여워.'

손이 근질근질해진 레리아나가 조금씩 손을 들어 올리는데, 갑자기 신수의 입이 벌어졌다.

"……?"

덥석.

레리아나는 제 팔을 문 것을 빤히 바라보았다.

'나 물린 건가.'

모든 체이머스의 귀족들과 린양국의 외교 대사들이 레리아나의 팔로 시선을 모았다. 체이머스의 귀족들과 시종들은 경악해 안절부절못했고, 시아트리히는 눈을 반짝였고, 나오미는 혀를 찼고, 키이스는 소리 없는 비명을 질렀고, 노아는 가라앉은 눈으로 신수를 응시하고 있었다.

'물린 건가.'

한참 현실에서 도망가고 싶었던 레리아나는 영혼이 빠져나간 눈으로 통역을 하고 있는 안휘호에게 말했다.

"지금 제가, 어쩌면 좋을까요……?"

안휘호가 식은땀을 닦았다.

"신수를 다룰 수 있는 건 안양위 대사님뿐이십니다. 제가 말씀드리겠습니다. 죄송합니다."

안휘호가 죄송하다며 꾸벅꾸벅 인사를 했다.

공작의 약혼녀였다. 노아가 제 얼굴을 빤히 바라보는 바람에 얼굴이 뚫릴 것 같았다. 그녀가 놀라 소리 지르며 기절하지 않는 것만으로도 다행인 상황이었다. 그는 잽싸게 제 조부에게 어떻게 해 보라며 말했다.

그는 마치 못 들은 것처럼 한참을 뜸을 들이다가 나직이 말했다.

[으음, 너는 언제나 그렇게 천하게 서두르느냐. 이 천한 무뢰배 같으니.]

[……지금 그런 말씀하실 때가 아닙니다.]

안휘호는 매달리듯 안양위에게 재차 말을 걸었다. 그러나 안양위의 태도는 한결같았다.

레리아나는 이제 인내심이 바닥나 있었다.

[안양위 대사님, 신수가 새로운 환경에 조금 불안해하는 것 같군요.]

레리아나는 에둘러 말해 눈치를 주었다.

안양위 대사는 레리아나의 린양어에 흥미로운 표정을 짓더니 차를 한 모금 마시고 컵을 내려놓고 빙글빙글 돌린 후에 큼큼 목을 풀고 말했다.

[오! 린양어가 능숙하시군요.]

'야!'

레리아나는 혀끝까지 치밀어 오른 말을 다시 삼켰다.

'지금 그게 문제야? 굳이 그게 신경 쓰이냐고.'

레리아나는 눈썹을 꿈틀거리다 깊게 심호흡을 했다. 최대한 침착하자. 그녀는 '지금 당신 애완동물이 내 팔을 물고 있잖아. 안 보이니?'라는 말을 부드럽고 완곡하게 표현했다.

안양위가 고개를 끄덕였다. 안양위 대사도 지금 상황이 좋지 않다는 것을 알고 있었다. 공작의 약혼녀이자, 히이카 데민트의 축복을 받은 여인이었다.

그는 최대한 레리아나를 배려하며 움직였다. 안양위는 우선 느긋하게 물을 들어 올렸다. 그는 린양의 왕족이었다. 함부로 서두른다거나 신중하지 못한 모습으로 천한 이처럼 보일 수 없었다. 그러고는 입을 깨끗하게 물로 헹구었다. 그 후 냅킨으로 입을 닦고 목깃을 가다듬은 다음에 천천히 말했다.

[아름답고 현명한 영애. 영애를 린양국에 꼭 초대하고 싶군요.]

아무리 급해도 본론으로 바로 들어갈 수는 없었다. 그는 예의를 한껏 차리며 인사치레를 건넸다.

'필요 없어…….'

저도 꼭 한 번 방문하고 싶다고 말한 레리아나가 필사적으로 입술을 깨물었다.

신기하게도 아프진 않았으나, 그게 문제가 아니었다. 물고 있는 것도 찝찝한데 가끔 우물거리기까지 했다.

'독은 없는 건가?'

'사람도 먹나? 신수인데?'

'물어봐도 되나? 아니 답은 해 주나?'

그때 신수가 한 번 더 우물거렸다.

'히익!'

소화시키려는 거 아냐? 레리아나의 두 눈이 미친 듯이 떨리기 시작했다. 미끄덩거리는 느낌은 그냥 이대로 기절하고 싶은 기분이었다.

'국제 문제. 국제 문제. 국제 문제!'

주문을 외듯 읊조린 레리아나의 얼굴에 핏기가 가시자, 주변 사람들은 더욱더 허둥지둥하기 시작했다.

린양국의 지나친 느림에 대한 갈망은 두려울 정도였다. 안양위는 그렇게 30분이 지난 후에야 신수가 레리아나에게 호감을 느꼈기 때문이라고 설명했다.

'웃기지 마.'

패닉에 빠진 레리아나는 믿지 않았지만, 그는 자랑스러워하라는 눈짓을 보내 왔다. 레리아나는 애써 그 시선을 피했다.

"안양위 대사님."

그때였다. 노아가 안양위를 불렀다.

"예술품에 관심이 많으시다고 들었습니다. 저기 저 태피스트리가 제국의 황실 예술가 지난지바의 작품입니다. 단 세 점밖에 남지 않은 작품들 중 하나죠."

안휘호가 통역했다. 안양위가 잠깐 고개를 돌려 태피스트리를 바라보았다. 그때를 틈타 노아는 손날로 신수의 목을 쳐 버렸다.

"……!?"

신수가 주르륵 침을 흘리며 레리아나의 팔에서 빠져나왔다.

안양위를 제외한 모두가 떨리는 시선으로 쓰러진 신수를 바라보았다. 그 와중에 시아트리히가 홀로 소리 죽인 웃음을 터트렸다.

"……."

문득 고개를 든 레리아나와 눈을 마주친 노아가 빙긋이 웃었다. 레리아나는 웃는 그를 바라보며 제정신이냐고 묻고 싶었다.

'전 세계에 한 마리밖에 없다는 신수를…….'

레리아나는 신수와 같이 기절하고픈 심정이었다.

[정말 아름답군요.]

감탄한 안양위가 고개를 돌리는데 무희단이 까르르 웃으며 무대에서 내려왔다. 그러고는 안양위를 이끌어 무대 위에 올리고 빙그르르 돌며 아름답게 춤을 추기 시작했다. 당황해 엉거주춤 움직이던 안양위는 곧 무희들의 손길에 흐물흐물해진 얼굴로 웃음꽃을 피웠다.

그녀들이 레리아나를 향해 윙크했다.

'고마워요, 언니들.'

레리아나가 벅차오르는 감동을 느끼며 가슴에 손을 올렸다.

신수는 노아에 의해 레리아나의 무릎에 몸을 뉘였다. 잘 놔두니 잠이 든 것처럼 보였다.

그때 어느새 왕실 사진 기자가 다가와 그녀의 사진을 찍어 갔다. 레리아나는 부들거리는 입꼬리를 겨우 끌어 올렸다.

곧 '맥밀런 영애의 품에서 잠이 든 아기 신수'라는 타이틀로 기사가 나갈 것이다. 사실은 기절한 것이지만.

* * *

일주일 동안 거행되는 건국 기념일은 체이머스 왕국에서 가장 중요한 국경일 중 하나다. 특히 이번 건국 기념일은 더욱 그 의미가 남달랐다. 긴 전쟁으로 인해 최소한 축소되었던 건국제를 다시 성대한 축제의 장으로 만들겠다, 시아트리히가 공표한 바가 있었기 때문이다.

이 소식에 국경 끄트머리의 귀족들마저 건국제를 놓치지 않기 위해 오랜 시간을 들여 수도로 올라왔다.

건국제는 전야제와 시아트리히가 주재하는 의식이 끝나면 갖은 공연과 퍼레이드, 사냥제와 무투회 등이 열리고, 마지막 날에는 성대한 무도회가 열리게 된다.

성안의 사람들은 한 달 전부터 건국제 준비로 한창 바쁜 시간을 보내고 있었다. 창밖으로 분주히 움직이는 이들을 보던 시아트리히가 갑작스럽게 되물었다.

"그래서 뭐라고?"

소파에 앉아 있던 노아가 한숨을 쉬며 다시 설명했다.

"범인에게 결정석을 판매한 것으로 보이는 업자의 거래 명부는 예전에 사라졌다고 합니다."

"흐음."

"운반 중에 강탈당했다고 하더군요."

결정석이 암시장에서 거래되는 물품이라면 분명히 명부를 가지고 있으리라 생각했다. 하여 결정석을 취급하는 업자를 추려 내 명부를 조사했지만, 딱 한 업자의 명부만은 조사하지 못했다. 그는 자신도 난감하다는 얼굴로 명부를 빼앗겼다고 답했다.

혹시 누가 결정석을 구매했는지 기억하고 있느냐고 물었으나 그는 고개만 저을 뿐이었다.

"그래……."

시아트리히가 고개를 주억거렸다.

"그런데 일단, 내가 제일 궁금한 건 따로 있는데 말이야."

"뭐가 궁금하신지 모르겠지만 묻지 마십시오."

거만하게 말한 노아가 팔짱을 끼며 말했다.

"넌 너무 나한테 박해. 이래 봬도 난 왕인데 말이야."

시아트리히가 못마땅한 기색을 보였다.

“이런 비루한 절름발이는 왕 취급도 안 해 준다, 이거구나. 슬프다.”

시아트리히가 ‘내가 당장 죽어 버려야지, 이런 삶 살아서 뭣하나.’ 하고 귀찮게 굴기 시작하자, 노아가 정말 싫은 기색으로 말했다.

“뭐가 궁금하십니까.”

“진도는 어디까지 나갔어?”

“가겠습니다.”

단호하게 답한 노아가 일어섰다.

“앉아. 왕명이야.”

성큼성큼 나가려던 노아가 멈칫한 채 눈썹을 일그러트렸다. 그는 가끔 이렇게 아무렇지 않게 권력을 남용하곤 했고 보통 그 상대는 자신이었다.

시아트리히는 즐거운 기색을 감추지 못했다. 그는 자신이 왕인 것에 매일 감사했다. 권력은 많을수록 언제나 달콤한 법이었다.

노아가 다시 자리에 앉자, 아주 만족스러운 표정으로 시아트리히가 은근하게 물었다.

“고백은 했나?”

노아가 인상을 찌푸렸다.

“아직이야?”

그렇게 판을 깔아 줘도 받아먹지를 못해? 시아트리히가 네 형님으로서 죄책감을 느낀다며, ‘어련히 잘하겠지.’란 마음으로 놔둔 것이 잘못이었다고 한탄하기 시작했다.

“레리아나 양은 뭐라는데? 별말 없었어?”

“그만하십시오.”

시아트리히가 레리아나를 계속 언급하자 노아가 화제를 끊었다. 시아트리히는 지팡이로 카펫을 툭툭 두드리며 탄식하는 어조로 말했다.

"남자는 박력이지. 모르나? 그 나이를 먹고? 하긴 연애도 해 본 사람이……."

"형님."

노아가 싸하게 미소 지으며 그를 불렀다.

"알았다."

더 이상 말하면 큰일 나겠다고 생각한 시아트리히가 손을 절레절레 저었다.

"무투회는 나가나?"

"안 나갑니다."

"왜?"

"나갈 이유가 없습니다."

시아트리히가 그럼 재미없지 않느냐며 재차 권하려고 했지만, 그는 단호히 나가지 않겠다고 답했다. 노아는 이제 시답잖은 이야기는 끝내라며 냉랭하게 말하고는 일어섰다.

시아트리히는 불만 가득한 얼굴로 손을 내저었다. 결국 노아에게서 아무것도 얻어 낸 것이 없었다.

노아가 꾸벅 인사를 한 후 침실을 나서다가 문득 입을 열었다.

"그리고 궁금한 게 있다면 그녀에게 직접 물으십시오."

"음?"

"레리아나의 사생활에 대해서는 얘기하고 싶지 않습니다."

"……어어."

시아트리히가 눈을 가늘게 뜨고 그가 그렇게 나가는 모습을 바라보았다. 마침 침실로 들어서려던 나오미가 노아에게 인사를 건네곤 방 안으로 들어왔다.

"왜 그러십니까?"

나오미가 멍하니 앉아 있는 시아트리히에게 물었다. 그러자 그가 나오미를 발견하더니 조용히 말했다.

"갑자기 내가 쓰레기 같아져서 말이야."

당사자도 없는데 뒤에서 사생활을 가십거리로 삼지 말라는 뜻이 담긴 노아의 말에 시아트리히는 생전 처음 자괴감이란 것을 느꼈다.

나오미는 그를 멀뚱멀뚱 쳐다보다가 드물게 어리둥절한 얼굴로 읊조렸다.

"왜 새삼스럽게."

"뭐라고?"

"오늘, 일정 변경이 있다는 걸 말씀드리려고 들렀습니다, 전하."

"방금 뭐라고 했지?"

"일정 변경이 있습니다, 전하."

"아니, 그 전에."

"무슨 말씀이십니까?"

나오미가 무슨 말을 하는지 전혀 모르겠다는 얼굴로 그를 응시했다. 시아트리히는 뭔가 억울함을 느끼며 이어지는 나오미의 말을 경청했다.

* * *

레리아나는 신문 1면에 실린 아기 신수를 뚫어지게 응시했다. 잠들었다고 보기에는 부자연스러운 모습이라면 어쩌지, 무척 고민스러웠다.

연회가 열렸던 날. 다행히 신수는 안양위 대사가 흐물거리며 춤을 출 동안 멀쩡히 깨어났다. 곧잘 날아다녔고, 곧잘 울었고, 안양위 대사의 목으로 다가가 꿍꿍 울며 몸을 감기도 했다.

그러나 그 전과 달라진 점은 분명 있었다. 신수는 연회가 파하고 안양위 대사가 노아와 인사를 나누자, 매우 경계하며 날개를 퍼덕거리는 모습을 보였다.

안양위는 신수의 이런 반응은 처음이라며 조금 당황했다. 노아는 낯을 가리는가 보다며 신수의 머리를 만져 주며 웃었다. 이에 신수는 거품을 물며 경기를 일으켰고, 안양위는 신수를 달랬으며, 그들 외의 모든 사람들은 조용히 침묵하길 선택했다.

"헤일리, 어때 보여?"

레리아나는 차를 가져오는 헤일리에게 신문을 펴 들고 물었다. 그러자 테이블 위에 티포트를 올린 헤일리가 밝은 얼굴로 자랑스러워하며 말했다.

"신수를 품에 안으시다니 정말 좋으셨겠어요."

"……으응."

레리아나가 켕기는 기색으로 대답했다. 품에 안았다기보다는 기절한 녀석을 무릎에 얹은 것에 불과했지만.

"신수는 어떤가요? 품에서 잠들다니, 생각처럼 사납진 않은가 봐요."

"……으응. 귀여워."

갈 곳을 잃은 레리아나의 눈동자가 먼 곳으로 향했다.

"길한 존재라던데 좋은 소식을 가져다줄까요?"

“아니. 몸 어딘가 문제가 생겨서 나쁜 소식만 가져다주지 않았으면 좋겠어.”

“나쁜 소식이요?”

세상에 단 하나뿐인 귀한 애완동물을 기절시킨 죄로 벌어지는 무의미한 전쟁 소식이라든가. 레리아나는 말을 삼켰다.

‘설마 그러지는 않겠지…….’

레리아나는 헤일리가 따라 주는 차를 마시며 마음의 안정을 취하려 노력했다.

그때 밖에서 ‘주인님.’이라며 인사하는 소리가 들리더니 문이 벌컥 열렸다.

“주인님.”

노아의 갑작스러운 등장에도 당황하지 않은 헤일리가 다소곳이 인사했다. 레리아나는 찻잔을 놓고 일어섰다.

“노아, 벌써…….”

왔느냐고 말하려는데, 그가 성큼성큼 다가오더니 레리아나의 팔을 잡아 방을 나섰다. 헤일리가 ‘어머, 어머-’ 하는 감탄사를 내며 손으로 입을 가렸다.

“……?”

노아는 옆에 있는 그녀의 방으로 향했다.

* * *

“……왜 그래요?”

방으로 들어선 노아가 문 바로 옆 벽에 레리아나를 세웠다. 그러고는 두 팔 사이에 그녀를 가두었다.

'뭐지, 갑자기……?'

팔 사이에 갇힌 레리아나가 콩닥이는 가슴을 누르며 최대한 벽에 달라붙었다. 황금빛 눈이 빤히 자신을 바라보자 숨이 막혀 왔다. 머릿속이 혼란으로 가득 차서 괜히 시선만 피하며 눈을 깜빡였다.

그러자 노아가 턱을 잡아 자신을 바라보게 했다. 그리고 입을 열려는 그때, 노크 소리와 함께 문이 벌컥 열렸다.

"영애, 부탁하셨던 잡지를 가져왔습니다. 아, 주인님도 계셨군요. 언제 돌아오셨……."

노아가 천천히 고개를 돌렸다. 잠깐 상황 파악이 더뎠던 로이드가 문 앞에서 멍청히 서 있다 어깨를 흠칫 떨었다.

이제야 알겠다. 이건 그거다. 벽쿵이다. 연인 사이의 그 성적 긴장감 가득한 스킬을 시전 중이었던 것이다.

'또다.'

머릿속에서 경보음이 다시 왱왱 울리기 시작했다. 또 망쳤다. 로이드는 절로 식은땀이 나고 손이 떨리는 것을 느꼈다.

"로이드."

노아가 나직이 이름을 불렀다. 로이드는 자신이 집사직에 어울리지 않는 게 아닐까 고뇌했다.

'사직서 낼까.'

* * *

베아트리스는 손바닥보다 작은 크기의 유리병을 만지작거렸다.

그녀가 병 끄트머리를 튕기자 안에 있던 무색의 투명한 액체가 잔잔한 파문을 일으켰다.

예상대로 흘러갔다면 이 유리병의 액체는 벌써 프렌치 브룩스의 손에 쥐어졌을 테고, 이렇게 오랫동안 누군갈 죽여야 한다는 끔찍한 굴레를 쳇바퀴 돌 듯 이어 나가지도 않았으리라.

'그때 끝났더라면 좋았을 텐데.'

뒷골목에서도 더 뒷골목. 더러운 일을 전문으로 하는 용병을 찾다 랭스턴을 만나게 되었다. 그리고 그가 프렌치 브룩스와 이어져 있다는 것을 알게 된 것은 기구한 우연이었다.

프렌치 브룩스는 레리아나 맥밀런을 죽이고 재산을 가로채기 위해 랭스턴이 구상한 계획의 장기짝이었다. 그의 이름을 듣고 그녀는 실소를 참을 수 없었다. 마치 무언가의 안배처럼 느껴졌기 때문에.

베아트리스는 랭스턴의 계획을 듣고 그들의 손을 잡았다.

'정말 운명처럼…….'

동심원으로 퍼지는 파문을 응시하던 그녀가 잠깐 얼굴을 굳혔다. 손이 다시 떨리기 시작한다. 그녀는 떨리는 손을 다른 손으로 꾹 쥐었다. 종종 있는 일이었지만 쓰러진 이후로 이렇게 몸이 말을 듣지 않을 때가 점차 잦아지고 있었다. 베아트리스는 더 이상 시간이 많지 않음을 직감했다.

테이블 맞은편에 앉아 차를 마시던 비비안이 얼굴을 굳힌 그녀를 꺼림칙한 눈빛으로 바라보았다.

베아트리스는 손을 테이블 밑으로 내려 두며 말했다.

"건국제 무도회 준비는 잘되어 가시나요?"

비비안은 입안에 머금은 차를 느긋하게 삼키더니 말했다.

"네가 묻고 싶은 건 그게 아니잖아?"

비비안은 베아트리스가 자신을 속인 이후, 적개심을 숨김없이 드러냈다.

"죽일 생각까지는 없었다고!"

베아트리스는 비비안의 외침을 떠올렸다. 미모를 쇠하게 한다는 사술이 걸려 있는 보석이라고, 베아트리스는 그렇게 말하며 비비안에게 결정석을 건넸었으니까. 그리고 밑져야 본전이라며 어리석은 방법을 택한 비비안은 순식간에 베아트리스와 공범이 되어 버렸다.

비비안은 불안한 듯 검지 손톱으로 테이블 위를 긁다가 나직이 말했다.

"이번 일이 제대로 끝나면, 그거…… 돌려줘야 한다는 걸 잊지 마."

베아트리스가 미소 지었다. 그녀가 원하는 명부는 자신만이 아는 곳에 숨겨 두었다.

명부는 암거래 시 중간업자들이 자신들의 안위를 위해 몰래 만들어 놓는 구매자 리스트였다. 비비안의 이름으로 결정석을 구매한 것은 혹시나 덜미가 잡히게 될까 봐 든 보험이었다.

그리고 일이 실패한 이후, 그곳에 쓰인 '비비안 샤말'이라는 이름은 베아트리스가 그녀를 완벽하게 조종하기 위한 거름이 되어 주었다. 아직 왕비도 되지 못한 비비안으로서는 귀족 영애 살해 모의가 그저 작은 해프닝으로 끝나지는 않을 것이다.

"돌려 드릴 거예요."

베아트리스가 작은 병을 비비안 앞으로 밀었다.

“한 방울이면 충분해요.”

베아트리스는 아주 담담한 목소리로 비비안에게 말했다.

처음, 랭스턴에게 독약을 받았을 때의 떨림은 이미 사라져 있었다. 이 약을 프렌치 브룩스에게 전해 줄 것이라고 하던 눈물점이 있는 사내. 그는 베아트리스에게 정확히 이렇게 말했었다. 한 방울이면 충분하다고.

비비안이 망설이는 기색을 보이다 병을 잡아 들었다. 분명 그녀로서는 이런 상황이 불편하고 언짢은 일일 것이다.

“저도 함께 갈 거예요.”

당신이 일을 그르치면 안 되니까. 베아트리스는 뒷말을 굳이 내뱉진 않았다. 비비안은 베아트리스가 무슨 뜻으로 말한 것인지 충분히 알고 있으리라.

“너는…….”

비비안이 목소리를 쥐어 짜냈다.

“왜 그렇게 그녀를 죽이고 싶어 하는 거지?”

원한인가? 비비안의 눈이 그렇게 묻고 있었다.

손의 떨림은 어느새 멎어 있었다. 베아트리스는 어디서부터 이야기해야 좋을지, 아니면 어떻게 얘기해야 좋을지 고민하며 주저했다. 한동안 침묵이 감돌았다. 베아트리스는 제일 적절한 대답을 찾아 입에 올렸다.

“운명을 바꾸고 싶으니까요.”

입을 꾹 다문 비비안이 의아한 기색으로 눈을 마주쳤다.

베아트리스는 눈을 감았다. 그녀는 이번 무도회가 마지막이 되길, 간절히 바랐다.

* * *

"사람 많다!"

로즈마리가 마차 창문에 바짝 붙어 감탄성을 내질렀다. 왕성의 입구에서는 엄청난 인파가 구렁이 꼬리처럼 굽이치며 긴 줄을 만들고 있었다. 초대받은 귀족만이 왕성에 드나들 수 있는 평소와는 대조적으로, 그들 대부분이 평민들이었다.

건국제가 열리는 일주일 동안 왕성은 외곽의 공터를 개방한다. 부유한 관광객이나, 특별 허가를 받은 평민 상인들, 예술가 등이 왕성 외곽에 노점을 세우고 공연을 열 수 있다는 뜻이었다.

"로즈마리, 얌전히 앉아 있어야지."

케이티가 아이에게 부드럽게 말하니 로즈마리가 다시 자리에 바로 앉았다. 그러나 자꾸 창문으로 시선을 돌리면서 안절부절못하는 로즈마리의 모습에 레리아나가 웃음을 터트렸다. 존데인은 케이티의 손을 끌어와 잡으면서 말했다.

"뭐 어때요. 오늘은 그런 날이니 마음껏 구경하게 놔둡시다."

"당신은 매번. 우리만 있는 것도 아닌데."

로즈마리는 또 마음이 동했는지 다시 창문에 바짝 붙어서 소리를 질렀다.

"언니, 저거 봐! 저 사람 이상해!!"

로즈마리가 특이하게 분장한 키다리 광대를 가리켰다.

"불편하지 않으세요? 죄송해요, 저희 애가 좀 시끄러워서."

케이티가 난처한 얼굴로 묻자 호위로 따라온 아담이 고개를 저었다.

아담은 맥밀런가에 첫 방문했을 때보다 맥밀런가 사람들과 잘 녹아들어 있었다. 고아인 케이티는 보통 사람들보다 훨씬 개방적인 편이라 처음부터 아담을 편견 없는 시선으로 바라보았고, 존데인은 붉은 눈을 볼 때마다 움찔거렸지만 케이티가 팔꿈치로 그의 옆구리를 거세게 찍자 한층 편하게 받아들이기 시작했다. 레리아나는 그 메커니즘이 의문스러웠지만, 어른들의 사정이라고 이해하기로 했다.

정말 불편한 건 아닐까. 레리아나가 아담을 한 번 바라보자 그가 다시 고개를 끄덕였다. 괜찮다는 뜻이었다. 미소로 답한 레리아나가 로즈마리를 품에 안고 같이 인파를 구경했다.

“키다리 광대네.”

“저 사람은 왜 저렇게 커?”

“우유를 많이 먹어서?”

“거짓말! 우유를 많이 먹어서 저렇게 커지면 저런 사람들이 백 명쯤은 될걸!”

백은 로즈마리에게 제일 큰 숫자였다.

오, 안 속는데. 우리 로즈마리도 좀 컸구나. 감개무량해진 레리아나가 나직이 속삭였다.

“사실은 말이야…….”

무릎에 앉은 로즈마리가 고개를 들어 그녀를 쳐다보았다. 그 또랑또랑한 눈망울을 보며 레리아나가 음흉하게 웃었다.

“사람 먹는 괴물이지!”

레리아나가 정수리를 왁왁- 깨무는 척하자 로즈마리가 자지러지며 웃었다. 그때 둘을 쳐다보던 케이티가 상냥한 미소를 지으며 눈에 안광을 빛냈다.

"레리? 드레스 구겨지잖니."

"예에……."

레리아나가가 찔끔하며 로즈마리를 내려놓았다. 무섭다. 노아의 대리 효도가 문득 그리워졌다. 그날은 어찌나 좋아하시던지, 케이티 맥밀런 평생 제일 기분 좋았던 날 5위쯤 되는 것 같아 보였다. 그리고 싱글벙글한 케이티를 보며 존데인은 은근 노아에게 전의를 불태우고 있었다. 우리집 여자들 마음을 다 빼앗아 간다며 투덜거리는 것을 들은 적이 있다.

케이티는 왕성 입구에서 기사에게 자신의 패를 보여 주는 존데인을 응시하다가 문득 레리아나에게 물었다.

"공작님은 많이 바쁘시대?"

"네, 왕성에 일손이 많이 부족하대요."

사람들이 드나들 수 있도록 개방된 만큼 왕성은 보안에 취약해진다. 또한 현재 히이카의 대륙 순회 연설로 반감이 거세진 과격파들의 모의 제보도 있었기 때문에, 근위대는 물론 치안대의 기사들까지 모두 왕성 경비를 위해 차출된 상태였다. 노아는 치안대를 지휘하기 위해 자리를 비울 수 없다고 했다.

그래서 레리아나는 맥밀런가 가족들과 함께 건국제를 즐기기 위해 마차에 탄 채 왕성에 들어서려던 참이었다.

"어쩌니……."

"뭐, 어때. 우리 가족끼리 모여서 즐기니 더 좋지."

케이티가 안타까워하는데 존데인이 레리아나에게 흐뭇한 미소를 지으며 말했다.

"당신은 참, 애 기분은 생각도 안 하고. 공작님이랑 함께 즐기는 걸 기대했을 텐데."

아뇨, 꼭 그런 건 아닙니다. 같이 있으면 너무 신경 쓰여서 불편하고……. 레리아나는 무언으로 부정했지만 겉으로는 마치 아쉬운 것처럼 시무룩한 미소를 지었다.

"그런 바쁜 사람은 좋은 신랑감이 못 돼."

존데인은 못마땅한 얼굴로 말했다. 케이티가 대리 효도를 받고 좋아한 날 이후로, 늘 노아의 얘기만 나오면 저렇게 부루퉁해져 있었다.

"어제도 새벽에 들어온 사람이 남 말 하지 마세요."

싸늘하게 웃은 케이티가 팔꿈치로 옆구리를 푹 찍었다. 존데인은 눈물이 그렁그렁해진 눈으로 고개를 끄덕이며 사죄했다.

"미안해요, 여보."

"알았으면 됐어요."

파블로프의 개처럼 옆구리를 찍으면 뭐든 수긍하도록 시스템화되어 있는 걸까. 레리아나는 옆구리를 만지는 존데인을 안타까운 눈으로 바라보며 말했다.

"공식 행사에는 참여하시니까요."

"그나마 다행이네."

케이티가 끄덕이며 대답하자 신분 확인이 끝났는지 마차가 다시 출발하기 시작했다. 멀리서 왕성 안의 화려한 퍼레이드가 진행되고 로즈마리가 창문에 눈알이 닿을 만큼 집중해서 바라보았다.

왕성 안으로 들어와 마차에서 내리자, 존데인은 마부에게 마차를 대 놓고 오라 지시했다. 로즈마리는 계속 퍼레이드에 온 신경을 쏟고 있었다.

그때 돌아온 마부가 모자를 벗고 존데인에게 말을 걸었다. 케이티가 그에게 다가가 물었다.

"무슨 문제 있어요?"

"자리가 없어서 다른 구역으로 가 봐야 한답니다."

"그럼 다 같이 움직일까요?"

"아니, 나 혼자 다녀올게요. 여기 있어요."

존데인과 케이티가 얘기를 나누는 동안, 레리아나는 주위를 둘러보다 옆 가판대에서 솜사탕을 사 로즈마리와 아담의 손에 들려 주었다.

아담이 솜사탕을 들고 빤히 바라보고만 있자 레리아나가 먹는 거라며 뜯어 먹는 시늉을 보였다. 그가 망설이면서 조금 핥듯이 솜사탕을 물고 오물거렸다. 이내 그가 만족스러워하는 걸 확인한 레리아나가 존데인에게 다가가 물었다.

"무슨 일 있나요?"

"아빠가 마차 대 놓는 곳을 보고 올 테니 여기서 잠깐 기다리고 있으렴."

레리아나가 알았다고 대답하는데 마차가 줄줄이 들어오면서 사람들이 쏟아져 내렸고, 퍼레이드도 끝나 구경하던 사람들도 모두 뿔뿔이 흩어지기 시작했다. 케이티가 뒤를 돌아보았다.

"로즈마리, 엄마 옆에 꼭 붙어 있어."

케이티가 말하자 로즈마리가 입은 솜사탕에, 시선은 계속 한쪽으로 쏟은 채 비틀비틀 케이티에게로 향했다.

"어서."

그녀가 짐짓 엄하게 재촉하던 그때. 극단 단원들과 인파가 한꺼번에 그들을 스치고 지나가기 시작했다. 케이티가 놀라서 로즈마리에게로 뛰어갔다.

"로즈마리?"

바로 옆에 서 있던 로즈마리가 어느새 사라져 있었다.

"로즈마리!"

케이티가 곧바로 주위를 향해 소리쳤다. 레리아나와 아담과 존데인, 모두의 시선이 절박해진 케이티의 얼굴로 쏠렸다.

* * *

정신없이 퍼레이드의 배우를 따라가던 로즈마리가 한 여배우의 옷깃을 잡았다. 그녀는 퍼레이드 맨 앞에서 이국의 공주처럼 깃털 장식으로 화려하게 꾸민 채 웃으며 인사를 날리던 이였다. 알록달록 화려한 색과 장식이 자꾸 아이의 신경을 사로잡았고, 그러다 결국에는 저도 모르게 그녀의 뒤를 따른 것이었다.

퍼레이드의 배우는 저를 잡은 손길을 느끼고 고개를 돌렸다.

"응? 꼬마야, 넌 누구니?"

로즈마리가 멍하니 서 있다가 솜사탕을 우적우적 다 입에 밀어 넣고는 치맛자락을 잡았다.

"저는 로즈마리 맥밀런이에요."

그리고 케이티에게 배운 대로 정중하게 인사했다. 배우가 너무 귀엽다며 깔깔거리자 극단의 사람들이 모두 다가와 아이를 둘러쌌다.

"누구야?"

"누구 애야? 너 애도 있었어?"

"헛소리 좀 하지 마!"

"맞아, 이렇게 귀여운 애가 쟤 배 속에서 나올 리가 있냐."

"안녕! 이름이 뭐야?"

로즈마리는 갑작스레 사람들에게 둘러싸이니 주춤주춤 뒤로 물러섰다. 이에 여배우가 그들을 물렸다.

"잠깐, 잠깐."

두 손을 쫙 편 채 그들을 말리던 여배우가 로즈마리를 향해 몸을 돌렸다. 그러고는 허리를 굽혀 눈을 맞춘 채 로즈마리에게 상냥하게 물었다.

"로즈마리, 어머니는 어디 계시니?"

엄마! 그제야 로즈마리가 눈을 깜빡거리면서 주위를 둘러보았다. 주변에는 사람들이 잔뜩 돌아다니고 있었다. 그러나 그중 엄마든, 아빠든, 언니든, 호위 기사든, 그 누구도 보이질 않았다. 한동안 이곳저곳을 살피던 아이가 작게 입을 벌렸다.

"아—"

로즈마리의 멍한 표정을 본 여배우가 난처한 기색으로 극단원들을 바라보았다.

"얘, 길 잃은 것 같아."

로즈마리가 불안한 눈으로 치맛자락만 꾹 쥐었다.

로즈마리는 여배우 손에 이끌려 극단 단원들과 함께 이곳저곳을 돌아다녔다. 그러다 순찰하는 한 녹색 머리의 기사를 발견하고는 그에게 사정을 설명하며 로즈마리를 맡겼다.

로즈마리를 맡은 기사는 아이를 데리고 사무실의 문을 열었다. 그러자 백금발을 가진 남자가 몸을 돌렸다.

네이슨이 한 여자아이의 손을 잡고 사무실로 들어오니 저스틴이 눈썹을 추켜올렸다. 그는 네이슨과 아이가 참 이상한 조합이라고 생각하며 물었다.

"그 애는 누구야? 벌써 애 생겼어?"

"지금 그 질문 몇 번째 듣는지 아십니까?"

"나야 모르지. 안녕, 예쁘게 생겼네."

로즈마리 앞에 쪼그려 앉은 저스틴이 아이의 머리를 쓰다듬으며 말했다. 로즈마리는 시무룩한 얼굴로 저스틴을 눈동자만 굴려 올려다보았다.

"미아입니다. 퍼레이드를 진행하던 극단 단원들이 데려왔어요. 그들을 따라갔다가 길을 잃었다고 하더라고요."

"으음."

저스틴이 고개를 끄덕였다. 이렇게 복잡한 때에는 미아가 생기기 마련이라, 기사들이 아이를 미아 센터로 데려가는 것도 꽤 자주 있는 일이었다.

그때 문득 저스틴이 로즈마리의 얼굴을 빤히 응시했다.

"그런데 누구랑 닮았다?"

"누구 말입니까?"

저스틴이 흐음, 하면서 잠시 고민하더니 물었다.

"이름이 뭐야?"

로즈마리가 울 듯 말 듯 입을 삐죽이다 나지막하게 대답했다.

"로즈마리."

"로즈마리?"

저스틴이 되묻자 로즈마리가 고개를 끄덕이며 말했다.

"로즈마리 맥밀런이에요."

로즈마리가 답하자 네이슨과 저스틴이 동시에 물었다.

"맥밀런?"

"맥밀런?"

이에 놀라서 눈을 데굴데굴 굴린 로즈마리가 고개를 끄덕였다. 그러자 저스틴이 환하게 웃으며 로즈마리의 손을 잡았다.

"같이 언니 보러 갈까?"

"우리 언니 알아요?"

"잘 알지."

로즈마리가 저스틴의 말에 긴장이 누그러진 얼굴로 손을 꼭 잡았다. 그동안 낯선 사람들에게 이끌려 여기저기 돌아다니는 바람에 많이 지치고 불안한 상태였다. 그런데 그때 자신의 언니를 아는 사람이 나타난 것이다. 한순간에 마음이 놓여 로즈마리의 얼굴에 화색이 돌기 시작했다.

"언니 이름, 레리아나지?"

"응, 맞아요!"

로즈마리가 눈을 빛냈고 저스틴이 웃으며 물었다.

"나는 언니의 친구야. 같이 나가 볼까?"

로즈마리가 연신 고개를 끄덕였다. 그들을 바라보던 네이슨은 마치 자신이 길 잃은 미아가 된 것처럼 불안한 눈빛으로 저스틴에게 말했다.

"안 됩니다. 다른 기사에게 맡기세요."

"그럼, 네이슨."

"안 됩니다."

"간다."
저스틴이 등을 돌린 채 손을 설레설레 저었다.
"단장님-!!"
처절한 외침에 로즈마리가 잠깐 뒤를 돌아보았다. 네이슨은 비극의 여주인공처럼 쓰러져 저스틴에게 손을 뻗고 있었다.
"저 아저씨는 배우예요?"
"응. 저건 다 연기야."
"흐응, 아저씨도 배우예요?"
고개를 끄덕인 로즈마리가 저스틴을 올려다보며 물었다. 그러자 저스틴이 상냥하게 웃으며 말했다.
"아저씨 아니야, 오빠지. 이렇게 잘생긴 아저씨가 어디 있어. 그렇지?"
로즈마리는 입을 벌렸다가, 다시 고개를 갸웃거렸다가 나직이 말했다.
"언니가…… 언니가 남자는 얼굴이 다가 아니라고 했는데."
"풉."
불시에 실소를 터트린 저스틴이 레리아나의 조기 교육에 감탄하며 언니가 참 현명하다고 답했다.

* * *

'내가 잘 챙겼어야 했는데.'
창백해진 레리아나가 입술을 깨물었다. 사람들이 멍하니 서 있는 그녀를 어깨로 친 후에 미안하다 사과했지만, 귓속으로는 아무 말도 들려오지 않았다.

'로즈마리.'

로즈마리가 없는 자리를 본 순간 피가 싸늘히 식는 기분이었다. 말도 못할 자괴감이 온몸을 뒤덮었다.

'내가 손을 잡고 있었어야 했는데.'

'혹시 이상한 사람을 따라간 건 아니겠지.'

온갖 나쁜 상상이 머릿속을 떠다녔다. 케이티도 마찬가지로 거의 넋이 나간 상태였다. 존데인은 괜찮다며 레리아나와 케이티를 안아 주었다.

미아 센터가 있으니 거기에 가 보겠다며 존데인과 케이티는 서둘러 이동했고, 레리아나는 아담과 함께 로즈마리가 없어졌던 장소 근처에 남아 있었다. 혹시라도 이곳으로 다시 되돌아오지 않을까 하는 기대 때문이었다.

그대로 로즈마리를 기다리려는데 아담이 갑자기 근처의 한 건물 장식 위로 뛰어올랐다.

"테일러 경?"

왜 갑자기 거기에. 놀란 레리아나가 그를 부르자 아담이 그녀를 돌아보며 말했다.

"찾겠습니다."

찾을 수 있는 건가. 그녀가 고개를 끄덕이자 아담이 다시 발을 움직여 지붕 위까지 훌쩍 올라갔다. 레리아나는 얼굴을 들어 아담을 바라보다가 기도하듯 손을 모았다.

'제발, 제발, 제발.'

아담이 지붕 위에서 주변을 한 번 둘러보나 싶더니 눈을 감았다. 이렇게 눈으로 찾기 힘들 때에는 다른 방법으로 찾는 것이 훨씬 빠르다.

5분쯤 흘렀을까, 레리아나는 그 짧은 시간이 무척이나 긴 시간처럼 느껴져 고통스러웠다. 애가 타니 그냥 막 어디론가 뛰어나가 소리를 치며 찾고 싶은 생각이 불쑥불쑥 튀어나와 머리를 어지럽혔다.

곧 지붕 위에서 내려온 아담이 레리아나의 손을 잡았다. 그러고는 한쪽 방향을 가리키며 발을 놀렸다. 고개를 끄덕인 레리아나도 그와 함께 서둘러 몸을 움직였다.

* * *

로즈마리는 언제 언니에게 저런 친구가 생겼을까 고민하며 저스틴을 따라갔다. 그는 막대 사탕을 사서 쥐여 주며 물었다.

"그거 언제 얘기한 거야?"

"……?"

"남자는 얼굴이 다가 아니다, 하는 거."

"공작님 만나고 나서요."

"그래?"

저스틴이 만족스럽게 웃었다.

바이올린을 켜는 광대가 로즈마리 앞에서 연주를 하며 스쳐 지나갔다. 그러자 로즈마리가 갑자기 광대의 뒤를 따라가려고 반대쪽으로 발을 옮겼다.

이에 저스틴은 황급히 로즈마리를 달랑달랑 안고 돌아와 다시 손을 잡았다.

"눈을 못 떼겠네."

심장이 떨어질 뻔했다. 한숨을 내쉰 저스틴이 살갑게 웃으며 말했다.

"로즈마리, 오빠 손 놓으면 안 돼."

"네."

로즈마리는 또 다른 공연을 바라보며 대답했다. 난감한 표정을 지은 저스틴은 센터로 가야 할지, 아니면 로즈마리가 레리아나와 함께 있었던 곳에 먼저 가 봐야 할지 고민하며 걸음을 옮겼다.

"언니랑은 어디에 있었어? 퍼레이드를 봤으면 시계탑 쪽?"

이곳저곳을 구경하던 로즈마리가 고개를 끄덕여 답했다.

"그쪽으로 먼저 가 볼까?"

저스틴이 묻는데 문득 로즈마리가 밝은 목소리로 누군가를 불렀다.

"공작님!"

얼굴을 굳힌 저스틴이 고개를 돌렸다.

"……?"

수행 비서와 함께 걷던 노아는 자신을 부르는 아이의 목소리에 옆을 돌아보았다. 거기에는 로즈마리가 웃으며 손을 흔들고 있었다.

"로즈마리?"

노아는 곧장 옆으로 시선을 돌리다 입을 다물었다. 그 아이의 나머지 한 손을 잡고 있는 이는 예상한 레리아나가 아니라 저스틴이었다.

"공작니임!"

그가 인사하는 로즈마리에게 웃어 주다가 저스틴을 향해 싸한 미소를 지었다.

"왜 자네가 로즈마리를 데리고 있지?"

"길을 잃었다고 해서 데리고 가는 중입니다."

"맞아요."

로즈마리가 예쁘게 고개를 끄덕거리니 노아가 아이의 머리를 쓰다듬으며 말했다.

"그랬나. 내가 데려다주지."

노아가 손을 내밀자 로즈마리가 그의 손을 맞잡았다.

"아뇨. 바쁘실 텐데 일 보십시오. 제가 데려다주겠습니다."

"아니, 괜찮네. 내 가족이니 내가 챙겨야지."

"이런, 아직 가족은 아니시지 않습니까."

묘한 신경전이었다. 둘의 손을 꼭 잡고 있는 로즈마리가 그들을 멍하니 번갈아 보았다. 이를 지켜보던 수행 비서가 로즈마리를 몰래 빼내어 뒤로 물렸다.

본래 치안대와 근위대는 사이가 나쁘다. 치안대는 귀족 혈통의 기사들 위주로, 근위대는 실력을 위주로 받기 때문에 부서 간 환경이나 의식은 하늘과 땅만큼 차이가 났다. 그러니 치안대는 근위대를 '광견대'라고 불렀고, 근위대는 치안대를 '혈통만 좋은 종마대'라고 불렀다.

한데 근래에는 유독 치안대와 근위대 사이의 대립이 눈에 보일 정도로 팽팽해져 있었다. 정확한 이유는 알 수 없지만 그 두 부서의 수장들이 만나기만 하면 서로 으르렁거렸기 때문이다.

'이렇게 심할 줄이야.'

수행 비서가 이만해서 말려야 할지 고민하는 중에 각 부서의 기사들 몇 명이 다가왔다.

"무슨 일이십니까?"

"왜 그러십니까?"

어느새 기사들이 제 수장들을 한 번 보고, 상황을 한 번 생각하더니 옆으로 가 슬그머니 붙었다. 그러고는 서로를 향해 아주 적대적이고 반항적인 눈길을 보내기 시작했다.

'……?!'

아무 이유 없이 침을 뱉으며 껄렁하게 서로를 바라보는, 그 아주 자연스러운 행동에 수행 비서는 제 눈을 의심했다. 그들은 무슨 이유로 대립하는지에 대해서는 전혀 관심이 없고 그냥 서로 싸운다는 것에만 신경이 모조리 쏠린 듯했다.

싸움판이 벌어질 것처럼 긴장된 분위기에 사람들이 점점 모이기 시작했다. 그러자 순찰하던 기사들이 의문을 느끼고 더 모여들었고, 부서 간의 대립을 보고 있자니 자신들도 빠질 수 없다는 듯 뒤로 하나둘씩 서는 악순환이 지속되고 있었다.

의도치 않게 로즈마리 데려다주기는 점점 스케일을 불려 가고 있었던 것이다.

'이건 뭐, 양아치 패싸움도 아니고…….'

그나마 이성적인 수행 비서는 홀로 로즈마리 지키기라는 임무를 수행 중이었다.

일단 이 모든 것을 시작한 이들의 얼굴을 살피니, 이미 처음의 목적은 머릿속 어느 깊은 곳으로 사라진 듯 보였다.

"종마대가 어딜 나서! 가서 씨나 더 뿌리시지."

"그쪽은 뿌릴 씨나 있나?"

그리고 기사들은 별 이유도 없이 서로를 비난하기 시작했다. 싸움의 원인을 모르면 지금 만들어 주겠다는 기세였다.

"아오, 이것들이 진짜."

그렇게 대립하던 중에 누군가 욱하는 성질을 이기지 못하고 팔을 걷으며 한 발자국 다가갔다. 그러자 기세는 더욱 흉흉해졌고 일촉즉발의 상황에 한 기사가 외쳤다.

"기사는 검으로 말한다!"

그러더니 검을 뽑아 들었다.

스릉, 스릉, 스릉.

검 뽑는 소리가 들리자 가슴이 철렁한 수행 비서가 로즈마리를 제 앞으로 바짝 데려왔다.

'애 앞에서 이게 무슨 짓들이야.'

수행 비서가 고뇌에 빠질 때쯤 로즈마리는 눈을 초롱초롱 빛내며 기사들의 검을 바라보고 있었다.

저들 사이에서 검을 뽑지 않은 것은 노아와 저스틴, 단둘뿐이었다.

그때 멀찍이서 누군가가 사람들을 헤치고 엄청난 속도로 달려왔다.

"로즈마리-!"

빠르다. 수행 비서는 로즈마리를 껴안는 긴 머리의 여자를 놀란 눈으로 바라보았다.

"혼자 어디 갔었어, 응?!"

"언니이."

로즈마리가 수행 비서의 손을 놓고 레리아나의 목을 끌어안았다. 레리아나가 한숨을 내쉬었다. 작은 몸의 체온을 느끼니 그제야 안심이 된다.

"가족분 되십니까?"

"네, 언니예요."

레리아나가 얼굴을 들자 수행 비서가 아, 소리를 내며 인사했다.

"처음 뵙습니다. 윈나이트 공작님의 수행 비서, 휴즈 그로버라고 합니다."

"레리아나 맥밀런입니다. 이렇게 로즈마리를 보호해 주셔서 어떻게 감사를 표해야 할지……."

"제가 인사받을 일이 아닙니다."

"아뇨, 당연히 인사를 드려야죠."

서로 굽실굽실 인사를 하는데 문득 느껴지는 시선에 레리아나가 고개를 갸웃했다. 그리고 주변을 살피다 흠칫 놀라 한 발자국 물러섰다.

'뭐야, 이건. ……패싸움?'

기사들이 두 패로 갈라져 당장이라도 달려들 것처럼 서 있었다. 왜 들 저러고 있는 거지. 상황 파악이 덜 된 레리아나가 로즈마리를 데리고 슬그머니 빠지려는데, 노아와 저스틴이 동시에 그녀를 불렀다.

"레리아나."

"레리아나 양."

"네, 네?"

레리아나가 눈을 깜빡이며 뒤를 돌았다.

'아니, 그리 바쁘시단 분들이 왜 여기에서 이러고들 계시고…….'

그녀가 어리둥절한 표정으로 주춤거리며 인사했다.

"그런데 왜들 여기에……. 안 바쁘신가요?"

둘은 잠시 침묵했다. 답 없는 그들을 대신해 수행 비서가 팔짱을 끼고 고개를 주억거렸다.

"바쁩니다. 바쁘신데 저렇게……."

"휴즈."

노아가 나지막하게 수행 비서를 부르며 말을 막았다. 그러곤 레리아나에게 다가갔다. 저스틴도 이에 뒤처질세라 함께 그녀에게로 움직였다.

'왜 저렇게 한꺼번에 다가오시지.'

레리아나는 이상한 기류에 바짝 몸을 긴장시켰다.

그때 로즈마리가 레리아나의 손을 잡아당기며 하늘을 가리켰다.

"응? 왜?"

아이가 가리킨 곳에는 새하얀 화살이 하나 날아오르고 있었다. 화살은 높은 곳까지 올라가 붉은 불꽃으로 피어올랐다.

건국제를 여는 의식의 시작이었다.

* * *

건국제를 여는 의식은 여신에게 왕국의 번성과 영화를 기원하며 왕이 하늘에 화살을 쏘는 것으로 시작된다. 그 화살은 하늘 높은 곳까지 날아가 화려한 불꽃이 되어 퍼졌다.

시아트리히가 제단에서 활을 날리고 의식을 성공적으로 끝내자, 옆에서 이를 보고 있던 몇몇 귀족들이 박수를 쳤다. 그는 손을 들어 그들을 제지하고는, 제일 겉에 입은 헐렁한 의복을 벗어 나오미에게 넘겼다. 그리고 주변 시중인들을 물리며 곧장 대기실로 들어갔다.

나오미가 대기실로 따라 들어가니 시아트리히는 왜인지 불만스러운 표정을 짓고 있었다.

"좋은 날인데 심기가 불편해 보이십니다."

나오미가 겉옷을 옷걸이에 걸며 물었다.

"재미가 없지 않나."

그녀는 곰곰이 생각하다가 답했다.

"그리 좋은 일은 아니지만 전하께서 들으시면 재밌어하실 소식은 있습니다."

"그게 무슨 소식이지?"

"치안대와 근위대가 한판 벌이려고 했다는군요."

"그 녀석들은 틈만 나면 그러지 않나."

시아트리히가 고개를 절레절레 저었다. 지금처럼 보안이 중요한 시기에 그런 짓을 하다니, 단체로 군기가 빠진 게 분명하다.

"그게 전부인가?"

시아트리히가 물을 따라 마시며 의자에 앉으려는데 나오미가 말을 이었다.

"거기에 윈나이트 공작님도 계셨답니다."

"푸흡."

그가 물을 뿜자 나오미가 입매를 비틀며 뒤로 물러섰다.

"왜? 어째서?"

노아라면 싸움을 말리면 말렸지, 절대 끼어들 인물은 아니었다. 시아트리히가 빨리 무슨 일이냐며 재촉하자 나오미가 멀찍이 떨어진 상태로 손수건을 내밀며 말했다.

"글쎄, 그걸 아무도 모른다고 합니다."

"그래? 그런데 손수건을 꼭 그렇게 역겹단 얼굴로 줘야겠나?"

"오해십니다, 전하."

나오미가 역겹단 얼굴로 답했다. 시아트리히는 손수건으로 입을 닦으며 상처받은 마음을 애써 달랬다.

그때 대기실 문을 두드리는 노크 소리가 들려왔다.

"들어오게."

그와 함께 문이 열리고 저스틴이 방으로 들어섰다.

"아, 저스틴. 마침 잘 왔네."

저스틴이 고개를 숙이니 시아트리히가 반가워하며 지팡이를 짚고 일어섰다.

"물어보고 싶은 게 있는데 말이야."

"전하."

저스틴이 단호한 부름에 시아트리히가 자리에서 멈춰 섰다.

"음?"

"신청은 이미 끝났다고 들었습니다만, 그래서 전하의 권한을 빌려주셨으면 합니다."

"신청?"

"예. 저를 무투회에 넣어 주셨으면 합니다."

저스틴이 드물게 진지한 눈으로 요청하자 시아트리히의 눈매가 묘하게 가늘어졌다. 무언가 자신이 모르는 재미있는 일이 벌어지고 있는 것 같다.

"좋아. 넣어 주지."

저스틴이 감사하다며 고개를 숙였다.

뒤에 선 나오미는 시아트리히가 쓴 손수건을 쓰레기통에 버렸다. 그러고는 새로운 손수건을 꺼내서 손을 닦았다.

* * *

결국 미아가 되었던 로즈마리는 레리아나에게 잡혀가 케이티의 호된 훈육을 맞이했다. 한바탕 혼이 난 후, 로즈마리는 안도감과

혼이 났다는 서러움에 한 번 크게 울었다가 겨우 진정된 상태였다.

아이는 훌쩍거리면서 소매로 눈물을 닦았고, 노아가 몰래 머리를 쓰다듬어 주었다. 그러자 로즈마리가 노아의 다리에 매달렸다.

"로즈마리, 버릇없게 뭐 하는 거니."

케이티가 부드럽게 질책했다. 노아는 괜찮다고 답하며, 왜인지 자신을 적대적인 시선으로 응시하는 존데인에게 미소를 보였다. 존데인이 슬쩍 시선을 피했다.

"식사는 하셨습니까?"

노아는 맥밀런 부부에게 식사를 같이하자며 권해 왔다. 그러자 케이티가 두 손을 저었다.

"아뇨, 저희는 이미 먹고 왔습니다. 아, 레리는 배가 고프겠네요. 통 입맛이 없다고 먹질 않았거든요."

거짓말. 레리아나의 고개가 케이티에게로 돌아갔다. 그녀가 내가 언제요, 라는 얼굴로 바라보았지만 케이티는 개의치 않았다.

그때 멀뚱히 서 있던 존데인이 눈치 없이 운을 뗐다.

"여보, 레리도 많이 먹었잖……!"

말이 채 끝나기도 전에 존데인은 옆구리의 고통에 고개를 숙였다. 그는 비명을 삼키며 당신 말이 맞아요, 라고 작게 대답했다. 레리아나는 그 안타까운 모습에 눈물을 삼켰다.

"그럼 저희는 이만. 레리, 공작님 잘 모시렴."

케이티가 웃으면서 양손에 존데인과 로즈마리의 손을 잡았다. 그러고는 질질 끌 듯이 둘을 데리고 자리를 떠났다. 노아는 떠나는 그들의 뒷모습, 특히 존데인의 뒷모습을 보며 고개를 기울였다.

"날 별로 안 좋아하시는 것 같은데."

"신경 쓰지 마세요. 별 이유 아니니까."

"……?"

"제자리를 지키고 싶어 하는 가장의 쓸쓸한 발버둥 같은……."

말을 잇던 레리아나가 고개를 젓고는 화제를 돌렸다.

"식사, 아직이에요?"

"응."

"어디서 드시려고요?"

축제 때문에 이곳저곳에 간이 노점이 많이 들어와 있었다. 노아에게 그런 걸 먹어 봐도 재밌으리라 생각한 레리아나가 조금 들뜬 어조로 물었다.

"아무 곳에서나."

그 모습에 노아가 웃으며 답했다. 두 사람이 미아 센터를 나서려는데 수행 비서인 휴즈가 서둘러 다가와 난처한 얼굴로 말했다.

"저, 죄송하지만 보고드릴 것이 있습니다. 서쪽 구역으로 잠시 오셔야 할 것 같은데요."

그는 잠시 한숨을 쉬다가 레리아나에게로 몸을 돌렸다.

"가 보세요. 이 근처에 있을게요."

레리아나가 웃으며 말했다. 어차피 배고픈 것도 아니었고.

"그럼 잠시만. 무슨 일 있으면 순찰하는 기사들에게 말하고."

"네, 걱정 말고 다녀오세요. 테일러 경도 계시니까."

레리아나가 아담을 향해 눈짓을 보내자 노아가 양해를 구하고는 바삐 걸음을 놀렸다. 그의 뒤를 따르던 휴즈가 문득 돌아보더니 눈짓으로 죄송하다는 얼굴을 보였다. 레리아나가 아니라며 손을 내저었다.

‘정말 바쁘구나.’

그래서 식사할 시간도 없었던 건가. 그녀는 빠르게 사라지는 노아의 뒷모습을 보다가 아담에게 말했다.

“우리 어디 앉아 있을까요?”

아담이 고개를 끄덕였다. 적당한 곳을 찾던 레리아나는 분수대 앞에 다리를 쭉 펴고 앉아 구두 앞부리를 까딱거렸다.

“치안대와 근위대는 원래 사이가 그래요?”

레리아나가 불쑥 내뱉은 말에 아담이 조금 고민하는 듯하다가 이내 고개를 살짝 끄덕였다. 레리아나는 그렇구나, 하며 마주 고개를 끄덕였다. 두 부서의 관계가 좋지 않다는 것은 지나가는 말로 들은 적이 있었던 것도 같다.

“의외네요. 노아는 그런 네 낄 서 같진 않아 보였는데.”

그렇게 말하니 아담이 고개를 끄덕였다.

“원래 안 그러는 거 맞아요?”

아담이 재차 고개를 끄덕였다.

“그럼 왜, 아…….”

레리아나는 저스틴을 떠올리고는 인상을 찌푸렸다.

‘나도 참, 멍청하네.’

그거구나. 어쩐지 둘의 사이가 안 좋아 보이더라니. 레리아나는 수긍하듯 고개를 끄덕이며 한숨을 내쉬었다.

여중, 여고를 나와 그간 남자와의 이성적 교류는 한 톨도 없었다 보니 이런 상황에 그리 익숙지 않았다. 게다가 흔한 상황도 아니지 않는가.

‘아, 민망해…….’

레리아나는 두 손에 얼굴을 묻었다. 노아야 일단 약혼 상태니 어쩔 수 없다지만. 저스틴에게는 거절했으니 이제 그러지 말았으면 좋겠다고, 확실히 말해 둘 필요가 있다는 걸 느끼는 중이었다.

그때 그녀 앞에서 사람들이 발길을 멈추었다.

"맥밀런 영애, 여기서 뵙는군요."

"어머, 맥밀런 영애."

건국제를 즐기러 온 몇몇 귀족들이 레리아나에게 인사를 하며 다가왔다. 시중인과 호위를 잔뜩 데리고 다니는 귀족들 때문에 그녀 주위가 금세 북적거렸다. 레리아나는 까딱이던 다리를 모으고 부드럽게 미소를 띠며 인사치레를 적당히 받아 주었다.

"영애, 그 얘기 들으셨나요? 루손 백작님이……."

"루손 백작님이 새로운 애인을 집까지 들였다는 이야기요? 알죠, 이미 유명해요."

"그래요? 맥밀런 영애도 알고 계셨나요?"

"아뇨, 저는……."

알고 싶지도 않아요. 라는 대답은 차마 내뱉지 못했다. 잘 알지도 못하는 이들의 스캔들이 저랑 무슨 상관이란 말인가. 레리아나는 금세 혼이 빠진 듯한 얼굴로 그들의 이야기를 들어 주는 척하며 억지 미소를 지었다.

한순간에 사교계처럼 변해 버린 분수대 앞은 이야기가 끝날 기미가 보이지 않았다. 머리가 복잡해진 레리아나는 근처를 순찰하던 치안대 소속 기사 하나를 몰래 불렀다.

"혹시 윈나이트 공작님께 왕실 도서관에 있을 거라고 전해 주실 수 있나요?"

그가 흔쾌히 승낙하자 레리아나는 귀족들에게 정중히 인사하고는 재빨리 왕실 도서관으로 향했다.

* * *

아담은 도서관 앞에 있는 커다란 나무 위로 올라갔고 레리아나 혼자 왕실 도서관 안으로 들어섰다.

"오늘도 계시네요."

하품을 하던 사서는 레리아나를 발견하자 몸을 벌떡 일으켰다.

"맥밀런 영애?"

"피곤하신가 봐요."

"아니, 그게, 괜찮습니다."

그가 머쓱한 표정으로 머리를 긁더니 말을 이었다.

"오늘도 오셨군요. 건국제는 즐기지 않으십니까?"

"으음, 바깥이 조금 소란스러워져서요."

"축제날은 늘 그렇죠."

사서가 대수롭지 않다는 듯 답했다. 축제 때문은 아니었지만 레리아나는 그저 고개를 끄덕였다.

레리아나가 안쪽으로 들어서자 사서가 자연스럽게 뒤를 따랐다. 날이 날이라 그런지, 도서관에는 사서 외에 아무도 없는 듯했다.

레리아나가 주위를 둘러보다 이내 서가에서 몇 권을 뽑아 보려던 때였다.

"……저, 영애."

조용히 뒤를 따르던 사서가 주저하며 그녀를 불렀다.

"네?"

그는 잠시 망설이는가 싶더니 우물쭈물하며 물었다.

"주제 넘는 질문일지도 모르지만……. 혹시 찾고 계신 것이 검은 신녀에 대한 자료가 맞습니까?"

그가 '검은 신녀'란 단어를 입에 올릴 때는 목소리가 아주 작아졌다. 레리아나는 예상외의 질문에 놀라 눈을 크게 떴다. 자신이 도서관을 드나들 때마다 책 찾는 걸 도왔으니 눈치채는 것도 당연한 수순이었던 걸까. 레리아나는 금세 태연한 척하며 물었다.

"왜 그런 질문을 하시는 거죠?"

되묻는 어조는 살짝 날카로워져 있었다. 사술을 행하는 것은 엄연히 불법이다. 자신이 검은 신녀에 대해 찾는다는 이야기가 돌면, 어떤 결과를 낳든 유쾌하게 흘러가진 않으리라.

그것을 아는 사서도 자신 없는 목소리로 사과했다.

"불쾌하셨다면 죄송합니다. 오해하지 마세요. 그저 제가 도움이 될까 해서 말씀드린 겁니다……."

"도움이요?"

레리아나가 관심을 보이자 사서가 열쇠로 제일 아래 서랍을 열며 말했다.

"정말 혹시나, 그걸 찾으시는가 싶어서 빼 둔 책이 있습니다."

사서는 낡은 가죽 표지의 책을 하나 꺼내 들어 그녀에게 건넸다.

어떻게 하지. 발뺌할까, 아니면 모르는 척 받아 들까. 고민하며 주저주저하던 레리아나가 결국 후자를 택했다.

"구교가 완전히 사라진 이후, 그에 대한 자료들을 전부 태워졌기 때문에 남아 있는 자료는 많지 않습니다. 이게 그나마 제일 잘 나와 있는 책이에요."

레리아나가 책을 펼치자 낡은 책 냄새가 훅 풍겨 왔다. 그녀가 책장을 빠르게 넘기며 살피는데 사서가 말을 덧붙였다.

"걱정 마세요. 누구에게도 말하지 않을 겁니다."

그는 몇 번이고 다짐하는 어조로 레리아나를 안심시켰다. 사서의 얼굴은 아주 진중하고 진솔해 보였다. 도서관에 아무도 없는 오늘을 택해 책을 건넨 것도 그의 배려일 것이리라. 레리아나가 고개를 끄덕이면서 고마움을 표했다.

레리아나는 도서관 깊숙한 곳에 있는 책상 앞에 앉아 책을 펼쳐 들었다. 낡은 가죽 표지에 제목이 흐릿하게 지워진 그 서적은 구교가 휘청거릴 시기, 구교의 독실한 신자였던 한 남자의 수기였다.

첫 장부터 그의 분노가 느껴질 정도로 서술자는 흥분한 상태였다. 그는 지금 사람들이 주장하는 구교의 타락이란 신교 놈들의 모략일 뿐이라고 서술했다. 그러고는 구교의 신녀들이 영혼을 다루는 것은 신에 대한 반의가 아니라, 인간에 대한 사랑에서 비롯된 것이라며 그녀들을 두둔했다.

"영혼?"

레리아나가 미간을 찌푸렸다.

신녀가 영혼을 다뤘나? 그녀가 책을 더 읽어 내려가려는 순간이었다.

도서관 복도를 저벅저벅 밟는 둔탁한 발소리가 들려왔다. 소리는 점점 커졌고 자신 쪽으로 오는 게 분명하단 것을 느끼자, 레리아나는 황급히 책을 품 안으로 갈무리했다.

긴장한 채 누구일지 가만히 지켜보는데 레리아나를 발견한 치안대 기사가 얼른 허리를 숙여 인사했다.

"맥밀런 영애, 모시러 왔습니다."

* * *

날은 어둑해져 가고 있었다. 레리아나는 사람들 사이로 길을 만들며 움직이는 기사를 따라 군말 없이 발을 옮겼다.

기사는 그녀가 잘 따라오는지 간간히 확인하다가 한 건물로 들어섰다. 그녀는 옥상까지 길게 이어진 계단을 올랐다. 그 뒤로는 아담이 따랐다.

"안에서 기다리고 계십니다."

기사가 허리를 깊게 숙여 인사를 하고는 일을 다 마친 듯 다시 계단을 내려가기 시작했다. 아담과 눈을 마주친 레리아나는 그가 고개를 살짝 끄덕이자, 문고리를 잡았다.

레리아나가 문으로 들어서니 테이블에 앉아 있던 노아가 얼굴을 들며 일어섰다. 잘 꾸며진 옥상 정원 한가운데에는 아름다운 야외 테이블과 의자가 놓여 있었다.

레리아나가 눈을 크게 뜨고 입을 벌렸다. 하얀 천을 덮은 테이블 중앙에 촛대가 은은히 빛을 발했고, 그 주위로 갖가지 음식들이 맛있는 냄새를 풍겨 왔다.

어느새 다가온 노아가 손을 내밀자 레리아나가 이리저리 주위를 둘러보다가 저도 모르게 그의 손을 맞잡았다. 그가 작게 웃으며 그녀를 이끌었다.

"언제 준비한 거예요?"

"방금?"

"바빴잖아요."

노아가 어깨를 으쓱였다.

"그날, 트라타비아에 가지 못했으니까."

아아, 레리아나가 마침 생각났다는 듯 고개를 끄덕였다. 왕성 도서관의 출입패를 받는 대신 노아와 함께 트라타비아에 가기로 했었다. 하지만 그날, 베넷 백작의 세이모어 왕자 암살 시도 때문에 약속을 지키지 못하게 됐다.

한동안은 불쏘시개로 공격당했던 좋지 못한 기억을 떨쳐 버리려, 벽난로 앞에 웅크리고 앉아 신문의 낱말 퍼즐만 열심히 풀었었다.

갑자기 손을 든 노아가 레리아나의 볼 부근을 부드럽게 어루만지며 얼굴 상처가 다 나았는지 확인했다. 그의 시선을 피한 레리아나는 노아의 손가락이 떨어지자 잽싸게 손바닥으로 볼을 문질렀다.

노아는 테이블 앞까지 다가가 의자를 빼낸 후, 레리아나를 앉혔다. 와인을 따른 노아가 식기를 들자 레리아나도 곧 그를 따라 음식을 입에 넣었다.

한동안 말없이 음식을 들던 차, 건물 아래에서 하늘로 빛을 내뿜었다. 빛을 이용한 공연 중 하나였다. 레리아나는 빛이 문양을 그리는 걸 멍하니 바라보다가 문득 물었다.

"이것도 준비한 거예요?"

노아는 잠시 고민하는가 싶더니 대수롭지 않다는 듯 말했다.

"그렇다고 해 두지."

"아니구나."

레리아나가 웃음을 터트렸다. 그러자 노아가 마주 웃었다. 그의 모습을 보던 레리아나는 황급히 다시 하늘로 시선을 돌렸다. 가슴이 계속 소란스러웠다.

노아는 그런 레리아나를 물끄러미 바라보다 제 품 안에 손을 넣었다. 손가락 끝에 작은 케이스의 부드러운 표면이 닿았다. 얼마 전 그레이스에게 부탁해 특별 주문해 놓은 것이었다.

케이스를 쥐고 얼굴을 돌리는데 문득 은색 식기에 제 초조한 눈이 비치자, 그는 움직임을 멈췄다.

어릴 적. 선왕은 제 얼굴을 꼭 이런 초조한 눈빛으로 바라보곤 했다. 노아는 그 눈동자가 견딜 수 없을 정도로 싫었다. 아버지가 자신 너머로 제 어머니를 보고 있다는 사실을 알고 있었기 때문에.

그 멍청한 남자는 어머니가 권력 때문에 자신을 이용한다는 걸 알면서도 그녀가 훌쩍 떠나 버릴까 봐 늘 불안에 떨었다. 제 첫째 아들이 그녀가 내민 독에 다리를 잃었을 때, 시아트리히를 안고 눈시울을 붉히면서도 여자에게는 그 어떤 처벌도 가하지 못했다.

선왕은 그의 어리석음을 탓하는 수군거림을 침묵으로 일관했고, 결국 노아는 왕세자를 해한 여자의 자식임에도 불구하고 유력한 왕위 계승자가 되어 있었다.

어린 그로서는 선왕이 왜 그렇게 어리석은 선택을 했는지 이해할 수가 없었다. 그는 왕이자 아버지로서 수많은 것을 잃었고 남자로서는 아무것도 얻지 못했다.

선왕은 그렇게 사랑을 갈구했지만 그 여자는 마음 한 톨 내주지 않다가 정쟁에 휘말려 사망했다. 마치 그 뒤를 따르듯 선왕도 이른 나이에 병으로 승하했다.

이후 왕위 계승자로 시아트리히와 경쟁하게 된 노아는 자신의 어머니가 다른 남자를 방에 들이곤 했다는 추문을 퍼트렸다. 노아의 황금색 눈동자 때문에 혈통에 대한 의문을 크게 피워 올리는 것엔 실패했으나, 그는 그 스캔들로 인해 왕위 계승을 포기한 것처럼 손을 털 수 있었고, 끝내는 시아트리히를 왕으로 만들었다.

눈을 내리깐 노아가 케이스 표면을 꾹 쥐었다.

노아는 외모나 혈통, 권력, 재산 등의 이유로 지금까지 온갖 가문의 아름다운 여인들에게서 수없이 많은 구애를 받았다. 그러나 그는 그 모든 제안을 정중하게 거절했다. 언젠가는 혼인을 약속해야 한다는 걸 알면서도 누군가가 자신을 사랑해 달라는 얼굴로 바라보는 눈빛이 불쾌했다.

'……참.'

노아는 씁쓸한 얼굴로 시선을 멀리 가져갔다. 그런 자신이 지금 그 어리석은 이들처럼 사랑을 갈구하며 불안해하고 초조해한다니, 믿을 수가 없었다. 그렇게 혐오했던 걸 그대로 답습한 스스로의 모습에 입맛이 썼다.

그때 레리아나가 고개를 내렸다. 눈이 마주치자 머리카락을 귀 뒤로 넘기며 눈을 두어 번 깜빡였다. 그 모습을 계속 바라보자, 부담스러웠는지 눈동자나 자그마한 움직임이 살짝 어수선해졌다.

노아는 불현듯 든 생각에 실소했다. 자신을 피하는 그 얼굴을 돌리고 떨리는 눈꺼풀에 입을 맞추고 싶었다.

'뭐, 어쩔 수 없나.'

그녀를 보면 늘 체념하듯 인정하게 된다. 자신이 충동적이고 맹목적인 데다 어리석기까지 한 남자가 됐다는 걸.

그가 품에서 작은 케이스를 꺼내 테이블 위에 올렸다. 레리아나가 이를 빤히 응시하자 노아가 케이스를 열어 보였다.

"이건……."

레리아나가 낮게 중얼거렸다. 검은 벨벳 케이스 안에는 새하얀 반지가 들어 있었다. 다이아가 촘촘히 박힌 링이 꽃처럼 구부러졌고 그 가운데 커다란 다이아가 박혀 있다.

"그 전 반지는 찾지 마."

노아의 말에 레리아나는 뻣뻣하게 긴장한 목을 겨우 움직였다.

"네?"

그 전 반지? 찾지 말라고? 레리아나가 얼빠진 표정을 짓다 이내 조심스레 되물었다.

"……알고 있었어요?"

노아는 미소로 대답을 대신했다. 레리아나가 눈을 크게 뜨고 황급히 입을 열었다.

"그게-"

"말 안 해도 알아."

그가 심드렁하게 답하자 레리아나가 몸을 앞으로 기울이며 다급하게 말했다.

"아니, 제 말 좀 들어 줘요."

"오해 안 해. 아무리 당신이라도 다른 남자와의 약혼반지를 정표로 내줄 만큼 바보는 아닐 테니까."

그의 담담한 어조에, 말을 이으려고 입을 벌리고 있던 레리아나가 눈을 깜빡였다.

"아."

그렇지? 하는 얼굴로 되물은 노아가 컵을 들어 물을 머금었다.

"음, 그건 그런데. 네……."

그렇지. 다른 남자에게서 받은 약혼반지를 정표로 주는, 그런 사람은 없을 것이다. 맞는 말인데 왜 욕을 먹은 것 같지. 레리아나는 더듬더듬 대답하며 미간을 슬쩍 찌푸렸다.

"그냥 칠칠맞게 돌아다니면서 떨어트린 거겠지."

그가 거만한 표정으로 입꼬리를 올렸다. 비록 그의 표현과 표정이 속을 뒤집어 놓을지라도 하나하나 다 맞는 말인지라, 죄인은 차마 반박은 못하고 입술만 씰룩거렸다.

"……맞습니다. 죄송해요. 비싼 건데."

레리아나가 고개를 숙이고 손가락을 꼼지락거렸다.

"바로 찾으려고 했는데 이런저런 일이 자꾸 생기다 보니까 깜빡 잊어버리는 바람에……. 하여간 죄송해요."

시무룩한 얼굴로 대답하자 노아가 웃으며 레리아나의 손을 들어 올렸다.

"찾지 마. 그 반지에는 의미가 없으니까."

"네?"

차라리 잘된 일이었다. 그것에 어떤 가치가 있건, 약혼녀라는 구색을 맞추기 위해 주었던 돌일 뿐이니까. 노아는 케이스에서 반지를 꺼내 들었다.

"대신, 이건-"

그가 레리아나의 약지에 반지를 끼우며 나지막이 말했다.

"-잃어버리지 마."

노아가 끼워 주는 반지를 바라보는데 무심코 손끝에 힘이 들어갔다. 약지에 감기는 반지가 유난히 무겁다.

"노아."

"지금."

그가 낮은 목소리로 말을 끊었다. 레리아나가 입을 다물었다.

"대답하지 않아도 돼."

노아가 눈을 내리깔고 레리아나의 손가락 끝을 들어 올려 손을 포갰다. 침을 삼키는 소리마저 들릴 것처럼 고요한 침묵이 감돌았다.

레리아나는 긴장한 채로 노아를 바라보고 있었다. 이내 그가 눈을 마주쳤다.

"당신을 사랑해."

* * *

사람들은 여전히 건국제를 즐기는 데 한창이었다. 어색한 기운 가운데 레리아나가 먼저 돌아가 보겠다고 말하자, 노아는 순순히 그녀를 보내 주었다.

문 앞에서 기다리던 아담과 건물 밖으로 나온 레리아나는 사람들 사이에서 뛰어다니는 인영을 피해 옆으로 몸을 옮겼다. 아이들이 웃으며 옆을 스쳐 지나갔고 그 뒤로 부모로 보이는 남녀 둘이 그만 뛰라고 소리치며 아이들을 따랐다.

"알았어요!"

아이들이 웃으면서 손을 흔들었다. 레리아나가 그 모습을 보는데 한 행인이 어깨를 치고 지나갔다.

그렇게 인파 속에서 사람들에게 툭툭 치이며 걷는 레리아나를 보던 아담이 손을 내밀었다. 레리아나가 멍하니 그의 손을 마주 잡자 아담이 그녀를 안고 몇 번 발을 디뎌 옆 건물 지붕으로 올라갔다.

그녀는 아담이 인도하는 길을 따라 조심조심 걸었다. 꼭 쥔 손에서 반지가 눈이 부실정도로 빛났다. 레리아나는 순간 걸음을 멈췄다.

“잠깐, 쉬었다 갈래요?”

몸을 돌린 아담이 고개를 끄덕였다. 둘은 그대로 지붕에 앉아 사람 구경하듯 아래를 내려다보았다.

레리아나는 전하께서 지붕 밟고 다닌다고 화내지 않을까, 어쨌든 자기 집인데, 하는 실없는 생각이나 하다가 숨을 내뱉었다. 하얗게 입김이 부서졌다.

“바람, 좋- 다.”

레리아나는 찬 바람을 맞으며 기지개 켜듯 손을 뻗었다. 단단하게 막혀 답답했던 가슴이 싸늘한 기운에 조금 풀리는 느낌이었다.

아담이 그녀를 물끄러미 바라보다 머리를 쓰다듬어 주었다. 그러자 레리아나가 바람 빠지는 소리를 내며 웃었다.

“상태 안 좋아 보여요?”

아담이 고개를 끄덕였다.

“솔직하시네요.”

레리아나는 다리를 모아 끌어안았다. 떨림과 불안이 함께 밀려왔다. 좋아하는 사람에게 고백을 듣는다면 마냥 행복하고 설레지 않을까, 하던 지난날의 상상과는 조금 괴리가 있었다.

그때 벌떡 일어난 아담이 레리아나의 손을 잡고 어디론가 향했다.

“어딜 가시는 거예요?”

그녀가 묻자 묵묵히 걷던 아담이 한쪽을 가리켰다.

“어?”

인적이 드문 길에는 로즈마리의 손을 꼭 잡은 케이티가 자신을 부르는 존데인을 바라보고 있었다.

"아직 안 가셨나 보네."

자신을 위로하기 위해 가족을 찾아 준 건가. 레리아나가 고맙다 말하고는 웃으며 손을 꾹 쥐자, 아담이 조금 딱딱한 움직임으로 고개를 끄덕였다.

"그런데 도대체 어떻게 찾으시는 거예요?"

아담의 부축을 받아 지붕에서 내려가는데 문득 든 생각에 레리아나가 물었다. 아담은 잠시 고민하다가 코를 톡톡 두드렸다.

"코로? 가능해요?"

아담이 긍정했다.

'굉장하다. 여러모로…….'

가족들과 좀 떨어진 곳으로 내려선 레리아나는 그들에게 인사하려 손을 들었다.

그때 케이티의 손을 잡고 있던 로즈마리가 잠시 한눈을 판 사이에 존데인이 케이티의 입에 입을 맞췄다.

"와."

레리아나가 손을 든 채 굳었다.

존데인이 부인의 허리를 붙들었다. 찐하다. 길다. 뜨겁다. 레리아나는 두 손을 들어 얼굴을 묻고 손가락 사이로 눈만 빼꼼 내보인 채 그들을 힐끔거렸다.

'아직 금실 좋으시구나.'

마치 진짜 부모님의 적나라한 애정 행각을 발견한 것처럼 민망했다. 한참을 지켜보던 레리아나가 그대로 돌아갈까 하는데, 마침 그녀를 발견한 케이티가 존데인의 등을 퍽퍽 때렸다. 그는 어리둥절한 표정을 짓다 황급히 얼굴을 떼며 말했다.

"레리?"

케이티가 존데인을 살짝 밀치며 레리아나에게 다가갔다. 로즈마리가 언니, 라고 부르며 그녀를 따랐다.

"레리, 언제 왔니? 공작님은?"

"식사만 하고 업무 보러 가셨어요."

레리아나는 립스틱을 닦는 존데인을 힐끔거리며 답했다. 케이티가 붉어진 얼굴을 애써 숨기면서 물었다.

"오늘은 집으로 올 거니?"

"네. 그러려고요."

"그래, 매일 공작가로 갈 필요 없어. 우리 집으로 가자."

둘 사이에 끼어든 존데인이 레리아나의 손을 잡고 마차로 향했다. 작게 한숨을 내쉰 케이티가 로즈마리를 챙기며 뒤를 따랐다.

마차는 사냥터로 향하는 구역에 세웠기 때문에 가는 길은 인적이 드물었다. 레리아나는 애써 모른 척했지만, 아까부터 느껴지는 존데인의 흔들리는 시선에 얼굴의 옆면이 따가웠다.

가만히 걷던 존데인이 헛기침을 몇 번 하더니 나직이 물었다.

"흠, 큼. 어디서부터 봤니?"

레리아나는 흐린 시선을 멀리 돌리며 말했다.

"전부 다요."

"그래……."

존데인이 고통스럽게 답했다.

"어머니께는 아무것도 못 봤다고 할게요."

그러자 그가 만족스럽게 웃었다. 그래 봤자 눈 가리고 아웅이었지만, 앞으로 레리아나가 봤다는 이유만으로 애정 행위를 저지당할 때 써먹을 핑계 하나는 얻어 냈다.

잠시 기뻐하던 존데인은 곧 다시 헛기침을 하며 조그맣게 미안하다는 말을 전했다. 레리아나는 미소를 지었다.

"괜찮아요, 저는. 행복하신 것 같아서 보기 좋고……."

레리아나는 반지를 만지작거리며 낮게 읊조렸다.

"두 분 사이는 정말 불안할 게 하나도 없을 것 같아요."

"아니, 매일 밤마다 불안해."

존데인이 아주 당당하게 말했다. 예상외의 답에 레리아나가 어리둥절해 그를 바라보았다. 그러자 그가 조용히 속삭였다.

"옛날에 말이야. 네 엄마가 아빠 말고 좋아하는 사람이 있었거든."

"정말요?"

처음 듣는 비화였다. 레리아나가 눈을 크게 뜨고 되묻자 존데인이 웃으며 말했다.

"그래. 정말 좋은 사람이었지. 봉사를 다니다가 만난 사람이라고 했어. 고아원을 운영했는데 인성도 좋고 인물도 훤칠하고……."

존데인은 케이티에게 첫눈에 반해 그녀를 따라다녔지만, 케이티는 몇 번이고 그의 고백을 거절했다. 그 남자 때문이었다.

그러던 어느 날, 남자가 행방불명됐다.

"무슨 운동에 가담했다고 하던데. 잘은 몰라. 어디서 죽었는지, 멀리 도망갔는지."

마음 같아서는 어디서 죽었으면 좋겠지만. 선뜩한 말에 레리아나가 입을 다물자 존데인이 어깨를 으쓱하며 뒤를 돌아보았다.

케이티는 로즈마리에게 졸리지 않느냐고 묻고 있었다. 로즈마리는 안 졸리다며 고개를 저었고, 케이티가 난처하게 웃었다.

"첫눈에 사랑에 빠져 영원히 한 사람만을 바라보는 소설 같은 일이 계속된다면 좋겠지만 말이다. 세상의 어느 누가 미래의 일에 대해 완전한 확신을 가질 수 있겠어. 첫눈에 불타올라 꺼지지 않을 것 같던 사랑도 언젠가는 식기도 하고 변하기도 하지."

존데인은 가끔 그 남자가 다시 케이티에게 찾아오는 꿈을 꾼다고 했다.

"그래도 불안해하기만 하면 아무것도 시작되지 않아. 뭐든 그런 것 아니겠니?"

"그래도…… 행복하세요?"

"그럼."

존데인이 미소를 지으며 레리아나의 머리를 가볍게 툭툭 두드렸다. 레리아나가 존데인의 어깨에 머리를 기댔다.

"그런가요."

"응."

"……상대에게 다른 운명이 나타날지도 모르는데도요?"

"누구나 그런 생각을 해 보곤 해."

존데인이 레리아나의 어깨를 끌어안았다.

"나도 얼마 전에 깨달았지만 말이야, 올지 안 올지 모르는 미래를 미리 걱정할 필요는 없어."

지금 행복하면 된 거 아니겠니. 존데인이 대수롭지 않다는 듯 말했다.

레리아나가 가만히 고개를 끄덕였다.

18장

지금 (上)

지금 (上)

무투회를 구경하기 위해 수많은 사람들이 경기장을 메웠다. 중앙에는 무대 형식으로 된 원형 단 주위로 치열한 예선을 통과한 실력자들이 대열을 맞추어 서 있었다.

상석에 앉은 시아트리히가 왕가의 문양이 새겨진 깃발이 있는 곳까지 걸어 나가자, 의례관이 뿔피리를 불어 분산된 사람들의 시선을 그에게로 집중시켰다. 그가 손을 흔드니 경기장 내에서 큰 함성이 쏟아졌다.

무투회 참가자들은 경기 시작 전, 자신의 우승을 바칠 레이디를 찾아 걸음을 옮겼다. 레리아나는 그들 속에서 익숙한 백금발을 찾아내고는 눈을 깜빡였다.

"저스틴?"

손을 흔들어 인사한 저스틴이 레리아나가 앉아 있는 귀빈석 앞으로 다가오더니 검을 뽑아 들었다. 그는 맹세하듯 검을 얼굴에 대곤 다시 안내에 따라 참가자들 안으로 사라졌다.
레리아나가 눈썹을 찡그렸다.
'설마…….'
불안한 예감이 들었다.

* * *

토너먼트식으로 진행되는 무투회는 매 시합 후 승자에게 동백꽃을 건넨다. 승자는 그 동백꽃을 본인이 사랑하는 레이디에게 전하는데, 보통은 승자가 나뉘기 때문에 동백꽃의 주인은 단 한 명이었다.
동백꽃을 받기 위해 대기하고 있던 여러 여성들의 시선이 한곳으로 모였다. 그리고 레리아나도 제 무릎 위로 쏟아지는 동백꽃을 가만히 바라보았다. 유독 옆에 앉은 남자의 시선이 따가웠다.
또 한 번 승리를 거둔 저스틴이 단 위에서 웃으며 검을 흔들자, 사람들이 환호성을 내질렀다. 저스틴은 환호성에 응해 손으로 검을 두 바퀴 돌려 검집에 밀어 넣었다. 단장직에 잘리지 않을 정도로 실력은 있다더니 허언은 아니었던 모양이다.
그는 무투회의 시종이 건네는 동백꽃을 받아 들어 다시 레리아나에게로 던졌다.
"……."
승자가 던진 동백꽃은 거절할 수 없다. 싱글싱글 웃는 저스틴을 보며 레리아나는 이러지도 저러지도 못하고 속만 타들어 가는 기분이었다.
레리아나는 슬쩍 눈동자만 돌려 노아를 훔쳐보았다. 그는 팔짱을 끼고 싸늘한 표정으로 저스틴을 응시하고 있었다. 입이 바짝바짝 말라 갔다. 언제 터질지 모를 시한폭탄 옆에 앉아 있는 기분이다. 레리아나가 애써 회피하려는데, 문득 시아트리히가 자신 쪽을 바라보고 있단 것을 깨달았다.

상석에서 내려다보는 시아트리히는 재밌어 죽겠다는 얼굴로 터지는 웃음을 참기 위해 입을 꾹 막고 있었다. 그 밉살맞은 얼굴은 역모에 대한 의지를 들끓게 만들 정도였다.

레리아나가 어금니를 꽉 물고 그를 노려보니 나오미가 시아트리히에게 귓속말을 했다. 그러자 시아트리히가 침울한 얼굴로 몸을 돌렸다. 레리아나가 나오미에게 고개를 숙이며 인사를 보냈다.

저스틴은 파죽지세로 승리를 이어 갔다. 검을 잘 모르는 레리아나도 이름을 알 만한 기사들이 하나둘씩 그의 앞에서 검을 놓았다. 그와 함께 동백꽃은 더 수북하게 쌓여 갔다.

시시한 경기에 야유를 보낼 만도 하건만 쇼맨십이 뛰어난 저스틴에게 사람들은 열광했고, 그렇게 경기가 모두 끝나는 듯싶었다.

시아트리히가 앞으로 나서서 그의 승리를 축하했다. 저스틴은 그 앞에 무릎을 꿇고 단호하게 말했다.

"저스틴 샤말. 우승의 영광을 레리아나 맥밀런 영애께 바칩니다."

'샤말?'

샤말 가문 사람이었어? 순간 비비안 샤말이 떠오른 레리아나가 놀라기도 전에 저스틴이 노아에게로 시선을 돌렸다.

"공작님. 그날, 기사는 검으로 말한다는 말…… 들으셨습니까?"

웃는 얼굴이었지만 명백한 도발이었다. 무표정으로 보고 있던 노아가 일어섰다.

"노아?"

아니겠지, 설마……. 레리아나가 그를 부르며 소매를 잡았지만 노아는 타이를 풀며 미소 지었다.

"다녀오겠습니다."

"어디를요?"

"밑에 좀."

"잠깐만요. 밑에를 왜 가요, 노아?"

"아담."

레리아나가 재차 입을 열기도 전에 노아가 아담에게 눈짓했다. 아담이 고개를 끄덕이며 옆에 서 있던 근위대 기사의 검을 빼앗아 그에게 건넸다. 근위대 기사가 어쩔 줄 몰라 하니, 저스틴이 괜찮다는 뜻으로 손짓했다.

"노아."

레리아나가 일어나 그를 말리려 했으나 그는 어느새 난간 앞에 서 있었다.

"레리아나."

레리아나의 이름을 부른 노아가 눈짓으로 인사를 하곤 난간을 밟고 아래로 뛰어 내려갔다. 몸을 풀 듯 검을 쥐고 팔을 두어 번 흔드는데, 저스틴이 웃으며 그를 맞이했다.

"공작님이 되시고 나서는 검을 맞대는 건 처음 아닙니까."

"맞아."

"그때는 왕자님이라고 봐 드렸습니다만, 오늘은 아닙니다."

저스틴이 검을 빼내며 능청맞게 말했다.

"그때는 어린 동생이라 봐주었지만, 오늘은 안 되겠어."

노아가 웃었다.

* * *

‘기절할까.’

레리아나는 본격적으로 검을 맞댈 준비를 하는 두 남자를 보며 심각하게 고민했다. 이대로 쓰러지면 부끄러움과 민망함이 덜할 것 같다. 마치 수면 내시경을 하는 것처럼 자는 사이에 괴로운 시간이 모두 끝날 것 아닌가.

맨땅에 머리라도 박을까 고심에 고심을 거듭하던 그때, 시종장이 뒤에서 다가와 레리아나를 조용히 불렀다.

“전하께서 부르십니다.”

레리아나가 고개를 들자 시아트리히가 웃으며 손을 흔들었다. 과하게 반기는 그의 모습에 레리아나는 무심코 싫은 표정을 지었다. 시아트리히의 머릿속에 사는 못된 피터팬이 오늘따라 더 활발하게 움직이고 있는 것이 느껴졌다.

‘차라리 나도 밑으로 뛰어내릴까.’

온갖 생각이 스쳐 지나갔으나 레리아나는 이내 결연하게 고개를 끄덕인 후 시종장을 따랐다. 주변에서 시선들이 따라오는 게 적나라하게 느껴졌다. 저스틴, 노아, 자신의 이름을 거론하는 수군거림도 들려왔다.

레리아나는 괜히 주눅 들어 보이지 않도록 턱을 꼿꼿이 들었다. 그러나 마음속으로는 이대로 사라지고 싶었다.

‘민망해.’

저 둘 사이에 낀 여자가 어떻게 생겼는지 확인하고 싶어 하는 사람들이 고개를 쭉 빼고 레리아나의 얼굴을 살폈다. 이런저런 품평 소리가 이어지자 이제는 이대로 죽고 싶은 건지, 누군가를 죽이고 싶은 건지 분간이 안 될 정도였다.

"레리아나 양."

너무나 길게 느껴지던 길을 지나 시아트리히 앞에 서니 그가 눈을 반짝거리며 레리아나를 불렀다.

"전하, 부르셨습니까."

그는 의자에 몸을 묻곤 짐짓 엄한 목소리로 말했다.

"우리나라에서도 내로라하는 두 기사를 좌지우지하다니."

눈은 재밌어 죽겠다는 의견을 적나라하게 표현하며 반짝였고 입꼬리도 꿈틀거렸지만, 어소반큼은 왕답게 말했다.

"전하. 표정 관리 좀 하십시오."

보다 못한 나오미가 시아트리히에게 나직이 언질을 주었다. 그는 '내가 뭐 어때서.'라는 얼굴로 인상을 찌푸렸으나, 나오미가 이를 드러내며 고개를 저었다. 그러자 시아트리히가 빚진 소작농의 딸을 잡아 온 악덕 사채업자 같은 표정을 풀었다.

레리아나는 초조하게 경기장을 내려다보았다. 둘은 검을 쥐고 서로를 경계하며 미동 없이 서 있었다.

그녀는 시아트리히가 나오미와의 얘기를 끝내자 고개를 숙였다.

"전하. 송구합니다만, 긴히 부탁드릴 일이 있습니다."

흐응, 하며 콧소리를 낸 시아트리히가 빈 의자에 손짓했다.

"여기 앉게."

원래라면 비비안 샤말이 앉을 자리였으나 그녀의 불참으로 비어 있는 자리였다. 그 반대편에 앉아 있던 소로소가 얼굴을 내밀고 있다가 의자를 바라보던 레리아나와 눈을 마주쳤다.

"마마."

레리아나가 간략하게 인사하니 소로소가 미소 지으며 고개를 끄덕여 인사를 받았다.

"어차피 빈자리니 잠깐 앉게."

레리아나가 자리에 앉자 시아트리히가 느긋하게 무엇을 청하고 싶은지 물었다. 그녀는 그의 말에 잽싸게 답했다.

"전하께서 저 둘을 말려 주세요."

그에 시아트리히가 턱을 괴고 비식비식 웃었다.

"왜? 저것도 여자들의 로망 아니던가."

"제 로망은 아닌 것 같습니다."

학교 운동장에서 공개 고백 받은 것 같은 부끄러움과 민망함이 썰물처럼 몰려왔다.

시아트리히가 대수롭지 않다는 듯 손을 내저었다.

"이참에 하나 구비해 둬."

"오늘 이후로 그 로망을 키울 자리가 완전히 메마를 것 같습니다."

"이런, 이런."

시아트리히가 안타깝다는 듯 혀를 쯧쯧 찼다. 그는 턱을 괸 채, 눈동자를 이리저리 굴리면서 애타는 시선을 보내는 레리아나를 가만히 바라보았다. 그러고는 뭔가 고심하듯 으음, 하며 소리를 늘렸다.

그때 경기장 중앙에서는 저스틴이 먼저 한 발을 내디뎠다. 노아가 제게 날아오는 검날을 흘렸고, 레리아나의 입이 경악으로 벌어졌다.

"전하."

레리아나가 절박한 얼굴로 시아트리히의 의자 걸이를 잡았다. 나오미가 이제 그만 놀리라는 듯 고개를 젓자 시아트리히가 입맛을 다시며 말했다.

"좋아. 그럼 하나 선택해."

"네?"

"지금 둘은 내 허락도 없이 시합을 지속하고 있지."

"네에."

레리아나가 고개를 끄덕였다.

"본래라면 둘 다 왕실의 공식 행사를 방해한 죄로 감옥에 가야 하겠지만."

"네?! 그게 무슨……."

"하나는 봐두지."

"전하……."

"선택해. 누굴 구할 거야?"

말려 달랬지, 감옥에 보내랬나. 레리아나가 창백한 얼굴로 나오미에게 시선을 주었다. 그러나 나오미도 어쩔 수 없다는 듯 가만히 고개를 저었다.

경기장에서의 격돌은 점점 더 격해지고 있었다. 검이 부딪히는 소리가 요란하게 들렸고 관람객들은 그 빠른 움직임을 하나도 놓치지 않으려고 모두 집중하고 있었다.

"저 둘, 예전에도 가끔 다칠 때까지 대련을 하곤 했는데 말이야."

시아트리히가 과거를 회상하며 나직이 말했다. 레리아나가 몸을 들썩이면서 아래를 응시했다.

"지금 보아하니 둘 중 하나는 팔이 떨어지겠군."

시아트리히가 짓궂게 웃으며 나오미를 향해 고개를 돌려 물었다.

"신관들이 그런 것도 고치던가?"

"무리입니다, 전하."

"그래? 안타깝네."

그가 턱을 괴고 심드렁하게 대답했다.

"잠, 잠시만요, 전하! 잠깐만, 정말 그런데도 저렇게 내버려 두실 건가요?"

"선택하라니까."

"아니, 전하."

마음 같아서는 시아트리히의 멱살을 잡고 짤짤 흔들며 당장 멈추라고 소리치고 싶었다. 그러나 권력이 어찌나 무서운지, 이런 급박한 상황에서도 쉽게 손이 나가질 않았다.

"어구, 저거 봐. 큰일 나겠네."

그 맘을 아는지 모르는지 시아트리히는 점점 더 화색이 도는 얼굴로 그들을 손가락질했다.

챙- 소리와 함께 검이 부딪혔다. 레리아나는 욕설이 혀끝까지 치밀어 오르는 것이 어떤 기분인지 생생하게 체험하고 있었다.

"할게요!"

"할 거야?"

시아트리히가 눈을 게슴츠레하게 뜨며 느릿하게 물었다. 분통을 터트린 레리아나가 일어섰다.

"네, 할게요. 할게요!"

그가 말해 보라고 고갯짓을 했다.

이 자식, 왕만 아니었어도. 울상을 지은 레리아나가 입을 벌리는 순간이었다.

쿠구구궁.

커다란 굉음이 경기장을 강타했다. 그와 함께 지축이 흔들렸다.

* * *

긴 이명이 귓속을 맴돌았다. 아무 소리도 들리지 않자 시야 안에 당황한 사람들의 움직임이 무성 영화처럼 펼쳐졌다. 언제나 품위와 기품을 중시하던 귀족들의 공포에 질린 눈과 크게 벌린 입이 보였다.

그리고 소리가 돌아오자마자 폭발음이 연속적으로 이어졌다. 그와 함께 경기장을 두른 돌벽과 계단들이 파도를 맞은 모래성처럼 힘없이 허물어졌다. 붕괴와 대피로 사방에는 흙먼지가 자욱했다.

'테러?'

현실감이 없다. 그저 멍하니 앞을 보며 서 있는데, 뒤에서 확 잡아당기는 힘에 고개를 돌렸다. 근위 기사들이 왕을 보호하고 그들 사이 시아트리히가 나오미의 팔을 잡고 안으로 데려가는 모습이 보였다. 어느새 올라온 노아가 레리아나를 뒤로 끌었고 저스틴이 앞을 막아서 있었다.

저스틴은 레리아나가 괜찮다는 것을 확인한 후, 입술을 깨물고는 시아트리히를 데리고 이동하는 근위 기사들에게 합류했다. 위급 상황인 만큼 왕인 시아트리히의 곁에서 멀어져 있을 수는 없었다.

"대피시켜!"

곳곳에서 기사들을 지휘하는 목소리가 커다랗게 들려왔다. 그들 사이에서 계속 무너지는 경기장을 믿을 수 없다는 것처럼 보던 레리아나가 겨우 눈을 깜빡였다.

'이럴 리가 없는데.'

'오늘은 아무 일도 일어날 리가 없는데.'

누군가에게 이끌리듯 움직이며 레리아나가 초조한 얼굴로 입술을 깨물었다. 본래라면 건국제를 대비한 철저한 경비 강화로, 테러를 계획하던 과격파의 잔챙이는 순찰하던 기사에게 잡혀야 했다.

총알받이로 이용하다 버려질 용도로 쓰인 어린 소년이었기 때문에 그에게서 별다른 수확을 얻을 수는 없었을 테고. 그저 큰 희생을 낳을 수 있었던 참사를 막았다는 것에 의의를 둔 미수 사건으로 취급되어야 했다.

'그런데 왜 갑자기?'

예정된 수순이 갑자기 바뀌었다.

"아."

생각에 잠겨 있던 레리아나가 눈을 크게 떴다. 갑자기가 아니다. 이런 사고가 있을 수 있었던 충분한 환경은 이미 만들어져 있었다. 히이카의 예정에 없던 대륙 순회 연설로 인한 과격파의 거센 반발. 그리고 어제, 치안대와 근위대의 충돌로 인한 보안의 구멍.

'나 때문에 미래가 바뀌어서.'

고통에 찬 비명이 들려왔다. 흠칫하며 고개를 든 레리아나가 아비규환이 된 경기장을 돌아보았다.

'어떻게 하지.'

폭탄이 얼마나 더 있을지, 어디에 있을지, 그런 정보들은 아무것도 알 수가 없었다. 지금 자신이 아는 것은 단 하나뿐이었다.

레리아나가 두리번거렸다. 그리고 곧 자신을 내려다보는 흑발의 사내를 알아챘다. 노아는 갑작스러운 상황 때문에 그녀가 두려워하는 것이라 생각했는지, 안심시키듯 레리아나의 손을 잡고 움직였다.

"노아."

레리아나가 다급하게 그를 불렀다.

"제게 빚이, 있었죠."

기억할까? 맨 처음, 약혼 발표를 위해 무도회에 가던 날. 에리틸 가문의 커넥션을 찾기 위해 이용당해 주는 대신 일방적으로 빚을 지웠다.

"갑자기 그게—"

기억하든 말든 지금으로서는 다른 방도가 없다. 레리아나는 의아한 얼굴을 하고 있는 노아에게 말했다.

"그거 지금 쓸게요. 그러니까 지금은 아무것도 묻지 말고, 제 말대로 해 주세요."

레리아나가 잡히지 않은 다른 손으로 노아의 소매를 꾹 쥐고 그를 올려다보았다.

"레리아나."

그녀의 이름을 부른 노아가 슬쩍 미간을 찌푸리며 얼굴을 감쌌다.

"이 일이 끝나면 다 말할 테니까."

믿을지 믿지 않을지는 알 수 없어도.

"기사들을 데리고 수로로 가요."

레리아나가 단호하게 말했다.

"이 테러 주모자들, 지하 수로에 있어요."

그는 점점 더 혼란에 빠진 모습이었다. 광란에 빠져 도망치는 사람들에게서 레리아나를 품으로 끌어온 후에 노아가 다시 입을 열려 했다. 그러자 레리아나가 고개를 저었다.

"무슨 생각할지 아는데, 지금 말하려면 길어요."

다른 세계에서 영혼이었던 자신이 이 몸으로 빙의되었고, 그 이전 세계에서 많은 일들을 책으로 읽었다고……. 그 모든 것을 지금 상황에서 납득시키기는 힘들 것이다. 그녀는 차라리 제게 의심을 품은 채로 먼저 움직이게 하는 것이 나을 거라 판단했다.

그러나 노아는 쉽사리 걸음을 떼지 못했다.

"그냥 들어주세요."

다른 좋은 방법이 있을지도 모르지만. 지금으로서는 머리가 하얗게 물든 것처럼 아무런 생각도 떠오르지 않는다. 답답함과 무력함에 레리아나가 노아의 팔에 이마를 기댔다.

한숨을 내쉰 노아는 레리아나의 등을 쓰다듬었다. 잠시 고민하는가 싶더니 이내 그가 아담을 불렀다.

"아담."

둘을 바라보며 서 있던 아담은 노아의 부름에 가까이 다가왔다. 노아는 아담에게 레리아나를 넘긴 후, 주위에서 사람들을 대피시키는 기사 둘을 불렀다. 기사들이 다가오자 노아가 레리아나를 돌아보았다.

"먼저 가 있어. 처리하고 따라갈 테니까."

그녀는 기사들 앞으로 걸음을 옮기려는 노아의 손을 잡으며 말했다.

"조심해요."

노아가 미소 짓더니 레리아나의 이마에 입을 맞췄다.

* * *

노아가 떠나고 이마를 만지작거리던 레리아나는 아담의 리드에 몸을 돌렸다. 그때 시야 끄트머리에 한 남자의 당혹스런 시선이 잡혔다가 사라졌다.

'뭐지?'

분명히 우연히 저를 보고 있다가 눈이 마주친 낌새는 아니었다. 계속 자신들을 바라보고 있던 것인가. 재빨리 그를 향해 얼굴을 돌리자 남자가 황급히 시선을 떼고는 도망치듯 자리를 떴다.

'저 남자는…….'

남자의 뒷모습을 보던 레리아나가 인상을 찌푸렸다. 그러고는 놓치기 전에 그가 가는 길을 서둘러 따랐다. 그 뒤로 아담이 함께 발을 옮겼다.

남자는 두리번거리며 주변을 살피더니 어딘가를 향해 고갯짓으로 신호를 보냈다. 레리아나가 신호를 받은 이를 확인하려 했으나, 뒤를 쫓던 남자 곁으로 사람들이 지나가자 그에게로 시선을 고정했다.

그는 이리저리 서성이면서 기사들의 위치를 확인하더니 제게 신경 쓰지 않는다는 것을 확신한 후 건물 사이로 미끄러지듯 들어갔다. 그녀는 그 뒤를 쫓아 건물 벽 앞으로 바짝 붙어 섰다. 아담이 그 옆에 서서 가만히 칼자루를 쥐었다.

'발두르 게일.'

레리아나는 남자의 뒷모습을 보며 그의 이름을 떠올렸다. 처음 노아에게 약혼을 청하러 갔을 무렵, 계약을 맺기 위해 지푸라기라도 잡는 심정으로 입에 올렸던 이름이었다.

과격파에게 몰래 지원을 보내고 있다는 소문 때문에 작위 계승을 놓친 백작가의 장자. 명색이 가족인지라 전대 게일 백작은 협조하지 않았지만, 이번에 작위를 계승한 둘째 헤럴드 게일의 전폭적인 협력으로 결국 덜미가 잡힐 뻔했던 이였다.

발두르는 초조하게 무언가를 기다리는 중이었다. 발을 가만두지 못하고 이리저리 움직이는데, 곧 반대편의 비스듬한 그림자가 드리워진 곳에서 왕성 제복을 입은 시종이 그 앞으로 다가갔다. 그는 발두르가 인기척을 내자 짐짓 화난 듯한 목소리를 냈다.

"무슨 일이십니까. 이렇게 불러내지 않기로 하셨잖습니까."

발두르는 그의 짜증을 한 귀로 흘리며 나직이 말했다.

"윈나이트 공작이 가고 있다고 전해. 일행이 수로에 있다는 걸 어떤 여자가 알고 있었어."

곤혹스러운 얼굴이던 시종은 발두르의 말을 듣자마자 금세 심각해진 투로 말소리를 낮추었다.

"걱정은 마십시오. 혹시나 하는 상황을 대비해 트랩을 설치해 두었습니다."

이를 엿듣고 있던 레리아나가 초조하게 손을 모았다.

'트랩?'

"돈 쓴 보람이 있군."

발두르는 고개를 끄덕이며 만족스레 웃었다.

"그런데 어떤 여자라니. 어떻게 알고 있단 말입니까."

"그건 몰라. 어디서 정보가 샜을지도. 일단 데리고 와서 친절하게 물어보면 알게 되겠지."

고개를 저은 발두르가 제 품을 두드리며 말했다. 가슴 포켓에 든 총기의 윤곽이 드러났다.

레리아나가 눈을 가늘게 떴다.

'정말 친절하게도 물으시겠군.'

발두르의 말이 사실이라면 꼭 그녀를 찾아와 친절한 질문이든 난폭한 질문이든 답을 받아 낼 것이다.

얼굴을 끄덕이며 수긍한 시종이 입을 열었다.

"그 여자는 누구입니까? 지금 어디에 있는–"

그러나 그의 말이 끝나기도 전에 아담이 순식간에 안으로 파고들어갔다. 찰나간에 벌이진 일에 시종이 뒤늦게 반응했으나, 결국 피할 방도가 없어 낮게 신음했다. 검은 검날은 그의 목 앞에서 냉기를 뿜고 있었다. 싸늘한 기운에 시종의 목울대가 크게 움직였다.

시종이 두 손을 들고 뒤로 조금 물러나려 하자 무표정한 얼굴의 아담이 검을 더 바짝 갖다 대었다. 뒤에서 이를 모두 보고 있던 발두르는 아담의 눈치를 보다가 주춤거리면서 움직였다. 아담은 그는 아랑곳없이 시종만을 응시하며 입을 열었다.

"트랩은 어디에 있지."

시종이 입을 꾹 다물며 말하지 않겠다는 의사 표시를 보였다. 시종의 쏘아보는 눈빛을 보던 아담이 레리아나에게 잠시 시선을 주었다.

"뒤, 돌아보십시오."

"네? 네……."

처음 듣는 아담의 명령조에 당황한 레리아나가 얌전히 몸을 돌렸다. 이를 확인한 아담이 시종의 허벅지에 검을 박았다가 비틀며 다시 뽑아냈다.

“크아악!!”

시종이 허벅지를 쥐며 무릎을 꿇었다.

“트랩.”

재차 묻는데 뒤에서 발두르가 팔을 움직였다. 품에서 리볼버를 꺼내려 한 것이다. 그 순간 허리를 숙인 아담이 그 앞으로 빠르게 이동했다.

“크헉!”

발두르가 피가 쏟아져 내리는 목을 두 손으로 부여잡았다. 흘러내리는 피를 붙잡아 보려 했으나 무리였다. 그는 믿을 수 없다는 얼굴로 아담을 응시했다.

아담은 다시 시종에게 돌아가 다른 쪽 허벅지에 검날을 꽂았다. 시종의 비명 소리가 다시 한 번 터져 나옴과 동시에, 발두르의 몸이 앞으로 기울어졌다.

아담이 칼을 재차 뽑아내자 시종은 이내 흙먼지를 날리며 고꾸라졌다.

아담이 그에게 친절한 질문을 지속하는 동안, 레리아나는 쓰러진 발두르에게 슬그머니 다가가고 있었다. 어떻게 반입했는지는 몰라도 그가 품을 두드렸을 때 리볼버의 윤곽이 드러난 것을 확인했다.

죽은 이의 품은 이미 피로 범벅이 되어 있었다. 인상을 찌푸린 레리아나는 망설임 없이 단추를 풀기 시작했다. 누군가에 대한 걱정으로 머릿속이 꽉 차 있어서 이 모든 것이 별것 아닌 일처럼 느껴졌다.

'노아.'

질척이는 피 때문에 미끄러진 손가락이 단추를 빗겨 나갔다. 레리아나가 탄성을 내지르려다 이내 입술을 깨물었다.

시종이 좀처럼 입을 열지 않자, 아담은 조금 더 난폭한 방법으로 대답을 재촉했다.

레리아나는 누군가 상황을 살피러 오면 일이 지체되는 것이 아닐까 걱정하며 골목으로 들어오는 입구를 돌아보았다. 그러나 소란스러운 바깥 상황은 시종의 비명을 묻어 버렸다.

"3, 구역, 입구……."

끊임없이 이어진 비명으로 시종의 목소리는 벌써 쉬어 있었다. 끝내 시종은 지친 목소리로 띄엄띄엄 정보를 선했다.

수로로 가는 입구는 세 구역으로 나누어진다.

아담이 일어섰다. 우선 레리아나를 근위대에 합류시킨 이후에 수로로 향할 생각이었다. 그러나 레리아나가 그의 생각을 읽은 것처럼 먼저 선수를 쳤다.

"저도 갈게요. 지름길을 알아요."

시아트리히에게 잡혀 왕성 내를 뱅글뱅글 돌던 때, 지하 수로로 가는 비밀 통로를 지났던 적이 있다. 노아가 떠난 지 시간이 꽤 지나 있었다. 아담이 아무리 빠르다 해도 인파를 헤치며 수로로 이동하는 것보다는 비밀 통로를 이용하는 것이 시간을 더 단축할 수 있으리라.

그러나 검을 갈무리한 아담은 고개를 저었다.

그때 레리아나가 리볼버를 꺼내 들고 허리를 세웠다. 그녀는 빠른 손놀림으로 약실을 개방해 탄환을 확인한 후 다시 결합했다.

"방해는 안 될 테니까."

두 손으로 총 아랫부분을 꽉 쥔 레리아나가 몸을 돌렸다.

* * *

노아는 손에 익지 않은 검의 손잡이를 만지작거렸다. 아까 받은 근위 기사의 검이었다. 그는 이 검을 어찌해야 할지 잠시 고민에 빠졌다. 방금 저스틴과 검을 맞대 본 후 알게 된 것이지만, 근위 기사의 검은 왕국에서 기사들에게 대량으로 보급한 것으로 검날이 무디고 소재가 약해 자신의 힘을 감당하지 못하고 부서질 확률이 높았다.

노아는 아수라장이 된 주변을 살피고는 어쩔 수 없다는 듯 검을 허리춤에 갈무리했다. 마음에 차지 않는다고 지금 집무실에 있는 자신의 검을 가지러 가기에는 시간이 촉박했다. 노아는 일단 가는 길에 보이는 기사들을 불러 모았다. 어리둥절한 표정으로 모인 기사들 중 한 명은 지원을 요청하라 보냈고, 나머지 기사들과는 수로로 향했다.

"수로에는 왜 가시는 겁니까?"

수로로 간다는 짧은 설명만 듣고 노아를 따라 묵묵히 걷던 기사 하나가 불쑥 물었다. 이에 노아가 그를 돌아보았다.

"수로에 테러범들이 있다는 제보를 받았다."

"제보요?"

뒤에 서 있던 다른 기사가 누구에게 받은 제보인지를 물어왔다.

"……."

그를 시작으로 다른 이들에게서도 몇 가지 질문이 더 쏟아졌다. 그러나 노아는 묵묵부답으로 다시 걸음을 옮기기만 할 뿐이었다. 기사들이 서로를 바라보며 의아한 기색을 보이다가 이내 입을 다물었다.

노아는 가볍게 주먹을 쥐었다 폈다.

'어떻게.'

수로에 있을 주모자들이나 테러 사건에 대한 생각들 대신 레리아나의 목소리가 머릿속을 메우고 있었다.

'어떻게 그렇게 확신할 수 있지.'

그녀에게로 온갖 물음들이 봇물 터지듯 흘러나가는 것을 겨우 참아 냈다. 그녀와는 첫 만남부터 그랬다. 그녀는 마치 미래에 일어날 일들을 미리 알고 있는 것처럼 보였다.

그간 레리아나의 이상한 일면을 노아는 그저 안일하게 통찰력이 좋은 것으로 여겼다. 그답지 않은 일이었으나, 레리아나가 관련된 일에는 꼭 그렇게 앞이 보이지 않는 것처럼 굴게 되었다.

'만약 레리아나가 과격파들과 모종의 관계가 있는 거라면.'

그래서 제게 접근한 거라면. 노아는 생각을 정리하며 잠깐 눈을 감았다. 만약 그렇다 해도 지금의 자신으로서는 어찌할 수가 없었다.

노아는 씁쓸한 미소를 짓곤 수로 앞에 섰다. 지하로 들어가는 세 터널 앞에서 그는 기사들을 3명씩 두 그룹으로 나누었다.

"알파는 1구역, 베타는 2구역으로 나눠 들어간다."

노아가 몇 가지 주의 사항을 더하자 기사들이 짧고 크게 대답했다. 그리고 노아가 고개를 끄덕이자 기사들이 1, 2구역으로 질서정

연하게 진입했다.
"자네는 나와 같이 가지."
그룹을 배정받지 않은 기사, 프레스턴에게 고갯짓을 하자 그가 '옛!' 대답하며 노아에게로 다가갔다.
무슨 소리를 들은 것처럼 잠시 뒤를 돌아본 노아는 프레스턴과 함께 3구역 입구로 향했다.

* * *

왕성 내 출입을 관리하던 근위 기사들은 모두 밖에서 사람들을 대피시키고 있었다. 평소 쉽게 진입할 수 없는 곳까지 수월하게 들어선 레리아나와 아담은 고요한 복도를 뛰어서 가로질렀다.
그녀는 복도 중앙에 있는 방 안으로 문을 밀고 들어갔다. 조용한 방은 깨끗하게 정리되어 있는 채였다. 두리번거리던 레리아나가 방 안의 그림을 들고 스위치를 눌렀다. 그와 함께 드르륵, 움직이는 소리가 들리며 책장이 옆으로 밀리고 통로가 모습을 드러냈다.
아담이 바로 통로 안으로 들어가려는데 레리아나가 드레스의 앞 단추를 툭툭 풀기 시작했다. 그 모습을 의문스레 바라보던 아담은 레리아나가 드레스를 확 들어 올려 벗기까지 하자 반대쪽으로 고개를 돌렸다.
케이티가 알면 기겁을 하겠지만 레리아나는 단추를 대충 풀고 드레스를 찢듯이 머리 위로 들어 올렸다.
'이대로는 불편해.'
아름다운 드레스는 현재로선 방해만 될 뿐이다. 레리아나는 거추

장스러운 장식이 잔뜩 달린 드레스를 옆으로 내던진 후에 버슬 패드를 벗었다.

"후."

몸이 가벼워지자 숨을 내뱉은 레리아나가 안에 받쳐 입는 얇은 원피스만 걸친 채로 몸을 풀다, 고개를 돌린 아담을 발견했다.

"봐도 괜찮아요. 속에 옷 또 입었어요."

레리아나는 대수롭지 않다는 듯 제 원피스를 펄럭거리며 말했다. 옷이 펄럭일 때마다 그녀의 다리가 드러났다가 사라졌다.

아담은 괜찮지 않았다.

어쨌거나 대충 준비를 마친 후, 스치듯 시계를 바라본 레리아나가 말했다.

"서두르죠."

아담이 고개를 끄덕였다.

'노아.'

괜찮을까. 제발 늦지 않았으면 좋겠는데. 눈을 깜빡일 때마다 피를 흘리는 노아의 잔상이 나타나 선뜩하게 머릿속을 할퀴어 댔다. 긴장으로 손끝은 차가워졌다.

'제발, 제발, 제발.'

속으로나마 기도한 레리아나가 문득 입을 벌렸다.

"아-"

바로 통로에 들어서려던 아담은 레리아나가 갑자기 치맛자락을 올리고 허벅지를 드러내자 움직임을 멈췄다. 아담이 다시 고개를 돌렸다.

레리아나는 허벅지에 천을 둘둘 둘러 리볼버를 갈무리했다. 시아트리히처럼 별일 없이도 잘 싸돌아다녀 비밀 통로에 어지간히 익숙해지지 않은 이상은, 벽에 난 표시를 더듬어 가며 움직여야 했다.

레리아나는 두 손을 벽에 짚어 통로 안으로 움직였다. 시종의 말에 따르면 트랩은 3구역 입구, 발목께에서 일직선으로 이어진 투명한 줄을 건드리는 순간 발동한다고 했다.

입술을 깨문 레리아나가 벽면의 홈을 만지며 오른쪽으로 돌았다.

* * *

터널 안으로 들어서자 빛이 사라졌다. 프레스턴이 긴장한 채 검을 뽑았다. 그는 급히 모은 이들 중 가장 경력이 짧은 기사였다. 노아가 허리를 툭 치자 프레스턴은 몸을 꼿꼿하게 세우며 뻣뻣이 고개를 돌렸다.

“실전은 처음인가.”

“예, 예.”

프레스턴이 고개까지 세차게 끄덕이면서 재차 대답했다.

“그렇게 쥐었다가는 개미 새끼 한 마리도 못 죽일 텐데.”

그의 손을 힐끔거리며 노아가 말하자 흠칫한 프레스턴이 검을 바로 쥐었다. 첫 실전에 갑작스레 투입된 것도 불안한데 까마득한 상사인 공작도 함께였다. 가만히 걷던 그가 조심스레 물었다.

“심문해야 합니까?”

그를 돌아본 노아가 담담하게 말했다.

“아니. 전부 다 확실하게 죽여.”

그의 서늘한 눈에 프레스턴이 침을 꿀꺽 삼켰다.

“자살 테러를 감행할 수도 있으니까.”

이미 두어 차례 있었던 사례다. 그 후로는 완전히 숨을 끊는 것이 하나의 방침처럼 되어 버렸다.

“예.”

표정을 굳힌 프레스턴이 고개를 끄덕였다. 혹시나 실수를 할까 마음이 혼란한 상태였다. 프레스턴은 무거운 발을 가까스로 옮기며 움직였다. 그의 발목은 실이 닿을 듯 가까운 곳까지 다가와 있었다. 프레스턴이 발을 들었다. 그의 발목 부근에 실이 닿기 시작했다.

* * *

급박한 마음과는 달리 속도는 좀처럼 빨라지지 않았다.

‘전하께서 같이 계셨다면…….’

레리아나는 애꿎은 시아트리히를 탓하며 기억과 벽을 더듬어 최대한 빠르게 움직였다. 비밀 통로를 이용하면 지하 수로까지는 15분도 채 걸리지 않는다. 그러나 체감상으로는 이미 한 시간쯤 더듬어 움직인 것처럼 느껴졌다.

그때 멀리서 인기척이 들렸다.

‘……?’

레리아나가 귀를 기울였고, 아담이 그녀의 앞을 막아서며 검 자루를 쥐었다.

어둔 통로에서 몇 명이 작게 수군대는 소리가 다가오기 시작했다. 아담이 허리를 숙이며 검을 뽑자 동시에 지도를 든 남자 세 명이 아담과 레리아나를 발견하고 걸음을 멈추었다.

"……!"

아담이 그들을 제압하기 위해 쏜살같이 움직이려는데 뒤에서 나타난 누군가가 레리아나의 몸을 끌어안았다.

"노아?"

순간 화색이 돈 레리아나가 얼굴을 들어 자신을 안은 남자를 살폈다. 그러나 레리아나가 발견한 것은 황금빛 눈동자가 아닌 낯선 남자의 갈색 눈동자였다.

레리아나가 입을 굳게 다물고 인상을 찡그렸다. 남자의 강한 힘이 그녀를 옴짝달싹 못하게 붙들었다. 이를 악문 레리아나는 팔꿈치 아래만을 움직여 치마를 거세게 쳐서 날렸다. 하얀 치맛자락이 올라가자 남자가 무심코 시선을 아래로 내렸다.

"놔."

턱을 위로 당기고 낮게 말한 레리아나는 엄지로 총을 장전한 다음 남자의 발에 탄환을 날렸다.

탕!

"큭!!"

부지불식간에 일어난 일에 남자가 피할 새도 없이 신음성을 내질렀다.

레리아나는 그 상태 그대로 남자 발에 난 구멍에 힐을 박고 강하게 힘주어 밟았다.

"끄아아악!"

남자의 품에서 풀려난 레리아나가 몸을 바로 세우고 주저앉은 그의 미간에 총구를 겨눴다. 그때를 틈타 아담이 빠르게 몰아붙여 쓰러진 남자에게 칼을 꽂았다.
그 앞에서 레리아나가 리볼버를 장전했다.
"테일러 경."
쓰러진 남자에게서 검을 뽑던 아담이 고개를 들었다. 그와 동시에 그의 얼굴 옆으로 탄환이 날아가 뒤에서 아담에게 단검을 휘두르려던 남자의 팔에 명중했다.
레리아나가 총구를 내리자 아담이 상체를 반대로 돌리며 뒤에 선 잔당의 가슴에 검을 박아 넣었다.
아담이 남자를 완전히 죽이는 것을 응시하며 레리아나는 숨을 깊게 들이쉬고 내뱉었다. 그러고는 찰나의 지체도 없이 바로 몸을 돌렸다.
"가요."
생각보다 시간이 지체되었다.
"저 사람들이 온 곳으로 따라가죠."
아담이 검을 넣은 후에 고개를 끄덕였고, 레리아나가 벽을 더듬을 필요 없이 그들이 나왔던 곳으로 향했다.
그때였다.
쿠구궁!
"무슨 소리가……."
어렵게 입을 뗀 레리아나가 어둠 속을 응시했다. 하지만 꿈이 아닌 현실이라고 소리치는 것처럼 통로가 흔들렸다.
'안 돼.'
멀리서 들려온 것은 분명 폭발음이었다.
'안 돼.'

창백해진 레리아나가 자기도 모르게 튀어 나갔다.

* * *

프레스턴이 발을 앞으로 내디뎠다. 그와 함께 팽팽하게 걸려 있던 투명한 실이 밀리기 시작했다.

"잠깐."

나직이 말한 노아가 프레스턴의 어깨를 잡아 멈춰 세웠다.

"예?"

움직이지 말라고 말한 후에 노아가 그의 옆으로 바짝 다가가 한쪽 무릎을 꿇었다.

"내 손 위로 넘어가."

노아가 위치를 가늠해 어정쩡한 포즈로 손을 허공에 대니 프레스턴이 의아해하며 그 위를 넘어갔다.

이곳에 트랩을 설치해 둔 걸 보면 놈들이 3구역에 자리하고 있는 게 분명했다. 노아가 프레스턴에게 나직이 말했다.

"검을 들어."

프레스턴이 검 자루를 쥐고 고개를 끄덕였다.

그때 지상에서 다시 폭발이 일어난 듯 폭발음이 들리며 지축이 얕게 흔들렸다. 잠깐 얼굴을 들어 흔들리는 천장을 바라보던 노아가 프레스턴에게 고갯짓을 했다.

"서두르지."

"예."

노아가 앞장섰다. 멍청한 얼굴로 따라가던 프레스턴이 조심스럽게 물었다.

"트랩, 입니까?"

잠시 뒤를 돌아보며 노아가 끄덕였다. 프레스턴이 숨을 거칠게 몰아쉬었다. 자신도 모르는 사이에 죽을 뻔한 위기를 겨우 넘긴 것이다. 노아의 리드에 따라 몇 번의 트랩을 넘은 프레스턴은 곧 이를 악물었다. 그 앞에서 노아와 프레스턴을 발견한 주모자들이 욕설을 내뱉으며 무기를 꺼내고 있었다.

* * *

검이 맞부딪혔다. 프레스턴은 혼자서 벌써 4명을 제압하고 다른 이를 상대하는 노아를 힐끗 바라보고는 이를 악물며 제 앞의 사내를 멀리 밀어냈다. 자신도 정식 훈련을 받은 기사였다. 이대로 노아의 짐이 될 수는 없는 노릇이었다. 그가 자신에게 다시 달려드는 남자를 발로 차서 넘어트리곤, 그 위에 올라타 목에 검을 밀어 넣었다.

푸르륵 떨던 남자의 몸에서 서서히 힘이 빠져나갔다. 프레스턴이 검을 천천히 뽑아냈다.

그렇게 거친 숨을 내뱉는데…….

"크윽!"

프레스턴은 등이 쪼개지는 고통을 느끼며 얼굴을 돌렸다. 그곳에는 얼굴이 시커먼 남자가 금니를 드러내며 웃고 있었다. 금니의 사내는 단검을 다시 한 번 그에게 내리꽂으려 머리 위로 들었다.

"으그악!"

고통에 찬 비명을 내지른 프레스턴이 겨우 힘을 짜내 검을 휘둘렀다. 그의 긴 장검이 옆구리에 박히자 금니의 사내가 눈을 홉뜨며 고꾸라졌다.

노아는 프레스턴의 목소리에 고개를 돌렸다. 프레스턴이 등에 자상을 입은 채 쓰러져 있었다. 저를 공격하는 검을 가볍게 흘려 넘긴 노아가 다시 날아오는 공격을 피하며 프레스턴에게로 이동했다.

"살아 있나?"

"예에."

프레스턴이 고통으로 일그러진 얼굴로 겨우 답했다. 대답을 들은 노아가 허리를 세운 후, 쓰러진 프레스턴을 지키며 움직였다.

그때 뒤에서 기합 소리가 들려왔다.

"그아아아!!"

"……?"

노아가 몸을 돌렸다. 거구의 사내가 포효하며 그에게 도끼를 내리치는 중이었다. 노아는 무의식적으로 검을 뽑기 위해 힘을 흘려 넣었다. 그 후 사내의 공격을 막으려 검을 들어 올렸다.

그러나 곧-

챙!

촤르륵.

눈앞에서 검신이 산산이 부서져 내렸다. 검이 노아의 힘을 이기지 못한 것이다.

'늦었나.'

부서진 검날이 있던 곳을 도끼날이 수월하게 지나쳐 코앞까지 다가왔다. 짧게 혀를 찬 노아가 반사적으로 왼쪽 팔을 들었다. 시퍼런 날이 그의 팔을 잘라 버릴 듯 흉흉한 기세로 공기를 갈랐다.

탕!

그런데 그때, 총소리가 들려왔다.

거구의 사내가 잠시 멈칫했지만 이 정도로는 끄떡없다는 듯이 다시 한 번 도끼를 내리치려 힘을 주었다.

탕, 탕.

총소리가 두 번 더 이어졌다. 힘이 풀린 손에서 거대한 도끼가 옆으로 떨어져 내렸다. 그는 믿을 수 없는 얼굴로 뒤를 돌아보려 했지만, 고개를 돌리는 순간 온몸의 힘이 빠지며 몸이 허물어졌다. 그는 끝내 뒤를 확인할 수 없었다.

뒤에서 모습을 드러낸 레리아나가 총구를 내렸다. 노아는 놀란 눈으로 그녀를 바라보았다.

"……레리아나?"

레리아나가 눈동자를 올려 노아와 눈을 마주쳤다.

"네."

단답한 레리아나가 다시 시선을 내렸다. 죽었나. 거구의 사내는 꿈틀거리나 싶더니 잠잠해졌다. 그가 완전히 죽었는지 확인하듯 가만히 바라보던 레리아나가 차분히 숨을 가다듬었다. 레리아나는 자신에게로 다가오는 노아를 향해 어깨를 들썩였다.

"총은 좀 쏘거든요."

예전에 말했었던가. 몰려드는 기시감에 인상을 찌푸린 레리아나가 고개를 기울였다.

노아가 허탈한 웃음소리를 냈다.

"여긴 왜 온 거야."

노아는 레리아나가 자꾸만 거구의 사내에게 시선을 두자, 그녀에게로 바짝 다가갔다.

"당신이 놀러 올 만한 곳이 아닌데."

그는 레리아나의 얼굴을 돌려 그녀의 시선을 자신에게로 향하게 했다.

놀러 오다니, 생명의 은인에게 그게 무슨 막말이란 말인가. 레리아나가 못마땅한 얼굴로 말했다.

"아니, 놀러 온 게 아니라……. 무슨 말이 그래요? 아니, 하여간 그게 아니라 꼭 알려 줘야 할 일이 있었는데……."

"있었는데?"

되물은 노아가 레리아나의 손에서 총을 부드럽게 빼앗아 들었다. 레리아나는 3구역으로 멀쩡하게 진입한 노아를 보며 눈을 가늘게 떴다.

"……아니에요. 내가 괜한 걱정을 했지."

"걱정?"

노아가 레리아나의 볼을 만지작거리며 빙글빙글 미소를 지었다.

"내가 걱정돼서 온 건가?"

레리아나가 눈을 가늘게 떴다.

"아뇨, 수로에 놓고 온 게 있어서요."

그녀가 심드렁하게 답하자 노아가 웃음을 터트렸다.

* * *

상황이 어느 정도 정리되자 레리아나는 한쪽 구석에 엎드려져 있는 프레스턴의 상처를 살폈다.

"괜찮으신가요? 움직이실 수 있겠어요?"

"안 괜찮지만, 여성분의 손길을 느끼니 괜찮아지는 것 같습니다."

"공작님께서 들으시면 좋아하시겠어요."

레리아나가 빙긋 웃자 프레스턴이 딱딱하게 말했다.

"……사모님이셨군요. 죄송합니다. 그게, 지원을 온 기사인 줄 알았습니다. 사모님께서 여기로 오시리라고는 꿈에도 생각지 못했기 때문에-"

당황한 프레스턴이 긴 변명을 이어 갔다. 레리아나는 알았으니 그만하라며 입을 다물게 했다. 곧잘 대답을 하는 걸 보면 당장 운신은 힘들어도 목숨에는 지장이 없는 것 같았다.

그동안 노아와 아담은 잔당들이 모두 죽었는지 확인하기 위해 발로 남자들의 몸을 뒤집었다. 하나둘, 자상과 총상을 입고 죽은 이들이 얼굴을 드러냈다. 얼추 정리가 된 듯싶자 아담이 검을 검집에 넣었다.

그때 노아가 숨이 아직 붙어 있는 남자를 발견했다. 그는 헐떡거리며 노아를 바라보고 있었다. 노아가 끝을 내기 위해 검을 들었고, 남자의 눈동자에 선뜩한 황금빛 눈동자가 비쳤다.

그는 제 앞으로 내려오는 검끝을 보며 씨익 웃었다. 금니가 반짝였다. 숨이 끊어지기 직전, 남자가 엄지손가락을 까딱였다.

달칵.

미세하게 무언가가 맞부딪히는 소리가 들렸다. 소리를 들은 노아와 아담이 그 찰나 눈을 마주쳤다.

"레리아나!"

노아와 아담이 바로 레리아나에게로 뛰어갔다. 다급한 목소리에 반응한 레리아나가 그들에게로 고개를 돌렸다.

콰쾅-!

그때 폭발음이 귀를 멀게 할 것처럼 수로 안을 세차게 강타했다.

엉거주춤 일어서던 레리아나가 멍하니 멈춰 섰다. 시야로 불길이 보임과 동시에 노아에게 머리를 감싸인 채 품 안에 가두어지듯 안겼다.

* * *

눈을 뜨자 시야가 어지럽게 흔들렸다. 품에 안겨 있던 레리아나는 기침을 몇 번 하고는 겨우 고개를 들었다. 사방에 폭발의 잔향이 가득 맴돌고 있었다. 천장이 무너져 옆으로 돌이 굴러떨어졌다.

천장 사이로 빛이 쏟아지자 레리아나는 눈을 비비고 노아의 품에서 얼굴을 돌렸다. 가슴에 귀가 닿아 낮게 두근거리는 소리가 들렸다.

'들려.'

살아 있다. 노아가 살아 있다는 것에 먼저 안도감이 밀려왔다. 레리아나는 눈을 감고 숨을 내쉬었다. 온몸에 힘이 빠져 움직이기가 힘들었다.

"괜찮아?"

노아가 탁한 목소리로 물었다. 그러고는 작게 헛기침을 냈다. 그 목소리에 슬쩍 웃은 레리아나도 큼큼거리며 목을 가다듬었다. 흙먼지에 목이 꽉 막힌 듯 답답했다.

옆에서 아담은 금세 몸을 일으켜 먼지를 털고 있었다. 아담이 내려다보는 것을 마주 보던 레리아나가 이내 괜찮다고 답하기 위해 노아에게로 고개를 돌리려 했다.

하지만 노아가 그녀를 품에 껴안아 시야를 막았다.

"……?"

이에 레리아나가 의아한 기색을 보이는데, 언뜻 비릿한 혈 향이 진하게 풍겨 왔다. 불안한 긴장감이 뱀처럼 등을 타고 올랐다. 그녀는 노아의 가슴을 밀어내며 기어이 고개를 돌렸다.

"아-"

레리아나의 입에서 낮은 탄성이 터졌다. 그녀는 제 앞에서 벽에 상체를 기대고 앉아 있는 남자를 믿을 수 없다는 얼굴로 응시했다. 그러고는 하얗게 질린 채 입술을 꾹 모아 닫았다.

겨우 뗀 입에서는 괜찮다는 답 대신 그의 이름이 흘러나왔다.

"……노아."

더 이상은 말문이 막혀 다음 말을 이어 갈 수가 없었다. 귀가 꽉 막혔다가 풀리는 느낌에 작게 숨을 내뱉었다. 그러나 아무리 입을 열어도 단어가 헛도는 것처럼 혀끝에서 부서졌다.

아주 놀라면 순간 심장이 부서져 내려서 아예 멎어 버리는 게 아닐까.

다시 투두둑, 돌이 떨어져 내렸다. 천장을 향해 황망하게 움직이던 눈동자가 다시 한쪽에 고정되며 하염없이 흔들렸다.

그녀를 조용히 응시하던 노아가 레리아나의 시선에 따라 제 팔을 바라보았다.

"팔이……."

짧은 말은 끊어질 듯 얕은 숨결처럼 나왔다. 손끝을 떤 레리아나가 노아의 팔이 있었던 곳을 잡았다.

허공이 만져졌다.

(그녀가 공작저로 가야 했던 사정 3권에서 계속)